mtb

Nora Roberts

Pension der Sehnsucht

Roman

Aus dem Amerikanischen von
Ingrid Hermann

mtb

1. Kapitel

Der Frühling in Neuengland hielt immer erst spät Einzug. An vor der Sonne geschützten Stellen blieb der Schnee lange liegen, und das erste junge Grün an den kahlen Ästen der Bäume und Büsche zeigte sich nur zaghaft. Doch schon lag eine erwartungsvolle Stimmung über dem Land, und die Luft roch frisch und würzig.

Schwungvoll öffnete Nelly ihr Schlafzimmerfenster und sog die kühle Luft tief ein. Heute ist Samstag, dachte sie zufrieden und flocht ihr langes weizenblondes Haar zu Zöpfen. Das Hotel „Lakeside Inn" war nur zur Hälfte belegt. Erst in drei Wochen begann die eigentliche Saison.

Wenn alles nach Plan verlief, würden Nellys Pflichten als Hotelmanagerin sie an diesem Wochenende nicht sehr in Anspruch nehmen. Das Personal war Nelly treu ergeben, wenn auch vom Temperament her etwas schwierig. Im „Lakeside Inn" ging es zu wie in einer großen Familie. Man stritt, ärgerte und neckte sich, aber wenn es darauf ankam, hielt man zusammen wie Pech und Schwefel und ließ sich auch von Schwierigkeiten nicht unterkriegen. Und ich, dachte Nelly, bin das Oberhaupt dieser Familie.

Nelly zog sich uralte verwaschene Jeans an und kam gar nicht auf den Gedanken, wie wenig ihr Äußeres zu ihrer Stellung passte. Aus dem Spiegel blickte ihr eine zierliche, kindlich aussehende Frau entgegen. Die saloppe Kleidung verbarg ihre weiblichen Kurven. Die Zöpfe und die Stupsnase wirkten frech, der fein gezeichnete Mund verriet viel Sinn für Humor, und die großen grauen Augen funkelten schelmisch.

Nachdem Nelly in ausgetretene Tennisschuhe geschlüpft

war, verließ sie ihr Zimmer. Vor ihrem Spaziergang wollte sie sich noch davon überzeugen, ob mit den Frühstücksvorbereitungen auch alles klappte. Als sie die große Diele durchquerte, hörte sie aus dem Speisesaal das Klappern von Besteck und einen hitzigen Wortwechsel. Sie stöhnte auf. Die beiden Kellnerinnen lagen sich also schon wieder in den Haaren.

„Wenn Männer mit Schweinsäuglein dein Typ sind, kann ich mir vorstellen, dass du sehr glücklich bist.“ Liz zuckte abfällig die Schultern.

„Walt hat keine Schweinsaugen“, widersprach Maggie. „Du bist ja bloß neidisch.“

„Neidisch? Ha, dass ich nicht lache! Bildest du dir ernsthaft ein, ich sei neidisch auf einen Mann, der ... ach, guten Morgen, Nelly.“

„Guten Morgen, ihr zwei. Liz, bei diesem Gedeck hast du zwei Löffel und ein Messer hingelegt. Ich glaube, statt des einen Löffels wäre eine Gabel angebrachter.“

Maggie lächelte hämisch, als Liz das Besteck auswechselte. „Heute Abend fährt Walt mit mir ins Autokino“, verkündete sie.

Nelly hörte Liz’ Antwort nicht mehr, denn sie befand sich schon auf dem Weg in die Küche.

Dies war der einzige Platz in dem altmodisch eingerichteten Hotel, der daran erinnerte, dass man im zwanzigsten Jahrhundert lebte. Überall blitzte polierter Edelstahl. Regale und Schränke aus Kunststoff standen an den Wänden, und im Linoleumfußboden konnte man sich spiegeln. Es duftete nach frischem Kaffee.

„Morgen, Elsie.“ Die rundliche Frau, die sich an der Arbeitsplatte zu schaffen machte, ließ ein undeutliches Gemurmel verlauten. „Wenn nichts Besonderes anliegt, mache ich jetzt erst einmal einen Spaziergang.“

„Betty Jackson will uns kein Brombeergelee mehr verkaufen.“

„Was? Du liebe Zeit, warum denn nicht?“ Verärgert nahm sich Nelly ein frisch gebackenes Brötchen aus dem Korb und biss hinein. „Mr. Conners fragt immer extra nach ihrem Gelee, und wir haben das letzte Glas angebrochen.“

„Sie hat gesagt, wenn du keine Zeit hast, eine einsame alte Frau zu besuchen, dann hätte sie keine Lust, uns noch weiterhin damit zu versorgen.“

„Einsame alte Frau?“, brachte Nelly trotz ihres vollen Mundes heraus. „In ihrem Haus treffen sich mehr Leute zum Tratschen als im ganzen Ort zusammen. Verflixt noch mal, Elsie, wir brauchen das Gelee. Aber letzte Woche hatte ich so viel zu tun, dass ich wirklich keine Zeit aufbringen konnte, mir stundenlang den neusten Klatsch anzuhören.“

„Machst du dir Sorgen, weil am Montag der neue Besitzer kommt?“

„Unsinn.“ Mit finsterer Miene vertilgte Nelly ein zweites Brötchen. „Aber als Managerin des Hotels will ich natürlich, dass alles in bester Ordnung ist.“

„Eddie hat mir erzählt, du hättest vor Wut mit den Türen geknallt, als du hörtest, dass er herkommt.“

„Habe ich nicht.“ Nelly schenkte sich ein Glas Orangensaft ein. „Es ist Mr. Reynolds gutes Recht, sich seinen neuen Besitz anzusehen. Aber zum Teufel, mich stören diese verschwommenen Andeutungen über irgendwelche Modernisierungen. Er soll bloß die Finger vom ‚Lakeside‘ lassen und sich um seine anderen Hotels kümmern. Hier braucht nichts verändert zu werden. Wir haben alles, was wir benötigen.“

„Außer Brombeergelee“, wandte Elsie mürrisch ein.

Nelly holte tief Luft. „Na schön“, stöhnte sie und ging zur Tür. „Ich hole welches. Aber wenn Betty noch einmal anfängt, mir zu erzählen, Howard Beall wäre der ideale Ehemann für mich, dann fange ich an zu schreien.“

Nachdem Nelly diese Drohung ausgestoßen hatte, verließ sie das Hotel. Draußen in der milden Frühlingssonne besserte sich jedoch ihre Laune. Sie schwang sich auf ihr altes klappriges Fahrrad und radelte munter los.

Mit geröteten Wangen erreichte Nelly die Ortschaft Lakeside, eine kleine Stadt mit alten, aber gepflegten Häusern in liebevoll angelegten Gärten. Im Osten erhoben sich hohe bewaldete Berge, und im Westen schimmerte die ruhige Wasseroberfläche des Champlain-Sees.

Lakeside war von dem Trubel und der Hektik der modernen Zeit unberührt geblieben. Für Nelly, die hier aufgewachsen war, hatte dieses friedliche verschlafene Städtchen nie seinen Reiz verloren. Sie war froh, dass es hier noch ein einfaches Leben gab.

Vor einem kleinen Haus mit grün gestrichenen Fensterläden stellte Nelly das Rad ab, entschlossen, mit allen Mitteln der Überredungskunst um das Brombeergelee zu kämpfen.

„Na so etwas, Nelly, das ist aber eine Überraschung!" Betty öffnete die Haustür und strich sich vorsichtig über das graue Haar. „Ich dachte schon, du seist nach New York gezogen."

„Im Hotel gab es ungewöhnlich viel zu tun", antwortete Nelly demütig.

„Ach ja, der neue Besitzer kommt." Betty nickte wissend und ließ Nelly eintreten. „Ich habe gehört, dass er viele Änderungen vornehmen will."

In der Gewissheit, dass man vor Betty Jackson nichts geheim halten konnte, weil ihr Nachrichtensystem perfekt funktionierte, nahm Nelly in dem kleinen Wohnzimmer Platz.

„Weißt du schon, dass Tom Myers an sein Haus noch ein weiteres Zimmer anbaut?" Betty nahm eine gehäkelte Schondecke von einem Sessel, ehe sie sich ebenfalls setzte. „Leonie scheint wieder mal in anderen Umständen zu sein." Sie schnalzte mit der Zunge, um ihren Unmut über den zügellosen Lebenswandel der Myers zu bekunden. „Drei Babys in vier Jahren. Aber du magst ja Kinder, nicht wahr, Nelly?"

„Ich war schon immer sehr kinderlieb, Miss Jackson", antwortete Nelly und überlegte, wie sie das Gespräch auf das Brombeergelee bringen sollte.

„Mein Neffe Howard auch."

Nelly unterdrückte den Wunsch, einen Schrei auszustoßen, und entgegnete ruhig: „Zurzeit haben wir bei uns im Hotel auch einige kleine Gäste." Ihr kam eine Idee, und beherzt fuhr sie fort: „Kinder essen ja so gern Süßes. Unsere Marmeladen und Gelees haben sie buchstäblich verschlungen. Gestern mussten wir das letzte Glas anbrechen. Aber so gute Gelees können auch nur Sie kochen, Miss Jackson. Wenn Sie damit ein eigenes Geschäft eröffnen würden, hätten Sie in kürzester Zeit die großen Firmen vom Markt verdrängt."

„Tja, das will gekonnt sein." Betty sonnte sich sichtlich in dem Lob, und Nelly wähnte sich bereits als Siegerin.

„Ich müsste das Hotel wahrscheinlich schließen, wenn Sie mich nicht mit Gelee versorgten", fuhr sie kühn fort. „Mr. Conners wäre tödlich beleidigt, wenn ich ihm irgendein im Laden gekauftes Zeug vorsetzte. Von Ihrem Brombeergelee schwärmt er geradezu. Es sei einfach göttlich, sagt er immer."

„Einfach göttlich." Betty nickte zufrieden.

Eine Viertelstunde später stellte Nelly einen Karton mit zwölf Gläsern Gelee in den Gepäckkorb ihres Fahrrads, winkte Betty zum Abschied zu und radelte davon.

„Ich kam, sah und siegte." Stolz blickte sie zum Himmel hinauf. „Und ich brauchte nicht einmal zu schreien."

„Hallo, Nelly!"

Nelly drehte sich um, als sie ihren Namen hörte, und fuhr an den Rand des Spielfelds, auf dem einige Jungen Schlagball spielten.

„Wie steht die Partie?", fragte sie einen kleinen Knirps, der herbeigelaufen kam.

„Fünf zu vier. Juniors Mannschaft gewinnt."

Nelly beobachtete Junior, einen hoch aufgeschossenen, schlanken Burschen, der an der Abschlagstelle stand und breit grinste.

„Eingebildeter Bengel“, murmelte sie. „Dem werde ich zeigen, was Schlagball ist.“ Sie nahm dem kleinen Jungen die Schirmmütze ab, zog sie sich über den Kopf und marschierte auf das Spielfeld.

„Spielst du auch mit, Nelly?“ Eine Gruppe Halbwüchsiger umringte sie. Nelly ließ sich ein Schlagholz geben und prüfte, wie es in der Hand lag.

„Aber nicht länger als eine Minute. Ich muss nämlich zurück.“

Junior kam langsam näher, die Hände lässig in die Hüften gestemmt, und sah Nelly herausfordernd an. „Wollen wir wetten, dass du nicht mal bis zur nächsten Ecke kommst?“

Sie warf ihm einen vernichtenden Blick zu. „Ich will dich nicht um dein Taschengeld berauben.“

Mit der Unbefangenheit eines Fünfzehnjährigen zog Junior kräftig an Nellys Zopf. „Wenn ich den Ball fange, ehe du an der ersten Ecke bist, musst du mir einen Kuss geben.“

„Geh an deinen Platz, du Möchtegern-Casanova, und werde erst einmal zehn Jahre älter.“

Geringschätzig lächelnd schlenderte Junior über das Spielfeld und nahm seine Stellung ein. Nelly zog sich die geborgte Mütze tiefer in die Stirn. „Seht euch diesen Ball noch mal gut an, Jungs“, prahlte sie, „denn der fliegt jetzt gleich bis nach New York.“

Mit lautem Knall traf das Schlagholz den harten Lederball. Nelly beobachtete kurz, welche Flugbahn der Ball nahm, dann spurtete sie los. Während sie mit angewinkelten Armen und gesenktem Kopf den Spielfeldrand entlangflitzte, hörte sie das Gejohle und die anfeuernden Rufe der Jungen. In gebückter Haltung, mit ausgebreiteten Armen, hielt sich Junior bereit, den Ball aufzufangen, als Nelly sich bäuchlings über die Markierungslinie warf. Eine Staubwolke wirbelte auf, und die Jungen schrien aufgeregt.

„Schade, du hast es nicht geschafft.“

„Was?“ Nelly sprang hoch und baute sich vor Wilbur Hayes auf, der den Schiedsrichter spielte. Sie stand so dicht vor ihm, dass sich beinahe ihre Nasenspitzen berührten. Wütend funkelte sie ihn an. „Du spinnst wohl! Ich war schon an der Ecke, als der Ball noch stundenlang durch die Luft segelte. Vielleicht solltest du dir eine Brille kaufen.“

„Du hast es nicht geschafft“, wiederholte Wilbur würdevoll und verschränkte die Arme vor der schmächtigen Brust.

„Wir brauchen einen Schiedsrichter, der nicht auf beiden Augen blind ist.“ Empört wandte sie sich an die Zuschauer. „Wer von euch ist unparteiisch?“

„Du hast es nicht geschafft.“

Nelly wirbelte herum, als sie die fremde Stimme hörte. Stirnrunzelnd betrachtete sie den Mann, der lässig am Rand des Spielfelds stand. Er lächelte spöttisch, strich sich die schwarzen Locken aus der Stirn und kam auf sie zu.

„Du hättest den Ball höher schlagen müssen.“

„Ich habe die Ecke erreicht“, widersprach Nelly hartnäckig und rieb sich die schmutzige Nase.

„Nein“, erwiderte Wilbur seelenruhig.

Nelly bedachte ihn mit einem vernichtenden Blick, ehe sie sich wieder dem Fremden zuwandte, der die hitzige Meinungsverschiedenheit amüsiert verfolgte. Sie betrachtete ihn mit einer Mischung aus Groll und Neugier.

Er war groß gewachsen und schlank, und das dunkle Haar schimmerte leicht im Sonnenlicht. Der beigefarbene Anzug wirkte leger, doch Nelly erkannte, dass er erstklassig geschnitten und mit Sicherheit sehr teuer war. Das Lächeln des Mannes vertiefte sich, als er merkte, wie kritisch Nelly ihn musterte. Ihre Abneigung gegen ihn wuchs.

„Ich muss jetzt zurück“, verkündete sie und klopfte sich den Staub von den Jeans. „Und Wilbur, mach dich darauf gefasst, dass ich deiner Mutter sage, sie soll mal mit dir zum Augenarzt gehen.“

„He, warte mal.“

Nelly, die sich bereits auf ihr Fahrrad geschwungen hatte, stieg noch einmal ab. Der Fremde kam auf sie zu.

„Wie weit ist es noch bis zum ‚Lakeside Inn‘?“

Offenbar hielt er sie für eine Spielgefährtin der Jungen. Nelly packte der Übermut. „Meine Mami hat mir verboten, mit fremden Männern zu sprechen“, antwortete sie mit kindlicher Stimme.

„Das ist auch richtig so. Aber ich will ja nur wissen, wie weit es bis zu dem Hotel ist. Ich schenke dir keine Bonbons, um dich in mein Auto zu locken.“

„Tja.“ Sie zog die Stirn kraus und tat so, als dächte sie angestrengt nach. „Fahren Sie einfach der Straße nach. Es sind noch ungefähr fünf Kilometer.“

Er sah sie nachdenklich an. „Vielen Dank, mein Kind. Du hast mir sehr geholfen.“

„Keine Ursache.“ Sie schaute ihm nach, als er zu einem metallicblauen Mercedes zurückging, und konnte sich nicht verbeißen, ihm hinterherzurufen: „Und ich habe es doch geschafft. Sie brauchen auch eine Brille.“ Dann gab sie dem kleinen Knirps die Mütze wieder, die sie sich ausgeborgt hatte, und radelte quer über eine Wiese zum „Lakeside Inn“ zurück.

Schon bald tauchte das viergeschossige rote Backsteinhaus mit seinen Erkern und Giebeln vor Nelly auf. Sie hatte eine Abkürzung gewählt, und als sie die breite geschwungene Zufahrt hinauffuhr, stellte sie voller Genugtuung fest, dass sie noch vor dem Mercedes angekommen war.

Sie stellte das Fahrrad ab und hob den Karton mit dem kostbaren Brombeergelee aus dem Korb.

„Guten Morgen.“ Lächelnd begrüßte sie das frisch getraute Ehepaar, das über den Rasen geschlendert kam.

„Ach, guten Morgen, Miss Clark. Wir wollen einen Spaziergang am See machen“, erklärte der junge Mann freundlich.

„Dafür ist das herrliche Wetter wie geschaffen“, erwiderte

Nelly. Sie betrat das kleine Foyer und stellte den Karton auf dem Rezeptionspult ab.

Danach sortierte sie die eingegangene Post. Als sie einen Brief von ihrer Großmutter entdeckte, riss sie hocherfreut den Umschlag auf und begann sogleich zu lesen.

„Du hast dich aber beeilt."

Nelly schaute überrascht auf, legte den Brief zur Seite und begegnete dem Blick des Mannes mit dem Mercedes. Er hatte dunkelbraune Augen.

„Ich kenne eine Abkürzung." Sie ließ sich von seiner gepflegten Erscheinung nicht einschüchtern, richtete sich zu ihrer vollen Höhe auf und hob das Kinn. „Kann ich etwas für Sie tun?"

„Ich glaube nicht. Du könntest mir höchstens sagen, wo ich den Manager finde."

Sein herablassender Tonfall ärgerte sie. Sie zwang sich jedoch zur Höflichkeit. „Gibt es irgendwelche Probleme? Wenn Sie ein Zimmer suchen, können Sie eins bekommen."

„Sei so gut und hol mir die Managerin." Er sprach zu ihr wie zu einem schwierigen Kind. „Ich habe etwas Wichtiges mit ihr zu klären."

Nelly straffte die Schultern und verschränkte die Arme über der Brust. „Die Managerin steht vor Ihnen."

Er zog die Brauen hoch und sah sie ungläubig an. „Hilfst du nach der Schule und am Wochenende hier aus?"

Nelly schoss das Blut in die Wangen. „Ich helfe nicht aus. Seit fast vier Jahren bin ich für die Leitung dieses Hotels zuständig. Wenn Sie ein Problem haben, das Sie mit mir erörtern wollen, können wir das hier oder in meinem Büro tun. Suchen Sie jedoch nur ein Zimmer, dann tragen Sie sich bitte hier ein." Sie deutete auf das aufgeschlagene Gästebuch.

„Sie sind Nelly Clark?", fragte er stirnrunzelnd und sah sie ungläubig an.

„Richtig."

Er nickte kurz, nahm den Kugelschreiber aus dem Halter

und schrieb seinen Namen und seine Adresse in das Buch. „Nehmen Sie es mir bitte nicht übel, aber ich habe mich durch Ihre sportlichen Übungen auf dem Spielplatz und Ihre ziemlich jugendliche Erscheinung täuschen lassen."

„Was ich in meiner Freizeit tue", gab Nelly schnippisch zurück, „wirkt sich in keiner Weise abträglich auf das Geschäft aus. Das werden Sie während Ihres Aufenthalts bei uns bestimmt feststellen, Mr. …" Nelly drehte das Gästebuch herum, damit sie den Namen lesen konnte, und erschrak.

„Reynolds", stellte er sich vor und lächelte, als er Nellys Verblüffung bemerkte. „Percy Reynolds."

Nelly rang um Fassung und bemühte sich um eine möglichst geschäftsmäßige Haltung. „Wir hatten Sie erst am Montag erwartet, Mr. Reynolds."

„Ich habe meine Pläne geändert."

„Ja, na schön … ich heiße Sie im ‚Lakeside Inn' herzlich willkommen." Sie lächelte gezwungen und warf die Zöpfe zurück.

„Danke. Solange ich hier bin, benötige ich ein Büro, in dem ich arbeiten kann. Lässt sich das einrichten?"

„Unser Platz ist begrenzt, Mr. Reynolds." Nelly nahm den Schlüssel zum besten Zimmer des Hotels vom Haken und trat hinter dem Pult hervor. „Aber selbstverständlich können Sie mein Büro mitbenutzen. Ich glaube, damit werden Sie auskommen."

„Mal sehen. Ich möchte ohnehin die Geschäftsbücher und die Akten überprüfen."

„Natürlich", stimmte sie zähneknirschend zu. Es ging ihr gegen den Strich, dass sich plötzlich ein Fremder in die Angelegenheiten des Hotels einmischte. „Kommen Sie bitte mit."

„Nelly, Nelly!" Eddie kam die Treppe zum Foyer heruntergepoltert. Die Brille war ihm auf die Nasenspitze gerutscht, und das braune Haar, das dringend geschnitten werden musste, flog um seinen Kopf herum.

„Nelly", wiederholte er atemlos, „mitten in einem Zeichentrickfilm ging Mrs. Pierce-Lowells Fernsehgerät kaputt."

„Verflixt. Bring ihr meins und ruf Max, damit er ihren Apparat repariert."

„Er ist übers Wochenende weggefahren."

„Macht nichts, ich werde es schon überleben." Nelly klopfte ihm aufmunternd auf die Schulter und bugsierte ihn zur Tür. „Erinnere mich daran, ihm am Montag Bescheid zu sagen." Dann wandte sie sich an den neuen Besitzer des Hotels. „Entschuldigen Sie, aber Eddie neigt dazu, alles zu dramatisieren, und Mrs. Pierce-Lowell ist süchtig nach Zeichentrickfilmen. Sie gehört zu unseren ältesten Stammgästen, und unser Haus rühmt sich, möglichst jeden Wunsch der Gäste zu erfüllen."

„Aha, ich verstehe", entgegnete Reynolds.

Nelly öffnete die Tür ihres Büros und ließ Percy Reynolds den Vortritt.

„Groß ist es nicht", meinte sie, während er sich in dem kleinen, vollgestopften Zimmer umsah. „Aber für die paar Tage, die Sie hier sein werden, wird es für uns beide reichen."

„Ich bleibe zwei Wochen", erklärte Reynolds. Er schlenderte zum Schreibtisch und nahm den Briefbeschwerer, eine grinsende Schildkröte aus Bronze, in die Hand.

„Zwei Wochen?", wiederholte Nelly entsetzt.

„Sie haben richtig gehört, Miss Clark. Passt Ihnen das nicht?"

„Doch, selbstverständlich." Reynolds' prüfender Blick machte Nelly nervös. Sie senkte die Lider und betrachtete das Durcheinander auf ihrem Schreibtisch.

„Spielen Sie jeden Samstag Baseball, Miss Clark?"

„Nein, natürlich nicht. Ich kam nur zufällig vorbei, und …"

„Ich fand es sehr mutig von Ihnen, wie Sie über die Ecklinie gehechtet sind." Reynolds streckte unvermutet die Hand aus und strich Nelly mit dem Zeigefinger über die Wange. „Geschont haben Sie sich nicht, das sieht man Ihrem Gesicht an."

Leicht verwirrt blickte sie auf seinen schmutzigen Finger. „Und ich war doch eher da als der Ball", behauptete sie trotzig, während ihr das Herz auf einmal bis zum Hals klopfte. „Wilbur ist als Schiedsrichter untauglich."

„Ich frage mich, ob Sie das Hotel ebenso energisch leiten, wie Sie Ball spielen. Heute Nachmittag gehen wir mal gemeinsam die Bücher durch."

„Sie werden alles korrekt und ordentlich vorfinden", entgegnete Nelly steif. „Der Hotelbetrieb läuft reibungslos, und wie Sie ja wohl wissen, erwirtschaften wir einen hübschen Gewinn."

„Mit ein paar Änderungen könnte das Hotel noch viel mehr abwerfen."

„Änderungen?", wiederholte sie misstrauisch. „Welche Änderungen schweben Ihnen vor?"

„Ehe ich konkrete Pläne mache, muss ich mir das Hotel erst einmal genau ansehen. Jedenfalls steht fest, dass seine Lage einmalig günstig ist."

Geistesabwesend wischte er sich den Schmutz vom Zeigefinger und schaute aus dem Fenster. „Was man aus diesem Hotel alles machen könnte! Ich denke da an einen Swimmingpool, Tennisplätze, an ein Fitnesszentrum ... kurz und gut, man müsste den ganzen Bau von oben bis unten modernisieren und die verschiedensten Einrichtungen hinzufügen."

„An diesem Haus gibt es nichts auszusetzen. Wir beherbergen keine Mitglieder der Schickeria, Mr. Reynolds." Aufgebracht stemmte Nelly die Fäuste in die Hüften. „Das ‚Lakeside Inn' ist ein Familienhotel mit allem, was dazugehört – gutbürgerlichem Essen, gemütlichen Zimmern und einer ruhigen, gediegenen Atmosphäre. Das wollen unsere Gäste, und deshalb kommen sie immer wieder zurück."

„Wenn man hier einige sportliche Einrichtungen schafft, wird sich ein etwas anderer Personenkreis hergezogen fühlen. Vor allem, weil der Champlain-See buchstäblich vor der Haustür liegt."

„In Ihren übrigen Hotels können Sie von mir aus Diskotheken und Trimm-dich-Keller einrichten", brauste Nelly auf. „Aber wir sind hier in Lakeside, einer friedlichen, ruhigen Gegend, und nicht in Acapulco. In meinem Hotel wird nichts geändert, es bleibt genau so, wie es ist."

Reynolds lächelte spöttisch. „Ihr Hotel, Miss Clark?"

„Stimmt. Sie haben sich nicht verhört. Rein rechtlich gesehen sind Sie der Eigentümer, Mr. Reynolds, aber ich kenne diesen Betrieb. Unsere Gäste kehren jedes Jahr zurück, weil sie bei uns etwas bekommen, das sie anderswo nicht finden. Sie werden hier keinen einzigen Stuhl oder Tisch umstellen, wenn ich es nicht will."

„Miss Clark, wenn es mir beliebt, sämtliche Möbel auf den Sperrmüll zu werfen, dann werden Sie mich bestimmt nicht daran hindern. Egal, welche Entscheidungen ich treffe, Sie werden sich fügen müssen. Auch wenn Sie hier Managerin sind, haben Sie noch lange kein Mitspracherecht."

„Und der Umstand, dass Sie der Hotelbesitzer sind, bedeutet noch lange nicht, dass Sie Verstand haben", schoss Nelly zurück. Mit wippenden Zöpfen verließ sie das Büro und schlug die Tür krachend hinter sich zu.

2. Kapitel

Zornig warf Nelly die Tür zu ihrem eigenen Zimmer ins Schloss. Sie war außer sich vor Wut. Dieser Mann war eine Zumutung! Warum musste er ausgerechnet hierherkommen und sich einmischen? Besaß er nicht schon genug Hotels, die er nach Herzenslust modernisieren konnte? Allein in Amerika gab es bestimmt hundert Betriebe, die zur Reynolds-Hotelkette gehörten. Dazu kamen noch die in den ausländischen mondänen Badeorten. Warum baute er sich nicht ein Hotel in der Antarktis?

Nelly erschrak, als sie zufällig in den Spiegel schaute. Ihr Gesicht war schmutzverschmiert. Sweatshirt und Jeans trugen die Spuren ihrer Bauchlandung auf dem Spielfeld. Die Zöpfe baumelten ihr halb aufgelöst über den Rücken. Du liebe Zeit, dachte sie entsetzt, ich sehe aus wie eine Zwölfjährige, die draußen herumgetobt hat.

„Verflixt noch mal." Flink löste sie die Zöpfe. „Ich habe mich ja schön blamiert. Aber rauswerfen lasse ich mich nicht von ihm. Eher kündige ich selbst. Ich bleibe nicht hier und sehe mit an, wie er mein Hotel verschandelt."

Eine halbe Stunde später bürstete Nelly sich das Haar, bis es ihr in duftigen Wellen über die Schultern fiel. Inzwischen hatte sie ein cremefarbenes Kleid mit einem weinroten Gürtel angezogen, der zu den winzigen Rubinen in ihren Ohrläppchen passte. Sie trug Schuhe mit hohen Absätzen und wirkte dadurch größer. Nelly betrachtete sich zufrieden im Spiegel und war davon überzeugt, dass sie nun nicht mehr wie eine Zwölfjährige aussah. Mit einem säuberlich beschriebenen Blatt Papier in der Hand verließ sie energisch ihr Zimmer, um den Löwen in seiner Höhle aufzusuchen.

Nelly klopfte leise und wartete nicht etwa auf eine Antwort, sondern drückte die Klinke nieder und betrat selbstbewusst ihr Büro. Hinter dem Schreibtisch saß Percy Reynolds. Wortlos legte sie ihm das Schriftstück auf die Tischplatte und begegnete ungerührt dem Blick aus den braunen Augen.

„Aha, ich nehme an, Sie sind Miss Clark. Welch eine Verwandlung." Er lehnte sich zurück und musterte sie von Kopf bis Fuß. „Verblüffend, was sich unter einem Sweatshirt und ausgebeulten Jeans alles verbergen kann ... Was ist das?" Mit spitzen Fingern hob er das Blatt hoch und wedelte damit herum.

„Meine Kündigung." Nelly stützte sich mit den Händen auf der Tischplatte ab, beugte sich vor und machte ihrem aufgestauten Zorn Luft. „Und weil ich jetzt nicht mehr Ihre Angestellte bin, Mr. Reynolds, ist es mir ein Vergnügen, Ihnen mitzuteilen, was ich von Ihnen halte. Sie sind", fuhr sie mit erhobener Stimme fort, „ein eiskalter, geldgieriger Geschäftsmann, der nur an Profit denkt. Sie haben ein Hotel gekauft, das seit Jahrzehnten für seine familiäre Atmosphäre und die ausgezeichnete persönliche Betreuung seiner Gäste bekannt ist. Nur um jährlich ein paar Dollar mehr herauszuschinden, wollen Sie dieses gemütliche Haus in ein Vergnügungszentrum verwandeln. Damit bringen Sie nicht nur eine Reihe von älteren Hotelangestellten, die zum Teil seit zwanzig Jahren hier beschäftigt sind, um ihre Arbeit, sondern Sie zerstören auch eine Gegend, die bis jetzt noch intakt ist. Lakeside ist kein Ort, der auf Massentourismus eingestellt ist, sondern ein ruhiges, verträumtes Städtchen. Unsere Gäste kommen hierher, weil sie die gesunde Luft und eine unverdorbene Landschaft genießen wollen, und nicht etwa, um die neueste Tennismode vorzuführen oder sich in einer Diskothek auszutoben."

„Sind Sie endlich fertig, Miss Clark?", schnitt Percy Reynolds ihr das Wort ab. Sein Ton war gezwungen ruhig.

„Nein, noch lange nicht." Mutig schleuderte sie ihm entgegen: „Graben Sie sich hier ruhig Ihren Swimmingpool, von mir aus auch zwei, wenn Sie wollen, aber ich wünsche Ihnen, dass Sie darin ertrinken."

Sie wirbelte auf dem Absatz herum und wollte den Raum verlassen, wurde jedoch unsanft zurückgerissen und mit dem Rücken gegen die Türfüllung gedrückt.

„Miss Clark", begann Percy Reynolds, während er sie an den Schultern festhielt, „aus zwei Gründen habe ich Ihnen erlaubt, Ihre Wut an mir auszulassen. Erstens geben Sie einen entzückenden Anblick ab, wenn das Temperament mit Ihnen durchgeht. Das fiel mir schon auf, als ich Sie noch für einen frechen Teenager hielt. Zweitens bin ich für Ihre berufliche Meinung durchaus empfänglich, wenn auch nicht für Ihre Art und Weise, sie an den Mann zu bringen."

Mit einem jähen Ruck ging die Tür auf. Nelly verlor das Gleichgewicht und wäre gestürzt, wenn Percy sie nicht geistesgegenwärtig festgehalten und an seine Brust gezogen hätte.

„Wir haben Julius' Mittagessen gefunden", verkündete Eddie fröhlich und verschwand wieder.

„Sie haben sehr lebhaftes Personal", bemerkte Percy trocken, während er sie immer noch umschlungen hielt. „Wer, um alles in der Welt, ist Julius?"

„Mrs. Franks Dänische Dogge. Sie nimmt das Tier überallhin mit."

„Bewohnt der Hund ein eigenes Zimmer?", spöttelte er.

„Nein, er hat im Hof einen kleinen Auslauf."

Percy lächelte plötzlich. Sein Gesicht war ihrem ganz nahe. Ein seltsames Gefühl durchzuckte sie wie ein elektrischer Schlag. Sie riss sich von ihm los und glättete ihr zerzaustes Haar.

„Mr. Reynolds", hob sie so würdevoll wie möglich an. Doch das Wort blieb ihr im Hals stecken, als er ihre Hand ergriff, sie zum Schreibtisch zurückzog und sie dort ohne viel Umstände auf einen Stuhl drückte.

„Seien Sie endlich still, Miss Clark", bestimmte er und nahm ihr gegenüber Platz. „Darf ich jetzt vielleicht auch einmal etwas sagen? Was ich letzten Endes mit diesem Hotel tun werde, ist allein meine Angelegenheit. Aber ich bin gern bereit, mir Ihre Meinung anzuhören, denn Sie kennen sich in dem Betrieb und in der Umgebung aus." Er nahm Nellys Kündigungsschreiben, riss es entzwei und ließ die beiden Hälften auf die Tischplatte fallen.

„Dazu haben Sie kein Recht", platzte sie heraus.

„Ich habe es mir aber genommen." Es klang gereizt.

Nelly kniff die Augen zusammen. „Macht nichts, ich schreibe eine neue Kündigung."

„Verschwenden Sie nicht das teure Papier", riet er ihr und lehnte sich zurück. „Im Augenblick denke ich nicht daran, Ihre Kündigung anzunehmen. Später können wir darüber reden. Wenn Sie allerdings nichts mehr hier halten kann", setzte er achselzuckend hinzu, „steht es natürlich nicht in meiner Macht, Sie zurückzuhalten. Leider sehe ich mich dann gezwungen, das Hotel für ein paar Monate zu schließen, bis ich einen entsprechenden Ersatz für Sie gefunden habe."

„Das kann doch nicht Monate dauern, bis Sie eine neue Managerin finden", protestierte Nelly.

Percy legte den Kopf in den Nacken und blickte an die Zimmerdecke. „Ich rechne mindestens mit einem halben Jahr", entgegnete er gedankenverloren.

„Ein halbes Jahr?" Sie furchte die Stirn. „Aber das geht nicht. Wir haben Reservierungen, demnächst beginnt ja schon die Sommersaison. Sie können doch die Gäste nicht enttäuschen. Und das Personal wäre dann arbeitslos."

„Richtig." Er lächelte und nickte. Fromm faltete er die Hände.

Sie riss die Augen auf. „Aber … das ist ja glatte Erpressung!"

„Stimmt. Das ist der einzig passende Ausdruck dafür." Er schmunzelte. „Sie sind sehr schnell von Begriff, Miss Clark."

„Das kann nicht Ihr Ernst sein …" Nelly verhaspelte sich vor Aufregung. „Sie schließen doch wohl nicht das Hotel, nur weil ich kündige."

„Glauben Sie, das brächte ich nicht fertig?“ Er schaute sie unergründlich an. „Wollen Sie es darauf ankommen lassen?“

Eine Zeit lang herrschte Schweigen. Ihre Blicke begegneten sich, und sie versuchten einander einzuschätzen.

„Nein“, sagte Nelly schließlich mit dünner Stimme. Wesentlich lauter setzte sie hinzu: „Nein, das bringe ich nicht fertig. Und das wissen Sie. Trotzdem verstehe ich Ihre Handlungsweise nicht.“

„Sie brauchen mich auch nicht zu verstehen“, fiel Percy ihr schroff ins Wort.

Nelly seufzte und ermahnte sich, ihre Zunge im Zaum zu halten. „Mr. Reynolds, ich kann mir zwar nicht denken, warum Sie darauf bestehen, mich als Hotelmanagerin hier zu behalten, aber …“

„Wie alt sind Sie, Miss Clark?“, schnitt er ihr erneut das Wort ab.

Verdutzt sah sie ihn an. „Was geht Sie das an?“

„Zwanzig, einundzwanzig?“

„Vierundzwanzig“, erwiderte Nelly. „Was hat mein Alter denn mit Ihrem Entschluss zu tun?“

„Vierundzwanzig“, wiederholte er, ohne auf ihre Frage einzugehen. „Ich habe Ihnen also acht Lebensjahre voraus und an beruflicher Erfahrung noch viel mehr. Ich eröffnete mein erstes Hotel, als Sie noch mit Puppen spielten.“

„Ich habe nie mit Puppen gespielt“, antwortete sie kühl.

„Ist ja auch egal.“ Er hob die Schultern und ließ sie wieder sinken. „Rein rechnerisch bleibt der Unterschied bestehen. Der Grund, weshalb ich Sie wenigstens eine Zeit lang noch hier behalten möchte, ist ganz einfach. Sie kennen das Personal, die Gäste, die Lieferanten und so weiter. Während dieser Übergangsperiode brauche ich Ihre Unterstützung. Ich möchte von Ihrer Erfahrung profitieren.“

„Na schön, Mr. Reynolds.“ Nelly entspannte sich wieder, als sie merkte, dass ihr Gespräch sich nun auf beruflicher Ebene weiterbewegte. „Aber machen Sie sich darauf gefasst, dass Sie in allem, was darauf hinausläuft, den Charakter des Hauses zu verändern, von mir keine Hilfe erwarten dürfen. Ich sage Ihnen ganz offen, dass ich dann alles tun werde, um Ihnen Sand ins Getriebe zu werfen.“

„Worauf Sie sich bestimmt sehr gut verstehen“, entgegnete Percy fröhlich. Nelly wusste nicht, ob sein Lächeln gekünstelt oder echt war. „Und jetzt, da wir beide unsere Standpunkte klargelegt haben, Miss Clark, möchte ich mir gern das Hotel ansehen und mir einen Überblick verschaffen, wie der Betrieb läuft. Ich nehme an, dass zwei Wochen genügen, um mich gründlich zu informieren.“

„In zwei Wochen sind Sie ebenso schlau wie vorher“, schleuderte sie ihm entgegen. „Sie glauben doch wohl nicht im Ernst, dass vierzehn Tage genügen, um all das zu verstehen, was ich Ihnen vorhin zu erklären versuchte.“

„Ich begreife schnell, und ich bin ein Mann von raschen Entschlüssen“, erwiderte er. Er lächelte und blickte sie prüfend an. „Wenn mir etwas gehört, dann weiß ich auch, was ich damit anfangen will.“ Sein Lächeln wurde breiter, als sie die Stirn runzelte. Dann erhob er sich. „Wenn Sie wollen, dass das Hotel so bleibt, wie es ist, dann behalten Sie Ihren Posten als Managerin und sorgen dafür, dass der Gewinn stimmt.“ Er nahm ihren Arm und zog sie vom Stuhl hoch. „Lassen Sie uns jetzt einen Rundgang machen.“

Freundlich wie ein Regentag führte Nelly Percy durch das Erdgeschoss und beschrieb ihm in allen Einzelheiten Vorratsräume und Wäscheschränke. Die ganze Zeit über hielt er ihren Arm fest, als befürchte er, dass sie fortlief.

Der ständige körperliche Kontakt verwirrte sie, und sie atmete den herb-männlichen Duft seines Rasierwassers ein. Percy bewegte sich völlig ungezwungen. Trotzdem spürte sie seine Kraft und Energie. Seine Stimme klang tief und melodisch, und manchmal ertappte Nelly sich dabei, dass sie mehr auf den Tonfall achtete als auf das, was er sagte. Wütend auf sich, antwortete sie ihm noch frostiger als zuvor.

Wenn Percy doch nur klein und glatzköpfig wäre oder einen dicken Bauch und ein Doppelkinn hätte. Aber ein Mann, der so gut aussah wie er, befand sich im Streitfall einer Frau gegenüber immer im Vorteil.

„Wo sind Sie eigentlich mit Ihren Gedanken, Miss Clark?"

„Was?"

Sie gab sich einen Ruck und blickte zu ihm hoch. Im Stillen verwünschte sie ihn, weil er so dunkle, faszinierende Augen hatte. „Ich überlege gerade, ob es nicht Zeit fürs Mittagessen wäre." Sie beglückwünschte sich zu ihrer Geistesgegenwart.

„Von mir aus gern, ich habe Hunger." Er ließ sich von ihr in den Speisesaal führen.

Der große Raum war in rustikalem Stil eingerichtet. Die Holzbalken der Decke hatten Altersrisse, und die Tapeten waren ein wenig verblichen. Doch der Saal besaß eine gemütliche Atmosphäre. Lampenschirme aus gelbem Glas verbreiteten abends ein anheimelndes Licht, und wo Platz war, standen ausgesuchte Antiquitäten oder Gegenstände aus schwerem alten Silber.

Die Kaminwand bestand aus einem Gestein, das in der Gegend abgebaut wurde. Schürhaken und Schaufeln aus Messing zierten die leere Feuerstelle. Die Tische waren so angeordnet, dass sich die Gäste miteinander unterhalten konnten. Für die Besucher, die sich gern ein wenig abseits hielten, gab es eigens ruhigere Plätze. Aus dem Raum drangen Stimmenlärm und das Klappern der Bestecke. Der Duft frisch gebackenen Brotes wehte Nelly und Percy entgegen. Auf der Schwelle blieb er mit einem prüfenden Blick stehen. Jede Einzelheit erregte sein Interesse, und schweigend schaute er sich so lange um, als wolle er später aus dem Gedächtnis eine Skizze machen.

„Sehr hübsch", stellte er dann nüchtern fest.

Ein kräftiger, wohlbeleibter Mann näherte sich ihnen. Theatralisch hob er den Kopf. „Wohlan denn, spielt auf, wenn Musik die Nahrung der Liebe ist“, rezitierte er.

„Gebt mir ein Übermaß davon, damit der Hunger mir vergehe und so schnell nicht wiederkehre“, erwiderte Nelly schlagfertig und strahlte ihn an.

Der Mann schmunzelte über Nellys Antwort und trabte trotz seines Übergewichts überraschend behände in den Speisesaal.

„Wer war das denn?“, erkundigte sich Percy. Nelly lachte. Gegen ihren Willen schmolz ihre Zurückhaltung.

„Das war Mr. Leander. Seit zehn Jahren ist er Stammgast bei uns. Früher war er Schauspieler an einer Provinzbühne. Er überrascht mich gern mit Zitaten aus irgendwelchen Schauspielen und wartet immer auf eine passende Antwort von mir.“

„Fällt Ihnen denn immer etwas Entsprechendes ein?“

„Zum Glück habe ich mich seit jeher fürs Theater interessiert, und um besser gerüstet zu sein, stöbere ich stets noch ein bisschen in den bekanntesten Dramen herum, wenn Mr. Leander bei uns reserviert.“

„Gehört das mit zum Service?“, fragte Percy spöttisch.

„Das könnte man sagen.“

Durch Erfahrung gewitzt, spähte Nelly durch den Raum, um zu sehen, wo das Ehepaar Dobson mit seinen Zwillingen saß. Dann dirigierte sie Percy an einen Tisch, der so weit wie möglich von dieser Familie entfernt stand.

„Nelly.“ Liz eilte auf sie zu, und ihre Augen funkelten eifersüchtig, als sie Percy ausgiebig musterte. „Wilbur hat die Eier gebracht, und sie sind schon wieder so klein. Elsie droht, ihm etwas ganz Fürchterliches anzutun.“

„Schon gut, Liz, ich kümmere mich darum.“ Sie übersah Percys fragenden Blick. „Liz, serviere bitte Mr. Reynolds das Mittagessen. Entschuldigen Sie mich jetzt, Mr. Reynolds, ich werde in einer wichtigen Angelegenheit gebraucht. Wenn Sie Fragen oder Beschwerden haben, schicken Sie nach mir. Ich wünsche Ihnen guten Appetit.“

Nelly benutzte die Eier als willkommene Gelegenheit, sich von Percy zurückzuziehen, und eilte in die Küche.

„Wilbur", sagte sie schadenfroh, als die Tür hinter ihr zufiel, „diesmal bin ich der Schiedsrichter."

Am Nachmittag erledigte Nelly tausend kleine Dinge. Die hohe Kunst der Diplomatie und die Fähigkeit, rasche Entscheidungen zu treffen, gehörten mit zu ihrem Beruf. Zum Glück wusste Nelly instinktiv, wie man Menschen behandelte und wen man mit wichtigen Aufgaben betrauen konnte.

Ohne die Ruhe zu verlieren, diskutierte sie ausführlich mit den Zwillingen der Dobsons darüber, ob es ratsam sei, einen Frosch in die Badewanne zu setzen, und tröstete gleich darauf ein Zimmermädchen, das sich in der Wäschekammer vor Liebeskummer die Augen ausweinte.

Während Nelly sich Gefühlsergüsse anhörte, Trostworte fand und Urteilssprüche fällte, kreisten ihre Gedanken unablässig um Percy Reynolds. Es war kein Problem, ihm aus dem Weg zu gehen, doch sein Bild folgte ihr überallhin. Ständig schien er bei ihr zu sein, was sie auch tat oder dachte. Er hatte sich in ihr Leben gedrängt, und sie konnte ihn nicht vergessen.

Verdrossen grübelte sie unentwegt darüber nach, wo er gerade sein mochte oder was er wohl tat. Vielleicht, dachte sie entmutigt, hockt er jetzt gerade in meinem Büro, geht mit der Lupe in der Hand meine Bücher durch und überlegt sich, wo er seine dummen Tennisplätze anlegen kann und ob er die Liegewiese lieber zubetonieren sollte.

Als es Zeit zum Abendessen war, beschloss Nelly, es ausfallen zu lassen und sich stattdessen einige ruhige Stunden zu gönnen. Erst spät suchte sie den Gesellschaftsraum auf. Fast alle Lampen waren ausgeschaltet, und die Dreimannkapelle, die immer am Samstagabend spielte, hatte bereits ihre Instrumente eingepackt. Nur eine Handvoll Leute saß noch bei ihren Drinks und unterhielt sich leise. Der Abend neigte sich dem Ende entgegen.

Nelly gestattete sich, ihre Gedanken wieder um Percy kreisen zu lassen. Ich habe zwei Wochen Zeit, um ihn zur Einsicht zu bringen, sagte sie sich. Eigentlich müsste das reichen, um selbst einen hartgesottenen Geschäftsmann von der Richtigkeit meiner Argumente zu überzeugen.

Zerstreut erwiderte Nelly die Gutenachtwünsche der Gäste, die sich allmählich in ihre Zimmer zurückzogen. Ich habe das Problem von Anfang an falsch angepackt, überlegte sie. Morgen beginne ich mit einer neuen Strategie noch einmal ganz von vorn. Ich werde mich beherrschen und meinen weiblichen Charme einsetzen. Ich kann sehr charmant sein, wenn ich will.

Nelly erprobte ihr Talent an dem älteren Herrn von Zimmer 224, und ihr Selbstvertrauen wuchs im gleichen Maß wie dessen Verwirrung. In gewissen Situationen, stellte sie fest, kommt man mit einem Lächeln weiter, als wenn man die Krallen zeigt. Ein bisschen Charme, ein gefälliges Aussehen und ein selbstbewusstes, entgegenkommendes Auftreten, dann kann eigentlich nichts mehr passieren. Mit dieser Strategie werde ich den Feind schlagen, ehe er überhaupt dazu kommt, den Krieg zu erklären.

Gut gelaunt wandte sie sich an den Barkeeper, der mit einem Tuch die Theke sauber wischte. „Geh jetzt nach Hause, Don, den Rest mache ich selbst."

„Danke, Nelly." Der junge Mann wartete auf keine zweite Aufforderung und verschwand gleich durch die Tür.

Nelly wanderte durch den Raum, um die Körbchen mit den Erdnüssen und die leeren Gläser einzusammeln. Zur Unterhaltung schaltete sie sich das kleine Fernsehgerät ein.

Im Hotel kehrte Ruhe ein. Jetzt endlich fand Nelly die Stille und Einsamkeit, nach der sie sich sehnte.

Aus dem Fernsehgerät erklang leise, Unheil verkündende Musik. Die Töne wehten und schwebten durch den matt beleuchteten Raum. Nelly blickte zum Bildschirm hinüber, und gleich darauf fesselte sie ein Gruselfilm. Sie zog sich die Schuhe aus und kuschelte sich in einen Sessel.

Der Film war alt und die Geschichte einfältig, doch die unheimlichen Bilder zogen sie in ihren Bann. Fasziniert beobachtete sie, wie dunkle Wolkenfetzen vor einem Vollmond dahinjagten. Geistesabwesend griff sie nach einem Körbchen mit Erdnüssen, nahm ihn auf den Schoß und knabberte davon. Das Fernsehbild zeigte inzwischen dichte Nebelschwaden in einem tiefen Wald, und Nelly erschauerte, als sie schwere, tappende Schritte und keuchende Atemzüge hörte. Der Nebel lichtete sich und enthüllte die Fratze eines zähnefletschenden Ungeheuers. Nelly hielt sich die Augen zu und wartete auf den Schrei, den die Heldin des Films beim Anblick des Monsters unweigerlich ausstoßen würde.

„Wenn Sie die Hände vom Gesicht nehmen, sehen Sie mehr."

Nelly schnellte mit einem Aufschrei hoch, sodass die Erdnüsse nach allen Seiten flogen. „Machen Sie das nicht noch einmal!", schimpfte sie und blitzte Percy wütend an. „Sie haben mich zu Tode erschreckt."

„Das tut mir leid." Mit dem Ellenbogen stützte er sich auf die Bartheke und zeigte auf das Fernsehgerät. „Warum setzen Sie sich vor den Kasten, wenn Sie doch nicht hinschauen?"

„Ich sehe für mein Leben gern Gruselfilme, es ist eine richtige Sucht. Aber bei den spannenden Szenen muss ich einfach die Augen schließen. Schauen Sie sich das mal an, bald wird es ganz dramatisch, den Film kenne ich nämlich schon." Mit einer Hand griff sie nach seinem Arm, mit der anderen zeigte sie auf den Bildschirm. „Die Heldin öffnet jetzt gleich die Tür und geht nach draußen. Ich frage Sie, welcher Mensch, der nicht komplett schwachsinnig ist, verlässt im Stockfinstern sein Haus, weil er ein unheimliches Kratzen an der Fensterscheibe hört? Normalerweise würde man sich in einer solchen Situation doch ganz anders verhalten. Wer schlau ist, versteckt sich unter seinem Bett und wartet darauf, dass das Monster verschwindet. Ach du liebe Zeit." Unwillkürlich zog sie Percy näher an sich heran, und als das gebleckte Gebiss des Ungeheuers in Großaufnahme erschien, drückte sie ihr Gesicht gegen seine Brust. „Das ist ja schrecklich, ich kann gar nicht hinsehen. Sagen Sie mir Bescheid, wenn es vorbei ist."

Plötzlich wurde Nelly bewusst, dass sie sich an Percy kuschelte. Sie hörte das Klopfen seines Herzens. Er streichelte ihr Haar, so wie man ein Kind tröstet. Sie verkrampfte sich und wollte sich aus seiner Umarmung lösen, doch er hielt sie fest.

„Nein, warten Sie einen Moment, das Monster schleicht immer noch um die Hütte. Da. Eine Bildstörung hat die Heldin gerettet." Er klopfte ihr auf die Schulter und ließ sie los.

Nelly stand auf und versuchte die verstreuten Nüsse und ihr seelisches Gleichgewicht wiederzufinden. „Heute Nachmittag war ich leider sehr beschäftigt, Mr. Reynolds. Ich muss mich bei Ihnen entschuldigen, weil wir unseren Rundgang durch das Hotel nicht beenden konnten."

Er sah ihr zu, wie sie auf Händen und Knien über den Boden rutschte, wobei ihr das Haar wie ein Vorhang über das Gesicht fiel.

„Ja, leider. Aber ich habe mich auf eigene Faust ein bisschen umgesehen. Ich traf Eddie, der ausnahmsweise einmal nicht wie ein aufgescheuchtes Huhn durch die Gegend flatterte. Ich finde, er ist ein sehr sympathischer junger Mann."

Sie kroch weiter, um die Erdnüsse aufzulesen, die unter einen Sessel gerollt waren. „In ein paar Jahren wird aus ihm einmal ein guter Hotelmanager. Was ihm jetzt noch fehlt, ist Erfahrung."

„Ich lernte auch einige Gäste kennen. Sie scheinen hier allgemein beliebt zu sein, Nelly." Percy kam zu ihr und strich ihr das Haar aus dem Gesicht. „Verraten Sie mir mal, was das für eine Abkürzung ist."

„Was?" Seine Finger berührten ihre Wange, und sie konnte sich nicht mehr auf das Gespräch konzentrieren.

„Nelly." Lächelnd sah er in ihre verstörten Augen. „Wie heißen Sie mit vollem Namen?"

„Ach so." Sie erwiderte sein Lächeln, erhob sich und rückte

ein Stück von ihm ab. „Das ist ein streng gehütetes Geheimnis. Ich würde es nicht mal meiner Mutter verraten."

Die Bildstörung war offenbar behoben, denn die Heldin stieß einen lang gezogenen, schrillen Schrei aus. Nelly ließ die Nüsse, die sie aufgelesen hatte, wieder fallen und warf sich an Percys Brust. „Ach, entschuldigen Sie, aber damit hatte ich nicht mehr gerechnet." Verlegen hob sie das Gesicht und wollte rasch einen Schritt zurücktreten.

„Na so etwas. Jetzt liegen Sie schon zum dritten Mal in meinen Armen." Er umschlang ihre Taille, und mit der freien Hand streichelte er ihr Haar. Ehe sie protestieren konnte, senkte sich sein Mund auf ihre Lippen, und er küsste sie leidenschaftlich. Er zog sie so eng an sich heran, dass sie sich an ihm festhalten musste, um nicht das Gleichgewicht zu verlieren. Ihr Herz klopfte wild. Dann dachte sie an gar nichts mehr und überließ sich ganz ihren Gefühlen …

„Sie sind wunderbar", sagte Percy leise und küsste sie. Seine Lippen glitten ihre Wange entlang zu ihrem Ohr und dann zu ihrem Mund zurück. „Ich probier es gleich wieder."

Doch diesmal ließ Nelly sich nicht überrumpeln. Nur nicht die Fassung verlieren, ermahnte sie sich. In einer solchen Situation gibt man sich am besten kühl und überheblich. „Mr. Reynolds, ich bitte Sie, Ihre romantischen Annäherungen zu unterlassen."

„Ich heiße Percy", entgegnete er ungerührt und blickte lächelnd auf ihre kleinen Hände, die sich nicht sehr wirksam gegen seine breite Brust wehrten. „Heute Morgen, als Sie mich im Büro mit Ihrer Kündigung überfielen, nahm ich mir vor, Sie etwas näher kennenzulernen."

„Mr. Reynolds …"

„Percy", erwiderte er, und sein Gesicht näherte sich ihrem. „Im Übrigen stoße ich einen einmal gefassten Vorsatz niemals um."

„Na schön, Percy", gab sie nach. Mit Nebensächlichkeiten

wollte sie sich jetzt nicht aufhalten, denn sie spürte, wie er sie trotz ihres Sträubens immer näher an sich zog. „Verfahren Sie eigentlich mit all Ihren Hotelmanagern so wie mit mir?“ Nelly hoffte, ihn mit dieser bissigen Bemerkung zu verletzen, und sie kochte vor Wut, als er lediglich den Kopf in den Nacken legte und schallend lachte.

„Nelly, mein Vorsatz, Sie näher kennenzulernen, hat mit Ihrer Stellung in diesem Hotel nicht das Geringste zu tun. Ich gebe nur meiner Schwäche für Frauen nach, die mit Hängezöpfen ganz entzückend aussehen.“

„Wagen Sie ja nicht, mich noch einmal zu küssen“, drohte sie. Gleichzeitig wehrte sie sich so verzweifelt gegen seine Umarmung, dass er sie losließ.

„Sie müssen sich entscheiden, Nelly, zwischen der Rolle eines liebenswerten Mädchens oder einer Kratzbürste.“ Seine Stimme klang leise, jedoch verärgert. „Egal, wie Sie sich mir gegenüber verhalten, das Spiel gewinne ich ohnehin. Aber ich wüsste nur gern, woran ich mit Ihnen bin.“

„Ich spiele Ihnen keine Rolle vor“, fauchte sie. „Ich bin weder ein liebenswertes Mädchen noch eine Kratzbürste. Für Sie bin ich Managerin dieses Hotels, und als solche wünsche ich auch behandelt zu werden.“

„Sie sind lieb und zugleich störrisch wie ein Kätzchen.“ Er schob die Hände in die Taschen seines Jacketts und wippte auf den Absätzen. „Eine interessante Mischung“, spöttelte er. „Aber das wissen Sie vermutlich, sonst würden Sie sich nicht so geben.“

Nelly vergaß ihren Vorsatz, sich zu beherrschen, und trat einen Schritt auf Percy zu. „Ich weiß nur, dass mir absolut nichts daran liegt, Ihr Wohlgefallen oder Ihr Interesse zu erringen. Mein einziger Wunsch ist, dass Sie aus diesem hübschen ruhigen Familienhotel kein supermodernes Ferienzentrum machen.“ Sie ballte die Hände. „Wenn Sie mir einen Gefallen tun wollen, dann fahren Sie nach New York in Ihre Eigentumswohnung zurück und lassen sich hier nie wieder blicken.“

Ohne seine Antwort abzuwarten, wirbelte sie herum und rannte aus dem Zimmer. Sie lief durch das dunkle Foyer, ohne sich noch einmal umzusehen.

3. Kapitel

Percy Reynolds hatte sich selbst zuzuschreiben, dass Nelly am letzten Abend so aus der Rolle gefallen war. Ab heute, dachte sie, während sie eine weiße Seidenbluse und einen grauen Blazer anzog, unterhalte ich mich nur noch über geschäftliche Dinge mit ihm.

Jetzt schämte sie sich, weil sie sich kindisch Schutz suchend an seine Brust geworfen hatte. Wenn sie sich weiterhin so benahm, konnte er sie ja gar nicht ernst nehmen. Anstatt Selbstbewusstsein auszustrahlen, hatte sie sich blamiert, indem sie sich von einem Gruselfilm aus der Fassung bringen ließ und auf seine zärtliche Annäherung wie ein dummes Schulmädchen reagierte.

Das soll mir nicht noch einmal passieren, schwor sich Nelly und steckte sich das Haar zu einer damenhaften Frisur hoch. Ich habe mich von ihm übertölpeln lassen. Kein Wunder, dass ich mich vor ihm lächerlich gemacht habe.

Doch noch während sie sich beschimpfte, kehrten ihre Gedanken wie von selbst zu der Umarmung zurück. Sie fühlte wieder seinen Mund auf ihren Lippen, den warmen Atem, der ihre Wange streifte. All das war neu für sie, ihre Knie wurden seltsam weich, und es kam ihr so vor, als ginge sie auf Watte.

Sie musste sich ständig ermahnen, wie wichtig es war, Percy Reynolds nicht als attraktiven Mann zu beurteilen, sondern als Besitzer des „Lakeside Inn", der das Schicksal dieses Hotels bestimmte.

Eingebildeter Kerl, dachte sie, als sie sich an seine Drohung erinnerte, das Haus zu schließen, wenn sie kündigte. Das war glatte Erpressung. Er wusste, dass er alle Trümpfe in der Hand hielt.

Na schön, wie Sie wollen, Percy Reynolds, dachte sie schließlich, während sie sich den schwarzen Faltenrock glatt strich. Wenn ich will, kann ich auch gemein sein. Nachdem sie vor dem Spiegel mehrere Arten zu lächeln ausprobiert hatte – höflich, herablassend, gleichgültig –, verließ sie mit federnden Schritten das Zimmer.

Die Sonntagvormittage verliefen im Allgemeinen ruhig. Die meisten Gäste schliefen lange und frühstückten erst spät. Gewöhnlich verbrachte Nelly diese stillen Stunden mit Büroarbeit, denn sie wusste aus Erfahrung, dass sie dann ungestört arbeiten konnte.

In der Küche trank sie schnell eine Tasse Kaffee, ehe sie sich in den Papierkrieg stürzte.

„Welch ein Zufall." Nelly zuckte zusammen, als Percys Hand sich unter ihren Ellenbogen legte und er sie zum Speisezimmer schob. „Jetzt brauche ich nicht allein zu frühstücken."

Nelly unterdrückte eine schnippische Bemerkung und lächelte gekünstelt. „Wie nett von Ihnen, dass Sie mit mir frühstücken wollen. Haben Sie gut geschlafen?"

„Wie es in Ihrer Broschüre steht, bürgt die ruhige Atmosphäre des Hotels für einen guten Schlaf."

Nelly steuerte auf einen freien Tisch zu, der etwas abseits von den anderen in einer Nische stand. „Sie werden feststellen, Mr. Reynolds, dass meine gesamte Werbung auf Tatsachen beruht." Nelly nahm auf einem Stuhl Platz. Sie bemühte sich, hell und freundlich zu sprechen. Sie erinnerte sich immer noch an den Streit in ihrem Büro und an die … persönlichere Begegnung im Aufenthaltsraum.

„Bis jetzt habe ich tatsächlich noch keine Unstimmigkeiten bemerkt."

Verträumt vor sich hin lächelnd, stand Maggie am Tisch. Gewiss dachte sie an ihr Rendezvous vom vergangenen Abend.

„Ich bekomme Toast und Kaffee, Maggie", sagte Nelly bestimmt, aber nicht unfreundlich, und riss Maggie aus ihrer Versenkung. Die Kellnerin lief rot an und kritzelte die Bestellung auf ihren Block.

„Ich gebe zu“, meinte Percy, nachdem er seine Wünsche geäußert hatte, „dass Sie von Ihrer Arbeit etwas verstehen.“

Nelly haderte mit sich, weil sie sich über dieses unverhoffte Lob maßlos freute. „Wie kommen Sie darauf?“, fragte sie mit falscher Bescheidenheit.

„Nicht nur Ihre Geschäftsbücher sind tadellos geführt, Sie wissen auch, wie Sie Ihr Personal behandeln müssen. Vorhin haben Sie mit einem einzigen Blick etwas ausgedrückt, wozu andere Leute eine zehnminütige Predigt gebraucht hätten.“

„Es ist eine große Hilfe, wenn man das Personal auch persönlich kennt.“ Verschmitzt lächelnd zog sie die Brauen hoch. „Wissen Sie, zufällig ahne ich, dass Maggie im Geist immer noch bei dem Film weilt, den sie und ihr Freund gestern Abend aus bestimmten Gründen nicht gesehen haben.“

Percy lächelte.

„Das Personal hält zusammen wie eine große Familie“, fuhr Nelly so unpersönlich wie möglich fort. „Und unsere Gäste spüren das. Es gefällt ihnen, wie ungezwungen es hier zugeht, obwohl der Service durch und durch korrekt ist. Den Regeln unseres Hauses entsprechend geht das Personal auf die individuellen Wünsche der Gäste ein. Das ‚Lakeside‘ ist kein Hotel für Leute, die Luxus suchen oder ständig Zerstreuung brauchen. Unsere Gäste legen Wert auf frische Luft, gutes Essen und eine gemütliche Atmosphäre. Und genau das bieten wir ihnen.“

Sie unterbrach sich, als Maggie ihnen das Frühstück brachte.

„Haben Sie Vorurteile gegen groß angelegte Ferienzentren, Nelly?“

Nelly überlegte und beobachtete Percys lange schmale Hände. Er war gerade dabei, Betty Jacksons Brombeermarmelade auf eine Scheibe Toast zu streichen. Etwas verwirrt stotterte sie: „Nein … warum sollte ich etwas dagegen haben?“ Sie dachte daran, dass diese Hände gestern Abend mit ihrem Haar gespielt hatten. „Nein“, wiederholte sie energisch und zwang sich dazu, Percy in die Augen zu sehen. „Ferienzentren sind eine gute Einrichtung, aber mit Betrieben wie dem ‚Lakeside Inn‘ kann man sie nicht vergleichen. Dazu ist das Publikum zu unterschiedlich. In einem Ferienzentrum herrscht ständig Betriebsamkeit, immer ist etwas los. Hier bei uns ist alles auf Entspannung und Erholung eingerichtet. Man kann angeln, segeln, rudern, im Winter Ski laufen, und darüber hinaus ist das Essen gut. Mit einem Wort: Das ‚Lakeside Inn‘ ist vollkommen.“ Es klang kampflustiger als gewollt, und sie bemerkte, wie Percy Reynolds die Brauen hochzog.

„Das muss sich erst noch herausstellen.“ Er hob die Kaffeetasse an die Lippen.

Seine Stimme klang nicht unfreundlich, doch Nelly entdeckte in seinen Augen eine Spur von Ärger. Sie senkte den Blick und schaute auf ihren Teller, als gäbe es dort etwas Interessantes zu sehen.

„Lächelnd blickt der grauäugige Morgen auf die dahinscheidende Nacht“, hörte sie plötzlich eine vertraute Stimme.

Bei dem Zitat hob Nelly erschrocken den Kopf und schaute direkt in Mr. Leanders erwartungsvolles Gesicht. Sie forschte in ihrem Gedächtnis. „Färbt die Wolken im Osten mit zartem Licht …“ Zum Glück ist mir die richtige Antwort eingefallen, dachte Nelly und sah Mr. Leander hinterher, der mit jugendlichem Schwung auf seinen Tisch zuging.

„Eines Tages überrascht er Sie mit einem Zitat, auf das Ihnen nichts mehr einfallen wird.“

„Das ganze Leben ist ein Risiko“, erwiderte sie schnippisch. „Damit findet man sich am besten schon in jungen Jahren ab.“

Er hob die Hand und strich ihr eine übermütige Haarsträhne hinter das Ohr. Bei dieser Berührung zuckte sie wie elektrisiert zurück.

„Ich glaube, dass Sie jede schwierige Situation als Herausforderung betrachten", sagte er gedehnt. „Dadurch wirken Sie noch interessanter. Darf ich Ihnen Kaffee nachschenken?"

Nelly schüttelte verneinend den Kopf. Sie wollte das Frühstück nicht weiter als unbedingt nötig in die Länge ziehen.

Sonnenlicht strahlte durch die Sprossenfenster und malte geometrische Muster auf den Fußboden. Weit entfernt brummte ein Rasenmäher, irgendwo in der Nähe sang ein Vogel.

Nelly saß mit Percy in ihrem Büro und konzentrierte sich auf die Geschäftsvorgänge. Der Berg aus Rechnungen und Betriebsbüchern zwischen ihnen stärkte ihr Selbstbewusstsein. Wenn Nelly über die Leitung des Hotels sprach, befand sie sich auf sicherem Boden. Aber sie musste auch zugeben, dass Percy Reynolds sich in kaufmännischen Dingen bis ins letzte Detail auskannte. Gewissenhaft wie ein Buchhalter prüfte er die Bücher, und geschickt wie ein Kaufmann sortierte und studierte er die Rechnungen.

Glücklicherweise behandelt er mich nicht wie ein dummes Schulmädchen, das Soll und Haben nicht unterscheiden kann, dachte Nelly. Im Gegenteil, Percy hörte sich ihre Erklärungen aufmerksam und respektvoll an. Er hielt sie offenbar für intelligent, und deshalb hoffte sie, ihn schließlich doch noch von ihrer Meinung überzeugen zu können.

„Wie ich sehe, beziehen Sie Ihre Ware von vielen kleinen Einzelhändlern und den hiesigen Bauernhöfen."

„Das stimmt."

Percy zündete sich eine Zigarette an, und Nelly suchte in der untersten Schreibtischschublade nach einem Aschenbecher. „Das ist für alle von Vorteil. Die Produkte, die wir direkt vom Erzeuger bekommen, sind ganz frisch. Notfalls werden wir auch samstags und sonntags beliefert. Damit fördern wir die einheimische Wirtschaft." Unter einem Stapel privater Briefe fand Nelly endlich den Aschenbecher und stellte ihn auf den Tisch.

„Das ‚Lakeside Inn' ist für die Umgebung von großer Bedeutung. Wir schaffen Arbeitsplätze und sind ein Markt für einheimische Erzeugnisse." Nelly fand die Antwort nicht sehr befriedigend und wollte alles noch ausführlicher erklären, als die Tür heftig aufgestoßen wurde.

„Nelly!" Auf der Schwelle stand Eddie, seine Unterlippe zitterte verdächtig. „Die Bodwins sind da."

„Ich komme gleich." Nelly unterdrückte einen Seufzer. Sie würde Eddie sagen, dass er künftig anzuklopfen hatte, ehe er ein Zimmer betrat.

„Wer sind die Bodwins? Eine Naturkatastrophe oder eine Virusepidemie?", fragte Percy, nachdem Eddie wieder davongeeilt war.

„Nichts dergleichen." Nelly stand auf. „Entschuldigen Sie mich bitte, in einer Minute bin ich wieder zurück."

Sie schloss die Tür fest hinter sich und lief ins Foyer hinunter.

„Herzlich willkommen, Miss Patience, herzlich willkommen, Miss Hope." Nelly begrüßte das ältliche Geschwisterpaar zuvorkommend.

Die Schwestern Bodwin, große, hagere, unverheiratete Damen, waren Stammgäste im „Lakeside".

„Ich freue mich, Sie gesund und munter wiederzusehen."

„Wir kommen immer wieder gern hierher zurück, Miss Clark", antwortete Miss Patience, und Miss Hope nickte zustimmend. Meistens war Miss Patience diejenige, die sprach, und Miss Hope beschränkte sich auf einsilbige Kommentare. Das war einer der wenigen Unterschiede zwischen den beiden Schwestern. Davon abgesehen wirkten sie wie Zwillinge, hatten die gleichen Gewohnheiten, die gleiche Art, sich zu bewegen und zu kleiden. Sie trugen orthopädische Schuhe und altmodische Nickelbrillen.

„Eddie, sorge bitte dafür, dass das Gepäck hochgebracht wird", ordnete Nelly an.

Miss Patiences Miene hellte sich auf, und Nelly bemerkte,

wie ihr Blick sich auf einen Punkt heftete, der sich hinter ihrem Rücken befand. Sie drehte sich um und entdeckte Percy.

„Miss Patience, Miss Hope, das ist Mr. Reynolds, der Besitzer des Hotels."

„Es ist mir ein Vergnügen, Sie kennenzulernen, meine Damen." Percy verbeugte sich galant und gab ihnen die Hand. Miss Hopes faltige Wangen röteten sich.

„Sie sind ein Glückspilz, junger Mann." Miss Patience musterte Percy eingehend, dann nickte sie zufrieden. „Ich nehme an, Sie wissen, dass Miss Clark ein Schatz ist. Hoffentlich würdigen Sie das entsprechend."

Nelly knirschte mit den Zähnen. Lächelnd legte Percy die Hand auf ihre Schulter und entgegnete: „Ich bin davon überzeugt, dass Miss Clark ein Goldstück und mein Lob ganz unzureichend ist."

Miss Patience nickte beifällig.

Nelly schüttelte Percys Hand ab und verhielt sich kühl und unpersönlich. „Sie bekommen denselben Tisch wie immer, Nummer zwei."

„Wie schön." Miss Patience kräuselte die Lippen und tätschelte Nellys Wange. „Sie sind ein liebes Mädchen, Miss Clark."

Die Damen entfernten sich in ihr Zimmer.

„Na, hören Sie mal." Spöttisch lächelnd wandte sich Percy an Nelly. „Sie wollen diesen beiden alten Jungfern doch wohl nicht den zweitbesten Tisch geben?"

„Im ‚Lakeside'", entgegnete sie kühl, während sie wieder dem Büro zustrebte, „wird den Gästen im Rahmen des Möglichen jeder Wunsch erfüllt. Ich sehe keinen Grund, den Schwestern Bodwin dieses harmlose Ansinnen abzuschlagen. Mr. Campbell gab ihnen immer den Tisch Nummer zwei."

„Mr. Campbell", erwiderte Percy so ruhig, dass sie zornig wurde, „ist nicht mehr der Besitzer dieses Hauses, sondern ich."

„Das ist mir nicht entgangen." Trotzig schob sie das Kinn

vor. „Verlangen Sie von mir, dass ich die Schwestern Bodwin von ihrem Lieblingsplatz verscheuche und ihnen einen Tisch in der Nähe der Küche gebe? Sehen sie Ihnen nicht vornehm genug aus? Versuchen Sie mal, die beiden Frauen als Menschen zu sehen und nicht als kleine schwarze Zahlen auf Ihren Bankauszügen."

Sie verschluckte sich beinahe, als er fest ihre Schultern packte.

„Leider", begann er drohend, „haben Sie ein aufbrausendes Temperament und ziemlich merkwürdige Vorstellungen, was meinen Charakter angeht. Aber niemand hat mir vorzuschreiben, wie ich meine Betriebe leite. Kein Mensch, haben Sie mich verstanden? Wenn ich Ihren Rat brauche, dann frage ich Sie vielleicht danach, aber die Entscheidungen treffe ich allein, und ich allein ordne an, was zu geschehen hat."

Stumm vor Schreck sah Nelly zu ihm hoch.

„Haben Sie mich verstanden?"

Nelly nickte. Dann nahm sie ihren Mut zusammen und fragte: „Was soll ich jetzt mit den Schwestern Bodwin machen?"

„Nichts. Diese Entscheidung haben Sie mir ja schon aus der Hand genommen. Aber jedes Mal, wenn Sie etwas tun, das mir missfällt, werde ich kein Blatt vor den Mund nehmen und es Ihnen zu verstehen geben." Leise fuhr Percy fort: „Sie sind eine sehr raffinierte Frau. Sie haben mit mir zusammen gefrühstückt und im Büro gearbeitet, ohne mich ein einziges Mal mit meinem Namen anzusprechen. Mit geradezu akrobatischem Geschick haben Sie jede Gelegenheit vermieden, meinen Namen nennen zu müssen. Das hat mich, offen gestanden, fasziniert."

„Seien Sie nicht albern." Sie wollte die Schultern zucken, doch das gelang ihr nicht, denn seine Hände lagen noch immer fest darauf. „Ihre Fantasie geht mit Ihnen durch."

„Aber vielleicht ..." Nelly wollte sich ihm entziehen, doch er zog sie noch näher an sich heran. „Vielleicht sagen Sie jetzt mal meinen Namen.“ Sein Mund berührte fast ihre Lippen. Sie fühlte, wie ihre Knie nachgaben.

„Percy“, flüsterte sie kaum hörbar.

„Sehr schön. Und von jetzt an sagen Sie das öfter zu mir.“ Um seine Mundwinkel huschte ein Lächeln. „Haben Sie Angst vor mir, Nelly?“

„Nein.“ Es klang nicht sehr überzeugend. „Nein“, wiederholte sie energisch.

„Sie schwindeln ja.“ Er lachte amüsiert auf und hauchte einen sanften Kuss auf ihren Mund. Sie stöhnte leicht und schlang die Arme um seinen Hals.

Nelly schien es, als stürze sie einen tiefen Schacht hinunter, in dem bunte Sterne umeinander kreisten. Unwillkürlich erwiderte sie seine Küsse. Percys Hände folgten dem weichen Schwung ihrer Hüften, und während ihre Sinne taumelten, erforschte er die intimeren Stellen ihres Körpers. Nellys Sehnsucht wuchs, und sie schmiegte sich immer enger an ihn. Sie konnte nicht mehr denken, die Welt rings um sie versank.

Doch plötzlich mischte sich Angst in ihre Leidenschaft, und sie befreite sich aus seiner Umarmung. Bestürzt und verwirrt rückte sie von Percy ab. „Ich ... ich muss nachschauen, wie weit das Mittagessen ist.“ Zitternd umschloss sie die Türklinke.

Percy schob die Hände in die Taschen seines Jacketts und wippte auf den Absätzen. „Natürlich ... lauf jetzt und kümmere dich um deine Pflichten, aber mach dich darauf gefasst, dass ich dich früher oder später besitzen werde, Nelly. Wenn es sein muss, bringe ich eine Zeit lang sehr viel Geduld auf.“

Nelly fand die Sprache wieder. „Das ist doch der Gipfel! Ich bin kein Objekt, das du über deinen Makler erwerben kannst.“

„Nein, in diesem Fall kümmere ich mich ausschließlich selbst darum.“ Er lächelte sie aufreizend an. „Ich weiß immer genau, ob mir etwas gehört oder nicht. Anschließend ist es dann nur noch eine Frage der Zeit.“

„Aber mich bekommst du nicht!“ Außer sich vor Wut trat sie dicht vor ihn. „Ich bin kein Besitz, den du deiner Trophäensammlung einverleiben kannst. Du behauptest, du hättest Geduld. Dann warte ruhig bis zum Jüngsten Tag.“

Sein Lächeln schürte nur noch ihren Zorn. Nelly drehte sich um und verließ türenknallend das Büro.

4. Kapitel

Montags gab es für Nelly immer viel zu tun. Sie war davon überzeugt, dass größere Katastrophen sich nur an einem Montag ereigneten, denn das war der Tag, an dem sie sich am wenigsten in der Lage fühlte, mit Schwierigkeiten fertigzuwerden.

Percys Anwesenheit in ihrem Büro war eine zusätzliche Belastung. Seine Absicht, sie eines Tages zu erobern, ärgerte sie noch immer.

Frostig erklärte sie ihm jedes Telefongespräch, das sie führte, jeden Brief, den sie schrieb, jede Rechnung, die sie ablegte. Sie schwor sich, ihm keinen Grund zu der Behauptung zu geben, sie verweigere ihre Mitarbeit. Ich entziehe mich ihm als Frau, dachte sie schadenfroh, aber nicht als Managerin seines Hotels.

Percy verhielt sich korrekt und unpersönlich, was Nelly wiederum auch nicht gefiel. Sie hatte noch keinen Mann kennengelernt, der sich so in der Gewalt hatte wie er. Seine Ruhe war geradezu aufreizend. Sie liebäugelte mit dem Gedanken, ihm ihre Tasse Kaffee über den Kopf zu gießen, nur um ihm irgendeine Reaktion zu entlocken. Die Vorstellung erheiterte sie.

„Denkst du gerade an einen Witz?“, fragte Percy, als Nelly stillvergnügt vor sich hin kicherte.

„Was?“ Gleich wurde ihr Ton wieder kühl. „Nein, ich habe nur gerade an etwas anderes gedacht. Und jetzt entschuldige mich bitte“, fuhr sie fort, „ich muss mich davon überzeugen, dass die Zimmer alle aufgeräumt sind. Wo möchtest du zu Mittag essen? Hier im Büro oder im Speisezimmer?“

„Im Speisezimmer.“ Percy lehnte sich zurück und klopfte mit dem Kugelschreiber auf die Schreibtischplatte. „Leistest du mir Gesellschaft?“

„Es tut mir schrecklich leid", heuchelte Nelly mit scheinheiliger Miene, „aber vor lauter Arbeit werde ich heute gar nicht zum Mittagessen kommen. Ich empfehle dir das Roastbeef. Meine Köchin bereitet es so zu, dass es auf der Zunge zergeht." Zufrieden mit ihrer Ausrede, verließ sie das Büro.

Einfallsreichtum und Glück halfen Nelly, Percy den ganzen Nachmittag lang aus dem Weg zu gehen. Das Hotel war beinahe leer, denn die meisten Gäste gingen spazieren und genossen das milde Frühlingswetter.

Nelly huschte durch die stillen Gänge, ohne Percy zu begegnen. Sie fand sich zwar kindisch, genoss aber trotzdem das Versteckspiel. Sie hatte sich vorgenommen, jedes Zusammentreffen mit Percy bis zum Abendessen zu vermeiden.

In der Stunde vor dem Dinner war es ruhig im Haus. Vor sich hin summend, zählte Nelly den Bestand des Wäscheschranks im dritten Stockwerk. Da sie bezweifelte, dass Percy sie bis in diesen entlegenen Winkel verfolgen würde, entspannte sie sich und ließ ihren Gedanken freien Lauf. Sie stellte sich Bootsfahrten auf dem See vor, Spaziergänge im Wald und lange Sommerabende. In ihre schönen Tagträume mischte sich jedoch ein Gefühl der Unzufriedenheit. Sie vermisste irgendetwas oder, besser gesagt, irgendwen.

Mit wem sollte sie auf dem See Boot fahren? Wer würde sie auf ihren Spaziergängen begleiten? Für wen lohnte es sich, die langen Sommerabende wach zu bleiben?

„Ich brauche ihn nicht", murmelte Nelly und legte einen Stapel frisch gebügelter Bettlaken in den Schrank zurück. „Er ist völlig überflüssig." Sie verließ die kleine Kammer und zog die Tür leise hinter sich zu. Als sie sich umdrehte, prallte sie mit Percy zusammen, der offenbar in unmittelbarer Nähe gestanden hatte. Sie schrie auf.

„Bist du immer so nervös?" Tröstend legte er ihr den Arm um die Schultern und sah sie amüsiert an. „Selbstgespräche führst du auch. Vielleicht brauchst du Urlaub."

„Ich … ich …"

„Einen langen Urlaub", ergänzte er und tätschelte väterlich ihre Wange.

Inzwischen hatte Nelly sich wieder gefangen. „Kein Wunder, dass du mich erschreckst, wenn du wie ein Gespenst durch die Gänge schleichst."

„Ich dachte, das wäre hier so üblich", erwiderte er lächelnd. „Du hast es doch selbst den ganzen Nachmittag lang getan."

Erbost, weil er ihre Taktik durchschaut hatte, entgegnete sie: „Ich habe keine Ahnung, wovon du sprichst. Entschuldige mich bitte, ich habe zu tun …"

„Weißt du eigentlich, dass du eine tiefe Falte zwischen den Augenbrauen hast, wenn du wütend bist?"

„Ich bin nicht wütend, sondern nur sehr beschäftigt." So ein elender Kerl, dachte sie, weil sie seinem Lächeln nicht gewachsen war. „Wenn du mir etwas Geschäftliches zu sagen hast, dann tu es bitte gleich. Meine Zeit ist begrenzt", fügte sie hinzu.

„Ich habe eine Nachricht für dich entgegengenommen", erwiderte er, hob die Hand und fuhr mit einem Finger über ihre Stirnfalte. „Eine sehr wichtige Nachricht."

„Ach?", entgegnete sie leichthin und wünschte, er würde sich etwas von ihr entfernen. Sie stand zwischen ihm und der Kammertür und fühlte sich wie eine Gefangene.

„Ich habe sie mir notiert, damit ich sie auch richtig wiedergebe." Er zog ein Blatt Papier aus der Tasche und las: „Der Anruf stammt von einer Miss Peabody. Sie wollte dich davon in Kenntnis setzen, dass Cassandra ihre Babys bekommen hat. Vier Mädchen und zwei Jungen. Sechslinge." Er senkte das Schriftstück und schüttelte den Kopf. „Wirklich erstaunlich."

„Nicht, wenn die Mutter eine Katze ist." Nelly spürte, wie sie rot anlief. Warum musste ausgerechnet er den Anruf entgegennehmen? Warum hatte Cassandra mit ihrem Wurf nicht warten können? „Miss Peabody gehört zu unseren ältesten Stammgästen. Sie kommt zweimal im Jahr hierher."

„Ach so“, meinte Percy. Um seine Mundwinkel zuckte es. „Jetzt, wo ich meine Pflicht erfüllt und die Botschaft weitergegeben habe, bist du an der Reihe.“ Er nahm ihre Hand und führte sie durch den Korridor. „Die gute Landluft macht Appetit. Du weißt doch, was es heute zum Abendessen gibt. Was würdest du uns empfehlen?“

„Ich habe keine Zeit zum Essen“, versetzte sie borstig.

„Du musst aber essen“, widersprach er. „Stell dir vor, ich wäre dein Gast. Du rühmst dich doch, deinen Gästen im Rahmen des Möglichen jeden Wunsch zu erfüllen. Ich möchte, dass du mir beim Abendessen Gesellschaft leistest.“

Nelly fühlte sich durch ihre eigene Aussage in die Enge getrieben. Wenige Minuten später saß sie Percy am Esstisch gegenüber, nachdem sie ihm den ganzen Nachmittag erfolgreich aus dem Weg gegangen war.

Entgegen ihrer Erwartung verlief das Essen recht harmonisch. Gelegentlich ertappte sich Nelly sogar dabei, dass sie sich von Percys Charme regelrecht umnebelt fühlte. Doch jedes Mal, wenn sie merkte, dass ihre Feindseligkeit schwand, besann sie sich wieder und setzte eine verschlossene Miene auf.

Sie tranken ihren Kaffee, als Eddie sich dem Tisch näherte. „Mr. Reynolds?“ Nelly atmete auf, als Eddie weder verlegen um den heißen Brei herumredete noch aufgeregt mit einer Neuigkeit herausplatzte, sondern ruhig und sachlich meldete: „Da ist ein Anruf für Sie, aus New York.“

„Danke, Eddie. Stellen Sie das Gespräch bitte auf den Apparat im Büro. Es dauert bestimmt nicht lange“, sagte er zu Nelly und erhob sich.

„Meinetwegen brauchst du dich nicht zu beeilen.“ Nelly deutete ein Lächeln an. „Ich muss mich ohnehin gleich wieder um meine Arbeit kümmern.“

„Bis gleich dann.“ Ihre Blicke begegneten sich, und unvermittelt bückte Percy sich und küsste Nelly auf die Wange.

Nelly öffnete den Mund, rieb sich die Stirn und wunderte

sich, woher das plötzliche Schwindelgefühl kam. Sie zwang sich dazu, ruhig durchzuatmen, trank ihren Kaffee aus und begab sich dann eilig in den Aufenthaltsraum.

Die Montagabende im „Lakeside Inn" verliefen nach alter Tradition. Im Aufenthaltsraum wurde die Geselligkeit gepflegt. Auf der Schwelle blieb Nelly kurz stehen und blickte sich prüfend um.

In den Kutscherlampen brannten schon die Kerzen. Tische, Stühle und Sessel waren zur Seite gerückt, sodass eine Tanzfläche frei blieb. Nelly war mit der Atmosphäre zufrieden und trat an den Plattenspieler. Das viel benutzte, aber zuverlässige Gerät befand sich in einer Mahagonitruhe. Andächtig streichelte Nelly den polierten Deckel.

Die ersten Gäste trafen ein, während Nelly noch die Schallplatten aussuchte. Die gedämpften Stimmen im Raum waren Nelly so vertraut, dass sie kaum in ihr Bewusstsein drangen. Gläser klirrten, Eiswürfel klapperten, und gelegentlich erklang Gelächter.

Geschickt wie ein geübter Mechaniker setzte Nelly das leicht antiquierte Gerät in Gang und legte die erste Platte auf. Die dicke schwarze Scheibe begann sich zu drehen, Nelly setzte den Tonarm in die Rille, und eine Melodie ertönte, dünn, von kratzenden Geräuschen untermalt, jedoch stimmungsvoller als manches moderne Musikstück. Ehe die Platte zur Hälfte abgespielt war, bewegten sich drei Paare auf der Tanzfläche. Wieder hatte ein Montagabend begonnen.

Während der nächsten halben Stunde spielte Nelly eine alte Melodie nach der anderen. Sie hatte festgestellt, dass den meisten Gästen, unabhängig von ihrem Lebensalter, ein Ausflug in die musikalische Vergangenheit gefiel. Vielleicht, weil diese einfachen Melodien zu der Schlichtheit des Hotels passen, überlegte sie. Doch achselzuckend verzichtete sie darauf, weiter darüber nachzugrübeln, und schaute lächelnd einem älteren Paar zu, das zu einem Foxtrott über die Tanzfläche wirbelte.

„Was, in aller Welt, ist hier los?"

Nelly zuckte bei dieser zischenden Frage zusammen. Sie blickte Percy fest in die Augen. „Aha, wie ich sehe, hast du deinen Anruf beendet. Es war hoffentlich keine schlechte Nachricht?"

„Nichts Besonderes." Er wartete, bis sie die Platten ausgewechselt hatte, dann wiederholte er seine Frage. „Nelly, ich will wissen, was hier los ist."

„Hier wird getanzt", entgegnete sie schnippisch. An dem vernehmlichen Kratzen der Platte merkte sie, dass die Nadel ausgewechselt werden musste. „Nimm irgendwo Platz, Percy, ich sage dann Bescheid, dass man dir was zu trinken bringt. Du liebe Güte, diese Stahlnadeln sind auch nicht mehr das, was sie mal waren." Mit spitzen Fingern zog Nelly einen Ersatz aus dem Kästchen und machte sich an die Arbeit.

„Wenn du damit fertig bist, hättest du dann vielleicht die Güte, dich mir zu widmen?"

Nelly war von der Schwierigkeit ihrer Aufgabe so beansprucht, dass sie den beißenden Unterton überhörte. „Natürlich." Sie setzte den Tonarm mit der neuen Nadel behutsam auf die Platte zurück. „Was möchtest du denn, Percy?" Sie hob den Kopf und blickte zur Bar hinüber.

„Zunächst eine Erklärung."

„Eine Erklärung?", wiederholte sie spöttisch. „Was soll ich dir denn erklären?"

„Nelly." Sie merkte, dass er gereizt war. „Stellst du dich absichtlich so begriffsstutzig an?"

Nelly missfiel sowohl die Frage als auch der Ton. „Wenn du dich etwas deutlicher ausdrücken könntest, wäre ich vielleicht nicht so begriffsstutzig."

„Bis jetzt hatte ich geglaubt, dass dieser Aufenthaltsraum über eine gut funktionierende Stereoanlage verfügt."

„Diesen Glauben will ich dir nicht nehmen." In Nelly regte sich der Widerspruchsgeist. „Aber ich begreife immer noch nicht, worauf du hinauswillst."

„Warum wird die Stereoanlage nicht benutzt? Warum bedienst du diesen vorsintflutlichen Apparat?" Mit dem Kinn deutete er auf den Plattenspieler.

„Die Stereoanlage wird nicht benutzt, weil heute Montag ist." Sie betonte jedes einzelne Wort.

„Ach so." Percy blickte zur Tanzfläche hinüber, wo ein Paar einem anderen zeigte, wie man korrekt Tango tanzte. „Das erklärt natürlich alles."

Seine Ironie brachte Nellys Blut in Wallung. Sie verbiss sich eine Reihe frecher, aber unkluger Bemerkungen und stöberte hektisch in dem Plattenvorrat. „Montagabends spielen wir immer alte Platten. Im Übrigen ist es kein vorsintflutliches Gerät", fügte sie allen guten Vorsätzen zum Trotz hinzu, „sondern eine Antiquität, ein Museumsstück."

„Nelly, warum spielst du montagabends alte Platten?" Er sagte es in einem Ton, als spräche er mit einer geistig behinderten Person.

„Darum." Nelly kniff die Lippen zusammen.

Percy winkte ab, als sie zu einer Erklärung ausholen wollte. „Warte." Rasch durchquerte er das Zimmer und sprach kurz mit einem der Gäste. Nelly schäumte vor Wut, denn sie beobachtete, wie er dabei sein charmantestes Lächeln aufsetzte.

Doch sein Gesicht war todernst, als er wieder zu ihr zurückkam. „Du wirst für eine Weile am Plattenspieler abgelöst. Und jetzt komm mal mit nach draußen."

Ohne viel Umstände nahm er ihren Arm und schob sie zur Tür. Die kühle Nachtluft trug nicht dazu bei, Nellys Pulsschlag zu senken. Percy zog hinter sich die Tür zu und lehnte sich mit dem Rücken gegen die Hauswand. „Jetzt darfst du mir erzählen, was du auf dem Herzen hast."

„Ach, du regst mich so auf, dass ich vor Zorn schreien könnte." Nach dieser Drohung wanderte Nelly die Veranda auf und ab. „Warum musst du solch ein … ein …"

„Spielverderber sein?", schlug Percy vor.

„Ja, genau das wollte ich sagen.“ Nelly war aufgebracht, weil ihr das Wort selbst nicht eingefallen war. „Alles lief wunderbar, bis du kamst, um von deinem hohen Ross auf uns herabzublicken.“

Eine Zeit lang schwieg Nelly. Dann fuhr sie fort: „Die Leute da drinnen haben Spaß an der Sache.“ Mit ausgestrecktem Arm deutete sie auf ein offen stehendes Fenster. Ein langsamer Walzer erklang. „Du hast kein Recht, diese Art von Vergnügen zu kritisieren. Nur weil wir keine Kapelle engagieren oder Schlager aus der Hitparade spielen, heißt das noch lange nicht, dass sich unsere Gäste nicht gut unterhalten. Ich verstehe wirklich nicht, was du daran auszusetzen hast …“ Sie verstummte, als er ihren Arm ergriff.

„Schon gut. Reg dich wieder ab.“ Percy drehte sie energisch zu sich herum, und das Haar fiel ihr ins Gesicht. Ungeduldig strich sie es sich aus der Stirn. „Ich schlage vor, wir fangen noch mal ganz von vorn an.“

„Weißt du was“, stieß sie mit zusammengebissenen Zähnen hervor, „mit deiner Ruhe machst du mich noch wahnsinnig.“

„Du bist zu temperamentvoll“, entgegnete er, „und neigst dazu, in deiner Erregung weit übers Ziel hinauszuschießen.“ Ihr fiel auf, dass seine Stimme gefährlich leise klang. „Wenn du mir gegenüber nicht so viele Vorurteile hättest, bräuchtest du dich nicht durch jedes Wort von mir beleidigt zu fühlen.“

Wütend funkelte sie ihn an. Er fuhr fort: „Falls du dich erinnerst, begann dieses denkwürdige Gespräch mit einer ganz einfachen Frage von mir.“

„Und ich gab dir eine ganz einfache Antwort.“ Sie stockte. „Wenigstens glaube ich das.“ Verzweifelt warf sie die Arme hoch. „Du kannst nicht von mir verlangen, dass ich mich noch genau an das erinnere, was du sagtest und was ich darauf erwiderte. Du brauchst ja mindestens zehn Minuten, um überhaupt zum Thema zu kommen.“ Sie atmete tief durch, als sie merkte, dass ihr Temperament schon wieder mit ihr durchging. „Na schön, fangen wir noch mal von vorn an. Wie lautete doch gleich deine ganz einfache Frage?"

„Nelly, du schaffst es, einen Heiligen zur Weißglut zu bringen. Bei dir braucht man wirklich eine Engelsgeduld." Er stöhnte leise. „Ich möchte wissen, warum ich mitten in einen Nostalgie-Abend platzte, als ich vorhin den Aufenthaltsraum betrat."

„Jeden Montagabend", sagte sie forsch und nüchtern, „bieten wir unseren Gästen diese Form der Unterhaltung. Der Plattenspieler steht seit über fünfzig Jahren im Hotel und wird seither immer montags benutzt. Die Gäste, die schon einmal hier waren, freuen sich darauf. Natürlich", fuhr sie leicht zerstreut fort, denn sie merkte, wie Percy sie näher an sich heranzog, „benutzen wir an anderen Abenden auch die Stereoanlage. Und in der Saison engagieren wir samstags und sonntags eine Tanzkapelle. Aber montags wird nach alten Melodien getanzt, und diese Tradition ist so alt wie dieses Haus."

Die weichen, dunklen Klänge eines Blues wehten durch das offene Fenster. Nelly wiegte sich in diesem Rhythmus, und Percy begann langsam mit ihr zu tanzen.

„Den Gästen macht es Spaß. Und ich habe festgestellt, dass das Alter dabei überhaupt keine Rolle spielt. Ob junge oder alte Leute, alle lassen sich für einen Abend gern mal in die Vergangenheit zurückversetzen."

Ihre Stimme klang längst nicht mehr so forsch. Während sie sich zu der sanften Melodie des Blues bewegten, spürte sie, wie die Gedanken ihr entglitten.

„Das war eine vernünftige Antwort." Percy zog sie näher an sich, und sie legte den Kopf in den Nacken, um ihm weiterhin in die Augen schauen zu können. „Ich fange an, mich selbst für diese Idee zu erwärmen." Ihre Gesichter waren sich jetzt so nahe, dass sein Atem ihre Lippen streifte.

„Ist dir kalt?", fragte Percy, als er spürte, wie sie zitterte. Obwohl sie den Kopf schüttelte, zog er sie noch enger in seine Arme, um sie mit seinem Körper zu wärmen. Ihre Wangen schmiegten sich aneinander, bis sie zu einer einzigen Kontur verschmolzen.

„Ich muss jetzt wieder hineingehen“, sagte Nelly leise, tat aber nichts dergleichen. Sie schloss die Augen und ließ sich von Percy und der Musik führen.

„Hm!“ Sein Mund lag dicht an ihrem Ohr.

Die leisen Geräusche der Nacht mischten sich in die Melodie, die aus dem Fenster erklang. Blätter raschelten im Wind, ein Käuzchen schrie, Nachtfalter flatterten geräuschvoll gegen die erleuchtete Fensterscheibe.

Die Nachtluft streichelte Nellys erhitzte Wangen. Es duftete leicht nach Hyazinthen. Mondlicht sickerte durch das Geäst der hohen Ahornbäume und malte ein kompliziertes Muster auf den Boden.

Nelly lauschte, wie Percys Herz schlug. Sein Mund glitt ihre Schläfe entlang und über ihr Haar, seine Hände streichelten ihren Rücken.

Ihr eigener Wille schmolz, während ihre Sinne gleichzeitig immer empfindlicher reagierten. Trotz der Musik hörte sie Percy atmen, spürte durch die Kleidung seine Haut, genoss den herben Duft seines Rasierwassers. Was um sie herum geschah, nahm sie nicht mehr wahr. Nur noch sie und Percy existierten. Sehnsüchtige Gefühle stürmten auf sie ein, denen sie keinen Namen zu geben vermochte. Sie verlangte grenzenlos nach ihm.

„Nein, bitte.“ Sie löste sich aus seiner Umarmung. „Ich will das nicht.“ Sie stützte sich am Geländer der Veranda ab und sah ihn an.

Percy kam auf sie zu und streichelte sanft ihren Hals. „Doch, du willst.“ Sein Mund senkte sich auf ihre Lippen. Nelly glaubte den Boden unter den Füßen zu verlieren.

Ihre Gefühle überwältigten sie, bis sie meinte, nicht mehr atmen zu können. Percy zog sie noch näher an sich heran. Instinktiv wusste Nelly, dass sie sich sofort von ihm lösen musste, denn sonst brächte sie nie mehr die Kraft dazu auf.

„Nein!“ Sie wehrte sich mit beiden Händen gegen ihn und befreite sich aus der Umarmung. „Ich will nicht“, keuchte sie, drehte sich um und hastete die Verandatreppe hinunter. „Woher weißt du, was ich möchte und was nicht?“, schleuderte sie ihm noch zu, ehe sie im Laufschritt um die Ecke des Gebäudes bog.

Bevor Nelly ins Haus zurückging, blieb sie stehen, um Atem zu schöpfen und darauf zu warten, dass ihr wild pochendes Herz sich wieder beruhigte. So aufregend war im „Lakeside Inn“ noch nie ein Montagabend für sie verlaufen, gestand sie sich mit einem Anflug von Humor ein. Unbewusst summte sie die Bluesmelodie vor sich hin, doch als sie sich dabei ertappte, gab sie sich innerlich einen Stoß und betrat zielstrebig das Hotel. Sie steuerte auf die Küche zu, um Liz daran zu erinnern, am nächsten Morgen die Blumenvasen auf die Frühstückstische zu stellen.

5. Kapitel

An manchen Tagen ging eben alles schief. Ein klarer blauer Morgen brach an, doch die heitere Stimmung trog. Nelly trug ein schlichtes grünes Hemdblusenkleid und flache Schuhe, als sie die Treppen hinunterlief und sich predigte, heute nur „dienstlich" zu sein.

Sie nahm sich vor, ganz die Hotelmanagerin hervorzukehren, die dienstlich mit dem Besitzer des Hotels zu tun hatte. Es gab weder Mondschein noch Musik, die sie dazu verleiten konnten, ihre guten Vorsätze zu vergessen. Sie wollte Percy höflich, aber kühl einen guten Morgen wünschen und sich dann unter irgendeinem Vorwand in die Küche zurückziehen. Als sie jedoch den Speisesaal betrat, saß Percy bereits vor einem Berg Rührei und unterhielt sich angeregt mit Mr. Leander.

Er winkte Nelly zerstreut zu, ohne das Gespräch mit seinem Tischnachbarn zu unterbrechen.

Sie ärgerte sich, weil jetzt aus ihrem Vorsatz, Percy bewusst die kalte Schulter zu zeigen, nichts mehr wurde. Sie blickte Percy finster an, ehe sie in die Küche ging. Zehn Minuten später scheuchte Elsie sie wieder hinaus, weil sie ihr im Weg stand. Nelly blieb nichts anderes übrig, als in ihrem Büro ohne Publikum vor sich hin zu brüten.

Eine halbe Stunde lang beschäftigte sie sich mit ihren Akten, während sie mit einem Ohr ständig lauschte, ob Percy sie aufsuchen würde. Die angespannte Haltung machte ihrem Nacken und ihren Schultern zu schaffen. Je stärker die Schmerzen wurden, desto wütender war sie auf Percy. Sie gab ihm die Schuld für ihre schlechte Laune, obwohl sie nicht sagen konnte, was er ihr zuleide getan hatte. Allein die Tatsache, dass er existiert und dass er hier ist, stört mich, dachte sie. Dann brach die Spitze ihres Bleistifts ab.

„Nelly!“ Sie stand wütend vor dem Papierkorb und spitzte den Bleistift, als Eddie ins Büro platzte. „Es ist was passiert.“

„Das merke ich“, antwortete sie trocken.

„Die Spülmaschine ist kaputt.“ Eddie war betroffen, als handle es sich um einen Todesfall. „Mitten in einem Spülprogramm blieb sie auf einmal stehen.“

Nelly atmete nervös. „Ist gut, Eddie, ich rufe Max an. Wenn wir Glück haben, läuft sie vor dem Mittagessen wieder wie geschmiert.“

Doch das Glück ließ sie im Stich.

Eine Stunde später sah Nelly zu, wie Max, der für die Reparatur zuständig war, die defekte Spülmaschine inspizierte. Sein ständiges Murmeln und Seufzen ging ihr auf die Nerven. Die Zeit flog dahin, und Nelly hatte den Eindruck, dass Max unglaublich langsam arbeitete. Ungeduldig beugte sie sich über seine Schulter und musterte das Gewirr von Schläuchen und Drähten.

„Könnte der Fehler nicht da …“

„Nelly.“ Max seufzte und entfernte die nächste Schraube. „Stör mich nicht und lass mich meine Arbeit tun. Davon verstehst du nichts.“

Nelly entfernte sich ein wenig und streckte die Zunge heraus. Im nächsten Moment errötete sie bis in die Haarwurzeln, weil Percy an der Tür stand.

„Gibt es ein Problem?“, erkundigte er sich. Es klang nüchtern, doch sie merkte ihm an, dass er sich über sie amüsierte. Sein versteckter Spott reizte sie noch mehr.

„Ich werde schon damit fertig“, schnauzte sie Percy an. „Du brauchst dich nicht darum zu kümmern. Ich nehme an, dass du genügend mit anderen Dingen beschäftigt bist.“

„Für dich habe ich immer Zeit, Nelly.“ Percy näherte sich ihr, und ehe sie seine Absicht erkannte, nahm er ihre Hand und zog sie galant an seine Lippen. Max räusperte sich vernehmlich.

„Was soll der Unsinn?“ Sie zog ihre Hand zurück und wischte sie am Rock ab. „Es ist nicht nötig, dass du dich hiermit abgibst.“ Mit dem Kinn deutete sie auf die Spülmaschine. „Max hat das Ding noch vor dem Mittagessen repariert.“

„Nein, das schaffe ich nicht.“ Max hockte sich auf die Fersen und schüttelte den Kopf. Er hielt ein kleines Zahnrad in der Hand.

„Was heißt das, du schaffst es nicht?“, fragte Nelly aufgebracht. „Du musst es schaffen. Wir brauchen die Spülmaschine. Was meinst du, was hier mittags los ist?“

„Was du brauchst, ist so etwas hier.“ Max hielt ihr das Zahnrad hin.

„Na und?“ Nelly nahm ihm das Stück aus der Hand und betrachtete es stirnrunzelnd. „Dann tausch dieses Ding eben aus. Ich verstehe nicht, dass wegen so eines winzigen Rädchens die Maschine versagt.“

„Wenn dem Rädchen ein Zahn fehlt, dann kann es manchmal großen Ärger geben“, erklärte Max geduldig. „Das ist nämlich so, Nelly, in meinem Lager habe ich kein solches Zahnrad. Du musst es in Burlington besorgen.“

„Burlington?“ Nelly erkannte die verzweifelte Situation und durfte in der Wahl ihrer Mittel nicht zimperlich sein. Mit einem flehenden Blick, der einen Stein zum Erweichen gebracht hätte, sah sie Max an. „Ach, Max, was soll ich denn jetzt tun?“

Max war zwar schon weit über fünfzig, aber dennoch längst nicht immun gegen einen bittenden Blick aus großen grauen Augen. Er trat von einem Fuß auf den anderen, seufzte ein paarmal und nahm Nelly dann das Rad aus der Hand. „Na schön, ich fahre für dich nach Burlington. Vor dem Abendessen läuft die Maschine wieder, aber früher bestimmt nicht. Hexen kann ich auch nicht.“

„Danke, Max, du bist ein Schatz.“ Nelly stellte sich auf die Zehenspitzen und drückte ihm einen Kuss auf die Wange. „Ohne dich wäre ich verloren.“

Max packte sein Werkzeug zusammen und machte sich davon.

„Komm heute Abend mit deiner Frau zum Essen. Es geht auf Kosten des Hauses." Mit einem selbstzufriedenen Lächeln sah Nelly Max hinterher. Dann fiel ihr plötzlich Percy wieder ein. Sie räusperte sich und wandte sich ihm zu.

„Für deine Augen brauchst du einen Waffenschein", meinte er. „Jeder Mann ist dir ja hilflos ausgeliefert."

„Ich weiß gar nicht, wovon du sprichst." Gespielt gleichgültig rümpfte sie die Nase.

„Tu nicht so scheinheilig." Percy lachte und nahm ihr Kinn zwischen Daumen und Zeigefinger. „Ich habe noch nie einen derart berechnenden Blick gesehen. Armer Max."

„Vielleicht brauchst du eine Brille", erwiderte sie schnippisch. Ihr Herz klopfte wieder einmal viel zu schnell. „Ich habe lediglich im Interesse des Hauses gehandelt. Schließlich ist es meine Pflicht, mich für den Betrieb einzusetzen."

„Sehr richtig", stimmte er zu. Dann beugte er sich über die defekte Spülmaschine. „Hast du schon einen Plan, wie du den Abwasch bewältigst, bis dieses Ding hier wieder funktioniert?", fragte er dann.

„Natürlich." Sie blickte auf die beiden Spülbecken aus blitzendem Edelstahl. „Kremple dir schon mal die Ärmel auf."

Nelly wunderte sich überhaupt nicht darüber, dass sie wenige Minuten später Seite an Seite mit Percy vor der Spüle stand und Geschirr abwusch. Die gemeinsame banale Tätigkeit schien sie miteinander zu verbinden, denn sie vertrugen sich hervorragend. Sie unterhielten sich und scherzten miteinander, als hätte niemals eine Spannung zwischen ihnen bestanden. Als Elsie in die Küche kam, um mit den Vorbereitungen für das Mittagessen zu beginnen, nahmen sie kaum Notiz von ihr.

„Ich habe kein einziges Teil zerbrochen", erklärte Percy stolz, während Nelly den letzten Teller in den Schrank stellte.

„Aber nur, weil ich zweimal im letzten Moment zugegriffen habe, als ich merkte, dass dir was aus der Hand rutschte."

„Das ist eine ganz infame Unterstellung." Percy legte den Arm um ihre Schultern und führte sie aus der Küche. „Mach dich bloß nicht unbeliebt bei mir. Stell dir vor, Max schafft es nicht, bis zum Abendessen die Spülmaschine zu reparieren. Was tust du dann?"

„Daran wage ich gar nicht zu denken. Trotzdem habe ich mir über diese Möglichkeit Gedanken gemacht." In ihrem Büro ließ sich Nelly auf den erstbesten Stuhl fallen. „Ich kenne ein paar junge Leute hier im Ort, die ich im Nu mobilmachen könnte. Aber Max lässt mich schon nicht im Stich."

„Dein Vertrauen möchte ich haben." Percy setzte sich an den Schreibtisch.

„Du kennst Max eben nicht. Wenn er sagt, dass die Maschine vor dem Abendessen wieder läuft, dann funktioniert sie auch zu diesem Zeitpunkt. Im Zweifelsfall hätte er geäußert: ‚Ich werd's versuchen', oder: ‚Mal sehen, ob es geht', oder so ähnlich. Aber wenn Max etwas verspricht, dann hält er es auch. Das ist eben der Vorteil, wenn man jeden, mit dem man zu tun hat, persönlich kennt."

Percy nickte zustimmend. Gleich darauf klingelte das Telefon. Nelly sprang auf und hob ab.

„Hotel Lakeside Inn. Ach, du bist es, Marilyn. Hallo. Nein, ich war den ganzen Vormittag über beschäftigt." Sie hockte sich auf die Schreibtischkante und stöberte in einem Papierstapel herum. „Ja, deine Liste habe ich hier. Nein, tut mir leid, ich bin gerade erst ins Büro gekommen. Ich würde sagen, du wartest ab, bis du ganz genau weißt, wer alles kommt. Dann können wir mit dem Essen und den Getränken besser planen. Wir haben ja noch genug Zeit. Du heiratest doch erst in vier Wochen. Verlass dich ganz auf mich, ich habe schon mehr Hochzeitsfeiern ausgerichtet. Ja, ich kann verstehen, dass du besorgt bist. Nimm's nicht so tragisch. Von einer Braut erwartet man, dass sie nervös ist. Ruf mich an, wenn du weißt, wie viele Leute kommen. Du kannst jederzeit anrufen, Marilyn. Nein, du störst mich überhaupt nicht. Auf Wiedersehen."

Nelly hängte ein und streckte ihren verspannten Rücken, ehe sie bemerkte, dass Percy sie erwartungsvoll ansah. „Das war Marilyn", erklärte sie. „Sie wollte sich bei mir bedanken."

„Ja, den Eindruck hatte ich auch."

„Nächsten Monat heiratet sie." Nelly rieb sich mit der Hand den verkrampften Nacken. „Hoffentlich bekommt sie nicht vorher einen Nervenzusammenbruch. Junge Leute sollten von zu Hause durchbrennen und irgendwo heimlich heiraten, dann würden sie sich und anderen das ganze Theater ersparen."

„Ich bin davon überzeugt, dass viele Brautväter das Gleiche sagen, wenn sie erst die Kosten solch einer Hochzeit beglichen haben." Percy stand auf, ging um den Schreibtisch herum und stellte sich vor sie hin. „Lass mich mal." Mit leichten Bewegungen massierte er ihr den Nacken und die Schultern. Nellys Protestschrei verwandelte sich in ein hörbares Aufatmen. „Wird's schon besser?", lächelte Percy.

„Mm. Ich spüre bereits, wie die Verspannung nachlässt." Sie streckte sich unter seinen Händen wie ein zufriedenes Kätzchen. „Seit der Hochzeitstermin feststeht, ruft Marilyn mich mindestens dreimal in der Woche an, um irgendetwas wegen der Feier mit mir zu besprechen. Komisch, dass die Leute sich wegen einer Hochzeit so aufregen können."

„Tja, nicht jeder ist so sachlich und nüchtern wie du." Percys Finger berührten ihren Haaransatz. „Im Übrigen solltest du deine Idee mit dem Durchbrennen nicht so laut verkünden. Ich könnte mir vorstellen, dass Hochzeitsfeiern im Hotel einen guten Profit abwerfen."

„Profit?" Nelly riss die Augen auf und versuchte sich zu konzentrieren. Es fiel ihr schwer, denn seine massierenden Hände benebelten ihren Verstand. „Profit?", wiederholte sie. Ein paarmal schluckte sie krampfhaft. „Ach so … ja, ja." Sie glitt vom Schreibtisch herunter, um sich seinen Händen zu entziehen. „Ja, im Allgemeinen schon … das heißt … manchmal." Sie lief im Zimmer auf und ab. Bei der gemeinsamen Tätigkeit in der Küche hätte sie beinahe vergessen, wer er war. „Das kommt natürlich ganz drauf an, weißt du, wer die Leute sind und so …"

„Vielleicht könntest du das alles einmal in eine allgemein verständliche Sprache übersetzen", schlug Percy vor.

Mit einem flauen Gefühl in der Magengrube beobachtete Nelly, wie er sich erneut hinter den Schreibtisch setzte. Jetzt geht's wieder los, dachte sie, sah ihn jedoch gefasst an.

„Das ist nämlich so: Gelegentlich richten wir Hochzeitsfeiern oder andere Gesellschaften kostenlos aus. Natürlich", beeilte sie sich hinzuzufügen, als er sie erwartungsvoll musterte, „berechnen wir das Essen und die Getränke, aber nicht die Benutzung des Gesellschaftszimmers …"

„Warum nicht?"

Einige Sekunden lang war es absolut still im Zimmer.

„Warum nicht?", wiederholte Nelly schließlich und blickte an die Zimmerdecke. „Tja, das hängt natürlich von gewissen Umständen ab und ist auch eher die Ausnahme als die Regel." Weshalb lerne ich nicht, den Mund zu halten? fragte sie sich. „In diesem Fall tun wir es, weil Marilyn die Cousine von Liz ist. Du kennst Liz, sie ist eine unserer Kellnerinnen", erklärte sie, als Percy beharrlich schwieg. „In der Hochsaison hilft Marilyn gelegentlich auch bei uns aus. Wir beschlossen, wie es bei uns hin und wieder üblich ist, Marilyn als Hochzeitsgeschenk eine Feier auszurichten."

„Wir?"

„Das Personal", erläuterte Nelly. „Marilyn bezahlt das Essen, die Kapelle, die Blumen, und wir stellen ihr das Gesellschaftszimmer, unsere Zeit und unsere Arbeitskraft zur Verfügung." Kaum hörbar fügte sie hinzu: „Die Hochzeitstorte bekommt sie auch von uns."

„Ach so." Percy lehnte sich zurück und verschränkte die Finger ineinander. „Das Personal stiftet also seine Zeit, seine Arbeitskraft und das Hotel."

„Nur das Gesellschaftszimmer." Unerschrocken hielt Nelly seinem vorwurfsvollen Blick stand. „Das kommt im Jahr doch höchstens ein paarmal vor. Ich kann das auch vom kaufmännischen Standpunkt her vertreten, denn es ist eine gute Reklame für unser Haus. Vielleicht könnte man den Aufwand sogar von der Steuer absetzen. Frag mal deinen Steuerberater." Gereizt wanderte sie unruhig auf und ab. Percy blieb regungslos hinter dem Schreibtisch sitzen. „Ich verstehe gar nicht, was du daran auszusetzen hast. Das Personal opfert für diese Gesellschaften seine Freizeit. Seit Jahren ist das bei uns so Sitte. Es ist einfach …"

„Geschäftspolitik", ergänzte Percy. „Vielleicht solltest du mir eine Liste mit euren etwas exzentrischen Richtlinien zusammenstellen. Aber ich muss dich daran erinnern, Nelly, dass sie nicht unumstößlich sind."

„Du hast doch nicht etwa vor, Marilyn um ihre Hochzeitsfeier zu bringen?" Nelly war entschlossen, sich für Marilyn einzusetzen wie eine Glucke für ihr Küken.

„Da ich die Verantwortung für Marilyns Nervenzusammenbruch nicht auf mein Gewissen laden möchte, bin ich einverstanden. Allerdings", setzte er hinzu, ehe sich das zufriedene Lächeln auf Nellys Gesicht ausbreiten konnte, „glaube ich, dass wir zwei uns einmal ausführlich über Sinn und Unsinn von Reklame unterhalten sollten."

„Jawohl, Sir", antwortete sie frostig. Eine weitere Antwort erübrigte sich, weil das Telefon läutete.

Percy bedeutete Nelly, den Hörer abzuheben. „Ich werde uns inzwischen Kaffee holen."

Sie nahm das Gespräch entgegen, und er verließ das Büro.

In dem Augenblick, als Nelly den Hörer erzürnt wieder auf die Gabel warf, kam Percy zurück. „Der Blumenhändler kann mir meine sechs Dutzend Narzissen nicht liefern", herrschte sie ihn an.

„Das tut mir aber leid." Percy stellte die Kaffeetassen auf den Schreibtisch.

„Das sollte dir auch leidtun. Dies hier ist dein Hotel, und es wären deine Narzissen gewesen."

„Aber das war doch gar nicht nötig, Nelly. Es ist sehr lieb von dir, dass du mir Blumen schenken willst, doch gleich sechs Dutzend Narzissen finde ich ein bisschen übertrieben."

„Sehr witzig", zischte sie und hob ihre Tasse hoch. „Dir wird das Lachen noch vergehen, wenn keine Blumen mehr auf den Tischen stehen. Wie sieht das denn aus!"

„Warum hast du keine anderen Blumen bestellt? Es gibt doch sicher noch mehr Gewächse als Narzissen."

„Für wie dumm hältst du mich eigentlich?", wollte Nelly wissen. „In so großer Anzahl hat der Händler überhaupt keine Blumen vorrätig, frühestens erst wieder nächste Woche. Mit dem Treibhaus scheint irgendetwas nicht in Ordnung zu sein. Es ist wie verhext." Sie nahm wütend einen großen Schluck Kaffee.

„Du liebe Zeit, Nelly, in Burlington gibt es bestimmt ein halbes Dutzend Blumengeschäfte. Lass dich doch von dort aus beliefern." Achselzuckend tat Percy das Problem ab.

Nelly warf ihm einen Blick zu, als zweifle sie an seinem Verstand. „Ich soll die Blumen in Burlington bestellen? Hast du eine Ahnung, was die Narzissen dann kosten würden?" Sie erhob sich von ihrem Platz und nahm die Wanderung durch das Zimmer wieder auf, während sie ihm ihren Standpunkt auseinandersetzte. „Mit künstlichen Blumen kann ich mich einfach nicht anfreunden. Dann lieber gar keine Blumen auf den Tischen. Bleibt also nur noch Betty Jackson. Doch das geht mir gegen den Strich, denn es ist schon schlimm genug, sie um ihr Gelee anbetteln zu müssen. Jetzt muss ich sie auch noch um Blumen anflehen. Aber etwas anderes bleibt mir gar nicht übrig. Sie hat den größten Blumengarten im ganzen Ort." Nelly ließ sich auf den Drehstuhl fallen.

„Bist du fertig?"

„Nein." Nelly zog sich das Telefon heran. „Erst muss ich

Betty die Blumen abschwatzen." Sie biss die Zähne zusammen. „Drück mir die Daumen."

Geduldig lehnte Percy sich zurück und schlug die Beine übereinander. „Ich drück ja schon", sagte er kameradschaftlich und hob demonstrativ beide Fäuste.

Nachdem Nelly das Gespräch beendet hatte, schüttelte Percy ehrlich bewundernd den Kopf. „Bravo", rief er und prostete ihr mit seiner Kaffeetasse zu. „So viel plumpe Schmeicheleien auf einmal habe ich noch nie gehört."

„Mit Feinfühligkeit richtet man bei Betty Jackson nichts aus." Selbstgefällig nahm Nelly das Lob entgegen, dann stand sie auf. „Ich gehe jetzt sofort die Blumen pflücken, ehe sie ihre Meinung ändert."

„Ich fahre dich hin", erbot sich Percy. Er nahm ihren Arm und ging mit ihr zur Tür.

„Danke, aber es ist wirklich nicht nötig. Du brauchst dir keine Umstände zu machen." Die körperliche Berührung erinnerte sie daran, dass es ihr in seiner Nähe immer schwerfiel, einen klaren Kopf zu behalten.

„Es macht mir nichts aus", entgegnete er und begleitete sie hinaus. „Ich muss unbedingt die Dame kennenlernen, die, wie du sagtest, mit der Hand eines Engels Blumen zum Erblühen bringt."

„Habe ich mich wirklich so ausgedrückt?" Nelly lächelte amüsiert.

„Das war noch eines deiner harmlosesten Komplimente."

„Verzweifelte Situationen erfordern verzweifelte Maßnahmen", erklärte Nelly und setzte sich in Percys Mercedes. „Im Übrigen hat Miss Jackson tatsächlich den grünen Daumen, wie man so schön sagt. Ihr Garten ist ein wahres Musterexemplar. Voriges Jahr gewann sie mit ihrem Rosenbusch einen Preis. Hier musst du links abbiegen", rief sie, als sie eine Straßenkreuzung erreichten. „Ich finde, anstatt dich über mich lustig zu machen, solltest du mir lieber dankbar sein. Wenn es nach dir ginge, würde das Hotel allein für Lieferantenkosten ein Vermögen ausgeben."

„Meine liebe Miss Clark", entgegnete Percy gedehnt, „ich kann beim besten Willen nicht abstreiten, dass Sie eine erstklassige Managerin sind. Eine Gehaltserhöhung wäre durchaus vertretbar."

„Wenn ich eine Gehaltserhöhung will, dann frage ich danach", fuhr Nelly ihn an. Darauf blickte sie starr geradeaus auf die Straße. Sein Tonfall und die Art, wie er sie angeredet hatte, passten ihr nicht.

Aber schließlich standen sie in einem Dienstverhältnis zueinander. Nelly schloss die Augen und kaute an ihrer Unterlippe. Bis jetzt war der Tag so harmonisch verlaufen. Umso mehr störte sie seine Bemerkung.

Sie konnte ihren Gedanken nicht weiter nachhängen, denn sie erreichten Miss Jacksons Haus. Percy nahm Nellys Arm, und zusammen gingen sie durch das Gartentor.

Nelly vermutete, dass der metallicblaue Mercedes und Percys Hemd aus reiner Seide genügten, um Miss Jackson für die nächsten sechs Monate mit Stoff für Klatsch zu versorgen. Nellys Finger lag noch auf der Klingel, als die Tür auch schon geöffnet wurde.

„Guten Tag, Miss Jackson", begann Nelly und wollte sich gleich überschwänglich bedanken. Sie unterbrach sich jedoch, als sie bemerkte, dass Betty über ihren Kopf hinwegblickte. „Miss Jackson, das ist Mr. Reynolds, der Besitzer des Hotels Lakeside. Percy, das ist Miss Jackson." Während Nelly redete, riss Betty sich die Schürze von der Taille und die Metallklipse aus dem Haar.

„Miss Jackson, es freut mich, Sie kennenzulernen." Percy ergriff Bettys linke Hand, da sie mit der rechten Schürze und Klipse hinter dem Rücken versteckte. „Ich habe schon so viel Gutes über Sie gehört, dass es mir vorkommt, als seien wir alte Bekannte."

Betty errötete wie ein Teenager und war vermutlich zum ersten Mal in ihrem sechzigjährigen Leben sprachlos.

„Wir wollten die Blumen abholen", warf Nelly ein und wunderte sich über Bettys offenkundige Verwirrung.

„Blumen? Ach ja, natürlich. Treten Sie doch bitte ein." Aufgeregt hetzte sie ihre Gäste durch den Flur und ins Wohnzimmer.

„Entzückend", rief Percy und betrachtete ausgiebig die bestickten Kissen und Häkeldeckchen. Er bedachte Betty mit einem charmanten Lächeln. „Ich kann Ihnen gar nicht sagen, Miss Jackson, wie dankbar wir Ihnen sind, dass Sie uns aus dieser Verlegenheit helfen."

„Ach, das ist doch nicht der Rede wert", zwitscherte Betty. „Nehmen Sie bitte Platz. Ich brühe uns inzwischen ein schönes Tässchen Tee auf. Komm mit, Nelly." Sie flatterte aus dem Zimmer, und Nelly blieb gar nichts anderes übrig, als ihr zu folgen.

In der Küche setzte Betty in Windeseile Wasser auf und holte die Teebüchse aus dem Schrank. „Warum hast du mir nicht gesagt, dass du ihn mitbringst?", tuschelte sie Nelly zu, während sie die Kanne auf Hochglanz polierte.

„Ich hatte ja keine Ahnung ..."

„Ach du meine Güte, in diesem Fall hätte ich mir wenigstens das Haar kämmen und ein bisschen Puder auflegen müssen." Im Küchenschrank stöberte Betty nach ihrem besten Teeservice und wischte die Tassen mit einem Geschirrtuch aus.

Nelly verbiss sich ein Lächeln. „Tut mir leid, Miss Jackson, aber ich wusste selbst nicht, dass Mr. Reynolds mitkommen wollte."

„Macht ja nichts." Nervös winkte Betty ab. „Jetzt ist er jedenfalls hier. Ich brenne darauf, mich mit ihm zu unterhalten. Lauf schnell in den Garten und schneid schon mal die Blumen." Sie drückte ihr eine Gartenschere in die Hand. „Nimm dir, soviel du willst." Sie scheuchte Nelly buchstäblich aus der Küche. „Du brauchst dich nicht zu beeilen."

Ungefähr zwanzig Minuten später betrat Nelly wieder die Küche und hörte Betty ausgelassen kichern. Vorsichtig legte sie den riesigen Strauß aus Narzissen und frühen Tulpen auf dem Tisch ab und ging ins Wohnzimmer.

Percy und Betty saßen einträchtig nebeneinander auf dem Sofa und tranken Tee.

„Ach, Percy", säuselte Betty kokett, „Sie erzählen mir ja Geschichten. Ich weiß gar nicht, ob ich Ihnen glauben soll."

Verdutzt verfolgte Nelly das Geschehen. Sie war davon überzeugt, dass Betty Jackson seit dreißig Jahren nicht mehr so heftig geflirtet hatte. Und kopfschüttelnd bemerkte sie, dass Percy ebenso hemmungslos auf Bettys Annäherungsversuche einging.

Nelly räusperte sich und trat an den Tisch. „Miss Jackson, Ihr Garten ist wirklich ein Gedicht."

„Danke, Nelly, aber er macht mir auch viel Arbeit. Hast du alles gefunden, was du wolltest?"

„Ja, und noch einmal vielen Dank. Ich weiß gar nicht, was ich ohne Sie getan hätte."

„Na schön." Seufzend erhob Betty sich vom Sofa. „Ich hole dir einen großen Karton für die Blumen."

Anschließend rang sie Percy das Versprechen ab, sie bald wieder zu besuchen. Eine Viertelstunde später saß Nelly neben ihm im Mercedes. Auf dem Rücksitz standen zwei Kartons. In dem einen befanden sich die Blumen, im anderen ein halbes Dutzend Gläser mit Gelee, die Betty Percy geschenkt hatte.

„Weißt du was", begann Nelly mit gespielter Strenge, „du solltest dich schämen."

„Ich?" Percy sah sie scheinheilig an. „Weswegen?"

„Das weißt du sehr genau. Noch zehn Minuten länger, und Betty wäre vor Entzücken ohnmächtig in deine Arme gesunken."

„Ich kann doch nichts dafür, dass ich so unwiderstehlich bin."

„Angeber. Du hast dieser Frau völlig den Kopf verdreht. Ein Wort von dir, und sie hätte ihren preisgekrönten Rosenbusch aus dem Boden gerissen und ihn vor unserer Eingangstür wieder eingepflanzt."

„Unsinn", protestierte Percy. „Wir haben uns nur ganz reizend unterhalten."

„Wie hat denn der Tee geschmeckt?", fragte Nelly spitz.

„Sehr gut. Du hast ihn gar nicht probiert, oder?"

„Nein." Nelly rümpfte die Nase und verschränkte die Arme über der Brust. „Sie hat mir ja keinen angeboten."

„Aha, jetzt geht mir ein Licht auf." Seufzend stellte Percy den Motor ab, denn sie waren beim Hotel angekommen. „Du bist eifersüchtig."

„Eifersüchtig?" Nelly lachte gekünstelt und strich ein paar Staubkörnchen vom Rock. „Sei nicht albern."

„Oh ja, ich weiß Bescheid", behauptete er genießerisch. „Du bist ein dummes Mädchen." Er drehte sich zu ihr um und senkte, immer noch lächelnd, seinen Mund auf ihre Lippen. Nelly sträubte sich nur halbherzig dagegen. Doch als seine Küsse immer leidenschaftlicher wurden, bekam sie Angst und wehrte sich gegen ihn.

„Percy, lass mich los." Sie atmete hastig und rang nach Fassung: „Percy, ich finde, es wird Zeit, dass wir eine Grenze ziehen."

„Zwischen Mann und Frau gibt es keine Grenzen, und wenn es welche gäbe, würde ich mich nicht daran halten." Es klang so arrogant, dass es Nelly einen Moment lang die Sprache verschlug. „Ich lasse dir jetzt deinen Willen, weil es etwas kompliziert ist, dich bei hellem Tageslicht auf dem Vordersitz meines Wagens zu lieben. Aber irgendwann werden die Umstände bestimmt günstiger sein."

Nelly kniff die Augen zusammen und fand die Sprache wieder. „Glaubst du etwa im Ernst, dass du dich mir aufdrängen kannst?"

„Wenn es so weit ist, Nelly, dann werde ich dich nicht mehr zu drängen brauchen."

„Worauf du lange warten kannst", fauchte sie und stieg aus. „Wir zwei werden uns nie einig werden." Deftig schlug sie die Tür zu.

6. Kapitel

Nelly stand auf dem weitläufigen Rasen und genoss die warme Frühlingssonne. Sie hatte beschlossen, Percy Reynolds möglichst aus dem Weg zu gehen und sich auf ihre tausend kleinen Pflichten zu konzentrieren. Leider war das nicht so einfach, wie sie es sich vorgestellt hatte. Täglich mussten sie über irgendwelche geschäftlichen Dinge miteinander verhandeln.

Im Augenblick ging es im Hotel sehr ruhig zu, doch Nelly wusste, dass in drei Wochen, wenn die Saison begann, der eigentliche Betrieb erst richtig anfing. Liebevoll betrachtete sie das Haus. Die Ziegel hoben sich hell von den hohen Fichten ab, und die Fenster blitzten in der Sonne. Auf der rückwärtigen Veranda saßen zwei Gäste und spielten Karten. Nelly hörte, wie sie sich miteinander unterhielten, ohne jedoch ein Wort verstehen zu können.

Bald wäre es mit dem Frieden und der Beschaulichkeit vorbei. Dann würden sich auf dem Rasen wieder Kinder balgen und die Motorboote auf dem See die jetzt so angenehme Stille stören.

Doch selbst im Trubel der Hochsaison wirkte das „Lakeside“ immer noch wie eine Oase der Ruhe und des Friedens. Alles war auf Entspannung und Erholung abgestimmt. Der weiche Rasen lud zum Barfußgehen ein, und im Winter konnte man dort herrlich Schlitten fahren und Schneemänner bauen. Eleganz mochte viele Leute anziehen, aber das Familienhotel besaß noch einen altmodischen Charme, der unter gar keinen Umständen zerstört werden durfte. Und wehe, wenn Percy Reynolds es wagen sollte, etwas daran zu ändern.

Mir bleiben noch zehn Tage, um ihn zu überzeugen, sagte sich Nelly. In zehn Tagen reist er wieder ab. Sie seufzte tief.

Der sorgenvolle Seufzer galt sowohl ihr als auch dem Schicksal des Hotels. Ich wünschte, er wäre nie hierhergekommen und ich hätte ihn nie kennengelernt, dachte sie. Mit finsterer Miene wanderte sie zum Haus zurück.

„Mit diesem Gesicht vergraulst du noch die Gäste." Erschrocken hob Nelly den Kopf, als Percy ihr den Weg durch die Tür versperrte. „Für das Geschäft ist es bestimmt günstig, wenn ich dich für eine Weile unter meine Fittiche nehme." Er kam auf sie zu, nahm ihre Hand und zog sie mit sich über den Rasen.

„Ich muss reingehen und unbedingt mit der Wäscherei telefonieren", protestierte Nelly.

„Das hat bestimmt noch Zeit. Deine Pflichten als Fremdenführerin gehen vor."

„Fremdenführerin? Würdest du mich jetzt bitte loslassen? Wo willst du denn hin?"

„Irgendwohin, wo wir Elsies berühmtes Picknick genießen können." Percy zeigte ihr den Korb, den er in der anderen Hand hielt. „Ich will mir den See anschauen."

„Deshalb brauchst du mich nicht mitzuschleppen. Du kannst ihn gar nicht verfehlen. Das ist diese große Wasserfläche, weißt du. Du brauchst nur ein Stück geradeaus zu gehen, und dann bist du da."

„Nelly." Er blieb stehen und sah sie an. „Seit zwei Tagen meidest du mich. Ich gebe zu, unsere Ansichten über das Hotel gehen ein bisschen auseinander, aber …"

„Das hat doch damit nichts zu tun …"

„Sei still", schnitt er ihr das Wort ab. „Ich verspreche dir, keine größeren Änderungen vorzunehmen, ohne dich nicht vorher darüber zu informieren." Es klang unpersönlich und geschäftsmäßig, doch er hielt sie noch immer fest. „Ich weiß deine Loyalität und Opferbereitschaft dem Hotel und dem Personal gegenüber zu schätzen."

„Aber …"

„Aber", fuhr er ihr wieder über den Mund, „noch bin ich der

Besitzer, und noch bist du meine Angestellte. Ich gebe dir jetzt ein paar Stunden frei. Du sollst nicht nur arbeiten, sondern dich auch amüsieren. Hättest du Lust zu einem Picknick?"

„Nein, ich …"

„Wie schön. Ich selbst liebe Picknicks auch über alles." Lächelnd ging er weiter und zog Nelly hinter sich her.

Der Pfad führte durch einen Wald, in dem der Frühling erst zögernd seinen Einzug hielt. Hin und wieder lugten aus dem halb vermoderten Laub Schneeglöckchen hervor. Eichhörnchen kletterten flink die Baumstämme hinauf, und Vögel trugen Material für den Nestbau zusammen.

„Erpresst du dir immer gewalttätig fremde Gesellschaft?", fragte Nelly wütend. Sie musste rennen, um mit Percy Schritt zu halten.

„Nur, wenn es nicht anders geht", erwiderte er.

Der Pfad führte Nelly und Percy an das grasbewachsene Seeufer. Kein Windhauch regte sich, das Wasser war eine spiegelglatte Fläche. Am gegenüberliegenden Ufer erhob sich eine wellige Bergkette. Die Stille wurde nur gelegentlich durch den Ruf eines Vogels unterbrochen.

„Wie bezaubernd", sagte Percy nach einer Weile, ohne eine Spur von Ironie. „Schwimmst du hier manchmal?"

„Seit meinem zweiten Lebensjahr." Nelly bemühte sich um einen leichten Ton. Sie wollte nur, dass er endlich ihre Hand losließ.

„Wirklich?" Er drehte sich zu ihr um. „Stimmt. Du stammst ja aus dieser Gegend, nicht wahr?"

„Ich habe fast mein ganzes Leben lang in Lakeside gewohnt." Nelly nahm ihm den Korb ab, um ihre Hand zu befreien, und tatsächlich lockerte Percy seinen Griff. Sie hockte sich auf den Boden und breitete das ordentlich zusammengefaltete Tuch aus. „Als ich neunzehn war, zogen meine Eltern nach New York, und ungefähr ein Jahr lang blieb ich bei ihnen. Aber dann hielt ich es nicht mehr aus. Mitten im Semester ging ich dort vom College ab und trug mich hier neu ein."

„Wie findest du New York?“ Percy setzte sich neben sie ins Gras und krempelte sich die Ärmel seines weißen Hemdes auf. Bewundernd blickte Nelly auf die muskulösen gebräunten Arme.

„Ich finde New York laut und verwirrend“, erwiderte sie, während sie gegrillte Hühnerschenkel auf Pappteller legte. „Und ich lasse mich nicht gern verwirren.“

„Nein?“ Er lachte sie an. Mit einer raschen Bewegung zog er ihre Haarschleife auf. „Jetzt siehst du aus wie meine kleine Nichte.“ Nelly griff nach der Schleife, doch er warf kurzerhand das Band fort.

„Du bist unverschämt.“ Zornig funkelte sie ihn an.

„Das stimmt“, pflichtete er ihr lächelnd bei, zog eine Weinflasche aus dem Korb und entkorkte sie mit der Geschicklichkeit eines gelernten Kellners. „Sag mal, wie kamst du eigentlich dazu, Managerin des ‚Lakeside‘ zu werden?“

Die Frage überraschte sie. Sie sah zu, wie er den besten Weißwein, den das Hotel zu bieten hatte, in Pappbecher goss. Dann antwortete sie: „Es hat sich so ergeben.“ Sie nahm ihm den Becher aus der Hand, den er ihr entgegenhielt, und merkte ihm an, dass er sich mit dieser vagen Antwort nicht zufrieden gab. „Als ich noch zur Schule ging, half ich in den Sommermonaten im ‚Lakeside‘ aus. Ich verrichtete alle möglichen Arbeiten, die in einem solchen Betrieb eben anfallen. Als ich vom College abging, war ich schon so etwas wie die Assistentin des damaligen Managers. Und als Mr. Blakely dann in den Ruhestand ging, empfahl er mich weiter, und ich übernahm seine Stelle.“ Sie hob die Schultern und biss in eine Käsestange.

„Und wann hast du die Zeit gefunden, Schlagball spielen zu lernen wie ein Profi?“

„Meine sportliche Laufbahn begann, als ich vierzehn war“, erzählte sie, und während sie sich daran erinnerte, kicherte sie unwillkürlich. „Damals war ich bis über beide Ohren in einen älteren Mann verliebt. Er war schon siebzehn.“ Sie setzte eine ernste Miene auf. „Er interessierte sich für sämtliche Sportarten, und ich eiferte ihm nach. Und wenn er mich dann seine Sportsfreundin nannte, kribbelte es mir bis in die Zehen."

Percy lachte so laut auf, dass eine in der Nähe herumhüpfende Amsel erschrocken davonflog. „Nelly, du bist einmalig. Und was passierte mit deinem Sportplatz-Casanova?"

Sie lächelte. „Ach, jetzt ist er verheiratet, hat zwei Kinder und verkauft Gebrauchtwagen."

„Sein Pech", kommentierte Percy trocken und schnitt den Käse in Scheiben.

Nelly brach sich ein Stück von Elsies frisch gebackenem Brot ab und hielt es Percy hin, um eine Käsescheibe zu erwischen. „Verbringst du viel Zeit in deinen übrigen Hotels?", erkundigte sie sich. Sie wollte dem Gespräch eine andere Wendung geben, denn sein Ton war ihr zu persönlich.

„Das kommt ganz darauf an."

„Worauf?" Sie bemühte sich, ihm fest in die Augen zu sehen und seinem nachdenklichen Blick nicht auszuweichen.

„Ich sorge dafür, dass meine Manager sehr fähige Leute sind, mit dem Erfolg, dass in den Hotels eigentlich immer alles reibungslos läuft." Er lächelte. „Und sollte ein besonderes Problem auftauchen, dann kümmere ich mich selbst darum. Wenn ich ein Hotel neu dazugekauft habe, mache ich mir erst mal ein Bild von dem Betrieb und entscheide dann später, ob irgendein Wechsel oder eine Veränderung angebracht wäre."

„Dann kommst du sicher viel herum." Die neue Richtung des Gesprächs war Nelly bedeutend sympathischer. Sie entspannte sich.

„Und ob. Weißt du, dass dein Haar mich an Weizenfelder erinnert, die ich mal in Kansas gesehen habe?" Er hob die Hand und griff spielerisch nach einer Strähne. Nelly schluckte überrascht. „Und deine Augen sind grauer als der Londoner Nebel."

Nelly befeuchtete ihre spröden Lippen. „Wenn du jetzt nicht isst, wird dein Hähnchen kalt."

Er schmunzelte über ihren Versuch, ihn abzulenken, spielte jedoch immer noch mit ihrem Haar. „Hähnchen kann man auch kalt essen." Mit der anderen Hand schenkte er sich Weißwein nach. „Ach übrigens, da war ein Anruf für dich."

Nelly zwang sich, ruhig zu bleiben, und trank einen Schluck Wein. „War es etwas Wichtiges?"

„Mm." Percy blickte sie durchdringend an. „Es war ein gewisser Howard Beall. Du sollst zurückrufen. Er sagte, du hättest seine Nummer."

„Ach so." Nelly kräuselte die Stirn und dachte daran, dass wieder einmal die Zeit für ihr Pflichtrendezvous mit Betty Jacksons Neffen gekommen war. Unbewusst seufzte sie auf.

„Du liebe Zeit. Du strömst ja vor Begeisterung über."

Percys trockener Kommentar zauberte ein Lächeln auf ihre Lippen. „Ach, das ist nur ein Bekannter."

Über Nelly und Percy spannte sich ein postkartenblauer Himmel. Nicht ein einziges Wölkchen war zu sehen. Nelly legte sich auf den Rücken, verschränkte die Arme hinter dem Kopf und genoss den Anblick.

Das Gras war weich und duftete nach Frühling. Die dunklen Zweige der Ahornbäume schimmerten in einem grünen Hauch, das junge Laub begann zu sprießen.

„Im Winter", sagte Nelly verträumt, „wenn Schnee gefallen ist, herrscht hier absolute Stille. Alles ist dann weiß. Der Schnee liegt dick auf den Bäumen, und der See glänzt wie ein Spiegel. Das Eis ist so klar, dass man bis auf den Grund sehen kann. Man vergisst, dass es noch andere Orte auf der Welt gibt und dass es irgendwann wieder Frühling wird. Läufst du Ski, Percy?" Sie rollte sich auf den Bauch und stützte das Kinn in die Hände. Sie lächelte Percy zu. Das Gefühl der Feindseligkeit war verschwunden.

„Ja, ich hab's jedenfalls versucht." Forschend betrachtete er ihr Gesicht, das von der Sonne und dem Wein gerötet war.

„Hier gibt es herrliches Gelände zum Skilaufen. Abends

kommen viele Skiläufer zum Essen zu uns. Es gibt nichts Schöneres, als sich nach einem Tag im Schnee an Elsies Eintopf zu laben." Nelly pflückte einen Grashalm und drehte ihn zwischen den Fingern.

Percy legte sich neben sie auf den Rücken. „Gibt's auch Glühwein?", wollte er wissen.

Nelly lachte. „Selbstverständlich. Man kann auch einen steifen Grog bekommen oder heißen Kakao mit einem Schuss Rum."

„Schade, dass ich die Skisaison verpasst habe."

„Dafür bist du gerade zur Erdbeerzeit gekommen", tröstete Nelly ihn. „Warte, bis du Elsies Erdbeertörtchen genossen hast. Und Fisch gibt es das ganze Jahr über. Wenn du willst, kannst du dir dein Abendessen selbst angeln."

„Ich bin mehr für aktivere Sportarten." Percy begann ihren Arm zu streicheln.

Nelly bemühte sich, das angenehme Gefühl nicht zu beachten, das diese Berührung in ihr auslöste. „Tja." Nachdenklich zog sie die Stirn kraus. „Ungefähr fünfundzwanzig Kilometer von hier entfernt gibt es einen fabelhaften Reitstall, im Yachthafen kann man Boote mieten, und …"

„So etwas habe ich nicht gemeint. Hast du keine besseren Vorschläge?" Er schlang den Arm um sie und zog sie auf seine Brust.

„Man kann auch wandern." Nellys Stimme klang belegt.

„Wandern", wiederholte Percy. Mit einer schnellen Bewegung rollte er sich und Nelly herum, sodass sie unter ihm lag.

„Ja, der Sport wird immer beliebter." Krampfhaft bemühte sie sich, einen klaren Kopf zu behalten. „Und im See kann man natürlich schwimmen."

„Mm." Zärtlich strich er mit dem Finger über ihre Wange.

„Ganz in der Nähe gibt's auch Campingplätze, wirklich sehr zu empfehlen."

„Wirklich?", flüsterte er dicht an ihrem Ohr.

„Ja, allerdings ist das wohl eher etwas für junge Leute." Nelly stöhnte leise, als sich sein Mund auf ihren Hals legte.

„Und wie ist es mit dem Jagen?", fragte Percy ironisch, während seine Lippen zu ihren Mundwinkeln wanderten.

„Ach so, ja sicher. Was hast du gefragt?" Nelly seufzte auf und schloss die Augen.

„Ich wollte wissen, ob man hier jagen kann." Er küsste ihre Augenlider. Seine Hand glitt unter ihren Pullover und streichelte sanft ihre Taille.

„Weiter im Norden in den Bergen gibt es Luchse."

„Fantastisch." Mit den Lippen streifte er leicht über ihren Mund, während sich seine Finger zu ihrem Busen emportasteten. „Der Fremdenverkehrsverein wäre stolz auf dich."

Nelly zitterte, als er mit dem Daumen ihre Brust umkreiste. „Percy", flüsterte sie und schob die Hand in sein dichtes Haar. „Küss mich."

„Gleich", sagte er leise. Er bedeckte ihren Hals mit Küssen, und es kam Nelly wie eine Ewigkeit vor, bis sich sein Mund endlich auf ihren legte.

Nelly fühlte ein unbekanntes Verlangen in sich aufsteigen. Sie zog Percy enger an sich, bis er nicht mehr mit ihren Lippen spielte, sondern sein Kuss leidenschaftlicher wurde. Voller Hingabe erwiderte sie seine Zärtlichkeiten, fortgerissen von Empfindungen, die ihr völlig fremd waren.

Schließlich wurden Percys Hände dreister, die Liebkosungen fordernder. Blitzartig kam es Nelly zu Bewusstsein, dass sie beide sich sehr schnell einem Punkt näherten, an dem es kein Zurück mehr gab. Die Stärke ihrer Gefühle erschreckte sie, und unwillkürlich versteifte sie sich.

Percy spürte ihren Widerstand und hob den Kopf. Sein unregelmäßiger, warmer Atem streifte ihre Wange.

„Bitte, lass mich los." Nelly hasste sich selbst dafür, dass ihr Tonfall nicht sehr überzeugend klang.

„Warum denn?"

Auf seinem Gesicht lag ein Ausdruck unverhüllten Begehrens. Nelly wusste, wenn er sie jetzt nehmen würde, könnte sie weder die Kraft noch den Willen aufbringen, sich ihm zu widersetzen.

„Bitte, Percy."

Lange sah Percy sie an. Dann stieß er einen leisen Fluch aus und richtete sich auf.

„Die Zöpfe passen doch besser zu dir, als ich gedacht hatte." Er zündete sich eine Zigarette an. „Frauen in deinem Alter sind normalerweise keine Jungfrauen mehr. Aber das macht nichts, ich werde eben etwas mehr Geduld aufbringen müssen." Als er Nellys verständnislosen Blick auffing, setzte er lächelnd hinzu: „Ich sagte dir doch schon, dass ich immer bekomme, was ich will, Nelly. An den Gedanken solltest du dich gewöhnen."

Empört sprang Nelly auf. „Ich denke nicht daran, deine neuste Errungenschaft zu werden. Vorhin, das war ..." Ihr fiel kein passendes Wort ein, und sie brach hilflos ab.

„Das war bloß der Anfang", ergänzte Percy. Er ergriff den Picknickkorb, stand auf und packte Nellys Arm. „Wir zwei sind noch lange nicht miteinander fertig. Im Augenblick will ich mich aber nicht mit dir streiten, Nelly."

Gerade wollte Nelly etwas erwidern, als er sie warnte: „Wenn du nicht still bist, dann nehme ich mir vielleicht doch noch hier und jetzt, was du mir vorhin so bereitwillig angeboten hast."

„Du eingebildeter, arroganter Kerl ...", fauchte sie.

„Das genügt, Nelly", unterbrach Percy sie. „Sag lieber nichts, was du später bereuen könntest." Mit festem Griff zog er Nelly mit sich zum Hotel zurück.

7. Kapitel

Beim „Lakeside“ wünschte Nelly sich nichts sehnlicher, als sich aus Percys Armen zu befreien und sich in einen dunklen Winkel zu verkriechen. Leider wusste sie nur zu gut, dass sie es Percy sehr leicht gemacht hatte. Viel schlimmer noch – sie hatte sogar die Initiative ergriffen. Das verstand sie selbst nicht. Noch nie zuvor hatte sie Mühe gehabt, den romantischen Anwandlungen eines jungen Mannes zu widerstehen, oder hatte es überhaupt so weit kommen lassen. Doch wenn Percy sie berührte, setzte offensichtlich ihr Verstand aus.

Es muss mit irgendeinem Instinkt zu tun haben, schloss sie und sah Percy verstohlen von der Seite an, während sie sich der Veranda näherten. Ein Mann wie Percy Reynolds wirkte auf jede Frau attraktiv, er brauchte sie nur anzusehen. Und wenn er eine Frau streichelte, schwebte sie gleich im siebten Himmel. Er ist anders als alle Männer, die ich je kennengelernt habe, dachte sie. Und ich habe ihn auch noch gebeten, mich zu küssen. Als sie sich daran erinnerte, stieg ihr das Blut in die Wangen. Das muss am Wein gelegen haben. Es ist die einzige Erklärung.

Nelly wandte sich wieder an Percy, als sie das Haus durch einen Seiteneingang betraten. „Ich bringe den Korb in die Küche. Brauchst du mich noch?“

„Das ist eine gute Frage“, schmunzelte er.

Sie warf ihm einen vernichtenden Blick zu. „Ich muss arbeiten“, entgegnete sie resolut. „Und jetzt entschuldige mich bitte.“

Nellys Vorsatz, sich einen würdevollen Abgang zu verschaffen, erstarb im Keim, als sie die allgemeine Aufregung in der Eingangshalle bemerkte. Neugier besiegte ihren Stolz.

Am Empfang stand eine groß gewachsene, schlanke, dunkelhaarige Frau, umgeben von einer Anzahl grellrosa Gepäckstücken. Sie trug ein todschickes blaues Kostüm aus Rohseide. Der Duft eines exotischen Parfüms wehte Nelly entgegen.

„Wenn Sie sich jetzt bitte um mein Gepäck kümmern, Schätzchen, und Mr. Reynolds Bescheid sagen würden, dass ich angekommen bin, wäre ich Ihnen sehr dankbar." Diese Wünsche richtete sie mit rauchiger Altstimme an Eddie, der den Mund aufsperrte und aussah, als könnte er nicht bis drei zählen.

„Hallo, Eliza. Was tust du denn hier?"

Die rassige Brünette drehte sich um. Nelly bemerkte, dass ihre Augen ebenso intensiv blau waren wie das Seidenkostüm.

„Percy." Eliza schwebte auf hohen Absätzen durch die Halle und fiel ihm um den Hals. „Ich komme gerade aus Chicago. Du hast es doch sicher gern, dass ich mir diesen kleinen Betrieb hier einmal anschaue und dir ein paar Vorschläge mache."

Percy befreite sich aus Elizas Umarmung und lächelte zurückhaltend. „Wie umsichtig. Nelly, das ist Eliza Trainor. Eliza ist für die Innenausstattung meiner Hotels verantwortlich. Eliza, das ist Miss Clark, die Managerin des ‚Lakeside'."

„Wie interessant."

Eliza nahm Nellys Jeans und den Pullover zur Kenntnis und strich sich liebevoll über ihre perfekte Frisur. „Wenn mich nicht alles täuscht, gibt es hier für mich sehr viel zu tun." Hochnäsig musterte Eliza die handgeknüpften Teppiche und die altmodischen Lampenschirme.

„Bis jetzt hat sich noch kein Gast über die Einrichtung unseres Hauses beschwert", erklärte Nelly nachdrücklich.

„Na ja." Eliza lächelte herablassend. „Aber finden Sie nicht auch, dass hier alles ein bisschen bieder und muffig wirkt? Herr und Frau Meier schätzen das vielleicht, aber Leute mit etwas Niveau legen Wert auf eine schicke Einrichtung. Percy, wenn du vorhast, diesen Raum zu vergrößern, sag es mir. Ich habe da schon verschiedene Ideen. Als Grundfarbe würde ich Rot nehmen, Rot ist immer ein Blickfang. Rote Samtvorhänge und einen roten Teppich stelle ich mir sehr dekorativ vor."

Aus Nellys Augen schossen Blitze. „Wissen Sie was, nehmen Sie Ihre roten Samtvorhänge und stecken Sie sie sich …"

„Ich glaube, wir verschieben diese Diskussion auf später", mischte sich Percy ein und hielt Nellys Arm noch fester. Sie beherrschte sich, um nicht laut aufzuschreien.

„Ich nehme an, Sie wollen jetzt Ihr Zimmer sehen." Nelly biss die Zähne zusammen.

„Allerdings." Mit flatternden Wimpern hatte Eliza Nellys Wutausbruch zur Kenntnis genommen. „Komm mit auf einen Drink, Percy. Hier gibt es doch hoffentlich einen Zimmerservice?"

„Selbstverständlich. Schicken Sie zwei Martini in Miss Trainors Zimmer", wandte sich Percy an Eddie. „Welche Nummer hast du, Eliza?"

„Bis jetzt habe ich überhaupt noch kein Zimmer." Eliza blickte Eddie schmelzend an, der wie betäubt dastand. „Wir haben nämlich einige Verständigungsschwierigkeiten."

„Gib Miss Trainor den Schlüssel von 314, Eddie, und bring ihr Gepäck nach oben." Nellys militärischer Befehl riss Eddie aus seinen Träumen, und er gehorchte beflissen. „Ich hoffe, das Zimmer genügt Ihren Ansprüchen." Sie lächelte gekünstelt und wandte sich ihrem neuen, unwillkommenen Gast zu. „Wenn Sie irgendetwas brauchen, sagen Sie mir Bescheid. Ich sorge dafür, dass Sie Ihre Drinks bekommen."

Percy hielt noch einen Moment lang ihren Arm fest. „Wir zwei sprechen uns später."

„Aber gern", erwiderte Nelly schnippisch. Percy ließ Nelly los, und sie spürte, wie das Blut langsam wieder pulsierte. „Ich stehe Ihnen jederzeit zu einem Gespräch zur Verfügung, Mr. Reynolds. Herzlich willkommen im Hotel Lakeside, Miss Trainor. Ich wünsche Ihnen einen angenehmen Aufenthalt."

Für Nelly war es kein Kunststück, Percy aus dem Weg zu gehen, da er sich den Rest des Tages bei Eliza aufhielt. Nelly glaubte schon, die beiden würden das Zimmer 314 nie mehr verlassen. Um ihr Selbstvertrauen wiederzugewinnen, rief sie Howard an. Sie verabredeten sich für den kommenden Abend. Howard würde sich nie mit so einer aufgetakelten Person einschließen und literweise Martini trinken, dachte Nelly aufgebracht. Aber der Gedanke an Howards soliden Lebenswandel tröstete sie nicht.

Zum Dinner zog Nelly ein schwarzes, raffiniert schlichtes Kleid an. Der weiche Stoff schmiegte sich beinahe zärtlich an ihren sanft gerundeten Körper. Das Kleid war hochgeschlossen, doch gerade der strenge, klassisch einfache Schnitt betonte ihren kleinen festen Busen und ihren langen schlanken Hals. Die zierlichen Knöpfe wirkten wie Perlen. Nelly ließ das Haar offen, und es fiel wie eine duftige Wolke über ihre Schultern. Ehe sie ihr Zimmer verließ, um in den Speisesaal hinunterzugehen, tupfte sie sich noch etwas Parfüm hinter die Ohrläppchen.

Percy und Eliza saßen an einem Ecktisch, und Kerzenschein verbreitete eine intime, anheimelnde Atmosphäre. Als Nelly die beiden sah, furchte sie unwillkürlich die Stirn. Percy und Eliza waren zweifellos ein gut aussehendes Paar. Wie füreinander geschaffen, dachte sie grimmig. Eliza trug ein weinrotes Kleid mit einem tiefen Ausschnitt, der ihren üppigen Busen betonte. Percys dunkler Anzug saß wie angegossen und unterstrich seine breiten Schultern. Nelly stockte der Atem, als sie sich ungewollt an die harten Muskeln seiner Arme erinnerte.

Percy musterte Nelly eingehend. Sie merkte, wie ihr das Blut in die Wangen stieg, doch ohne mit der Wimper zu zucken, hielt sie seinem Blick stand. Dann hob Percy eine Braue und winkte sie an den Tisch.

Entrüstet über diese Unverschämtheit, machte Nelly einen Umweg und blieb fast an jedem Tisch stehen, um einige Worte mit den Gästen zu wechseln.

„Guten Abend.“ Teilnahmslos, aber höflich begrüßte sie Percy und seine Tischnachbarin. „Ich hoffe, es schmeckt Ihnen.“

„Das Essen ist wirklich ausgezeichnet wie immer.“ Percy stand höflich auf und rückte für Nelly einen Stuhl zurecht. Er kniff leicht die Augen zusammen und blickte sie herausfordernd an. Aber Nelly wollte sich nicht ausgerechnet jetzt auf einen Machtkampf mit ihm einlassen.

„Sind Sie mit Ihrer Unterkunft zufrieden, Miss Trainor?“, fragte sie, während sie Platz nahm.

„Es geht, Miss Clark. Doch ich bin entsetzt über die Einrichtung des Zimmers.“

„Du trinkst sicher ein Glas mit uns“, bestimmte Percy, und ohne Nellys Antwort abzuwarten, winkte er eine Kellnerin herbei. Nelly blitzte Percy wütend an.

„Für mich das Übliche“, sagte sie knapp zu Liz. Damit meinte sie ein Glas Bier. Dann widmete sie sich wieder Eliza. „Und was genau hat Sie so schockiert, Miss Trainor?“

„Also wirklich, Miss Clark.“ Eliza tat so, als wäre dieser Punkt nicht diskutabel. „Die Ausstattung ist doch hoffnungslos provinziell. Sicher, es gibt ein paar hübsche Antiquitäten, aber Percy und ich ziehen ein modernes Design vor.“

Nelly war erzürnt – und etwas eifersüchtig. Ironisch entgegnete sie: „Vielleicht könnten Sie mir, einem Mädchen vom Land, mal erklären, was Sie unter einem modernen Design verstehen. Weiter als bis zu der hiesigen Woolworth-Filiale bin ich nämlich noch nicht vorgedrungen.“

Liz brachte Nellys Bier und zog sich schleunigst wieder zurück, da sie die Anzeichen des drohenden Sturms erkannte.

Eliza achtete nicht auf Nellys Ironie. „Zunächst würde ich die gesamte Beleuchtung ändern. Diese gläsernen Lampenschirme mit der Kette, an der man ziehen muss, sind ja geradezu vorsintflutlich. Dann brauchen die Zimmer einen Teppichboden. Die handgeknüpften Läufer und die verblassten Perserbrücken müssten verschwinden. Und das Bad würde ich von Grund auf erneuern." Seufzend hob Eliza ihr Glas an die Lippen und nippte an dem Champagnercocktail. „Badezuber mit Füßen gehören ins Museum, nicht in ein Hotel."

Nelly musste sich mit einem Schluck Bier abkühlen, damit ihr Temperament nicht überschäumte. „Unsere Gäste fanden die Bäder immer ganz entzückend."

„Kann sein", erwiderte Eliza herablassend. „Ihre jetzigen Gäste mögen das ja schön finden, aber wenn erst einmal alles modernisiert worden ist, wird hier ein ganz anderes Publikum verkehren." Aus einem Etui zog sie eine Zigarette und ließ sie sich von Percy anzünden.

„Hast du auch etwas gegen Badewannen mit Füßen und Lampen mit Ziehketten einzuwenden?", fragte Nelly ihn und betonte jedes einzelne Wort. Ihre Augen gaben Sturmwarnung.

„Sie passen zum gegenwärtigen Stil der Einrichtung." Er antwortete genauso artikuliert, doch er blickte sie kühl an.

„Vielleicht kann ich auch ein paar Ideen beisteuern, Miss Trainor, falls Sie hier Änderungen vornehmen." Nelly setzte das Glas ab, und Percy zündete sich eine Zigarette an. „Ich finde, Spiegel gäben den Räumen gleich eine andere Atmosphäre, besonders wenn man sie an der Decke anbringt. Ein Hauch von Dekadenz spricht die meisten Leute an. Die Möbel müssten ganz aus Chrom und Plexiglas bestehen, das ist ja heutzutage gefragt. Auf Farben sollte man völlig verzichten und alles in Weiß halten. Hier und da vielleicht einige rote Tupfer als Blickfang. Ach ja, und die Zimmer bekommen große runde Betten mit Felldecken. Magst du Felldecken, Percy?"

„Ich kann mich nicht erinnern, dich in Fragen der Innendekoration um Rat gebeten zu haben, Nelly." Percy zog lässig an seiner Zigarette. Der Rauch entschwebte in dünnen Schwaden zu den Holzbalken der Decke.

„Ich fürchte, Miss Clark", bemerkte Eliza, ermutigt durch Percys Einwand, „dass Ihr Geschmack etwas vulgär ist."

„Meinen Sie wirklich?“ Nelly tat, als wäre sie überrascht. „Das liegt vielleicht daran, dass ich zu lange auf dem Land gelebt habe.“

„Verlass dich ganz auf mich, Percy. Was ich plane, wird dir bestimmt gefallen.“ Eliza tätschelte vertraulich seinen Arm. „Aber du solltest mir etwas länger Zeit lassen als sonst, weil so außergewöhnlich viel geändert werden muss.“

„Nur keine Eile“, sagte Nelly großzügig und stand auf. „Aber lassen Sie ja die Finger von meinen Badezubern.“

Ihr Abgang war nicht ganz so würdevoll wie gedacht, weil sie beinahe mit Liz zusammengeprallt wäre, die diskret gelauscht hatte. „Eine Runde Arsen für Tisch drei auf Kosten des Hauses“, zischte Nelly der Kellnerin zu und rauschte mit wehendem Rock aus dem Speisesaal.

Nelly kam nicht dazu, sich in ihr Zimmer zurückzuziehen, um dort ihr erhitztes Gemüt wieder abzukühlen, denn sie musste sich um viele kleine, aber nervenaufreibende Einzelheiten kümmern. Erst nach zehn Uhr konnte sie aufatmend die Tür hinter sich schließen und ihrem Zorn Luft machen.

„Provinziell“, schimpfte Nelly. Sie blickte auf einen Tisch, der mindestens achtzig Jahre alt war. Die Person da unten zog wahrscheinlich schwarz-weiß-karierte Plastikmöbel vor. Nacheinander betrachtete Nelly liebevoll die antike Aussteuertruhe, das alte Schulmeisterpult und den Ohrensessel, dessen grüner Bezug bereits an einigen Stellen zerschlissen war.

Jedes Zimmer des Hauses hatte eine besondere persönliche Note. Nelly schloss die Augen und stellte sich den Raum vor, den Eliza bezogen hatte. Nelly liebte die zart geblümte Biedermeiertapete, den glänzend gebohnerten Dielenfußboden und den gepolsterten Fenstersitz im Erker.

Das Prunkstück war jedoch eine altmodische hohe Walnusskommode mit tropfenförmigen Messinggriffen. Jeder Gast dieses Zimmers war davon bezaubert.

Eliza Trainor soll ja nicht wagen, mein Hotel auf den Kopf zu stellen, schwor sie sich. Nelly betrachtete sich in einem Spiegel und seufzte tief. Elizas Gesicht wirkt wie ein Juwel, dachte sie, und meins wie eine Reklame für Butter, Milch und Käse. Dann schloss sie sich in ihrem Zimmer ein.

Wie soll ich Percy davon überzeugen, dass das Hotel so bleiben muss, wie es ist, wenn sie ihm ständig Modernisierungen einflüstert? Ich glaube ohnehin nicht, dass sie ausschließlich seine Dekorateurin ist. Nelly runzelte wütend die Stirn. Mir können sie nicht weismachen, dass sie sich einen ganzen Tag lang in ihrem Zimmer über Stoffmuster unterhalten haben.

Ihr Privatleben geht mich natürlich nichts an, überlegte sie, aber wenn sie ohne meine Einwilligung die Tapeten von den Wänden reißen wollen, haben sie sich geirrt. Die beiden werden noch etwas erleben. Erschrocken drehte Nelly sich um, als plötzlich die Tür aufging und Percy ins Zimmer trat.

Erstaunt beobachtete sie, dass er die Tür absperrte und den Schlüssel wütend in seine Jackentasche steckte.

„Nur, weil du der Besitzer bist, hast du noch lange kein Recht, ohne triftigen Grund den Zweitschlüssel zu benutzen."

„Mir scheint, ich habe mich nicht klar genug ausgedrückt", erwiderte Percy mit trügerisch sanfter Stimme. „Bis auf Weiteres ließ ich dir bei der Führung dieses Betriebes freie Hand, denn ich hatte nicht die Absicht und habe sie auch jetzt noch nicht, die tägliche Routine zu stören. Aber …" Er trat einen Schritt näher, und Nelly rückte von ihm ab, bis sie an die Kante des Tisches stieß. „Ich lasse mir das Heft nicht ganz aus der Hand nehmen. Sämtliche wichtigen Entscheidungen treffe ich allein."

„Du bist der geborene Tyrann …"

„Das hier ist keine Plauderei. Deine Meinung über meinen Charakter interessiert mich nicht", schnitt er ihr das Wort ab. „Ich verbitte mir, dass du über meinen Kopf hinweg irgendwelche Befehle erteilst. Eliza ist meine Angestellte. Ich bestimme, was sie zu tun hat und wann sie es tun soll."

„Du wirst doch wohl nicht zulassen, dass sie all diese schönen alten Stücke hinauswirft und durch Plastikmöbel ersetzt. Die Anrichte im Esszimmer ist reines Hepplewhite. Allein in deinem Zimmer stehen zwei Chippendale-Möbel, und …"

Nelly verstummte, als Percy ihren Nacken umfasste.

„Welche Anweisungen ich Eliza geben werde, ist allein meine Sache, die dich nicht das Geringste angeht." Sein Griff wurde fester. „Und du behältst deine Ansichten für dich, es sei denn, ich frage dich ausdrücklich nach deiner Meinung. Misch dich nicht dauernd in meine Angelegenheiten, sonst könnte es dir noch leidtun. Hast du mich verstanden?"

„Vollkommen. Miss Trainors Einfluss hat dich meinen Argumenten gegenüber blind und taub gemacht."

„Und wenn schon. Auch das geht dich nichts an."

„Deine private Beziehung zu Miss Trainor ist mir vollkommen gleichgültig", erwiderte sie, „aber alles, was dieses Hotel betrifft, geht mich sehr viel an. Ich gab dir meine Kündigung, aber du hast sie zerrissen. Inzwischen habe ich beschlossen, hier nicht von der Stelle zu weichen. Wenn du mich loswerden willst, musst du mich schon rauswerfen."

„Reiz mich nicht bis zur Weißglut." Er ließ die Hand sinken und berührte mit den Fingerspitzen den obersten Knopf ihres Kleides. „Ich habe meine Gründe, dich hierzubehalten, aber ich lasse mir von dir nicht alles bieten. Ich habe dir zwar versprochen, dich über jede Veränderung zu informieren, aber wenn du weiterhin so frech zu meinen anderen Angestellten bist, wirst du dich noch wundern."

„Miss Trainor wirkt nicht, als sei sie auf den Mund gefallen", entgegnete Nelly schnippisch.

„So?" Er lächelte. „Weißt du eigentlich, dass du mich am meisten reizt, wenn du wütend bist? Du siehst bezaubernd aus. Das Kleid ist so brav, dass es schon wieder verführerisch wirkt. War es Zufall oder Absicht, dass du es heute Abend angezogen hast?"

Wie nebenbei öffnete er einen Knopf nach dem anderen. Sie sträubte sich nicht.

„Was meinst du damit?“ Nelly wollte sich losreißen, doch ihre Füße versagten den Dienst. „Verlass jetzt bitte mein Zimmer, Percy.“

„Du lügst ja“, warf er ihr sanft vor. Seine Hand schob sich in das offene Mieder ihres Kleides. Er streichelte ihre weiche Haut und berührte ihren Busen. „Sag mir noch mal, dass ich gehen soll.“

Der Boden schien wie ein Schiffsdeck unter Nelly zu schwanken. „Ich will, dass du jetzt gehst.“ Ihre Stimme klang belegt.

„Das glaube ich dir nicht, Nelly. Dein Körper spricht eine andere Sprache.“ Er massierte leicht ihren Rücken, ehe er sie eng an sich zog. „Du willst mich genauso, wie ich dich will.“ Sein Mund umschloss ihre Lippen.

Nelly kapitulierte vor einer Macht, die stärker war als sie, schmiegte sich in Percys Arme und ließ sich bereitwillig von ihm küssen.

Percy hatte ihr Herz erobert. Nelly war zugleich beseligt und verzweifelt. Dass sie sich in Percy verliebt hatte, war eine Katastrophe. Sie brauchte ihn, und das machte sie wehrlos und verletzlich. In seinen Armen zu liegen, bedeutete für sie höchstes Glück und tiefsten Kummer. Sie hatte sich im Netz ihrer eigenen Wünsche und Sehnsüchte verstrickt, und jeder Versuch, sich daraus zu befreien, musste scheitern.

„Gib's zu“, drängte er, während seine Lippen ihren zarten Hals entlangwanderten. „Gib zu, dass du mich willst. Sag mir, dass ich hierbleiben soll.“

„Ja, ich will dich.“ Sie stöhnte auf und lehnte sich an seine Schulter. „Ja, ich will, dass du hierbleibst.“

Sie spürte, wie er zurückzuckte, und drückte ihr Gesicht tiefer in den Stoff seiner Jacke. Doch er zwang sie, ihn anzusehen. In ihren Augen glitzerten die mühsam zurückgedrängten Tränen, und ihr Mund zitterte. Nelly musste sich beherrschen, um nicht ihren Liebeskummer an seiner Brust auszuweinen. Eine Ewigkeit lang sah er sie unbewegt an. Sie verstand nicht, warum seine Züge sich verhärteten. Was er anschließend sagte, traf sie wie ein Fausthieb.

„Ich glaube, wir sind etwas vom Thema abgewichen." Er trat einen Schritt zurück und vergrub die Hände in den Taschen seines Jacketts. „Ich habe mich doch unmissverständlich ausgedrückt, als ich meine Wünsche äußerte."

Verwirrt schüttelte sie den Kopf. „Percy, ich …"

„Wir unterhalten uns besser morgen weiter." Beim Klang seiner Stimme prallte sie zurück. „Ich verlange von dir, dass du Miss Trainor rücksichtsvoll und mit der gebotenen Höflichkeit behandelst. Vergiss nicht, dass sie auch ein Gast ist und entsprechend respektiert werden muss."

„Selbstverständlich." Nelly konnte die Tränen nicht länger zurückhalten. „Ich werde Miss Trainor die Wünsche von den Augen ablesen." Nelly zog die Nase hoch, wischte sich übers Gesicht und fügte würdevoll hinzu: „Darauf gebe ich dir mein Ehrenwort."

„Dein Ehrenwort?" Percy trat einen Schritt auf sie zu. Nelly flüchtete sich ins Bad und verriegelte die Tür hinter sich.

„Verschwinde", schluchzte sie. „Verschwinde endlich und lass mich in Frieden. Ich habe dir mein Versprechen gegeben, und jetzt hast du nichts mehr bei mir zu suchen. Geh zu deiner Miss Innenarchitektin und lass mich in Ruhe. Deine Befehle werde ich bis aufs i-Tüpfelchen genau ausführen, aber mach dich jetzt aus dem Staub."

Percy schimpfte und knallte die Tür zu. Wie ein Häufchen Elend ließ Nelly sich auf den gekachelten Boden sinken und weinte herzzerreißend.

8. Kapitel

„Du lernst wohl nie dazu, was?" Nelly stand vor dem Spiegel und sprach mit sich selbst. Die Morgensonne enthüllte gnadenlos, dass ihre Augenränder vom Weinen immer noch geschwollen waren. „Du hast dich mal wieder unglaublich blamiert."

Seufzend fuhr sie sich mit allen zehn Fingern durchs Haar, ehe sie sich vom Spiegel abwandte. Wie konnte es mir nur passieren, dass ich mich in ihn verliebt habe, fragte sie sich, während sie die hellgrüne Bluse zuknöpfte. Aber gegen die Liebe war kein Kraut gewachsen. Sie kam angeflogen wie die Masern.

„Es ist wie verhext." Nelly zog einen zur Bluse passenden Rock an. „Gegen meine Gefühle komme ich einfach nicht an. Er braucht mich nur zu berühren, und mein Verstand löst sich im Nu auf."

Nelly schüttelte verständnislos den Kopf, als sie daran dachte, dass sie Percy am vergangenen Abend gebeten hatte, bei ihr zu bleiben. Was für eine Dummheit von ihr! Sie wusste doch, dass er lediglich eine flüchtige Affäre suchte. Und sie errötete vor Scham, als sie sich an seine Abfuhr erinnerte. Warum sollte er auch seine Zeit mit ihr verschwenden, wenn er die rassig-schöne Eliza besaß?

Während der nächsten zehn Minuten überhäufte Nelly sich mit den bittersten Selbstvorwürfen. Unnachgiebig und ernst betrachtete sie sich im Spiegel und schlang sich das Haar im Nacken zu einem lockeren Knoten zusammen. Anschließend straffte sie die Schultern und verließ zufrieden ihr Zimmer.

Von Eddie erfuhr sie, dass Percy bereits im Büro saß und Eliza noch nicht aufgestanden war. Nelly nahm sich vor, beiden aus dem Weg zu gehen, was ihr auch den ganzen Vormittag über gelang.

Die Mittagszeit verbrachte Nelly im Aufenthaltsraum, um die Bestände der Bar zu prüfen. Hier war es still. Die Geräusche aus dem Speisesaal drangen nicht herein. Die Ruhe war Balsam für Nellys Nerven.

„Das ist also der Aufenthaltsraum."

Die rauchige Stimme riss Nelly aus ihrer Versunkenheit. Mit einem Ruck drehte sie sich um, wobei sie zwei Likörflaschen gegeneinander stieß.

Eliza schwebte herein. Das blassgelbe, klassisch geschneiderte Kostüm unterstrich ihre atemberaubende Schönheit. Die gepflegten schlanken Hände hielten einen Schreibblock und einen Bleistift. Eliza betrachtete die weiß gedeckten Tische, die briefmarkengroße Tanzfläche und den aus zweiter Hand erworbenen Flügel. Prüfend fuhr sie über die Wandtäfelung aus Kiefernholz und trat dann an die mit Eichenholz verkleidete Bar.

„Wie nüchtern das alles aussieht", kommentierte sie, „viel zu langweilig. Dem Raum fehlt der Pfiff."

„Danke", erwiderte Nelly betont höflich, ehe sie die beiden Likörflaschen auf das Regal zurückstellte.

„Geben Sie mir bitte einen süßen Vermouth." Eliza schwang sich anmutig auf einen Barhocker und legte den Schreibblock auf den Tresen.

Nelly wollte ihr eigentlich scharf antworten, doch noch rechtzeitig besann sie sich auf das Versprechen, das sie Percy gegeben hatte. Deshalb schwieg sie und schenkte Eliza den gewünschten Drink ein.

„Sie müssen berücksichtigen, Miss Clark", lächelte Eliza zuckersüß, „dass ich hier lediglich meine Arbeit tue. Diese Äußerungen dürfen Sie nicht persönlich nehmen."

Nelly versuchte ihre Abneigung gegen Eliza zu bändigen und antwortete versöhnlich: „Sie haben natürlich recht. Aber alles, was das ‚Lakeside Inn' betrifft, geht auch mich etwas an. Für mich ist das Hotel mehr ein Zuhause als ein Arbeitsplatz."

Sie stellte das Glas Vermouth vor Eliza hin und zählte weiter die Flaschen.

„Ach ja, Percy erklärte mir, dass dieses Haus Ihnen sehr ans Herz gewachsen ist. Er fand das äußerst amüsant."

„Wirklich?" Nellys Hände zitterten. „Percy scheint eine merkwürdige Auffassung von Humor zu haben."

„Nun, man muss ihn sehr gut kennen, um solche Äußerungen richtig zu deuten." In dem Spiegel, der sich hinter den Regalbrettern befand, trafen sich ihre Blicke. Eliza lächelte und hob das Glas. „Percy hält Sie für eine sehr tüchtige Angestellte. Sie könnten gut mit Leuten umgehen, meinte er." Eliza lächelte erneut und nahm dann einen Schluck. „Von seinen Untergebenen verlangt Percy sowohl eine erstklassige Leistung als auch Gehorsam. Manchmal greift er auf recht ungewöhnliche Methoden zurück, um seine Leute dazu zu bewegen."

„Ich dachte mir schon, dass Sie in dieser Hinsicht Ihre Erfahrungen gesammelt haben." Langsam drehte Nelly sich um.

„Schätzchen, Percy und ich haben nicht nur beruflich miteinander zu tun. Ich verstehe aber, dass er sich manchmal sehr intensiv mit einem geschäftlichen Problem befasst."

„Wie großzügig von Ihnen."

„Wer mit Percy auskommen will, muss ihm ziemlich viel Spielraum lassen." Sie fuhr mit dem Finger über den Rand ihres Glases. „Und für weibliche Gefühlsausbrüche oder hysterische Szenen hat er schon gar kein Verständnis."

Nelly erinnerte sich an ihren Tränenschwall und daran, wie Percy heftig schimpfend das Zimmer verlassen hatte. „Endlich kann ich Ihnen einmal recht geben, Miss Trainor."

„Die erste Warnung kommt immer in freundlicher Verpackung, Miss Clark." Elizas Stimme klang so scharf, dass Nelly verdutzt zurückprallte. „Überspannen Sie den Bogen nicht. Ich schätze es nämlich nicht, wenn jemand in meinem Revier wildert."

„Sprechen wir immer noch über Percy?", erkundigte sich

Nelly scheinheilig. „Oder ist mir entgangen, dass das Thema gewechselt wurde?“

„Nehmen Sie meinen Rat an.“ Eliza beugte sich vor und packte schmerzhaft Nellys Arm. „Aber wenn Sie unbelehrbar sind, dann sorge ich dafür, dass Ihr nächster Arbeitsplatz ein Hundezwinger ist.“

„Lassen Sie mich sofort los“, drohte Nelly, denn Elizas lange Fingernägel taten ihr weh.

„Hauptsache, Sie verstehen, was ich meine.“ Eliza strahlte Nelly an, zog ihre Hand zurück und widmete sich wieder ihrem Drink.

„Ich glaube Sie sogar sehr gut zu verstehen.“ Nelly nahm Eliza das Glas aus der Hand und stellte es ins Spülbecken. „Die Bar ist geschlossen, Miss Trainor.“ Dann kehrte sie ihr den Rücken zu und zählte demonstrativ den Flaschenbestand weiter.

„Aber, aber, meine Damen.“ Nelly erstarrte, als sie im Spiegel sah, dass Percy den Raum betrat. „Kaum zu glauben, dass ihr euch schon zu dieser frühen Stunde an der Bar aufhaltet.“ Es war wohl heiter gemeint, doch er sah sehr ernst aus.

„Ich bin durchs Haus gegangen und habe mir Notizen gemacht“, erwiderte Eliza. Zornig beobachtete Nelly, wie ihre Hand vertraulich über seinen Rücken strich. „Ich fürchte, das einzig Gute an diesem Gesellschaftszimmer ist die Größe. Es wäre kein Problem, hier die doppelte Anzahl von Tischen aufzustellen. Aber ehe ich konkrete Pläne mache, muss ich wissen, ob du den Raum rustikal eingerichtet haben willst oder modern. Natürlich könnte man aus diesem Raum auch zwei machen und sie dann so gestalten, wie ich das in deinem Hotel in San Francisco getan habe. Du musst nur sagen, was dir besser gefällt.“

Er sagte etwas Unverständliches und behielt Nelly im Auge, die sich am nächsten Regal zu schaffen machte.

„Wenn die Gäste mit dem Mittagessen fertig sind, sehe ich mir mal in aller Ruhe den Speisesaal an“, schmeichelte Eliza lächelnd. „Komm doch mit, Percy, dann kannst du mir besser erklären, welche Änderungen du dir vorstellst."

„Wie bitte?", fragte Percy zerstreut. „Ach so, nein, konkrete Vorstellungen habe ich noch gar nicht. Aber der Speisesaal ist jetzt leer. Du kannst ja schon mal hingehen und dich umschauen. Vielleicht komme ich später nach."

Eliza zog die Brauen hoch, doch sie antwortete freundlich: „Wie du willst, Percy. Ich kann auch später mit meinen Notizen zu dir ins Büro kommen."

Sie entfernte sich, und die Absätze klapperten leise auf dem Holzfußboden. Der Duft ihres schweren Parfüms schwebte im Zimmer.

„Wolltest du etwas trinken?", fragte Nelly nüchtern und kehrte Percy noch immer den Rücken zu.

„Nein, ich wollte mit dir reden."

Nelly hob eine Flasche hoch und überprüfte den Inhalt. „Haben wir denn nicht schon alles besprochen?"

„Nein, noch lange nicht. Dreh dich bitte um, Nelly. Ich habe keine Lust, mich mit deinem Rücken zu unterhalten."

„Jawohl, du bist der Boss." Sie wandte sich um und blickte in seine zornig blitzenden Augen.

„Provozierst du mich eigentlich absichtlich, Nelly, oder kannst du nichts dafür?"

„Das weiß ich nicht. Denk, was du willst." Plötzlich kam ihr eine Idee. „Percy", rief sie aufgeregt, „jetzt möchte ich mal mit dir verhandeln. Was hältst du davon, wenn ich dieses Hotel kaufe? Du hängst doch nicht so an diesem Betrieb wie ich. Bau dir ein Ferienzentrum weiter im Süden, das du dann ganz nach deinem Belieben einrichten kannst. Wenn du mir etwas Zeit gibst, bringe ich das Geld auf."

„Sei nicht albern." Sein Vorwurf dämpfte ihre Begeisterung. „Womit willst du denn ein solches Objekt bezahlen?"

„Das müsste ich mir noch überlegen." Hinter dem Tresen wanderte sie auf und ab. „Ich würde es schon irgendwie zusammenkratzen. Ein Darlehen bekäme ich bestimmt, und den Rest müsste ich dann in Raten abtragen. Ich habe auch noch Ersparnisse …"

„Nein." Er ging um den Tresen herum und versperrte ihr den Weg. „Ich habe nicht die Absicht, dieses Hotel zu verkaufen."

„Aber, Percy …"

„Ich habe Nein gesagt. Schlag dir die Sache aus dem Kopf."

„Warum bist du denn so eigensinnig? Willst du es dir nicht wenigstens einmal überlegen? Wenn du mir etwas Zeit gibst, dann machst du aus dem Handel vielleicht noch ein gutes Geschäft." Unsicher brach sie ab.

„Ich sagte, ich wollte mit dir sprechen. Im Augenblick habe ich keine Lust, über dieses Hotel zu diskutieren."

Er packte ihren Arm und berührte genau die Stelle, die von Elizas Griff noch schmerzte. Nelly schrie auf, und Percy ließ sie sofort erschrocken los. Mit dem Rücken prallte sie gegen die Regale und stieß dabei mehrere Gläser um, die auf dem Boden zerbrachen.

„Was, in aller Welt, ist in dich gefahren?", wollte er wissen, während sie sich die schmerzende Stelle am Oberarm rieb. „Ich habe dich doch kaum angerührt. Wie kommt es eigentlich, dass du jedes Mal vor mir zurückschreckst wie ein verängstigtes Kaninchen? Ich habe dir nicht wehgetan. Hör auf damit." Er zog ihre Hand fort und schaute verblüfft auf die blutunterlaufenen Flecken an ihrem Arm. „Du liebe Zeit, ich könnte schwören, dass das nicht meine Schuld ist." Sein Selbstbewusstsein wankte. Er war so erschrocken und verunsichert wie noch nie zuvor.

„Nein, du bist nicht daran schuld. Die Flecken hatte ich schon vorher." Nelly schlug die Augen nieder. „Der Arm tut mir nur ein bisschen weh, und du hast ausgerechnet die schmerzende Stelle berührt."

„Wo hast du dir das denn geholt?" Er trat näher, um sich den Arm genauer anzusehen, doch Nelly wich ihm schnell aus.

„Ich habe mich wohl irgendwo gestoßen." Sie bückte sich, um die Scherben aufzulesen.

„Lass das sein", befahl Percy. „Sonst schneidest du dich noch."

Er hatte es kaum ausgesprochen, als sich Nelly auch schon den Daumen an einer spitzen, scharfkantigen Scherbe verletzte. Stöhnend vor Schmerz und Wut über ihre Ungeschicktheit richtete sie sich auf.

„Lass mich mal sehen." Percy packte ihr Handgelenk und ließ es auch nicht los, als sie sich wehrte. „Ach, Nelly." Seufzend zog er ein sauberes Taschentuch aus der Tasche und betupfte die Wunde. „Ich glaube wirklich, dich muss man an die kurze Leine nehmen."

„Halb so schlimm", sagte sie leise. „Lass mich los, Percy, sonst beschmierst du dich noch."

„Eine Kriegsverletzung." Er zog den blutenden Daumen kurz an seine Lippen, dann wickelte er das Taschentuch darum. „Musst du eigentlich immer dein Haar aufstecken?" Mit der freien Hand zog er ihr die Haarnadeln aus dem Knoten und warf sie auf den Boden zu den Scherben. Dann lächelte er sie an. „Wie kommt es bloß, dass du mich ständig bis zur Weißglut reizt? Im Augenblick siehst du so lieb aus wie ein Kätzchen."

Percys Finger strichen über Nellys Haar und blieben dann auf ihrer Schulter liegen. Sie spürte, wie ihre Knie wieder nachgaben.

„Warum hast du gestern Abend geweint, Nelly? Tu das nie wieder. Gestern Abend war ich drauf und dran, die Tür zu deinem Badezimmer einzutreten. Deine Tränen bringen mich um den Verstand."

„Normalerweise weine ich auch nicht." Sie hob das Kinn und befürchtete, im nächsten Moment wieder die Fassung zu verlieren. „Es war deine Schuld."

„Ja, das stimmt. Und es tut mir jetzt sehr leid."

Sie wunderte sich über diese unverhoffte Entschuldigung. Er hauchte einen weichen Kuss auf ihre Lippen.

„Schon gut, wir wollen den Vorfall vergessen." Sie versuchte seinem Mund auszuweichen, doch hinter ihr befand sich der Tresen.

Anstatt sie in die Arme zu ziehen, fragte Percy: „Wollen wir heute gemeinsam zu Abend essen? Oben in meinem Zimmer, wo wir uns ungestört unterhalten können?"

Sie schüttelte den Kopf. Noch ehe sie ihre Ablehnung begründen konnte, stand er dicht vor ihr.

„Nelly, ich lasse nicht zu, dass du vor mir davonläufst. Wir müssen uns irgendwo in aller Ruhe aussprechen, ohne Zeugen. Du weißt, was ich für dich empfinde, und …"

„Warum gibst du dich nicht mit deinen anderen Errungenschaften zufrieden?", erwiderte sie schroff.

„Wie bitte?" Sein Lächeln schwand bei ihrem scharfen Ton, und er ließ die Hand, mit der er ihr Haar streicheln wollte, wieder sinken.

„Du wirst mich schon verstehen, wenn du ein bisschen darüber nachdenkst."

„Es fiele mir bestimmt leichter, wenn du mir deine Andeutung näher erklären würdest."

„Ich denke nicht daran. Und selbst auf die Gefahr hin, deine männliche Eitelkeit zu verletzen, möchte ich dir mitteilen, dass ich nicht vor dir davonlaufe, sondern heute Abend schon etwas anderes vorhabe. Ich bin nämlich verabredet."

„Verabredet?" Er schob die Hände in die Taschen und wippte auf den Fersen.

„Du hast dich nicht verhört. Ich glaube, ich habe ein Recht auf ein bisschen Privatleben. Mein Arbeitsvertrag schreibt mir nicht vor, dass ich dir vierundzwanzig Stunden am Tag zur Verfügung stehen muss." Vernichtend fügte sie hinzu: „Ich nehme an, dass Miss Trainor heute Abend bestens für deine Unterhaltung sorgen wird."

„Ganz bestimmt", pflichtete er ihr bei. Seine Gelassenheit brachte Nelly aus der Ruhe, und ihr Temperament ging mit ihr durch.

Wütend fauchte sie: „Na, dann ist ja alles in Ordnung. Ich wünsche dir einen vergnügten Abend, Percy. Auch ich werde mich köstlich amüsieren. Und jetzt entschuldige mich bitte, ich habe zu arbeiten." Sie wollte an ihm vorbeirauschen, doch er hielt sie fest.

„Da wir beide heute Abend anderweitig beschäftigt sind, können wir vielleicht gleich erledigen, was mir auf dem Herzen liegt."

Er küsste sie so leidenschaftlich, dass sie Angst bekam. Anfangs biss sie die Zähne fest zusammen, doch dann öffneten sich ihre Lippen unter dem Druck seines Mundes. Gerade, als ihr innerer Widerstand schmolz, ließ er sie los.

„Bist du fertig?", fragte sie betont spöttisch. Sie sehnte sich danach, nochmals von ihm geküsst zu werden, und war gleichzeitig wütend auf ihre Empfindungen.

„Nein, Nelly." Es klang aufreizend zuversichtlich. „Ich bin noch lange nicht fertig." Eine freche Antwort lag ihr auf der Zunge, doch er ließ sie gar nicht zu Wort kommen. „Ich rate dir jetzt, den Daumen zu verbinden."

Erzürnt stürzte Nelly aus dem Aufenthaltsraum. Für einen würdevollen Abgang war sie viel zu aufgeregt.

Um diese Tageszeit ging es in der Küche immer ruhig zu. Nelly betrat sie unter dem Vorwand, eine Tasse Kaffee zu trinken.

„Was hast du denn mit deinem Daumen gemacht?", fragte Elsie beiläufig. Sie war damit beschäftigt, Obst auf Tortenböden zu schichten.

„Ach, das ist nur ein Kratzer." Nelly blickte missbilligend Percys Taschentuch an und steuerte auf die Kaffeemaschine zu.

„Tu dir lieber etwas Jod auf die Wunde."

„Das brennt bloß."

Elsie schüttelte nachdenklich den Kopf und wischte sich die Hände an der Schürze ab, ehe sie in dem kleinen Medizinschrank herumstöberte. „Setz dich hin und stell dich nicht so an."

„Das ist doch weiter nichts. Es blutet nicht mal mehr.“ Aber Nelly wusste, dass aller Widerstand vergebens war. Hilflos ließ sie sich auf einen Stuhl fallen und sah zu, wie Elsie ein Fläschchen und Verbandzeug holte. „Mach nicht so viel Wirbel um einen Kratzer. Verflixt noch mal, Elsie! Ich sagte dir doch, dass das ekelhafte Zeug brennt.“

„Na, siehst du.“

Zufrieden lächelnd befestigte Elsie den Verband mit einem Stück Heftpflaster. „Aus den Augen, aus dem Sinn.“

„Das sagst du so.“ Nelly stützte das Kinn in die Hand und starrte trübsinnig in die Kaffeetasse.

„Diese Schnüffeltante wollte in meine Küche kommen“, verkündete Elsie naserümpfend.

„Wer? Ach, du meinst Miss Trainor.“ Nelly vergaß ihren schmerzenden Daumen und wandte sich neugierig an die Köchin. „Erzähl schon, was ist passiert?“

„Ich habe sie natürlich hinausgeworfen, was dachtest du denn.“ Selbstbewusst entfernte sie etwas Mehlstaub von ihrem üppigen Busen.

„Fabelhaft!“ Nelly lehnte sich zurück und lachte schallend. Sie konnte sich lebhaft vorstellen, wie Elsie die vornehme Eliza aus ihrer Küche komplimentiert hatte. „War sie wütend?“

„Reif für die Zwangsjacke“, erwiderte Elsie vergnügt, und Nelly strahlte. „Du triffst dich heute Abend mit Howard?“

„Ja.“ Nelly wunderte sich nicht im Geringsten, dass Elsie im Bilde war. „Ich nehme an, dass wir ins Kino gehen.“

„Warum verschwendest du deine Zeit mit diesem jungen Burschen, wenn Mr. Reynolds hier ist?“

„Na ja, erstens freut sich Betty Jackson, und …“ Nelly unterbrach sich. „Was hat Percy … ich meine, Mr. Reynolds denn damit zu tun?“

„Ich verstehe nicht, wieso du mit Howard ausgehst, wenn du in Mr. Reynolds verliebt bist“, erklärte Elsie nüchtern, während sie sich eine Tasse Kaffee einschenkte.

„Das stimmt ja gar nicht", protestierte Nelly. Sie nahm einen großen Schluck und verbrühte sich Zunge und Gaumen.

„Aber natürlich", widersprach Elsie und goss sich reichlich Sahne in die Tasse.

„Nein, wirklich nicht."

„Doch."

„Von wegen. Das muss ich ja wohl am besten wissen. Wie kommst du eigentlich auf diesen absurden Gedanken?"

„Ich bin fünfzig Jahre alt, und seit vierundzwanzig Jahren kenne ich dich. Das dürfte wohl genügen", antwortete Elsie überzeugt.

„Und du irrst dich wohl nie?", meinte Nelly bissig.

Elsie überhörte die Frage und fuhr in aller Gemütsruhe fort: „Ich fände es richtig schön, wenn du heiraten und dich hier in der Nähe niederlassen würdest. Solange keine Kinder da sind, kannst du das Hotel weiterführen."

„Bleib bei deinen Brathähnchen und Tortenböden, Elsie", riet Nelly. „Als Wahrsagerin bist du nämlich eine Niete. Mr. Reynolds würde mich weder heiraten noch sich hier niederlassen. Außerdem bin ich für seinen Geschmack viel zu provinziell und unerfahren."

„Unsinn." Elsie rümpfte die Nase und schüttelte den Kopf. „Du solltest nur mal sehen, wie er die Augen nach dir verdreht."

„Meine liebe Elsie, da du in deinen fünfzig Jahren ja sehr viel Weisheit und Lebenserfahrung gesammelt hast, kennst du bestimmt auch den Unterschied zwischen dem Wunsch nach einer oberflächlichen Affäre und dem Bedürfnis, zu heiraten und sesshaft zu werden. Selbst wenn man wie wir in der Provinz aufgewachsen ist, kennt man den Gegensatz zwischen Sex und Liebe."

„Du liebe Zeit, Mädchen, was du dir da zusammenreimst, ist lächerlich", entgegnete Elsie so nachsichtig, als hätte sie es mit einem launischen Kind zu tun. „Trink jetzt deinen Kaffee aus und dann lass mich allein. Ich muss noch die Törtchen vorbereiten und die Sahne schlagen. Und wehe, du nimmst den Verband ab", drohte sie Nelly hinterher, die bereits zur Tür ging.

Während Nelly sich für ihr Rendezvous zurechtmachte, gelangte sie zu dem Schluss, dass ihr Aussehen offenbar nicht dem Bild entsprach, das man sich von einer Respektsperson machte. Sie war immer noch darüber verärgert, dass Elsie sie abgekanzelt und aus der Küche vertrieben hatte. Dagegen muss ich etwas unternehmen, dachte sie.

Nelly stöberte in ihrem Kleiderschrank und holte das Geburtstagsgeschenk ihrer Großmutter hervor. Die weiße Seidenbluse betonte den zierlichen Busen, und die elegante schwarze Hose schmiegte sich eng an die sanft gerundeten Hüften und die schlanken, wohlgeformten Beine.

„Mir ist nicht klar, ob ich damit wie eine Respektsperson wirke", murmelte Nelly, während sie sich vor dem Spiegel drehte. „Ich bin neugierig, wie Howard darauf reagiert." Sie kicherte, als sie sich sein gutmütiges Gesicht vorstellte.

Er hatte treuherzige Augen wie ein junger Hund, und über der Oberlippe spross ein kümmerliches Bärtchen. Er sähe gar nicht so übel aus, wenn er nur ein markantes Kinn hätte, überlegte Nelly. Howards Gesicht verschmolz schon vom Mund abwärts mit dem Hals.

Aber er ist ein feiner Kerl, gestand Nelly sich ein. Howard war freundlich, sympathisch, unkompliziert und vor allem offen. Sie schlüpfte in leichte schwarze Sandalen, nahm ihre Handtasche und verließ das Zimmer.

Sie hoffte, ungesehen nach draußen entwischen zu können, wo sie auf Howard warten wollte, doch Eddie fing sie völlig aufgelöst in der Diele ab.

„Nelly! Nelly, warte mal!" Er rannte ihr bis zur rettenden Tür hinterher.

„Eddie, falls das Hotel abbrennt, sag es mir lieber erst morgen. Ich wollte nämlich gerade gehen."

„Nein, Nelly." Aufgeregt griff er nach ihrer Hand. „Liz hat Maggie erzählt, dass Miss Trainor das ganze Hotel umkrempeln will. Mr. Reynolds hat vor, hieraus ein Ferienzentrum zu machen, mit einer Sauna in jedem Zimmer und einem illegalen Spielcasino im Keller." Verzweifelt klammerte er sich an sie und blickte Nelly durch seine starke Brille flehend an.

„Mr. Reynolds beabsichtigt keineswegs, ein illegales Spielcasino einzurichten", erwiderte sie geduldig.

„Aber er besitzt doch eins in Las Vegas", tuschelte Eddie.

„In Las Vegas darf gespielt werden. Ein Spielcasino zu betreiben, verstößt nicht gegen das Gesetz."

„Aber Nelly, Maggie sagt, Miss Trainor will den Aufenthaltsraum ganz neu gestalten. Die Einrichtung soll in Rot und Gold gehalten werden, und an die Wände kommen Bilder mit nackten Frauen."

„Das ist doch Unsinn." Sie tätschelte seine Hand und amüsierte sich über Eddies Verlegenheit. „Bis jetzt ist noch gar nichts entschieden. Und wenn Mr. Reynolds dafür ist, dass der Aufenthaltsraum renoviert wird, dann bestimmt nicht in Rot und Gold und auch nicht mit Bildern von nackten Frauen."

„Vielen Dank", hörte sie hinter sich Percys Stimme. Nelly zuckte zusammen. „Eddie, ich glaube, die beiden Damen Bodwin haben nach Ihnen gerufen", fügte er hinzu.

„Ich bin schon unterwegs, Sir." Mit hochrotem Kopf eilte Eddie davon und überließ Nelly ihrem Schicksal.

„Nanu." Percy musterte sie eingehend. „Dein Freund scheint ja einen sehr hohen Siedepunkt zu haben."

Sie wollte ihm zufauchen, dass Howard überhaupt keinen Siedepunkt hätte, dann besann sie sich. „Gefalle ich dir?" Kokett strich sie das Haar über die Schultern zurück und lächelte Percy so verführerisch wie möglich an.

„Tja, unter anderen Voraussetzungen fände ich diese Bluse ausgesprochen entzückend", antwortete er trocken und betrachtete sie eingehend.

Er war offensichtlich verstimmt. Übermütig strich Nelly kurz über seine Wange und schwebte zur Tür. „Gute Nacht, Percy. Warte heute nicht mehr auf mich. Es kann sehr spät werden." Triumphierend trat sie hinaus in den rosabewölkten Abend.

Howards Reaktion auf Nellys Kleidung war Balsam für ihre Seele. Er schluckte, blinzelte heftig und stammelte während der Fahrt in die Stadt unverständliche, abgehackte Sätze. Nelly sonnte sich in seiner Bewunderung.

Im Ort waren kaum Leute unterwegs, nur bei dem Kino im Außenbezirk ging es etwas lebhafter zu.

Howard parkte den Wagen präzise in einer Lücke, half Nelly beim Aussteigen und schloss das Auto ab. Dann umfasste er zu ihrer maßlosen Verwunderung Besitz ergreifend ihren Arm und führte sie zum Kino.

Eine Stunde später hatte Nelly den Eindruck, dass mit Howard irgendetwas nicht stimmte. Er verschlang weder sein Popcorn mit dem üblichen Heißhunger noch rutschte er auf dem unbequemen Sitz hin und her. Seine geistesabwesenden Augen glänzten fiebrig und leicht verstört.

„Howard", flüsterte Nelly und berührte seine Hand. Er zuckte zusammen, als hätte sie ihn gekniffen. „Howard, fühlst du dich nicht wohl?"

Statt einer Antwort ließ er die Popcorntüte fallen, riss Nelly an sich und küsste sie ebenso unbeholfen wie leidenschaftlich.

Nelly war entgeistert. Bisher hatte Howard sich darauf beschränkt, sie beim Abschied vor der Haustür brüderlich zu umarmen. Als die Leute in den Sitzreihen hinter ihnen kicherten, riss sie sich von ihm los.

„Howard, benimm dich!"

Er ergriff jedoch ihren Arm und zog sie aus dem Kino.

„Sag mal, Howard, hast du den Verstand verloren?"

„Ich hielt es da drinnen nicht mehr aus", brummte er und drängte sie zu seinem Wagen. „Es war so stickig und voll."

„Voll?“ Sie blies sich eine verwegene Locke aus der Stirn. „Im ganzen Kino können nicht mehr als zwanzig Leute gewesen sein. Vielleicht solltest du zu einem Arzt gehen.“ Sie klopfte ihm freundschaftlich auf die Schulter. Dann betastete sie prüfend seine Stirn. „Du fühlst dich ganz heiß an, vielleicht hast du ein bisschen Fieber. Ich schlage vor, du fährst gleich nach Hause, und ich nehme mir ein Taxi.“

„Nein“, widersprach Howard so heftig, dass Nelly zusammenfuhr.

Sie blickte ihn nachdenklich an, ehe sie sich ins Auto setzte. In der Dunkelheit konnte sie nicht viel erkennen, aber er raste in hohem Tempo über die kurvenreiche Landstraße. Eine Weile später blinkten die erleuchteten Fenster des Hotels auf.

Plötzlich lenkte Howard den Wagen an den Straßenrand, stellte den Motor ab und schlang die Arme um Nelly. Im ersten Moment war sie mehr überrascht als böse.

„Lass mich sofort los. Howard! Was, in aller Welt, ist denn nur in dich gefahren?“

„Nelly.“ Seine Lippen suchten ihren Mund, und diesmal war sein Kuss weder unbeholfen noch brüderlich. „Du bist so schön.“ Seine Hand tastete nach dem Ausschnitt ihrer Bluse.

„Howard, du solltest dich schämen!“ Nelly stieß ihn energisch fort und rutschte ein Stück zur Seite. „Du fährst auf der Stelle nach Hause, nimmst eine kalte Dusche und legst dich ins Bett.“

„Aber, Nelly …“

„Keine Widerrede.“ Sie öffnete die Tür und sprang aus dem Wagen. Draußen am Straßenrand strich sie sich das Haar aus der Stirn und glättete ihre Kleidung. „Ich laufe jetzt zum Hotel, bevor deine Gefühle noch mal mit dir durchgehen. Du kannst dich freuen, wenn ich deiner Tante nichts von deinem Wahnsinnsanfall erzähle.“ Sie machte auf dem Absatz kehrt.

Zehn Minuten später stapfte Nelly keuchend den steilen Hügel hinauf. Sie trug die Sandalen in der Hand und verwünschte alle Männer. Über ihr raschelte das erste Laub der hohen Bäume. Ein einsames Käuzchen stieß einen Schrei aus. Doch Nelly befand sich nicht in der Stimmung, den Zauber der Nacht zu genießen.

„Du hältst den Schnabel", beschimpfte sie den Vogel.

„Ich habe doch noch gar nichts gesagt", antwortete eine tiefe Stimme. Nelly wollte schreien, doch Percys Hand verschloss ihr den Mund.

„Was, in aller Welt ...?"

„Gehst du spazieren?", erkundigte er sich freundlich. „Wolltest du noch ein bisschen frische Luft schnappen?"

„Sehr witzig." Sie wollte weiterlaufen, doch er hielt sie am Handgelenk fest.

„Was ist los? Ging deinem Freund das Benzin aus?"

„Deine Ironie hat mir gerade noch gefehlt." Erst jetzt merkte Nelly, dass ihr vor Schreck die Sandalen entglitten waren, und sie suchte auf dem dunklen Boden danach. „Ich bin nämlich gerade hundert Kilometer gelaufen, nachdem ich mich gegen einen Verrückten gewehrt habe."

„Hat er dir wehgetan?" Percy musterte sie prüfend.

„Natürlich nicht." Nelly schnaubte. „Howard könnte keiner Fliege etwas zuleide tun. Ich weiß auch nicht, was plötzlich in ihn gefahren ist. So merkwürdig hat er sich noch nie benommen."

„Bist du wirklich so naiv, oder tust du nur so?" Percy packte sie bei den Schultern und schüttelte sie leicht. „Werd endlich erwachsen, Nelly. Schau mal in den Spiegel. Der arme Howard konnte ja gar nicht anders."

„Sei nicht albern." Sie befreite sich aus seinem Griff. „Howard und ich kennen uns von klein auf. Und so hat er sich noch nie benommen. Vielleicht hat er in letzter Zeit zu viele Liebesromane gelesen oder dergleichen. Du liebe Güte, als ich zehn Jahre alt war, haben wir noch zusammen nackt im See gebadet."

„Hat dich noch niemand darüber aufgeklärt, dass du jetzt

nicht mehr zehn Jahre alt bist?" Sein Tonfall verwirrte sie. „Keine Angst, Nelly, ich tue dir nichts." Sie spürte, wie ihre Knie zitterten. „Ich käme mir vor wie ein Puma, der sich an einer Hauskatze vergreift."

Einen Augenblick lang schauten sie sich nur an. Über ihnen schimmerten die Sterne, der Mond schien sie zu beobachten, und ein Nachtvogel stieß einen klagenden Ruf aus. Dann schmiegte sie sich in seine Arme.

Nelly stellte sich auf die Zehenspitzen, um Percy zu küssen. Die Bäume flüsterten, und sie seufzte hingebungsvoll. Vergangenheit und Zukunft waren ihr gleichgültig, sie gab sich ganz der Gegenwart hin. Sein Mund berührte ihren Hals, und sie stöhnte auf, schob die Finger in sein Haar und öffnete die Lippen, um seine Küsse zu empfangen.

Eng umschlungen standen sie im Schatten der hohen Bäume, umgeben von den Geräuschen der Nacht. Doch plötzlich ging die Eingangstür des Hotels auf, und ein breiter Lichtstrahl fiel über den Hof.

„Ach, Percy, da bist du ja. Ich habe schon auf dich gewartet."

Niedergeschlagen löste Nelly sich aus Percys Armen. Lässig lehnte Eliza am Türrahmen. Ein Negligee aus schwarzer, hauchdünner Spitze umschmeichelte ihren faszinierenden Körper. Das dunkel glänzende Haar fiel lose über ihren Rücken.

„Warum?", fragte Percy brüsk.

„Percy, Liebling, stell dich doch nicht so dumm", schmollte Eliza.

Nelly war zumute, als hätte ihr jemand einen Kübel Wasser über den Kopf gegossen. Sie fühlte sich ausgenutzt. Percy hatte sie geküsst, während eine andere Frau schon auf ihn wartete. Sie bückte sich nach ihren Sandalen.

„Wo willst du hin?" Percy ergriff ihr Handgelenk, als sie hastig den Rückzug antreten wollte.

„In mein Zimmer, wohin denn sonst? Mir scheint, heute Abend hast du schon etwas vor."

„Moment noch, eine Minute."

„Lass mich bitte sofort los. Mein Bedarf an Ringkämpfen ist für heute Abend gedeckt."

Der Griff um ihr Handgelenk wurde härter. „Am liebsten würde ich dir das Genick umdrehen."

Dann ließ Percy sie los. Mit den Sandalen in der Hand stürmte Nelly die Treppe hinauf ins Haus, während Eliza triumphierend lächelte.

9. Kapitel

Nelly holte sich die Akten und Geschäftsbücher in ihr Zimmer. Dort konnte sie am ehesten ungestört arbeiten, ohne durch Percy abgelenkt zu werden. Sie vergrub sich in dem Papierwust und versuchte, sich darauf zu konzentrieren.

Draußen herrschte trübes Wetter. Nieselregen sprühte gegen die Fensterscheiben und bildete den passenden Hintergrund für ihre Stimmung.

Nelly schrak hoch, als die Tür plötzlich aufgestoßen wurde. Percy trat ein. Ihr stockte der Atem.

„Versteckst du dich?" Seine Lippen wurden zu einem schmalen Strich, und auch seine Laune hatte sich seit dem vergangenen Abend nicht gebessert.

„Nein." Instinktiv hob sie das Kinn. „Ich finde es nur praktischer, in meinem Zimmer zu arbeiten, solange du das Büro beanspruchst."

„Aha." Drohend beugte er sich über den Schreibtisch, sodass sie sich klein und hilflos vorkam. „Eliza hat mir von eurem Streit gestern im Aufenthaltsraum berichtet."

Überrascht öffnete Nelly den Mund. Sie wunderte sich, dass Eliza den Mut besaß, ihr Verhalten zu erklären.

„Habe ich nicht ausdrücklich gesagt, Nelly, dass du Eliza, solange sie in diesem Hotel wohnt, mit der gleichen Höflichkeit zu behandeln hast wie alle anderen Gäste?"

Nelly wunderte sich immer mehr. „Entschuldige, Percy, aber heute Morgen bin ich offenbar besonders begriffsstutzig. Würdest du mir diese Frage bitte einmal erläutern?"

„Sie erzählte mir, du seiest regelrecht unverschämt zu ihr gewesen. Du hättest dich dazu hinreißen lassen, ihr ein Verhältnis mit mir zu unterstellen, hättest dich geweigert, ihr etwas zu trinken zu geben, und außerdem das Personal angewiesen, ihr die Arbeit nach Möglichkeit zu erschweren."

„So, das hat sie gesagt?" Nelly wurde zornig. Bedächtig legte sie den Bleistift zur Seite und erhob sich, obwohl Percy so bedrohlich nahe vor ihr stand. „Ist es nicht erstaunlich, wie unterschiedlich zwei Menschen ein und dieselbe Situation auslegen? Na schön." Sie schob die Hände in die Taschen ihres Rocks und straffte die Schultern. „Jetzt will ich dir etwas sagen ..."

„Wenn du mir deine Version von dem Streit erzählen willst, dann bitte", forderte Percy sie auf. „Ich bin gespannt."

„Ach du." Sie verlor die Beherrschung und boxte Percy mit der Faust auf die Brust. Nachsichtig lächelnd betrachtete er die kleine Hand. „Wie großmütig von dir", höhnte Nelly. „Du bildest dir wohl ein, du seiest besonders fair?" Sie wirbelte herum und wanderte unruhig auf und ab. Sie fragte sich, ob sie ihm ihren Streit mit Eliza wörtlich wiedergeben sollte oder nicht. Schließlich siegte ihr Stolz über ihren Wunsch, sich vor Percy zu rechtfertigen. „Nein danke, auf so viel Gnade verzichte ich. Es war meine Schuld."

„Nelly." Mit zwei Schritten war Percy bei ihr, umfasste ihre Schultern und drehte sie zu sich herum. „Musst du mich ständig reizen?"

„Und musst du ständig auf mir herumhacken?", erwiderte sie.

„Ich hacke nicht ständig auf dir herum", verteidigte er sich.

„Glaubst du. Dabei muss ich mich andauernd in irgendeiner Weise vor dir rechtfertigen. Ich habe keine Lust mehr, dir alles, was ich tue oder sage, zu erklären. Ich habe es satt, Blitzableiter für deine Launen zu sein. Wie komme ich dazu, mich ständig deinen Stimmungen anzupassen? Ich weiß ja nie, ob du mich im nächsten Moment küsst oder mich in die Ecke schiebst wie ein ungezogenes Kind. Ihr beide behandelt mich, als sei ich naiv, untüchtig und dumm. Ich bin es nicht gewöhnt, mich zu ducken."

Die Worte sprudelten aus ihr heraus, während Percy sie nachdenklich musterte.

„Und vor allem bin ich deine kostbare Eliza leid. Ich lasse mir nicht gefallen, dass sie an diesem Haus kein gutes Haar lässt und mich ständig betrachtet, als sei ich eine Magd, die gerade die Kühe auf die Weide getrieben hat. Ich wehre mich dagegen, dass sie dir Lügen über mich auftischt. Und dich hasse ich, weil du mich dazu benutzt, dich als Mann zu bestätigen, während Eliza schon halb nackt auf der Suche nach dir durch das Hotel rennt und darauf wartet, dass du ihr das Bett anwärmst. Und …"

Das Telefon läutete und unterbrach ihren Redeschwall. Nelly riss den Hörer von der Gabel und fauchte: „Was los ist? Nichts ist los. Was gibt's, Eddie?" Während sie lauschte, rieb sie sich den Nacken, der bereits wieder schmerzte. „Ja, er ist hier." Sie drehte sich um und hielt Percy den Hörer hin. „Für dich. Ein Paul Bailey."

Percy nahm Nelly den Hörer ab. Als sie sich jedoch umdrehte, um das Zimmer zu verlassen, hielt er sie am Arm fest. „Du bleibst hier." Er ließ sie erst los, nachdem sie zustimmend genickt hatte. Dann ging sie zum Fenster und starrte in den strömenden Regen hinaus.

Percy sagte nur wenig. Er wirkte konzentriert, und gelegentlich antwortete er einsilbig. Nelly fühlte sich bedrückt, leer und ausgebrannt, nachdem ihre größte Wut und ihr Groll verraucht waren. Sie erkannte erschrocken, welchen Fehler sie begangen hatte.

Jetzt bleibt nur noch die Arbeit im Hundezwinger übrig, dachte sie erbittert. Eliza wird sich freuen, wenn sie merkt, dass sie Recht behalten hat. Verflixt noch mal!

Sie legte die Stirn gegen das kühle Fensterglas. Warum musste ich mich auch in diesen unmöglichen Mann verlieben, überlegte sie betrübt.

„Nelly!" Sie zuckte zusammen. Als sie sich umdrehte, sah sie, wie Percy gerade den Hörer auf die Gabel zurücklegte.

„Pack deinen Koffer“, sagte er kurz angebunden und ging zur Tür.

Jetzt ist es passiert, dachte sie, aber damit musste ich ja rechnen. Sie versuchte, sich damit zu trösten, dass es besser wäre, wenn sie ginge, um mit Percy und seinem Hotel nie wieder etwas zu tun zu haben. Sie nickte stumm und sah aus dem Fenster.

„Nimm dir genug Sachen für drei Tage mit.“ Er legte die Hand auf den Türgriff.

„Wie bitte?“ Verdutzt drehte Nelly sich um und blickte Percy entgeistert an.

„Wir werden drei Tage unterwegs sein. In einer Viertelstunde erwarte ich dich.“ Percys Züge entspannten sich, als er ihre traurige Miene sah. „Nelly, du bist nicht entlassen. Ein bisschen mehr Niveau solltest du mir ruhig zutrauen.“

Ihr fiel ein Stein vom Herzen. Percy lehnte sich gegen die geschlossene Tür.

„Der Anruf kam von dem Manager eines meiner Hotels. Er hat da ein Problem, um das ich mich selbst kümmern muss. Und du kommst mit.“

„Ich soll mitkommen?“ Sie war fassungslos. „Warum das denn?“

„Erstens, weil ich darauf bestehe.“ Er verschränkte die Arme über der Brust und sah sie streng an. „Und zweitens, weil ich will, dass meine Manager etwas herumkommen. Für dich ist es eine gute Gelegenheit, dich in einem anderen Betrieb von mir ein bisschen umzusehen.“

„Aber ich kann hier doch nicht so ohne Weiteres abreisen“, entgegnete sie. „Wer soll denn sonst für Ordnung sorgen und sich um alles hier kümmern?“

„Eddie. Es wird höchste Zeit, dass er mehr Verantwortung übernimmt. Er verlässt sich viel zu sehr auf dich. Das andere Personal übrigens auch.“

„Aber am Wochenende kommen fünf neue Gäste, und …“

„Jetzt hast du nur noch zehn Minuten Zeit zum Packen, Nelly“, ermahnte er sie nach einem Blick auf seine Armbanduhr. „Und wenn du dich nicht beeilst, dann reist du mit den Kleidern ab, die du gerade trägst.“

Sie merkte, dass es keinen Sinn hatte, mit Percy zu diskutieren, und versuchte, nicht daran zu denken, was es für sie bedeutete, mit ihm zu verreisen. Es ist eine reine Geschäftsreise, sagte sie sich immer wieder. Absolut nichts Privates.

Als er ging, rief sie hinter ihm her: „Dann sag mir wenigstens, wohin wir fahren. Schließlich muss ich ja wissen, ob ich Skistiefel oder einen Bikini einpacken soll.“

Lächelnd drehte er sich um. „Bikinis. Wir fliegen nach Palm Beach.“

Nelly stellte fest, dass die Überraschungen an diesem Vormittag kein Ende nahmen. Percy ließ sie gar nicht erst ausreden, als sie Eddie mit Ratschlägen und Anweisungen überhäufte, sondern schob sie kurzerhand durch den strömenden Regen zu seinem Auto. Während der Fahrt zum Flughafen stellte sie sich im Geist alle möglichen Katastrophen vor, die in den nächsten drei Tagen passieren konnten. Sie öffnete den Mund, um Percy in ihre Befürchtungen einzuweihen, doch sein Blick schüchterte sie so ein, dass sie lieber schwieg.

Die nächste Überraschung erlebte sie auf dem Flughafen. Sie sollten nicht mit einer Verkehrsmaschine, sondern mit Percys Privatflugzeug fliegen.

Es wartete schon startbereit auf der Piste. Regungslos betrachtete Nelly die schnittige Maschine, während Percy sich um ihr Gepäck kümmerte.

„Nelly, du brauchst doch nicht hier im Regen zu stehen. Geh schon rein.“

„Percy.“ Sie achtete nicht auf den Regen, der sie durchnässte. „Ich muss dir etwas gestehen. Ich fliege nicht gern.“

„Halb so schlimm.“ Er klemmte sich ihren kleinen Koffer

unter den Arm und ergriff ihre Hand. „Das Meiste macht das Flugzeug ganz allein.“

„Percy, ich meine es ernst“, jammerte sie, als er sie in die Maschine zog.

„Wirst du luftkrank? Ich geb dir eine Pille.“

„Nein.“ Sie schluckte krampfhaft und ließ die Schultern hängen. „Wenn ich fliege, bin ich wie gelähmt. Gelegentlich tragen mich die Stewardessen in den Frachtraum, damit die anderen Passagiere meinetwegen nicht in Panik geraten.“

Er zauste liebevoll ihr nasses Haar. „Endlich habe ich deine schwache Stelle entdeckt. Wovor hast du Angst?“

„Dass die Maschine abstürzt.“

„Das ist alles nur Einbildung“, behauptete er, während er ihr half, die Jacke auszuziehen. „Dafür gibt es einen medizinischen Fachausdruck.“

„Ja, sterben“, pflichtete sie ihm bei, worauf er lachte. Beleidigt, weil er sie nicht ernst nahm, wandte sie sich ab und sah sich in der luxuriösen Kabine um. „Hier sieht es aus wie in einem Salon, gar nicht wie in einem Flugzeug.“ Andächtig streichelte sie den dunkelbraunen Samtbezug eines Sessels. „Jeder Mensch hat ein Recht auf Angst“, sagte sie leise.

„Das stimmt.“

Offenbar hätte er am liebsten gelacht. Sie wirbelte herum, um ihn abzukanzeln, doch sein Schmunzeln entwaffnete sie. „Dir wird das Lachen schon vergehen, wenn ich gleich als stöhnendes Häufchen Elend auf deinem kostbaren Teppich liege“, behauptete sie.

„Dann werde ich bestimmt ganz ernst.“ Er kam auf sie zu, und sie verkrampfte sich unwillkürlich. „Nelly, wollen wir nicht Frieden schließen? Wenigstens für die Dauer unserer Reise?“

„Na ja, ich …“ Seine Stimme klang so sanft und einschmeichelnd, dass sie eingehend die Knöpfe seines Hemdes betrachtete, um ihm nicht in die Augen sehen zu müssen.

„Was hältst du von einem Waffenstillstand?“, schlug er vor. Er nahm ihr Kinn zwischen Daumen und Zeigefinger und zwang sie, ihn anzuschauen. „Wenn wir zurückkommen, können wir uns ja weiterstreiten.“ Er lächelte, und ihr innerer Widerstand schmolz.

„In Ordnung, Percy, ich bin einverstanden.“ Gegen ihren Willen erwiderte sie sein Lächeln.

„Dann setz dich jetzt in einen Sessel und schnall dich an.“ Er küsste sie auf die Stirn, und ihr versagten wieder einmal die Knie.

Nellys Angst hielt sich während des Starts in Grenzen, weil Percy sich unablässig mit ihr unterhielt. Zum ersten Mal in ihrem Leben flog sie, ohne dass ihr vor Nervosität heiß wurde.

„Es ist so flach hier und so warm“, staunte Nelly, als sie mit Percy die Gangway hinunterstieg und sich dabei umsah.

Schmunzelnd führte er sie zu einem schnittigen schwarzen Porsche. Percy wechselte einige Worte mit einem Parkplatzangestellten, ließ sich die Wagenschlüssel geben und schloss auf.

„Wo steht dein Hotel?“, fragte Nelly.

„In Palm Beach. Hier sind wir in West Palm Beach. Wir müssen den Worth-See überqueren, um auf die Insel zu kommen.“

„Ach so.“ Dann schwieg Nelly und betrachtete verzückt die hohen schlanken Palmen an der Straße.

Die Landschaft, durch die sie fuhren, war so anders als ihre Heimat in Neu England, dass sie sich vorkam wie in einer fremden Welt. Das Wasser des Worth-Sees, der Palm Beach vom Festland trennte, glitzerte in der Nachmittagssonne. Am Strand standen vornehme, elegante Hotels.

Nelly erkannte die Initialen „P.R.“ an einem turmartigen weißen Gebäude, das sich zwölf Stockwerke hoch über den Atlantik erhob. Hunderte von Fenstern spiegelten das Sonnenlicht wider. Percy fuhr die halbkreisförmige Auffahrt entlang und hielt vor dem Hoteleingang.

Nelly kniff leicht die Augen zusammen und staunte über die gepflegte Anlage. Neben der Glastür, die in das Hotelfoyer führte, standen üppig wuchernde tropische Pflanzen in Marmorkübeln. Die unterschiedlichen Farben waren gut aufeinander abgestimmt. Alles an diesem Hotelkomplex wirkte harmonisch.

Percy ging um den Wagen herum und öffnete die Tür. „Komm." Er half Nelly galant beim Aussteigen und führte sie an seiner Hand ins Hotel.

Das Foyer kam Nelly vor wie ein tropisches Paradies. Der Boden war gekachelt, in der Mitte befand sich ein künstlich angelegter Felsengarten mit einem Springbrunnen. Das Hotel war rund gebaut. Verschiedene architektonische Effekte erweckten den Eindruck einer Spirale, die nach oben strebte. Die Decke war blau und wirkte offen wie der Himmel. Einen krasseren Gegensatz zu der anheimelnden, familiären Atmosphäre des „Lakeside Inn" konnte Nelly sich nicht vorstellen.

„Guten Tag, Mr. Reynolds." Ein schlanker, gut gekleideter Mann störte Nelly in ihren Betrachtungen. „Wie schön, dass Sie wieder einmal hier sind."

„Paul." Percy schüttelte ihm lächelnd die Hand. „Nelly, das ist Paul Bailey, der Manager. Paul, das ist Miss Nelly Clark."

„Es ist mir ein Vergnügen, Sie kennenzulernen, Miss Clark." Paul Bailey begrüßte Nelly und betrachtete sie interessiert.

„Kümmern Sie sich um unser Gepäck, ich bringe Miss Clark nach oben. Später komme ich dann zu Ihnen."

„Selbstverständlich. Alles ist für Ihre Ankunft vorbereitet." Die Zähne blitzten in dem tief gebräunten Gesicht auf. Er ging zur Rezeption und griff nach einem Schlüssel. „Ihr Gepäck wird gleich hochgebracht, Mr. Reynolds. Kann ich noch etwas für Sie tun?"

„Wie bitte?" Nelly betrachtete noch immer gedankenverloren das luxuriöse Foyer.

„Hast du irgendeinen Wunsch?" Percy lächelte und strich ihr eine Locke aus dem Gesicht.

„Ach nein, eigentlich nicht. Vielen Dank.“

Percy nickte Bailey zu, nahm Nellys Hand und führte sie zu einem der drei Aufzüge. In einem achteckigen gläsernen Gehäuse glitten sie aufwärts.

In der obersten Etage stiegen sie aus. Sie gingen den mit weichem Teppich ausgelegten Flur entlang, dann schloss Percy eine Tür auf. Nelly betrat den Raum und wandte sich gleich dem riesigen Fenster zu, das eine ganze Wand einnahm. Aus schwindelerregender Höhe blickte sie hinab auf den weißen Strand und das azurblaue weite Meer.

„Das ist ja eine fantastische Aussicht“, schwärmte sie. „Ich hätte Lust, gleich vom Balkon ins Wasser zu springen.“ Sie drehte sich um und sah Percy an, der mitten im Zimmer stehen geblieben war und sie anblickte. „Es ist herrlich hier“, fügte sie endlich hinzu, um das Schweigen zu brechen.

Ausgiebig musterte Nelly das Zimmer und fragte sich, ob Eliza es eingerichtet hatte. Wenn das der Fall ist, dann besitzt sie tatsächlich einen hervorragenden Geschmack, dachte Nelly widerstrebend.

„Möchtest du etwas trinken?“ Percy drückte auf einen Knopf. Die Spiegelwand hinter der Bar glitt zurück. Auf einem Regal waren Flaschen und Gläser angeordnet.

„Sehr geschickt“, lobte Nelly. „Ich hätte gern ein Sodawasser.“ Mit dem Ellenbogen stützte sie sich auf den Tresen aus poliertem Ebenholz.

„Nichts Stärkeres?“, fragte Percy und goss das Sodawasser über die Eiswürfel. „Herein“, rief er, als es an die Tür klopfte.

„Ihr Gepäck, Mr. Reynolds.“ Ein Page in einer schwarz-roten Livree brachte die Koffer. Nelly bemerkte seinen neugierigen Blick und errötete verlegen.

„Danke, es ist gut so.“

Der Page nahm das Trinkgeld entgegen, entfernte sich respektvoll und schloss leise die Tür. Percys eleganter grauer Koffer stand einträchtig neben Nellys altem braunen Gepäckstück.

„Warum hat er beide Koffer hiergelassen?“ Sie setzte ihr Glas ab und sah Percy an. „Wäre es nicht besser gewesen, er hätte meinen Koffer gleich in mein Zimmer gebracht?“

„Das hat er ja getan.“ Percy wandte sich der Bar zu und schenkte sich einen Whisky ein.

„Aber ich dachte, dies wäre deine Suite.“

„Das stimmt auch.“

„Aber sagtest du nicht gerade …“ Nellys Stimme stockte, und sie errötete. „Du glaubst doch wohl nicht, dass ich …“

„Woran denkst du?“, erkundigte Percy sich amüsiert.

„Du sagtest, dass ich mir einen Eindruck von deinen anderen Hotels verschaffen sollte. Es war nicht abgemacht, dass ich …“

„Du solltest dir angewöhnen, in vollständigen Sätzen zu sprechen, Nelly.“

„Ich werde nicht mit dir schlafen“, funkelte sie ihn wütend an.

„Ich kann mich nicht entsinnen, dass ich das von dir verlangt habe“, entgegnete er lässig, ehe er einen Schluck Whisky trank. „In dieser Suite gibt es zwei große Schlafzimmer. Ich glaube, in deinem wirst du dich ganz wohl fühlen.“

Sie errötete bis an die Haarwurzeln. „Ich bleibe nicht in dieser Suite. Jeder wird glauben, dass ich … dass wir …“

„Wie kommt es eigentlich, dass du so nervös bist?“ Er machte sich offensichtlich über sie lustig, und genau das schürte ihren Zorn. „Dein guter Ruf ist ohnehin nicht mehr zu retten, Nelly. Da du mich hierher begleitet hast, nimmt natürlich jeder an, dass du meine Geliebte bist. Aber wir beide wissen es ja besser“, fuhr er fort. „Also kann uns auch egal sein, was die Leute reden. Solltest du allerdings den Wunsch verspüren, das Gerücht Wahrheit werden zu lassen, lasse ich mich gern von dir verführen.“

„Oh …! Du eingebildeter, unverschämter, rücksichtsloser …“

„Das klingt nicht gerade verführerisch.“ Percy tätschelte ihren Kopf in einer Art und Weise, die sie wütend machte. „Gehe ich dann recht in der Annahme, dass du ein anderes Schlafzimmer beanspruchst?"

„Da jetzt keine Hauptsaison ist", fauchte Nelly, „gibt es in diesem Hotel bestimmt noch freie Zimmer."

Lächelnd streichelte er ihren Arm. „Hast du Angst, du könntest doch schwach werden, Nelly?"

„Natürlich nicht", entgegnete sie hochmütig, obwohl ihre Haut unter seiner Berührung zu glühen schien.

„Dann wäre das also erledigt." Er leerte sein Glas. „Falls du befürchtest, dass ich mitten in der Nacht lüstern in dein Zimmer eindringe, kann ich dich beruhigen. Die Tür zu deinem Schlafzimmer ist mit einem einbruchsicheren Schloss ausgestattet. Ich gehe jetzt hinunter zu Bailey. Zieh dich inzwischen um und vertreib dir die Zeit am Strand. Dein Zimmer ist das zweite links, vom Flur aus gesehen." Er ließ sie allein, bevor ihr eine passende Antwort einfiel.

Noch ehe Nelly den Koffer in ihr Zimmer trug, wusste sie einige bissige Kommentare auf Percys Herausforderung. Doch leider war es zu spät. Sie beruhigte sich langsam wieder und betrachtete die Lage in einem anderen Licht.

Anstatt sich aufzuregen, wollte sie die luxuriöse Umgebung lieber genießen. Darüber hinaus war die Suite tatsächlich geräumig genug für sie und Percy.

Sie zog sich knapp sitzende rehbraune Shorts und ein hellgrünes luftiges Oberteil an und machte sich auf den Weg zum Strand. Ihren Koffer konnte sie später immer noch auspacken.

Die Lage des Hotels faszinierte Nelly. Die gepflegte Anlage am Meer unter freiem Himmel war mit allem erdenklichen Komfort ausgestattet. Ein riesiges mosaikgekacheltes Schwimmbecken war für die Gäste bestimmt, die das gefilterte Wasser dem offenen Meer vorzogen. Auf ihrem Spaziergang zum Strand kam Nelly an einer Reihe von Tennisplätzen vorbei. In diesem Hotel fehlte es den Gästen an nichts. Die gesamte Hotelanlage war der

Inbegriff von Vornehmheit und Eleganz. Nelly suchte nach einem passenden Vergleich zum „Lakeside“: Wie Eiernudeln und Kaviar, fiel ihr ein. Beides passt einfach nicht auf denselben Teller.

„Hallo.“

Überrascht drehte Nelly sich um, blinzelte im grellen Sonnenlicht und erblickte einen fabelhaft aussehenden jungen Mann.

„Hallo.“ Sie erwiderte das Lächeln in dem ungemein attraktiven Gesicht. Zu der tief gebräunten Haut bildete das hellblonde Haar einen interessanten Kontrast.

„Wollen Sie das Meerwasser ausprobieren?“

„Heute noch nicht.“

„Das ist ungewöhnlich.“ Er begleitete sie über den weichen Sand. „Normalerweise geht hier jeder Neuankömmling gleich am ersten Tag ins Wasser.“

„Woher wissen Sie, dass ich gerade erst eingetroffen bin?“, fragte Nelly.

„Weil ich Sie vorher noch nie gesehen habe. Sonst wären Sie mir bestimmt aufgefallen.“ Er musterte sie mit typisch männlichem Kennerblick. „Und weil Sie immer noch eine Haut haben wie Milch und Honig und nicht aussehen wie ein gegrilltes Hühnchen.“

„Bei mir zu Hause hat die Sonne um diese Jahreszeit noch keine Kraft“, berichtete Nelly und bewunderte im Stillen die gleichmäßig gebräunte Haut des jungen Mannes. „Ich nehme an, Sie sind schon etwas länger hier.“

„Seit zwei Jahren“, antwortete er freundlich. „Ich bin Tennislehrer. Mein Name ist Chad Hardy.“

„Nelly Clark.“ Sie ging auf den Weg zu, der zum Hotel zurückführte. „Wieso sind Sie am Strand und nicht auf den Tennisplätzen?“

„Heute ist mein freier Tag“, erklärte er. Zu ihrer Überraschung griff er in ihr Haar und wickelte sich eine Strähne um den Finger. „Aber wenn Sie gern eine Privatstunde hätten, ließe sich das leicht einrichten.“

„Nein, danke“, lehnte sie ab und trat den Rückweg an.

„Darf ich Sie zum Abendessen einladen?“ Chad nahm ihre Hand und zog sie sanft, aber entschlossen an sich.

„Ich habe leider keine Zeit.“

„Dann möchte ich Sie jetzt wenigstens zu einem Drink einladen.“

Sie amüsierte sich über seine Hartnäckigkeit. „Vielen Dank, aber dafür ist es etwas zu früh.“

„Dann warten wir noch etwas ab.“

Lachend schüttelte Nelly den Kopf und entzog ihm die Hand. „Nein, das geht leider nicht, aber trotzdem vielen Dank für die Einladung. Auf Wiedersehen, Mr. Hardy.“

„Ich heiße Chad.“ Er kehrte mit ihr zum Hotelgelände zurück. „Haben Sie denn morgen Zeit? Ich stehe Ihnen zur Verfügung. Wir können gemeinsam frühstücken, zu Mittag essen oder das ganze Wochenende in Las Vegas verbringen.“

Nelly lächelte. Diesem unbekümmerten Charme konnte sie nicht widerstehen. „Es wird Ihnen bestimmt nicht schwerfallen, eine andere Begleitung zu finden.“

„Im Gegenteil“, erwiderte er. „Haben Sie Mitleid mit mir.“

Nelly überlegte kurz und gab schließlich nach. „Na schön, dann laden Sie mich zu einem Glas Orangensaft ein.“

Eine halbe Minute später saß Nelly an einem Tisch neben dem Swimmingpool.

„So früh ist es doch gar nicht mehr“, meinte Chad, als sie auf ihrem Fruchtgetränk bestand. „Die meisten Gäste treffen jetzt ein, duschen sich den Sand ab und kleiden sich zum Essen um.“

„Ich trinke aber um diese Zeit nicht gern Alkohol.“ Nelly nippte an dem eisgekühlten Saft. Sie betrachtete die tropischen Fächerpalmen und die Blütenpracht in den Marmorkübeln. „Sie haben Glück, dass Sie hier arbeiten können.“

„Ja, mir gefällt es“, bestätigte Chad und spielte mit seinem Glas. „Ich mag meine Arbeit, und ich mag die Sonne.“ Er hob das Glas an die Lippen und lächelte ihr über den Rand hinweg zu. „Und dieses Leben ist äußerst reizvoll.“ Ehe sie seine Absicht erkannte, hatte er ihre Finger ergriffen und hielt sie fest. „Wie lange bleiben Sie?“

„Nur ein paar Tage.“ Sie überließ ihm ihre Hand, denn sie fand es kindisch, sich zu sträuben. „Es ist eher ein Blitzbesuch als ein Urlaub.“

„Dann trinke ich auf Ihren Blitzbesuch“, erwiderte Chad und prostete ihr zu.

Chads Charme siegte, und unwillkürlich erwiderte Nelly sein strahlendes Lächeln. „Hofieren Sie eigentlich alle weiblichen Gäste auf diese Weise?“

„Nur wenn sie jung und hübsch sind und lange schlanke Beine haben.“

„Nelly!“

Sie hob erstaunt den Kopf und sah direkt in Percys finsteres Gesicht. „Ach, du bist’s, Percy. Hast du deine Konferenz mit Mr. Bailey schon beendet?“

„Ich habe sie nur unterbrochen.“ Sein Blick heftete sich auf Chads Hand, die immer noch Nellys Finger umschloss, und kehrte dann zu Nelly zurück. „Ich habe dich überall gesucht.“

„Ach, wirklich?“ Aus einem unerklärlichen Grund fühlte sie sich plötzlich schuldbewusst. „Tut mir leid. Das ist übrigens Chad Hardy.“

„Das weiß ich. Hallo, Hardy.“

„Guten Tag, Mr. Reynolds“, entgegnete Chad betont höflich. „Ich wusste gar nicht, dass Sie im Hotel sind.“

„Ich bleibe auch nur ein paar Tage. Wenn du ausgetrunken hast“, wandte er sich frostig an Nelly, „kommst du besser nach oben und ziehst dich zum Dinner um. Was du jetzt anhast, ist wohl kaum für den Speisesaal geeignet.“ Er nickte Chad Hardy knapp zu und machte auf dem Absatz kehrt.

„Du liebe Zeit.“ Chad ließ Nellys Hand los und lehnte sich zurück. Er betrachtete sie interessiert. „Warum haben Sie mir nicht gesagt, dass Sie die Freundin des Chefs sind? Ich möchte meinen Job hier nämlich nicht gern verlieren."

Nelly schnappte ein paarmal nach Luft wie ein Fisch, ehe sie antwortete. „Ich bin nicht Percys Freundin", widersprach sie scharf.

Chad grinste schief. „Das sollten Sie lieber ihm sagen. Schade." Er seufzte übertrieben. „Ich hatte mir schon die schönsten Hoffnungen gemacht, aber ich werde mich hüten, mich auf gefährliches Gebiet zu begeben."

Er stand auf und strahlte sie an. „Sollten Sie einmal allein hierherkommen, melden Sie sich bei mir."

10. Kapitel

Herzhaft schlug Nelly die Tür zur Suite ins Schloss und klopfte energisch an Percys Tür.

„Suchst du mich?“, hörte sie eine trockene Stimme.

Sie drehte sich um. Percy lehnte mit dem Rücken gegen die Badezimmertür. Er hatte lediglich ein Handtuch um seine schmalen Hüften geschlungen. Das Haar fiel ihm in feuchten Strähnen ins Gesicht.

„Ja, ich …“ Sie stockte und schluckte heftig. „Ja“, wiederholte sie fest und dachte an Chads Bemerkungen. „Vorhin hast du dich unmöglich benommen. Du hast bei Chad bewusst den Eindruck erweckt, als sei ich deine …“ Sie zögerte, und ihre Augen verdunkelten sich zornig.

„Mätresse?“, half Percy nach.

Nelly blitzte ihn an. „Er gebrauchte zumindest den Ausdruck Freundin.“ Sie übersah die kräftigen, muskulösen Arme und das dunkle Haar auf seiner Brust und näherte sich ihm, bis ihre Zehenspitzen sich beinahe berührten. „Du hast mich absichtlich wie deine Geliebte behandelt, und das lasse ich mir nicht gefallen.“

„Wirklich nicht? Angesichts der Tatsache, dass Hardy es innerhalb weniger Minuten geschafft hat, dich um den Finger zu wickeln, scheinst du für Männer seines Schlags leichte Beute zu sein. Ich hielt es für meine Pflicht, mich um dich zu kümmern.“

„Du als Beschützer. Dass ich nicht lache!“

„Und wie willst du dich dagegen wehren?“ Er lächelte so arrogant, dass Nelly die Beherrschung verlor. „Wenn meine Verhaltensweise Hardy und seine Kumpane dazu veranlasst, die Finger von dir zu lassen, und dich daran hindert, dich zu blamieren, bin ich zufrieden. Du solltest mir dankbar sein, dass ich so gut auf dich aufpasse."

„Dankbar soll ich dir sein?" Nelly hob die Stimme. „Dir soll ich gehören? Du hast Angst, ich könnte mich blamieren?"

Sie holte zu einem Schlag aus, doch er fing ihren Arm ab und presste ihn gegen ihren Rücken. Dann zog er sie an sich, bis sie seinen nackten Oberkörper berührte.

„Versuch das nicht noch mal", warnte er sie sanft, aber eindringlich. „Das könnte Folgen haben." Seine freie Hand legte sich auf ihre Taille. „Mir scheint, wir haben uns nicht an unseren Waffenstillstand gehalten."

„Du hast ihn zuerst gebrochen", beschuldigte Nelly ihn.

„Meinst du wirklich?", flüsterte Percy, ehe er sie küsste.

Widerstandslos vertraute sie sich seiner Umarmung an. Dann ließ er sie los und streichelte ihren Rücken. Nelly verschränkte die Arme in seinem Nacken und wünschte sich nichts sehnlicher als seine Zärtlichkeit.

Unvermittelt ließ er sie frei. Sie verlor das Gleichgewicht und taumelte gegen die Wand.

„Zieh dich jetzt um." Er wandte sich ab und umschloss den Türgriff.

Impulsiv streckte Nelly die Hand nach ihm aus. „Percy …"

„Umziehen sollst du dich", wiederholte er scharf und warf die Tür zu seinem Zimmer hinter sich zu.

Noch lange rätselte Nelly über Percys seltsames Benehmen. War es verletzter Stolz? Oder war er wütend auf sie? Sein Verhalten konnte sie sich beim besten Willen nicht erklären.

Der Morgen dämmerte. Die Sterne verblassten und erloschen ganz, als die Sonne sich dem Horizont näherte. Nelly stand auf und war froh, dass sie die Nacht überstanden hatte.

Das Dinner mit Percy war ein Fehlschlag wegen der gespannten Atmosphäre gewesen. Sie unterhielten sich betont höflich miteinander, und Nelly hatte den Eindruck gehabt, als säße sie mit einem wildfremden Mann am Tisch. Gleich nach dem Essen schützte sie Müdigkeit vor und zog sich in ihr Zimmer zurück. Die ganze Nacht lang fand sie keine Ruhe.

Sehr spät hörte sie, wie Percy die Suite betrat. Sie hielt den Atem an, damit er nicht wahrnahm, dass sie noch immer wach lag. Erst nachdem er die Tür zu seinem Zimmer leise ins Schloss gezogen hatte, atmete sie erleichtert auf.

Und nun, da der Morgen graute, fühlte sich Nelly wie zerschlagen. Bekümmert erinnerte sie sich an die Ereignisse des vergangenen Tages und gestand sich offen ein, dass sie Percy liebte. Doch gleichzeitig wusste sie, dass sie nicht auf Gegenliebe stieß.

Sie zog sich einen Bikini an, griff nach einer Frotteejacke und schlich auf Zehenspitzen aus ihrem Zimmer.

Der Ausblick aus dem Fenster des Wohnraums zog sie magisch an. Sie beobachtete den Sonnenaufgang. Die ersten Sonnenstrahlen tauchten den Horizont bereits in ein goldenes Licht.

„Wirklich ein herrlicher Anblick."

Erschrocken drehte Nelly sich um und wäre beinahe mit Percy zusammengeprallt, dessen Schritte sie auf dem dicken Teppichboden nicht gehört hatte.

„Ja, wirklich", pflichtete sie ihm bei, „ich finde, es gibt nichts Schöneres als einen Sonnenaufgang." Sie merkte, wie gekünstelt ihre Worte klangen.

Percy trug lediglich ausgefranste Jeans. „Wie hast du geschlafen?", fragte er höflich.

Sie zuckte nur die Schultern und wich einer direkten Antwort aus. „Ich wollte schwimmen gehen, ehe der Strand überfüllt ist."

Er nahm ihr Gesicht in die Hände und sah sie prüfend an. „Du hast Ringe unter den Augen." Mit der Fingerspitze berührte er die zarten Stellen unter ihren Augen. „So müde habe ich dich noch nie gesehen. Normalerweise wirkst du immer ausgeruht und quicklebendig. Jetzt siehst du blass und zerbrechlich aus, gar nicht mehr wie das Mädchen mit den Hängezöpfen, das sich mit jungen Burschen auf dem Sportplatz prügelt."

Sie fühlte, wie ihr die Knie weich wurden, und wandte sich ab. „Ich glaube, die erste Nacht in einem fremden Bett ist immer etwas ungemütlich."

„Du meinst, es hätte am Bett gelegen?" Er zog die Brauen hoch. „Du bist sehr großzügig, Nelly."

Sein Lächeln wirkte auf sie wie ein Lebenselixier, und plötzlich fühlte sie sich nicht mehr so matt. „Percy, ich möchte … ich fände es schön, wenn wir Freunde sein könnten."

„Freunde?", lächelte er vergnügt. „Ach, Nelly, du bist süß, wenn auch ein bisschen naiv." Er ergriff ihre Hände und zog sie, eine nach der anderen, an seine Lippen. „Na schön, meine Freundin, dann lass uns schwimmen gehen."

Außer Nelly und Percy hielten sich nur Möwen am Strand auf. Breit und einladend lag der weiße Sand vor ihnen. Die Luft versprach einen heißen Tag, und Nelly schaute sich beglückt um.

„Mir kommt es vor, als wären wir ganz allein auf der Welt."

„Menschenmassen scheinen dir nicht zu liegen, Nelly."

„Nein, ich glaube nicht." Sie hob die Schultern und ließ sie wieder sinken. „Ich mag Menschen, aber es muss ein persönlicher Kontakt bestehen. Ich möchte immer wissen, was sie von mir verlangen. Auf kleine Probleme verstehe ich mich gut. Ich kann hier einen Stein einmauern, dort einen Nagel einschlagen. Aber ich wäre nicht imstande, ein Gebäude dieses Ausmaßes zu errichten, so wie du es tust."

„Ohne Leute, die Steine aufeinandersetzen und Nägel einhämmern, kann man aber kein Gebäude hochziehen", entgegnete er. Sie freute sich über diese Bemerkung. Lachend zauste er ihr Haar. „Los, wir machen ein Wettrennen. Mal sehen, wer zuerst am Wasser ist."

Nelly blickte Percy abschätzend an und schüttelte den Kopf. „Du bist viel größer als ich, also befindest du dich im Vorteil."

„Ich weiß doch längst, wie schnell du rennen kannst." Er senkte die Augen. „Du bist zwar sehr zierlich, hast aber trotzdem erstaunlich lange Beine."

„Na schön." Sie schürzte die Lippen und holte tief Luft. Ohne noch länger zu warten, lief sie los und stürzte sich ins Wasser.

Sie schwamm, was ihre Kräfte hergaben, doch plötzlich merkte sie, dass Percy ihr folgte und ihre Taille packte. Lachend wehrte sie sich, aber er tauchte sie unter.

„Percy, willst du mich ertränken?", prustete sie, während sie wieder hochschnellte.

„Das hatte ich eigentlich nicht vor", entgegnete er. „Halt still, dann passiert das nicht noch mal."

Nelly sträubte sich nicht mehr gegen seinen festen Griff. In seinen Armen fühlte sie sich geborgen, und sie spürte das laue Wasser wie Seide auf ihrer Haut.

Seine Lippen küssten ihren nassen Scheitel und glitten dann ihren Hals bis zur Schulter entlang.

Erwartungsvoll öffnete sie den Mund. Sein Kuss war sanft und zärtlich, und sie wehrte sich nicht gegen seine Leidenschaft. Seine Hand schob sich unter den Träger ihres Bikinis und liebkoste ihren Busen.

Nelly genoss träumerisch Percys Zärtlichkeiten, das wogende Wasser und die Hitze der aufgehenden Sonne. Am liebsten wäre sie noch lange so neben Percy auf dem Meer dahingetrieben. Sie zitterte vor Glück.

„Dir wird kalt." Percy ließ Nelly los, um sie anzuschauen. „Komm, schwimm dich wieder warm." Der Zauber verflog. „Wir paddeln zurück und legen uns in die Sonne."

Nelly setzte sich in den bereits warmen Sand, und Percy streckte sich neben ihr aus. Sie versuchte seinem Blick auszuweichen.

Er hat mir ja gesagt, wie es kommen würde, erinnerte sie sich. Leider hat er recht behalten. Ich kann mich nicht gegen ihn wehren, und bald werde ich eine neue Eliza in seinem Leben sein. Sie zog die Knie an, stützte ihr Kinn darauf und beobachtete den Horizont.

Aus irgendeinem Grund findet er mich attraktiv, dachte sie. Vielleicht, weil ich mich von den übrigen Frauen unterscheide, die er bisher kannte. Ich bin nicht so weltgewandt und erfahren wie sie, und vermutlich findet er gerade das reizvoll und amüsant.

„Wo bist du mit deinen Gedanken?" Percy richtete sich auf, schob seine Finger in ihr nasses Haar und sah ihr ins Gesicht.

Nelly erhob sich. Sie spürte, dass sie Percy eines Tages nachgeben würde, doch das Unvermeidliche wollte sie so lange wie möglich hinauszögern. Sie war ihm nicht gewachsen. Er war ihr weit überlegen, weil er offenbar viel Erfahrung im Umgang mit Frauen hatte.

„Ich habe Hunger", rief sie. „Spendierst du mir ein Frühstück? Eigentlich müsstest du das, denn immerhin habe ich den Wettlauf gewonnen."

„Meinst du?" Er erhob sich ebenfalls, während sie in die kurze Frotteejacke schlüpfte.

„Das meine ich nicht nur, das weiß ich", bekräftigte sie. „Ich war der eindeutige Sieger." Sie sah zu, wie er sich seinen blauen Pullover über den Kopf zog.

„Dann müsstest du mich zum Frühstück einladen. Der Gewinner gibt immer etwas aus." Lächelnd reichte er ihr die Hand. Zögernd griff sie zu.

„Hast du Appetit auf eine Schüssel Cornflakes?"

„Cornflakes sind mir zu billig."

„Tja", bedauernd hob sie die Schultern, „da ich so überraschend nach Florida entführt wurde, sind meine finanziellen Mittel leider begrenzt."

„Bei mir hast du Kredit." Er ließ ihre Hand los und legte den

Arm kameradschaftlich um ihre Schulter. Gemeinsam gingen sie zum Hotel zurück.

Gegen Mittag befand Nelly sich in Hochstimmung. Percy behandelte sie erstaunlich galant und zuvorkommend.

Er führte sie durch das Hotel. Nelly bewunderte den ganz in Silber und Kobaltblau ausgestatteten Aufenthaltsraum, stöberte entzückt in den beiden Boutiquen und besichtigte sachverständig die riesige Küche.

Im Spielsalon ließ sie sich von Percy Kleingeld geben, und er sah nachsichtig zu, wie sie sich begeistert mit den verschiedenen Automaten beschäftigte. Er stand neben ihr und beobachtete, wie sie per Computer das nächste Auto zu Schrott fuhr.

„Weißt du was", bemerkte er, als sie die Hand aufhielt, um eine neue Münze entgegenzunehmen. „Wenn du an allen Automaten spielst, dann wird das ebenso teuer wie das Kleid, das dir in der Boutique so gut gefiel. Für diese lauten Apparate lässt du dir von mir Geld geben. Warum durfte ich dir dann nicht das hübsche Kleid kaufen?"

„Das ist etwas ganz anderes", antwortete sie zerstreut, während sie sich darauf konzentrierte, das nächste Computerauto um die Hindernisse herumzusteuern.

„Warum?" Percy zog eine Grimasse, als sie haarscharf an einem nichts ahnenden Fußgänger vorbeifuhr und der Wagen schleudernd um die Ecke bog.

„Du hast mir noch gar nicht erzählt, ob ihr euer Problem gelöst habt", warf Nelly ein und riss das Lenkrad herum, um einem Lastzug auszuweichen.

„Problem?"

„Ja, die Angelegenheit, deretwegen du hierhergeflogen bist."

„Ach so, ja." Er lächelte und strich ihr eine Haarsträhne aus der Stirn. „Alles hat sich zum Besten gewendet."

Nelly schimpfte laut, als ihr Wagen gegen einen Telegrafenmast prallte, durch die Luft geschleudert wurde und geräuschvoll in Stücke zerschellte.

„Ich glaube, du hörst jetzt lieber auf." Percy ergriff ihre Hand, die sie ihm hoffnungsvoll entgegenhielt. „Lass uns zu Mittag essen, ehe ich vollkommen pleite bin."

Auf der Terrasse über dem Swimmingpool aßen sie Quiche Lorraine und tranken dazu einen Chablis. Einige Gäste tummelten sich in dem türkisblauen Wasser.

Nach dem Essen schaute Nelly versonnen auf die Schwimmer und Sonnenanbeter hinab. Als sie den Blick wieder hob, fiel ihr auf, dass Percy sie lächelnd beobachtete.

„Ist irgendwas?" Um ihre Verlegenheit zu überspielen, nahm sie einen Schluck Wein.

„Nein, es macht mir nur Spaß, dich anzusehen. Deine Augen wechseln ständig die Farbe. Einmal sind sie dunkelgrau wie der Rauch eines Torffeuers, im nächsten Moment hell wie das Wasser eines Sees. Solltest du jemals Geheimnisse haben, würden deine Augen sie sofort verraten." Er lächelte breit, als sie errötete. Sie blickte in ihr Weinglas, in dem der Chablis golden funkelte. „Du bist eine unglaublich hübsche Frau, Nelly."

Sie hob überrascht den Kopf. Er lachte leise, ergriff ihre Hand und führte sie an seine Lippen. „Aber ich glaube, das sollte ich dir nicht zu oft sagen. Sonst wirst du dir deines guten Aussehens bewusst und verlierst vielleicht deinen natürlichen Charme."

Er stand auf und zog sie mit sich. „Jetzt bringe ich dich in das Fitnesszentrum. Es ist mit allem ausgestattet, was Körper und Seele guttut, und du sollst dir einen gründlichen Eindruck verschaffen."

„Das interessiert mich schon, aber …"

„Ich werde Bescheid sagen, dass man dir das volle Programm bietet", fiel er ihr ins Wort. „Und wenn wir uns um sieben zum Dinner treffen, will ich keine Ringe mehr unter deinen Augen sehen."

Percy überließ Nelly der Obhut einer energischen dunkelhaarigen Frau, und das gesundheitsfördernde Programm begann. Man setzte Nelly zuerst in ein sauerstoffhaltiges Sprudelbad, dann in eine Sauna. Danach wurde sie massiert. Drei Stunden lang dauerte die Behandlung.

Einmal spielte sie mit dem Gedanken, sich wieder anzuziehen und sich heimlich fortzuschleichen. Als sie feststellte, dass ihre Kleidung nirgends zu sehen war, ergab sie sich jedoch in ihr Schicksal und bemerkte bald, wie sich die unbewusst aufgestauten Spannungen lösten.

Während der Massage dämmerte sie langsam in einen Halbschlaf hinüber. Wie aus weiter Ferne nahm sie die Unterhaltung der beiden Frauen wahr, die sich der gleichen Behandlung unterzogen wie sie.

„Vor zwei Jahren war ich schon einmal hier … er sieht fantastisch aus … eine blendende Partie … und das viele Geld dazu … Reynolds ist unermesslich reich."

Als Percys Name fiel, öffnete Nelly die Augen und horchte auf.

„Erstaunlich, dass es noch keinem raffinierten Weibsbild gelungen ist, sich diesen attraktiven Junggesellen zu angeln." Die rothaarige Frau strich sich eine schweißnasse Strähne hinter das Ohr und verschränkte die Arme unter dem Kinn.

„Herzchen, du kannst dich darauf verlassen, dass Dutzende es schon versucht haben." Die dunkelhaarige Gesprächspartnerin unterdrückte ein Gähnen und lächelte vielsagend. „Er hat bestimmt nichts dagegen, dass die Frauen ihm hinterherlaufen. Ein Mann wie Reynolds sonnt sich gern in weiblicher Bewunderung."

„Ich schwärme auch für ihn."

„Hast du seine Begleiterin gesehen? Ich beobachtete sie gestern Abend und heute am Swimmingpool."

„Mm. Ich habe ihre Ankunft miterlebt, aber ich muss gestehen, dass ich nur Augen für ihn hatte. Sie ist doch so eine zierliche Blondine, nicht wahr?"

„Ja, aber ich glaube nicht, dass sie von Natur aus so blond ist.“

Nelly war anfänglich über diese Unterstellung empört, doch dann amüsierte sie sich. Soso, überlegte sie, man hält mich also allgemein für Percys neueste Errungenschaft. Es kann nicht schaden, wenn ich mir die Meinung des Volkes einmal anhöre.

„Glaubst du, dass die Neue ihn halten kann? Wer ist sie eigentlich?“

„Genau das wollte ich herausfinden.“ Die dunkelhaarige Frau verzog das Gesicht. „Es hat mich zwanzig Dollar gekostet, um zu erfahren, dass sie Nelly Clark heißt. Mehr war beim besten Willen nicht herauszubekommen. Nicht mal der gute alte Paul Bailey scheint etwas zu wissen. Es sieht so aus, als wäre sie vom Himmel gefallen. Hier war sie jedenfalls noch nie. Und ob sie ihn auf die Dauer halten kann …“ Sie hob die gleichmäßig gebräunten Schultern. „Man kann nie wissen. Er verschlingt sie buchstäblich mit den Augen. Unsereins könnte vor Neid erblassen.“

Skeptisch zog Nelly eine Augenbraue hoch.

„Ich glaube“, fuhr die Brünette fort, „er spricht auf große graue Augen und eine blonde Mähne an. Tatsächlich ist das Mädchen auch ausgesprochen hübsch, frisch und natürlich.“

Nelly stützte sich auf den Ellenbogen und lächelte die beiden Frauen an.

„Vielen Dank“, sagte sie fest. Dann legte sie wieder den Kopf auf die verschränkten Arme und schmunzelte über die plötzliche Stille.

11. Kapitel

Erfrischt und mit sich und der Welt zufrieden, kehrte Nelly in Percys Suite zurück. Unter dem Arm trug sie eine lange flache Schachtel. Trotz ihrer Auseinandersetzung mit der resoluten Verkäuferin war sie gut gelaunt.

Nach der dreistündigen Behandlung im Fitnesszentrum war Nelly in die Boutique zurückgegangen. Sie probierte das Kleid aus silberglänzender Seide an, das Percy so bewundert hatte, und richtete sich innerlich darauf ein, ihre Ersparnisse anzubrechen. Zu ihrer Verwunderung belehrte die Verkäuferin sie, dass Mr. Reynolds Nellys Rechnungen begleichen würde.

Verärgert über Percys Eigenmächtigkeit, stritt sie sich mit dem Mädchen, das sich jedoch nicht beirren ließ. Schließlich verließ Nelly die Boutique mit dem Kleid und schwor sich, das finanzielle Problem später mit Percy persönlich zu regeln.

Wenn sie schon als die geheimnisvolle Fremde galt, die Percy Reynolds umgarnte, benötigte sie auch die entsprechende Ausstattung.

Lächelnd ließ Nelly das Badewasser ein und fügte einen stark schäumenden Badezusatz hinzu. Sie genoss das heiße, duftende Wasser, als die Tür plötzlich aufging.

„Da bist du ja wieder“, sagte Percy und lehnte sich gegen den Türrahmen. „Hat’s dir gefallen?“

„Percy!“ Nelly rutschte tiefer ins Wasser und bedeckte sich mit Schaum. „Ich bade gerade.“

„Ja, das sehe ich. Aber es ist nicht nötig, dass du dich dabei ertränkst. Möchtest du etwas trinken?“ Seine Stimme klang höflich und unpersönlich.

Nelly fiel die Unterhaltung der beiden Frauen wieder ein,

und ihr Stolz regte sich. Es wird höchste Zeit, fand sie, es ihm mit gleicher Münze heimzuzahlen.

„Ja, gern." Sie schaute ihn so unbekümmert wie möglich an. „Bring mir bitte einen Sherry, wenn's dir keine Mühe macht."

Innerlich triumphierte sie, als er erstaunt die Brauen hochzog. „Es macht mir durchaus keine Mühe." Er wandte sich ab und ließ die Tür halb offen. Nelly hoffte, dass der Schaum sich nicht auflöste, ehe sie aus der Wanne steigen und in ihren Bademantel schlüpfen konnte.

„Hier hast du deinen Sherry." Percy kam mit dem Glas zurück.

Nelly lächelte strahlend und probierte das Getränk. „Danke. Ein halbtrockener Sherry, genau richtig. Ich bin gleich fertig, falls du ins Bad möchtest."

„Du brauchst dich nicht zu beeilen", erwiderte er. „Ich kann ja das andere Bad benutzen."

„Wie du willst", entgegnete sie liebenswürdig. Sie atmete auf, als Percy den Raum verließ und die Tür hinter sich schloss. Erleichtert stellte sie das Glas mit dem restlichen Sherry auf den Wannenrand.

Ganze fünf Minuten lang blickte Nelly in den großen Spiegel. Silberglänzende Seide umschmeichelte ihren Busen und wurde von schmalen Schulterträgern gehalten. Der Schnitt des Kleides ließ ihren Rücken bis zur Taille frei. Der Rock fiel gerade über die sanft geschwungenen Hüften und die schlanken Beine, und ein Schlitz, der bis zur Mitte des Oberschenkels reichte, verschaffte ihr die nötige Bewegungsfreiheit. Das Haar hatte sie sich in duftigen Locken hochgesteckt. Nur einige Strähnen fielen ihr wie unabsichtlich in die Stirn.

Eine fremde Frau blickte Nelly aus dem Spiegel entgegen, und sie fühlte sich unbehaglich. Selbstkritisch gestand sie sich ein, dass die echte Nelly Clark das Versprechen, das die Frau im Spiegel andeutete, nicht halten konnte.

„Bist du fertig?" Percy klopfte, und seine Frage riss sie aus ihren Betrachtungen.

„Ja, ich komme gleich." Sie schüttelte den Kopf und lächelte sich aufmunternd zu. „Es ist ja nur ein Kleid", hielt sie den beiden Nellys entgegen und wandte sich vom Spiegel ab.

Als sie das Wohnzimmer betrat, schenkte Percy sich gerade einen Aperitif ein. Seine Hand erstarrte mitten in der Bewegung. Er holte tief Luft.

„Na so was", sagte er gedehnt, „du hast dir das Kleid also doch gekauft."

„Ja." Selbstbewusst näherte sie sich ihm. „Ich fand, meine jetzige Garderobe passt nicht zu einer Frau mit zweifelhaftem Ruf."

„Könntest du mir das bitte näher erklären?" Er reichte Nelly ein Glas.

Mechanisch ergriff sie es. „Ach, zufällig hörte ich, wie sich zwei Damen im Massageraum unterhielten." Sie blickte ihn spitzbübisch an, als sie das Glas auf die Bartheke stellte. „Percy, das war wirklich komisch. Du hast wahrscheinlich keine Ahnung, mit welchem Eifer die Gäste hier Anteil an deinen Affären nehmen." Während sie das Gespräch wiedergab, kicherte sie leise.

„Ich kann dir gar nicht sagen, wie gut es für mein Selbstbewusstsein ist, als geheimnisumwitterte Frau zu gelten und beneidet zu werden. Hoffentlich spricht es sich nicht herum, dass ich nur die Managerin eines Familienhotels in der Provinz bin. Das würde meinem Ansehen schaden."

„Selbst wenn es herauskäme, würde es ohnehin niemand glauben." Percy schien die Angelegenheit nicht so amüsant zu finden wie Nelly. Ernst nippte er an seinem Drink.

Verwundert fragte Nelly: „Ärgerst du dich, weil ich mir daraufhin das Kleid gekauft habe? Im Schaufenster gefiel es dir doch noch."

„Ich finde es immer noch schön." Er nahm ihre Hand, und

endlich lächelte er. „Jetzt müssen wir natürlich Champagner trinken. Zu diesem eleganten Kleid passt kein anderes Getränk."

Percy und Nelly begannen das Essen mit Austern und Champagner. Ihr Tisch stand ganz oben in dem in mehrere Ebenen unterteilten Speisesaal, direkt vor einem Aquarium, das fast die ganze Wand einnahm. Als die klare Fleischbrühe serviert wurde, probierte Nelly den Wein und sah sich um. „Es ist wunderschön hier, Percy."

„Ich lege auch Wert darauf, dass meine Gäste sich wohlfühlen." Er sprach zuversichtlich wie ein Mann, dessen Leistung höchstes Lob verdient.

„Wer sich in diesem Paradies nicht wohlfühlt, ist selbst schuld. Das Personal ist so höflich und gut geschult, dass man es kaum bemerkt. Man sieht nicht, wie gearbeitet wird. Trotzdem klappt alles vorzüglich. Ich nehme an, dass während der Wintermonate hier jedes Zimmer belegt ist."

„Das stimmt. Und wenn es sich einrichten lässt, vermeide ich es, meine Hotels während der Hochsaison zu besuchen."

„In ein paar Wochen beginnt bei uns die Sommersaison", begann sie.

Im nächsten Moment griff Percy nach ihrer Hand und hielt sie fest, während er gleichzeitig Champagner nachschenkte. „Es ist mir gelungen, dich den ganzen Tag über von deinem Lieblingsthema abzulenken. Mal sehen, ob wir es schaffen, auch den Abend über das Hotel Lakeside zu vergessen. Wenn wir morgen wieder zurück sind, können wir uns über Zimmerreservierungen und Stornierungen unterhalten. Ich rede nicht gern über Geschäftliches, wenn ich mit einer schönen Frau das Dinner genieße."

Nelly lächelte nachsichtig. „Worüber sprichst du denn am liebsten, wenn du mit einer schönen Frau zusammen bist?", entgegnete sie, vom Champagner beflügelt.

„Mehr über private Dinge." Er streichelte ihren Handrücken. „Zum Beispiel mache ich ihr gern Komplimente. Ich sage ihr dann, dass ihre Stimme wie das Rieseln eines Bachs im Frühling klingt, dass ich glaube, in ihren Augen den Sonnenaufgang zu sehen, und dass ich sie am liebsten küssen möchte, wenn sie lächelt." Er nahm Nellys Hand und drückte einen Kuss genau auf die Stelle, wo ihr Puls schlug.

Misstrauisch fragte sie: „Percy, machst du dich über mich lustig?"

„Nein." Seine Stimme klang weich. „Ganz im Gegenteil, Nelly."

Nelly lächelte glücklich und gestattete Percy, das Gespräch auf die angenehmen Dinge des Lebens zu lenken. Flackerndes Kerzenlicht, das gedämpfte Klirren von Kristall und Silber, leises Stimmengemurmel, dazu Percys verliebte Blicke ... Nelly wusste, dass sie diesen Abend nie vergessen würde.

„Lass uns einen Spaziergang machen." Percy stand auf und zog ihren Stuhl zurück. „Sonst schläfst du noch über deinem Champagner ein." Hand in Hand gingen sie zum Strand.

Sie schwiegen, genossen ihr Beisammensein und die laue Nacht. Orangenblüten dufteten betörend. Dieser Duft würde Nelly immer an den Mann erinnern, dessen Hand sie jetzt hielt. Konnte sie jemals wieder den Mond anschauen und im Sternenlicht spazieren gehen, ohne an ihn zu denken?

Morgen, dachte Nelly, dreht sich alles wieder ums Geschäft, und in ein paar Tagen wird Percy abreisen. Für mich ist er dann nur noch ein Name auf einem Briefkopf. Aber das „Lakeside" darf ich behalten, tröstete sie sich. Von irgendwelchen Änderungen war nicht mehr die Rede gewesen. Sie hätte dann ihre Heimat, ihre Arbeit und ihre Erinnerungen, was schon mehr wäre, als manche Menschen je besessen hatten.

„Frierst du?", fragte Percy, weil sie erschauerte. Hatte er ihre Gedanken gelesen? „Du zitterst." Er legte den Arm um ihre Schultern. „Dann gehen wir lieber zurück."

Sie nickte stumm und zwang sich, nicht mehr an den nächsten Tag zu denken. Ihre Spannung löste sich. Der Champagner tat seine Wirkung, und sie beschloss, ihrer beschwingten Laune nachzugeben.

„Ach, Percy", flüsterte sie, als sie das Foyer durchquerten. „Da ist eine der Frauen, die ich heute bei der Massage belauscht habe." Nelly deutete auf die dunkelhaarige Dame, die sie mit unverhohlener Neugier musterte.

„Soso." Percy drückte auf den Knopf, um den Aufzug herbeizuholen.

„Ob ich ihr zuwinken soll?", fragte Nelly übermütig.

„Nein, ich habe eine viel bessere Idee."

Ehe sie seine Absicht erkannte, zog er sie in die Arme und küsste sie mit einer Glut, die ihr beinahe den Atem nahm. Als Percy sie wieder losließ, sah Nelly, wie die Brünette die Augen weit aufriss und staunend hinter ihr hersah.

Als die Tür der Suite hinter ihnen zufiel, lachte Nelly Percy an. „Wirklich schade, dass ich keine ruchlose Vergangenheit habe, die sie ausgraben könnte."

„Mach dir darüber keine Gedanken. Sie wird dir schon eine andichten. Möchtest du einen Cognac?" Er trat an die Bar und ließ die Spiegelwand zurückgleiten.

„Nein, meine Nase ist ganz taub."

„Ach so. Ist das ein Geburtsfehler oder ein vorübergehender Zustand?"

„Das ist", erklärte Nelly, während sie sich auf einen Barhocker schwang, „das Signal, keinen Alkohol mehr zu trinken. Wenn meine Nase taub wird, habe ich schon mehr getrunken, als ich vertrage."

„Aha." Percy schenkte sich einen Cognac ein. „Dann wird also nichts aus meinem Plan, dich erst unter Alkohol zu setzen und dann zu verführen."

„Leider nein."

„Wofür hast du eine besondere Schwäche, Nelly?"

Für dich, hätte sie beinahe geantwortet. Doch sie besann sich noch rechtzeitig. „Ich habe eine Schwäche für schummrige Beleuchtung und sanfte Musik."

„Tatsächlich?"

Ein Zauber tauchte den Raum plötzlich in gedämpftes Licht und leise Musik.

„Wie hast du das gemacht?"

Er setzte sich neben sie. „Hinter dem Regal befindet sich eine Schaltanlage."

„Wunder der Technik." Nellys Sinne waren hellwach, als Percy die Hand auf ihren Arm legte.

„Ich möchte mit dir tanzen." Er zog sie vom Barhocker. „Dein Haar duftet nach Wiesenblumen. Lass es fallen, damit ich es berühren kann."

„Percy, ich …"

„Pst." Vorsichtig zog er eine Haarnadel nach der anderen heraus, bis die Locken weich über die Schultern fielen. Er streichelte ihr Haar, ehe er Nelly in die Arme schloss.

Langsam bewegten sie sich zum Rhythmus der Musik, wobei er Nelly fest an sich zog. Ihre anfängliche Nervosität legte sich, und sie fühlte sich beinahe schläfrig und wohlig entspannt. Zärtlich schmiegte sie die Wange an seine Schulter.

„Willst du mir nicht endlich verraten, wie du mit vollem Namen heißt?", flüsterte er ihr ins Ohr.

„Das weiß keiner außer mir", antwortete sie verträumt. „Selbst das FBI rätselt daran herum."

„Dann werde ich mich wohl an deine Mutter wenden müssen."

„Auch sie erinnert sich nicht mehr", seufzte Nelly.

„Wie unterschreibst du denn amtliche Dokumente?" Er streichelte ihre Hüfte.

„Mit Nelly Clark."

„Aber in deinem Reisepass muss doch der richtige Name stehen."

Sie hob die Schultern. Dabei streiften ihre Lippen unabsichtlich seinen Hals. „Bisher habe ich noch nie einen Reisepass benötigt."

„Aber du brauchst einen, wenn du nach Rom fliegst."

„Ja, wenn ich demnächst meine Weltreise antrete, werde ich mich um einen Pass kümmern müssen. Dann unterschreibe ich natürlich mit Petronella." Sie amüsierte sich köstlich, weil er nicht merkte, dass sie ihm ihren ursprünglichen Namen verraten hatte. Spitzbübisch lächelnd blickte sie ihn an, und er gab ihr einen Kuss.

„Nelly", flüsterte er und presste sie an sich. „Ich möchte …"

„Küss mich noch einmal, Percy." Champagner und Liebe umnebelten ihre Sinne. „Küss mich richtig", flüsterte sie. Ohne auf die warnende Stimme der Vernunft zu achten, schloss sie die Augen.

Erneut flüsterte er ihren Namen. Dann stöhnte er leise und riss sie heftig an sich.

Nelly taumelte, als er sie leidenschaftlich wie nie zuvor küsste. Der Raum schien zu kreisen, und dann bettete Percy sie auf den weichen Teppich.

Während er ihr Gesicht und ihren Hals liebkoste, schob sich seine Hand unter die kühle Seide ihres Rocks und streichelte ihre glühende Haut.

Nelly erwiderte seine Zärtlichkeiten. Scheu tastete sie über seinen muskulösen Rücken. Er begehrte sie fordernd, seine Lippen und Hände erregten sie und erweckten ihre Sehnsucht und Erwartung.

Unvermittelt hob Percy den Kopf und sah ihr in die Augen, in denen sich ihre Wünsche, aber auch ihre Angst widerspiegelten. Dann stand er auf und zog sie mit sich.

„Geh jetzt ins Bett", befahl er rau. Er trat an die Bar und schenkte sich noch einen Cognac ein.

Nelly erstarrte. Sie begriff nicht, dass er sie zurückstieß.

„Hast du mich nicht gehört? Ich sagte, du sollst jetzt ins Bett gehen.“ Mit einem Zug leerte er das Glas und zog dann eine Packung Zigaretten aus der Tasche.

„Percy, das verstehe ich nicht. Ich dachte …“ Vor Scham und Enttäuschung kamen ihr beinahe die Tränen. „Ich dachte, du begehrst mich.“

„Das stimmt auch.“ Er inhalierte den Rauch der Zigarette. „Und jetzt geh schlafen.“

„Percy.“ Sie prallte vor seiner Wut zurück.

„Geh, sonst vergesse ich alle Anstandsregeln.“

Nelly straffte die Schultern und schluckte ihre Tränen mühsam herunter. „Na schön, du bist der Boss.“ Ohne Rücksicht auf seinen Zorn fuhr sie fort: „Aber etwas solltest du dir merken. Was ich dir eben anbot, wird sich nicht wiederholen. Nie wieder lasse ich mich von dir in die Arme nehmen. Von jetzt an ist unsere einzige Verbindung das ‚Lakeside‘.“

„Darüber reden wir später“, entgegnete er kurz und wandte sich ab, um sich den nächsten Cognac einzugießen. „Mach jetzt, dass du ins Bett kommst.“

Nelly lief hinaus und schloss die Tür zu ihrem Zimmer hinter sich ab.

12. Kapitel

Wie ein verletztes Kind, das sich in die Arme der Mutter wirft, flüchtete Nelly sich in die Arbeitsroutine. Auf dem Rückflug hatte sie mit Percy kaum drei Worte gewechselt. Er beschäftigte sich mit irgendwelchen Papieren, und sie vergrub sich hinter einer Zeitung.

Für sie war es kein Problem, Percy während der nächsten drei Tage aus dem Weg zu gehen. Und auch er mied jede Begegnung.

Hingebungsvoll baute Nelly um sich herum einen Schutzwall aus Hass und Groll auf, hinter dem sie sich verschanzen konnte, wenn Percy sie und das Hotel verlassen würde.

Zu ihrem größten Verdruss hielt Eliza sich immer noch im „Lakeside“ auf. Obwohl Nelly bemerkte, dass Percy sich Eliza nur selten widmete, wirkte die Anwesenheit dieser Frau auf sie wie Salz in einer offenen Wunde. Jedes Mal, wenn sie Eliza sah, erinnerte sie sich kläglich und verwirrt an ihre Beziehung zu Percy.

Nelly begriff Percys Verhalten nicht. Sie war fest davon überzeugt, dass er sie in der letzten Nacht in seinem Hotel begehrt hatte. Aber er war wohl von ihrer Unerfahrenheit enttäuscht.

Um jeden unnötigen Kontakt mit ihm zu vermeiden, richtete Nelly sich für die Dauer seines Aufenthalts im Familienhotel „Lakeside“ ein Büro in ihrem Zimmer ein. Eines Nachmittags, als sie sich mit den Papieren beschäftigte, wurde sie plötzlich aus ihrer Arbeit gerissen.

Erschrocken sprang sie auf. Rechnungen und Lieferscheine fielen zu Boden. Über ihrem Zimmer hörte sie Schreie und trampelnde Schritte. Blitzartig stürmte Nelly in das dritte Geschoss. Die Geräusche kamen eindeutig aus Zimmer 314. Sie riss die Tür auf und schnappte entsetzt nach Luft. Im ersten Moment blieb sie wie gelähmt auf der Schwelle stehen.

Mitten auf dem handgeknüpften runden Teppich focht Eliza mit einem Zimmermädchen einen wilden Streit aus. Eddie tanzte aufgeregt um die beiden Frauen herum und versuchte vergeblich, den Kampf zu schlichten.

„Meine Damen, bitte." Nelly stürzte sich mutig in das Handgemenge. Beschimpfungen und Anschuldigungen waren die Folge. Nelly breitete die Arme aus, um die beiden streitbaren Frauen voneinander zu trennen.

„Louise, Miss Trainor ist unser Gast. Was ist denn in dich gefahren?" Erfolglos versuchte sie das stämmige Zimmermädchen zur Seite zu ziehen, dann wandte sie sich Eliza zu. „Bitte, schreien Sie doch nicht so, ich kann ja kein Wort verstehen."

Nelly merkte, dass sie selbst geschrien hatte, senkte bewusst die Stimme und drängte Eliza von Louise zurück. „Bitte, Miss Trainor, Louise ist halb so groß und doppelt so alt wie Sie. Nehmen Sie doch bitte Rücksicht. Sie tun ihr ja weh."

„Fassen Sie mich nicht an!" Abwehrend hob Eliza den Arm, und ihre Faust traf scheinbar zufällig Nellys Kinn.

Nelly taumelte zurück und stürzte mit dem Kopf gegen einen Bettpfosten. Vor ihren Augen tanzten Sterne, die ganz plötzlich erloschen. Sie spürte nur noch, wie sie an der Bettstelle entlang langsam zu Boden sackte.

„Nelly!" Ihr schien, als riefe jemand durch einen langen Tunnel ihren Namen. Sie stöhnte und öffnete langsam die Augen. „Bleib ganz still liegen", befahl Percy. Vorsichtig blickte sie in sein besorgtes Gesicht. Er beugte sich über sie und strich ihr sanft das Haar aus der Stirn.

„Was ist passiert?" Sie wollte sich aufrichten, Percy drückte sie jedoch zurück.

„Genau das möchte ich auch gerne wissen." Er drehte den Kopf, und Nelly folgte seiner Bewegung. Auf dem kleinen zweisitzigen Sofa saß Eddie und hielt die schluchzende Louise im Arm. Eliza stand am Fenster und wandte ihnen das Profil zu. Ihr Mund war ein schmaler Strich.

„Ach du meine Güte." Die Erinnerung kehrte zurück, und Nelly schloss wieder die Augen. Bewusstlosigkeit hatte auch ihre Vorteile. „Diese Leute veranstalteten mitten im Zimmer einen Ringkampf. Leider gab mir Miss Trainor dabei einen Kinnhaken."

Percy hörte auf, Nellys Wange zu streicheln. „Sie hat dich geschlagen?"

„Das habe ich nicht absichtlich getan, Percy." Eliza ließ Nelly nicht zu Wort kommen. Sie schien aufrichtig bekümmert zu sein. „Ich wollte nichts weiter als die vorsintflutlichen Gardinen abnehmen, als dieses Dienstmädchen hereinkam." Hoheitsvoll deutete sie auf Louise. „Sie schrie und griff mich tätlich an. Dann kam der da." Sie zeigte auf Eddie, ehe sie die Hand über ihre Augen legte. „Und plötzlich tauchte Miss Clark wie aus heiterem Himmel auf, brüllte mich auch noch an und stieß mich zurück. Es war schrecklich." Eliza schüttelte sich und rang sichtlich nach Fassung. „Ich wollte mich doch nur wehren. Wie kommt sie eigentlich dazu, in mein Zimmer einzudringen? Keiner von diesen Leuten hier hat das Recht dazu."

„Und sie hat kein Recht, die Gardinen abzunehmen", mischte sich Louise ein und zerknüllte nervös Eddies Taschentuch. Mit dem feuchten Lappen deutete sie so lange auf das Fenster, bis alle Anwesenden ihrem Blick folgten. Der weiße Tüll hing schlaff und unordentlich an der Stange. „Sie bezeichnete die Vorhänge als unmodern und unpraktisch, wie alles andere in diesem Haus. Dabei habe ich sie erst vor zwei Tagen gewaschen." Louise bedeckte ihren wogenden Busen mit der Hand. „Es kommt gar nicht infrage, dass sie wieder schmutzig werden. Ich habe Miss Trainor höflich gebeten, sie nicht anzufassen."

„Höflich?", rief Eliza schrill. „Sie sind über mich hergefallen wie eine Wilde."

„Ich wurde erst deutlicher“, entgegnete Louise würdevoll, „als sie nicht vom Stuhl steigen wollte. Stell dir vor, Nelly, sie stand auf dem guten Bentwood-Stuhl. Wie kann sich jemand nur auf so ein schönes Stück stellen!“ Louise vergrub ihr Gesicht an Eddies Schulter, unfähig, weiterzusprechen.

„Percy.“ Eliza strich sich eine Locke hinter ihr Ohr und trat auf ihn zu. In ihren Augen blitzten Tränen. „Erlaubst du, dass dieses Weibsbild so über mich spricht? Ich will, dass du sie sofort entlässt. Sie hätte mir wer weiß was antun können, als sie mich vom Stuhl zog. Die Frau ist ja nicht ganz richtig im Kopf.“ Flehend legte Eliza Percy die Hand auf die Schulter, und die ersten Tränen tropften über ihre Wangen.

Entrüstet über diesen weiblich-hilflosen Auftritt, richtete Nelly sich auf. Sie wehrte Percy ab, der sie zurückdrücken wollte. „Mr. Reynolds, bin ich noch Managerin dieses Hotels?“

„Jawohl, Miss Clark.“

Seine Stimme klang wütend, aber Nelly achtete nicht darauf. „Großartig, Miss Trainor, ich entscheide, wer hier eingestellt oder entlassen wird. Wenn Sie sich beschweren wollen, tun Sie das bitte schriftlich. Ich möchte Sie jedoch gleich darauf hinweisen, dass Sie für jeden Schaden, den Sie in diesem Zimmer oder sonst wo anrichten, aufkommen müssen. Und nehmen Sie bitte zur Kenntnis, dass Louise in diesem Fall die volle Unterstützung des Hauses genießt.“

„Percy!“ Eliza schäumte vor Zorn. „Muss ich mir das gefallen lassen?“

„Mr. Reynolds“, schnitt Nelly ihr das Wort ab, während sie sich nach einem Aspirin und Ruhe sehnte, „bringen Sie Miss Trainor bitte in den Aufenthaltsraum und bieten Sie ihr auf Kosten des Hauses etwas zu trinken an. Ich schlage vor, wir setzen diese Diskussion später fort.“

Percy nickte zögernd. „In Ordnung, wir reden zu einem anderen Zeitpunkt weiter. Und du bleibst heute den ganzen Tag im Bett, Nelly. Ich sorge dafür, dass du nicht gestört wirst.“

Erst nachdem Eddie und Louise sich mitfühlend bei Nelly bedankt hatten, konnte sie sich in ihr Zimmer zurückziehen. Sie stieg über die verstreut herumliegenden Rechnungen und Lieferscheine hinweg, holte sich das so dringend notwendige Aspirin und rollte sich dann auf ihrer Bettdecke zusammen. Vage bekam sie noch mit, dass die Tür aufging, und dann spürte sie, wie eine Hand über ihr Haar strich. Doch sie schlief schon halb und wusste nicht, ob der auf ihre Lippen gehauchte Kuss Traum oder Wirklichkeit war.

Als Nelly aufwachte, hatte das heftige Pochen in ihren Schläfen nachgelassen. Der Schmerz war zumindest erträglich geworden. Sie richtete sich auf und betrachtete staunend den ordentlichen Papierstapel auf ihrem Schreibtisch. Vielleicht habe ich nur geträumt, vermutete sie, als sie sah, dass auf dem Boden kein einziges Blatt mehr lag. Oder ich habe das alles selbst aufgehoben und weiß es jetzt nicht mehr.

Sie betastete ihren Hinterkopf und zuckte zusammen, als ihre Finger die Beule berührten. Wer einen Streit schlichten will, kriegt immer die meisten Prügel ab, dachte sie entrüstet. Sie beschloss, nach unten zu gehen und mit Percy zu sprechen.

In der Eingangsdiele begegnete sie Eddie, Maggie und Louise, die sich leise, aber dennoch heftig miteinander stritten. Seufzend ging Nelly zu ihnen, um wieder einmal Frieden zu stiften.

„Ach, du bist es, Nelly“, wunderte sich Maggie. „Mr. Reynolds sagte, du dürftest nicht gestört werden. Wie geht es dir? Louise hat uns gesagt, Miss Trainor hätte dir einen Kinnhaken versetzt.“

„Alles halb so schlimm.“ Nellys Blick wanderte von einem ernsten Gesicht zum anderen. „Weswegen habt ihr euch gezankt?“

Die drei schwatzten gleichzeitig los. Mit einer Hand berührte Nelly den immer noch schmerzenden Kopf, die andere hob sie gebieterisch. „Eddie, du erzählst“, entschied sie.

„Es ging um den Architekten“, begann er, worauf sie fragend die Brauen hochzog.

„Welchen Architekten meinst du?“

„Na, den, der hier war, als du so plötzlich nach Florida abreisen musstest. Nur wussten wir natürlich nicht, dass er Architekt war. Liz meinte, er sei Künstler, weil er immer mit Block und Bleistift durch die Gegend lief und Skizzen machte.“

Nelly machte sich auf einen unzusammenhängenden Bericht gefasst, seufzte und fragte: „Wovon hat er denn Skizzen gemacht?“

„Vom Hotel natürlich“, rief Eddie nachdrücklich. „Aber er war gar kein Künstler.“

„Er war nämlich Architekt“, mischte sich Maggie ein, die sich nicht länger zurückhalten konnte. Eddie warf ihr einen tadelnden Blick zu.

„Und woher weißt du, dass er Architekt war?“ Nelly fragte sich, warum sie sich trotz ihrer Kopfschmerzen überhaupt mit dieser lächerlichen Angelegenheit befasste.

„Weil Louise hörte, wie er mit Mr. Reynolds am Telefon sprach.“

Nelly wandte sich an das Zimmermädchen und spürte ein flaues Gefühl in der Magengrube. „Du hast doch nicht etwa das Gespräch belauscht, Louise?“

„Ich habe nicht gelauscht“, verteidigte sich Louise würdevoll. Nelly blickte sie strafend an, und schließlich gab sie kleinlaut zu: „Na ja, ich wollte nicht horchen, bis ich hörte, dass es um das Hotel ging. Ich hatte nämlich vor, im Büro Staub zu wischen, und weil Mr. Reynolds telefonierte, wartete ich so lange draußen. Als er etwas von einem Neubau sagte und der Name Fletcher fiel, kam mir plötzlich wieder in den Sinn, dass der Mann so hieß, der ständig mit einem Zeichenblock herumlief.“ Sie schaltete eine Pause ein, um die Spannung zu erhöhen, und blickte triumphierend in die Runde. „Eine Zeit lang drehte sich das Gespräch nur um Maße und Bauholz. Doch dann sagte

Mr. Reynolds, er sei Mr. Fletcher sehr dankbar, weil er seinen eigentlichen Beruf verschwiegen hätte."

„Nelly", begann Eddie eindringlich und klammerte sich an ihren Arm, „glaubst du, er lässt das Hotel doch umbauen oder vielleicht sogar abreißen? Werden wir dann alle entlassen?"

„Nein." Nellys Kopf schmerzte bereits wieder höllisch, deshalb antwortete sie schärfer als gewöhnlich. „Nein, es kann sich nur um einen Irrtum handeln. Ich werde mich darum kümmern. Jetzt geht alle wieder an die Arbeit. Und erzählt keinem Menschen ein Wort davon."

„Es handelt sich nicht um einen Irrtum." Eliza schwebte auf die Gruppe zu.

„Ich habe gesagt, ihr sollt wieder an die Arbeit gehen", wiederholte Nelly in einem Ton, der keinen Widerspruch duldete.

Eddie und die beiden Frauen entfernten sich, und erst außer Hörweite tuschelten sie wieder miteinander.

„Ich habe keine Zeit für Sie, Miss Trainor, ich bin sehr beschäftigt."

„Gewiss, aber Percy möchte gern mit Ihnen sprechen."

Verdrossen nahm Nelly den Köder an. „Wirklich?"

„Oh ja. Er will Ihnen erläutern, was er mit diesem kleinen Betrieb vorhat. Sie werden staunen." Eliza musterte sorgfältig die Diele.

„Wissen Sie über seine Pläne Bescheid?", erkundigte sich Nelly.

„Sie glauben doch nicht im Ernst, dass er hier alles beim Alten lässt, nur weil Sie es wünschen." Eliza lachte hell auf und schnippte eine winzige Fluse von ihrer türkisgrünen Bluse. „Zu so großzügigen Gesten lässt Percy sich nicht hinreißen. Dazu ist er viel zu praktisch und geschäftstüchtig. Es kann natürlich sein, dass er Ihnen eine untergeordnete Stellung einräumt, wenn das Projekt erst einmal vollendet ist. Sie sind wohl kaum imstande, einen großen Hotelkomplex zu leiten, aber gewisse Fähigkeiten kann man Ihnen nicht absprechen. Ich an Ihrer Stelle würde mir natürlich die Demütigung ersparen und von selbst gehen."

„Soll das heißen", erwiderte Nelly und betonte jedes einzelne Wort, „dass Percy fest entschlossen ist, aus diesem Familienhotel ein Ferienzentrum zu machen?"

„Natürlich, was dachten Sie denn?" Eliza lächelte nachsichtig. „Wozu sollte er sonst mich und einen Architekten engagieren? Aber machen Sie sich keine Sorgen. Wie ich ihn kenne, wird er das Personal nicht entlassen. Vorläufig jedenfalls nicht."

Eliza lächelte, drehte sich um und ließ Nelly stehen. Fassungslos sah sie Eliza nach.

Nachdem Nellys erste Verzweiflung abgeklungen war, spürte sie eine kalte Wut. Sie nahm jeweils zwei Stufen auf einmal und stürmte die Treppe hinauf in ihr Zimmer. Zehn Minuten später hetzte sie wieder wie wild die Treppe hinunter und platzte ins Büro, ohne anzuklopfen.

„Nelly." Percy stand vom Schreibtisch auf und blickte verdutzt in ihr hochrotes Gesicht. „Du sollst doch im Bett bleiben."

Schweigend warf sie ein Blatt Papier auf den Schreibtisch. Er nahm es in die Hand und überflog ihren Kündigungsbrief. „Das haben wir doch schon einmal durchexerziert."

„Du gabst mir dein Wort." Ihre Stimme zitterte enttäuscht über den Vertrauensbruch, doch trotzig schob sie das Kinn vor. „Von mir aus kannst du diese Kündigung auch zerreißen. Das ändert aber nichts an der Tatsache, dass ich gehe. Suchen Sie sich ein neues Spielzeug, Mr. Reynolds, ich bin mir für Ihre Verzögerungstaktik zu schade."

Als sie aus dem Büro rauschte, prallte sie mit Eddie zusammen. Sie stieß ihn rücksichtslos zur Seite und hastete wieder die Treppe hinauf. In ihrem Zimmer zerrte sie die Koffer aus dem Schrank und schleuderte planlos alles hinein, was ihr in die Hände kam – Kleidungsstücke, Kosmetikartikel und allerlei Kleinigkeiten.

Sie wirbelte herum, als sie hörte, dass jemand ihr Zimmer betrat. Es war Percy.

„Raus hier!“, schnauzte sie ihn an und wünschte sich sehnlichst, sie wäre groß und stark genug, um ihn wahrhaftig aus dem Raum zu werfen. „Bis ich weg bin, ist das hier noch mein Zimmer.“

„Das ist ja ein fantastisches Durcheinander“, stellte er ruhig fest. „Hör lieber auf damit, denn du fährst nirgendwo hin.“

„Doch, sobald ich meine Sachen gepackt habe, verschwinde ich.“ Um ein Haar hätte sie den Topf mit dem Schwertfarn auf die Unterwäsche geworfen. „Ich will nicht mehr für dich arbeiten und auch nicht noch länger mit dir unter einem Dach wohnen. Du hast mir ein Versprechen gegeben und es gebrochen.“ Zornig blitzte sie ihn an und verwünschte sich, weil ihr die Tränen kamen. „Ich habe dir geglaubt. Ich habe dir vertraut. Wie konnte ich nur so dumm sein! Ich kann dich nicht davon abhalten, irgendwelche Änderungen vorzunehmen, und irgendwie hätte ich mich schon angepasst. Aber was ich nicht ertragen kann, ist Unehrlichkeit.“

Ungeduldig wischte Nelly sich die Tränen mit dem Handrücken fort. „Ach, verflixt noch mal!“ Sie drehte sich um und riss hektisch Bilder von der Wand. „Schade, dass ich kein Mann bin.“

„Wenn du ein Mann wärst, hätten wir diesen Auftritt vermieden. Und wenn du nicht gleich damit aufhörst, das Zimmer auseinanderzunehmen, werde ich dich gewaltsam daran hindern. Das täte mir leid, denn ich finde, für heute hast du schon genug durchgemacht.“

Percys Stimme klang gelassen und amüsiert. In ihre Wut über seinen Wortbruch mischte sich die Verzweiflung über ihre unglückliche Liebe.

„Lass mich jetzt allein.“

„Leg dich hin, Nelly, und später unterhalten wir uns in aller Ruhe.“

„Wage es nicht, mich anzurühren“, fauchte sie, als er sie in die Arme ziehen wollte. „Ich meine es ernst, Percy. Wenn du mich anfasst, kannst du etwas erleben.“

Er ließ die erhobenen Hände wieder sinken. „Na schön, wie du willst.“ Er sah sie grollend an. Mit trügerischer Ruhe fuhr er fort: „Vielleicht erklärst du mir mal, was ich dir angetan habe.“

„Das weißt du sehr gut.“

„Ich will es aber noch einmal von dir hören“, beharrte er. Er trat einen Schritt zurück und zündete sich eine Zigarette an.

„Während wir in Florida waren, hast du einen Architekten herkommen lassen.“

„Fletcher?“ Er betrachtete sie aufmerksam. „Was ist mit ihm?“

„Das willst du noch wissen?“, entrüstete sich Nelly. „Hinter meinem Rücken hat er ungehindert Skizzen angefertigt. Dir traue ich sogar zu, dass du extra mit mir nach Florida geflogen bist, um ihm freie Bahn zu verschaffen.“

„Das war tatsächlich ein Gesichtspunkt.“

Dieses offene Eingeständnis verschlug Nelly die Sprache.

„Nelly“, bat Percy drängend, „erzähl mir einmal der Reihe nach, was du weißt.“

„Eliza war so freundlich, mich aufzuklären“, erwiderte sie zynisch. „Wenn du genauer Bescheid wissen willst, dann geh doch zu ihr.“

„Eliza ist abgereist. Ich habe sie darum gebeten. Nelly, glaubst du, ich wollte sie noch hierbehalten, nachdem sie dich geschlagen hat?“ Seine Stimme klang weich, und ihre Tränen flossen noch heftiger. Hastig wischte sie sie fort. „Erzähl mir, Nelly, was hat sie dir gesagt?“

„Sie hat mir alles berichtet. Dass du den Architekten bestellt hast, damit er Pläne entwirft, wie das Hotel in ein Ferienzentrum umgestaltet werden kann, und dass ich von meinem Posten abgesetzt werde, weil ich zu unerfahren bin, um einen großen Betrieb zu leiten.“ Sie brach ab und fuhr nach einer Weile leidenschaftlich fort: „Es ist schon schlimm genug, dass du mich belogen und dein Wort gebrochen hast, aber das alles könnte ich dir noch verzeihen. Viel schlimmer ist, dass diese Landschaft verändert werden soll. Viele Leute werden ihr Einkommen verlieren, damit du noch ein paar Dollar mehr verdienst! Dein Hotel in Palm Beach ist wunderschön und passt genau dorthin, aber dieses kleine Haus …“

„Sei still, Nelly.“ Er drückte die Zigarette aus und schob die Hände in die Taschen. „Ich habe Fletcher aus zwei Gründen herbeordert. Erstens sollte er mir ein Haus für ein Grundstück entwerfen, das ich letzte Woche über einen Makler gekauft habe. Es liegt ungefähr fünfzehn Kilometer außerhalb der Stadt auf einem Hügel mit Blick auf den See. Du kennst es bestimmt.“

„Wozu brauchst du ein Grundstück?“

„Zweitens“, fuhr er fort, ohne ihren Einwand zu beachten, „sollte er prüfen, ob es möglich ist, dieses Hotel zu vergrößern, ohne dass sich dadurch der Gesamteindruck ändert. Das Büro ist viel zu klein, Nelly. Ich brauche bedeutend mehr Platz, da ich vorhabe, mein Büro von New York hierher zu verlegen, wenn wir erst einmal verheiratet sind.“

„Ich verstehe nicht …“ Verwirrt brach sie ab und erstarrte. Ihre Gedanken wirbelten durcheinander, und sie vergaß sogar ihre Kopfschmerzen. „Wie kommst du darauf, dass ich dich heiraten werde?“, stieß sie schließlich hervor.

„Du wirst mich schon heiraten“, antwortete er und lehnte sich gegen den Schreibtisch. „Aber geh lieber erst zu deinen Angestellten und sag ihnen Bescheid, dass hier alles beim Alten bleibt. Am Hotel wird nichts verändert, und du arbeitest auch künftig als Managerin. Mit einigen Einschränkungen natürlich.“

„Einschränkungen welcher Art?“ Ihre Knie wurden weich, und sie sank auf einen Stuhl.

„Es macht mir nichts aus, mein Büro in dieses Haus zu verlegen, aber eine Hotelzimmerehe möchte ich nicht führen. Wir werden in unserem neuen Heim am See wohnen, und Eddie kann dich vertreten, wenn du nicht hier bist. Es wird Zeit, dass er lernt, selbstständig zu arbeiten, denn in drei Wochen fliegen wir ja schon nach Rom.“

„Rom?“, wiederholte sie fassungslos. Sie erinnerte sich verschwommen, dass sie sich irgendwann einmal über einen Reisepass und Rom unterhalten hatten.

„Ja, deine Mutter schickt deine Geburtsurkunde, damit du einen Pass beantragen kannst.“

„Meine Mutter?“ Nelly kam sich vor wie ein Papagei. Sie stand auf und trat ans Fenster, um ihre Verwirrung abzuschütteln. „Du scheinst ja alles bis ins Kleinste geplant zu haben.“ Sie rang nach Fassung. „Nach meinen Gefühlen fragst du wohl gar nicht?“

„Deine Gefühle kenne ich.“ Er legte die Hände auf ihre Schultern, und sie verkrampfte sich. „Ich sagte dir doch schon einmal, dass deine Augen jedes Geheimnis verraten.“

„Du kannst froh sein, dass ich dich liebe.“ Sie schluckte und beobachtete einen Sonnenstrahl, der durch das Laub der hohen Bäume fiel.

„Ja, das vereinfacht alles.“ Er massierte leicht ihre Schultern, doch ihre Verkrampfung löste sich nicht.

„Warum möchtest du mich heiraten, Percy?“

„Warum wohl, was glaubst du?“

Sie fühlte, wie er ihr Haar küsste, und schloss die Augen. „Du brauchst mich nicht zu heiraten, nur um mich in dein Bett zu ziehen, das wissen wir beide.“ Sie holte tief Luft und fuhr fort: „Am ersten Abend, als du mein Zimmer betratst, hattest du schon gewonnen.“

„Das genügt mir nicht.“ Er umfasste ihre Taille und zog sie an sich. Sie kämpfte gegen ihre Gefühle an. „In dem Augenblick, als du in das Büro gestürmt kamst und mich beschimpftest, dass mir Hören und Sehen verging, stand für mich fest, dass ich dich heiraten wollte. Ich wusste, dass ich dich dazu bringen würde, mich zu lieben. Das spürte ich, als ich dich zum ersten Mal in den Armen hielt. Aber das reichte mir nicht. Ich wollte, dass du mich von ganzem Herzen liebst.“

„Und bis du das erreichtest“, ergänzte sie bitter, „hast du dich mit Eliza amüsiert.“

Er schüttelte sie so heftig, dass ihr das Haar um den Kopf flog. „Ich habe weder Eliza noch eine andere Frau angerührt, nachdem ich dich kennengelernt hatte. Als sie sich in ihrem Negligé produzierte, hat sie das nur getan, um dich zu ärgern. Und du warst so naiv, darauf hereinzufallen. Glaubst du, ich hätte eine andere Frau anrühren können, ohne mir vorzukommen wie ein Verräter?"

Nelly konnte Percy nicht antworten, denn er verschloss ihr den Mund mit einem Kuss.

„In den zwei Wochen, die wir uns jetzt kennen, hättest du mich beinahe zum Wahnsinn getrieben", sagte er zwischen zwei Küssen. Dann umfasste er ihr Gesicht und fragte: „Habe ich dir eigentlich schon gesagt, dass ich dich liebe?"

Nelly konnte vor Überraschung nicht antworten. Stumm schüttelte sie den Kopf.

„Dabei liebe ich dich, seit wir uns auf dem Sportplatz darüber stritten, wer recht hatte, die jungen Burschen oder du."

Sie schlang die Arme um seinen Hals und drückte ihn so fest an sich, als befürchtete sie, er würde fortlaufen. „Percy, warum hast du damit so lange gewartet?"

Amüsiert zog er die Brauen hoch, und beschämt erinnerte sie sich, dass sie sich erst seit zwei Wochen kannten.

„Die vierzehn Tage kommen mir wie Jahre vor", behauptete sie und lehnte ihren Kopf an seine Schulter. „Was habe ich gesagt? Wie Jahrhunderte."

„Und während dieser Jahrhunderte", erwiderte er, während er ihr Haar streichelte, „hast du dich erfolgreich dagegen gewehrt, dass ich dir meine Liebe gestehen konnte. An dem Tag, als ich in das Aufenthaltszimmer kam und du die Whiskyflaschen zähltest, hatte ich vor, Freundschaft mit dir zu schließen. Doch du zeigtest mir wirkungsvoll die kalte Schulter. Schließlich kam ich auf die Idee, einen Ortswechsel vorzunehmen, um woanders ganz von vorn mit dir anzufangen. Es war wie ein Geschenk des Himmels, dass Bailey aus Florida hier anrief."

„Aber sagtest du nicht, du hättest in Florida ein Problem zu lösen?“

„Das war eine Lüge“, gab er zu und lachte. „Ich hatte im Sinn“, erklärte er, während er sich in einen Sessel sinken ließ und Nelly auf seinen Schoß zog, „dich für einige Tage von deinem Hotel fortzulocken. Ich wollte dich ganz für mich allein haben. Du solltest vollkommen gelöst und nicht ständig auf der Hut sein.“ Er lachte wieder und kniff sie liebevoll ins Ohrläppchen. „Und prompt sah ich, wie Hardy dir den Hof machte.“

„Du warst eifersüchtig“, stellte sie erfreut fest und sah ihm forschend in die Augen.

„Das ist noch milde ausgedrückt. Dabei hatte ich alles so schön geplant. An unserem letzten Abend wollte ich dir in aller Form einen Heiratsantrag machen.“

„Und warum hast du das nicht getan?“

„Du hast mich von meinem Vorsatz abgelenkt.“ Seine Lippen strichen über ihren Hals, und sie erinnerte sich an ihre leidenschaftliche Umarmung an diesem Abend. „Ich hatte nicht die Absicht, es so weit kommen zu lassen, aber es gelang dir immer wieder, meine Selbstbeherrschung herauszufordern.“ Er seufzte und drückte seine Wange gegen ihr Haar. „Ich war wütend auf mich, weil mir die Situation so aus der Hand glitt.“

„Und ich dachte, dein Zorn galt mir.“

„Sei froh, dass es so gekommen ist. Sonst hätte ich dich noch auf dem Teppich geliebt. Aber ich war nicht in der Stimmung, dich behutsam in die Liebe einzuführen. Keine Frau habe ich jemals so begehrt wie dich in dieser Nacht.“

Sie sah ihn groß an. „Brauchst du mich, Percy?“

Er streichelte ihre Wange. „Ja, Nelly, ich brauche dich.“

Sein Mund berührte leicht ihre Lippen, doch dieser Hauch genügte ihr nicht. Sie schlang einen Arm um seinen Hals, zog seinen Kopf zu sich herunter und verlangte mehr. Ihr schien, als öffnete sich das Tor zum Paradies. Ihre Finger gruben sich in sein dichtes Haar, und sie wünschte sich, der Kuss möge nie aufhören.

„Wir müssen uns unbedingt um die Heiratslizenz kümmern, Nelly“, sagte er heiser.

„Ich werde mal mit dem hiesigen Standesbeamten sprechen“, flüsterte sie verträumt. „Er ist Eddies Onkel.“

„Ich sehe schon, Kleinstädte sind das Salz der Erde.“ Erneut küsste er sie leidenschaftlich. Gleich darauf hämmerte jemand laut gegen die Tür.

„Nelly“, klagte Eddie, „Mrs. Frank möchte Julius füttern, und ich kann sein Essen nicht finden. Und die Schwestern Bodwin haben für Titus keine Sonnenblumenkerne mehr.“

„Wer, um alles in der Welt, ist Titus?“, fragte Percy leise.

„Der Wellensittich der Bodwins.“

„Sag Eddie, er soll Titus an Julius verfüttern“, schlug Percy vor und blickte finster zur Tür.

„Die Idee ist gut.“ Nelly überlegte kurz und rief: „Julius’ Futter steht auf dem Regal rechts vom Kühlschrank, drittes Brett. Schick jemanden in die Stadt, um ein Paket Sonnenblumenkerne zu kaufen. Und jetzt geh, Eddie, ich habe zu tun. Mr. Reynolds und ich haben eine wichtige Besprechung.“

Lächelnd verschränkte sie die Arme wieder um Percys Hals. „Nun, Mr. Reynolds, möchten Sie meine Meinung dazu hören, ob es möglich ist, am ‚Lakeside‘ anzubauen, ohne dass der Stil des Gebäudes dadurch beeinträchtigt wird?“

„Nelly, sei still.“

„Du bist der Boss“, räumte sie ein, ehe sich ihre Lippen zu einem langen Kuss trafen.

– ENDE –

Nora Roberts

Das Geheimnis von Orcas Island

Roman

Aus dem Amerikanischen von
Tatjána Lénárt-Seidnitzer

mtb

1. Kapitel

Alles, was er brauchte, war in dem Rucksack, der über seiner Schulter hing. Einschließlich seiner 38er. Wenn alles gut ging, würde er keine Verwendung für sie haben.

Ronald zog eine Zigarette aus dem zerknitterten Päckchen in seiner Brusttasche und wandte sich vom Wind ab, um sie anzuzünden. Ein Junge von etwa acht Jahren raste an der Reling der Fähre entlang, ignorierte fröhlich die Rufe seiner Mutter. Ronald konnte sich in den Jungen einfühlen. Es war kalt, gewiss. Der beißende Wind vom Pudget-Sund wehte alles andere als frühlingshaft. Aber der Ausblick war sagenhaft. In der verglasten Lounge zu sitzen, war zwar gemütlicher, aber es musste dem Erlebnis etwas nehmen.

Das Kind wurde von einer blonden Frau mit rosigen Wangen und sich schnell rötender Nase geschnappt. Ronald lauschte, als sie miteinander schimpften, während die Frau den Jungen wieder hineinzog. Familien, dachte er, sind sich selten einig. Er wandte sich ab, lehnte sich über die Reling und rauchte gemächlich, während die Fähre an Inselgruppen vorbeituckerte.

Sie hatten die Skyline von Seattle hinter sich gelassen, aber noch ragten die Berge vom Festland auf und beeindruckten den Betrachter. Es herrschte Einsamkeit, trotz der vereinzelten abgehärteten Passagiere, die über das schräge Deck spazierten oder auf hölzernen Bänken an sonnigen Stellen kauerten. Er zog die Großstadt vor, mit ihrer Hektik, ihren Menschenmengen, ihrem Schwung. Ihrer Anonymität. Hatte es immer getan. Er konnte beim besten Willen nicht verstehen, woher diese rastlose Unzufriedenheit kam, die er verspürte, oder warum sie so schwer auf ihm lastete.

Der Job. Während des letzten Jahres hatte er den Job dafür verantwortlich gemacht. Druck war etwas, das er stets akzeptiert, sogar herausgefordert hatte. Er hatte geglaubt, das Leben ohne Druck wäre fade und sinnlos. Doch in letzter Zeit hatte es nicht gereicht. Er begab sich von Ort zu Ort, nahm wenig mit, ließ weniger zurück.

Zeit, um auszusteigen, dachte er, während er ein Fischerboot vorbeituckern sah. Zeit, etwas anderes zu tun. Aber was? Er könnte sich selbstständig machen. Er hatte einige Male mit diesem Gedanken gespielt. Er könnte reisen. Er war bereits in der Welt herumgekommen, aber es war vielleicht anders, es als Tourist zu tun.

Eine tapfere Seele kam mit einer Video-Kamera hinaus an Deck. Ronald drehte sich um, rückte außer Sichtweite. Aller Wahrscheinlichkeit nach eine unnötige Vorsichtsmaßnahme, der Schritt war instinktiv. Ebenso wie die Wachsamkeit und die lässige Haltung, die eine drahtige Bereitschaft verbarg.

Niemand schenkte ihm besondere Beachtung, obgleich einige Frauen ihn zweimal anblickten.

Er war überdurchschnittlich groß, mit dem straffen, soliden Körperbau eines Leichtgewichtboxers. Die lässige Jacke und verwaschene Jeans verbargen wohltrainierte Muskeln. Dichtes schwarzes Haar wehte ihm locker aus dem gebräunten, hohlwangigen Gesicht. Es war unrasiert, hart geschnitten. Die Augen, von einem hellen klaren Grün, hätten den Scher-dich-zum-Teufel-Eindruck mildern können, aber sie blickten eindringlich drein und – in diesem Moment – eine Spur gelangweilt.

Es versprach ein gemächlicher Routineauftrag zu werden.

Ronald hörte das Anlegesignal und verlagerte den Rucksack. Routine oder nicht, der Job war seiner. Er würde ihn erledigen, seinen Bericht einreichen, sich dann ein paar Wochen nehmen, um zu überlegen, was er mit dem Rest seines Lebens anfangen sollte.

Er ging mit einigen anderen Fußgängern von Bord. Ein wilder, süßer Duft nach Blumen empfing ihn, der mit dem dumpferen Geruch des Wassers wetteiferte. Die Blumen wuchsen in romantischer Pracht, viele mit Blüten so groß wie seine Faust. Ein Teil seiner Person schätzte durchaus ihre Farben und ihren Reiz, aber er nahm sich selten die Zeit, stehen zu bleiben und an einer Rose zu schnuppern.

Wagen rollten von der Rampe. Ronald zog eine weitere Zigarette heraus, zündete sie an und blickte flüchtig um sich – auf die hübschen, farbenfrohen Gärten, das reizvolle Hotel und Restaurant, die Schilder, die Informationen über die Fähre und Parkmöglichkeiten boten. Nun war alles eine Frage des Timings. Er ignorierte das Terrassencafé, obgleich er wirklich gern eine Tasse Kaffee getrunken hätte, und bahnte sich einen Weg über das Parkgelände.

Er entdeckte den Kleinbus mühelos, das blau-weiße amerikanische Modell mit der Aufschrift „Whale Watch Inn“ auf der Seite. Es war sein Job, mit diesem Kleinbus zum Gasthaus zu kommen. Wenn die diesbezüglichen Details erledigt worden waren, dann handelte es sich um eine Routinesache. Wenn nicht, dann würde er einen anderen Weg finden.

Um Zeit zu gewinnen, bückte er sich und band seinen Schnürsenkel. Die wartenden Wagen wurden an Bord der Fähre gelassen, und die Fußgänger waren bereits an Deck. Es standen nun nicht mehr als ein Dutzend Wagen auf dem Parkplatz, einschließlich des Kleinbusses. Er nahm sich noch einen Moment Zeit, um seine Jacke aufzuknöpfen, als er die Frau sah.

Ihr Haar war in einem Zopf zurückgekämmt, nicht offen wie auf dem Aktenfoto. Es schien im Sonnenschein von einem tieferen, satteren Blond zu sein. Sie trug eine große getönte Brille, die ihr halbes Gesicht verdeckte, aber er wusste, dass er sich nicht irrte. Er sah ihre zarte Kieferpartie, die kleine gerade Nase, den vollen, schön geformten Mund.

Seine Informationen waren zutreffend. Sie war einsachtundsechzig, wog hundertzehn Pfund, hatte eine zierliche, sportliche Figur. Ihre Kleidung war lässig – Jeans, ein weiter wollweißer Pullover über einer blauen Bluse. Die Bluse passte vermutlich zu ihrer Augenfarbe. Die Jeans waren in knöchelhohe Wildlederstiefel gesteckt, und ein Paar Kristallohrringe baumelten von ihren Ohren.

Sie ging zielstrebig, mit einem klappernden Schlüsselbund in einer Hand und einer großen Leinentasche über der Schulter. Es war nichts Kokettes an ihrem Gang, doch er fiel einem Mann auf. Lange, geschmeidige Schritte, ein sanfter Hüftschwung, Kopf erhoben, Augen geradeaus gerichtet.

Ja, einem Mann fällt so etwas auf, dachte Ronald, während er die Zigarette wegschnippte. Er vermutete, dass sie es wusste. Und wartete, bis sie den Wagen erreicht hatte, bevor er sich ihr näherte.

Charity hörte auf, den letzten Satz von Beethovens Neunter zu summen, blickte hinab auf den rechten Vorderreifen und fluchte. Weil sie sich unbeobachtet wähnte, trat sie dagegen, dann ging sie zur Rückseite, um den Wagenheber zu holen.

„Haben Sie Probleme?“

Sie zuckte zusammen, ließ den Wagenheber beinahe auf ihren Fuß fallen, wirbelte dann herum.

Ein harter Bursche. Das war ihr erster Gedanke, als sie Ronald anstarrte. Seine Augen waren gegen die Sonne zusammengekniffen. Er hatte eine Hand um den Riemen seines Rucksacks gelegt und die andere in die Tasche gesteckt. Sie legte eine Hand auf ihr Herz, vergewisserte sich, dass es noch schlug, lächelte dann.

„Ja, ich habe einen Platten. Ich habe gerade eine Familie mit vier Kindern zur Fähre gebracht, von denen zwei unter sechs Jahre und Anwärter für die Besserungsanstalt sind. Ich bin mit den Nerven am Ende, die Rohre in Haus sechs sind kaputt, und mein Faktotum hat gerade im Lotto gewonnen. Und wie steht’s bei Ihnen?“

In der Akte war nicht erwähnt, dass sie eine Stimme wie *café au lait* hatte, die starke, dunkle Art, die man in New Orleans trank. Er registrierte es, deutete dann auf den Platten. „Soll ich ihn wechseln?“

Charity hätte es selbst tun können, aber es war nicht ihre Art, angebotene Hilfe abzulehnen. Außerdem konnte er es wahrscheinlich schneller, und er sah so aus, als könnte er die fünf Dollar gebrauchen, die sie ihm zu geben gedachte. „Danke.“ Sie reichte ihm den Wagenheber. „Sind Sie gerade mit der Fähre gekommen?“

„Ja.“ Ihm lag nichts an Small Talk, aber er benutzte ihn – und ihre Freundlichkeit – so geschickt wie den Wagenheber. „Ich bin ein bisschen umhergereist. Ich dachte mir, ich bleibe eine Weile auf Orcas. Mal sehen, ob ich ein paar Wale entdecken kann.“

„Sie sind an den richtigen Ort gekommen. Gestern habe ich von meinem Fenster aus eine Herde gesehen.“ Sie lehnte sich gegen den Lieferwagen, genoss den Sonnenschein. Während er arbeitete, beobachtete sie seine Hände. Stark, fähig, schnell. Sie schätzte es, wenn jemand einen einfachen Job gut erledigte. „Sind Sie auf Urlaub?“

„Auf Reisen. Ich nehme hier und da Gelegenheitsarbeiten an. Kennen Sie jemanden, der Hilfe braucht?“

„Vielleicht.“ Mit geschürzten Lippen beobachtete sie, wie er den Reifen abzog. „Was für Arbeit?“

„Dies und das. Wo ist der Ersatz?“

„Ersatz?“ Länger als zehn Sekunden in seine Augen zu blicken, wirkte wie eine Hypnose.

„Der Reifen.“ Sein Mundwinkel zuckte leicht in einem widerstrebenden Lächeln. „Sie brauchen einen, der nicht platt ist.“

„Richtig. Der Ersatz.“ Kopfschüttelnd über ihre eigene Dummheit, ging sie ihn holen. „Er ist hinten im Wagen.“ Sie drehte sich um und stieß gegen Ronald. „Entschuldigung.“

Er legte eine Hand auf ihren Arm, um sie zu stützen. Sie

standen einen Moment im Sonnenschein, blickten sich stirnrunzelnd an. „Schon gut. Ich hole ihn."

Als er in den Wagen kletterte, atmete Charity tief durch. Ihre Nerven waren zerrütteter, als sie für möglich gehalten hatte. „Oh, passen Sie auf …" Sie zog eine Grimasse, als Ronald sich hinhockte und die Überreste eines Kirschlutschers von seinem Knie löste. Ihr Lachen war spontan und so volltönend wie ihre Stimme. „Entschuldigung. Ein Souvenir aus Orcas Island von Jimmy MacCarthy, ‚dem Zerstörer', einem fünfjährigen Delinquenten."

„Ich hätte lieber ein T-Shirt."

„Tja, wer nicht?" Charity nahm ihm die klebrige Masse ab, wickelte sie in ein sauberes Papiertuch und ließ sie in ihre Tasche fallen. „Eigentlich sind wir eine Familieneinrichtung", erklärte sie, während er mit dem Ersatzreifen hinauskletterte. „Meistens haben wir gern Kinder um uns, aber gelegentlich kommen auch welche mit ganz schaurigen Gelüsten, so wie Jimmy und Judy, und dann denkt man manchmal daran, das Gasthaus in eine Tankstelle zu verwandeln. Mögen Sie denn Kinder?"

Er blickte auf, während er den Reifen aufsteckte. „Aus sicherer Entfernung."

Sie lachte über seine Antwort. „Woher sind Sie?"

„St. Louis." Er hätte ein Dutzend anderer Ort angeben können. Er wusste nicht, warum er sich für die Wahrheit entschied. „Aber ich komme nicht oft dorthin."

„Familie?"

„Nein."

Die Art, in der er es sagte, ließ sie ihre Neugier zügeln. Sie würde sich ebenso wenig in jemandes Privatleben einmischen, wie sie den Lutscher auf die Straße werfen würde. „Ich wurde hier auf Orcas geboren. Jedes Jahr sage ich mir, dass ich mir sechs Monate nehme und reise. Irgendwohin." Sie zuckte die Schultern, während er die letzte Radmutter anzog. „Ich schaffe es nie. Außerdem ist es herrlich hier. Wenn Sie keinen Termin haben, werden Sie vielleicht länger bleiben, als Sie ursprünglich geplant hatten."

„Vielleicht." Er stand auf. „Wenn ich Arbeit finden kann und eine Unterkunft."

Charity betrachtete es nicht als Anspielung. Sie hatte ihn beinahe fünfzehn Minuten lang beobachtet und abgeschätzt. Die meisten Einstellungsgespräche dauerten kaum länger. Er hatte einen starken Rücken und intelligente – wenn auch beunruhigende – Augen, und wenn der Zustand seines Rucksacks und seiner Schuhe ein Anzeichen war, dann hatte er eine Pechsträhne. Ihr war beigebracht worden, anderen Menschen eine hilfreiche Hand zu bieten. Und wenn sie dabei gleichzeitig eines ihrer vordringlichen Probleme lösen konnte … „Sind Sie gut mit den Händen?"

Er blickte sie an und konnte nicht verhindern, dass seine Gedanken abschweiften. „Ja. Ziemlich gut."

Ihre Brauen – und ihr Blutdruck – hoben sich ein wenig, als sie seine Musterung bemerkte. „Ich meine mit Werkzeug. Hammer, Säge, Schraubenzieher. Können Sie tischlern, heimwerken?"

„Gewiss." Es war leicht gegangen, beinahe zu leicht. Er wunderte sich über das vage, ungewohnte Schuldgefühl.

„Wie gesagt, mein Faktotum hat im Lotto gewonnen, ein Haupttreffer. Er ist nach Hawaii gezogen, um Bikinis zu studieren und *poi* zu essen. Ich gönne es ihm, außer dass wir mitten in der Renovierung des Westflügels waren. Vom Gasthaus", fügte sie hinzu und deutete auf das Firmenzeichen auf dem Lieferwagen. „Ich kann Ihnen Unterkunft und Verpflegung und einen Fünfer pro Stunde bieten."

„Das klingt, als hätten wir beide unsere Probleme gelöst."

„Prima." Sie bot ihm die Hand.

„Ronald DeWinter."

„Okay, Ronald." Sie öffnete die Fahrertür. „Steigen Sie ein."

„Mein Großvater hat das Gasthaus 1938 errichtet", verkündete Charity während der Fahrt. „Im Laufe der Jahre hat er ein paar Mal angebaut, aber es ist eigentlich immer noch ein Gasthaus. Wir können uns nicht durchringen, es Hotel zu nennen, nicht einmal in den Prospekten. Ich hoffe, Sie suchen Abgeschiedenheit."

„Ich habe nichts dagegen", erwiderte Ronald.

„Ich auch nicht. Meistens." Kein sehr redseliger Bursche, dachte sie mit einem kleinen Lächeln. Aber das war in Ordnung. Sie konnte genug für beide reden. „Es ist noch Vorsaison, und deshalb sind wir bei Weitem nicht ausgebucht. Sie dürften reichlich Freizeit haben, um herumzuspazieren. Die Aussicht vom Mount Constitution ist wirklich spektakulär. Und die Wanderwege sind großartig, falls Ihnen daran liegt."

„Ich dachte mir, ich guck mich vielleicht mal in British Columbia um."

„Das ist kein Problem. Nehmen Sie die Fähre nach Sidney. Wir veranstalten recht viele Ausflüge dorthin, für unsere Reisegruppen."

„Wir?"

„Das Gasthaus. Pop – mein Großvater – hat in den Sechzigern ein halbes Dutzend Blockhäuser gebaut. Wir haben ein besonderes Pauschalangebot für Reisegruppen, mit Halbpension. Die Hütten sind ein bisschen rustikal, aber den Touristen gefällt das. Wir bekommen etwa zweimal pro Woche eine Gruppe. In der Hauptsaison können wir es verdreifachen." Charity bog in eine schmale, gewundene Straße ein und hielt die Geschwindigkeit bei fünfzig.

Ronald kannte die Antworten bereits, aber es hätte seltsam gewirkt, wenn er nicht gefragt hätte. „Leiten Sie den Gasthof?"

„Ja. Ich habe zwischendurch dort gearbeitet, solange ich denken kann. Als mein Großvater vor einigen Jahren starb, habe ich den Betrieb übernommen." Sie schwieg einen Moment. Es schmerzte immer noch. Wahrscheinlich würde es immer so bleiben. „Er liebte es. Nicht nur das Gasthaus, sondern die Idee an sich. Jeden Tag neue Menschen zu treffen, es ihnen behaglich zu machen, sie kennenzulernen."

„Ich nehme an, das Geschäft läuft recht gut."

Sie zuckte die Schultern. „Wir kommen zurecht." Sie umrundeten eine Kurve, wo der Wald einem breiten Streifen blauen Wassers Platz machte. Vereinzelte Häuser standen hoch oben auf den Klippen. Ein Boot mit geblähten weißen Segeln fuhr mit dem Wind, kräuselte das glasklare Wasser. „Solche Aussichten gibt es auf der ganzen Insel. Selbst wenn man hier lebt, wirken sie beeindruckend."

„Und Landschaft ist gut für das Geschäft."

Sie runzelte ein wenig die Stirn. „Es kann nicht schaden", sagte sie und blickte ihn an. „Interessiert es Sie wirklich, Wale zu sehen?"

„Es scheint mir eine gute Idee, da ich schon einmal hier bin."

Sie hielt den Wagen an und deutete auf die Klippen. „Wenn Sie Geduld und ein gutes Fernglas haben, ist dort oben eine gute Stelle. Wir haben sie vom Gasthaus aus gesehen, wie gesagt. Aber wenn Sie sie aus der Nähe sehen wollen, ist ein Boot besser." Als er nichts dazu sagte, startete sie den Wagen wieder. Er machte sie nervös. Er schien nicht das Wasser oder den Wald anzusehen, sondern sie.

Ronald blickte auf ihre Hände. Starke, geschickte, nüchterne Hände, entschied er, obgleich ihre Finger nun ein wenig nervös auf das Lenkrad trommelten. Sie fuhr weiterhin schnell, lenkte den Wagen mühelos über die gewundene, bergige Straße. Ein anderer Wagen kam entgegen. Ohne die Geschwindigkeit zu drosseln, hob sie eine Hand zum Gruß.

„Das war Lori, eine unserer Kellnerinnen", erklärte Charity. „Sie arbeitet in der Frühschicht, damit sie zu Hause ist, wenn ihre Kinder von der Schule kommen. Gewöhnlich haben wir eine Belegschaft von zehn. Im Sommer kommen fünf oder sechs Aushilfskräfte dazu."

Nach der nächsten Kurve kam das Gasthaus in Sicht. Es war genauso wie erwartet, aber dennoch wirkte es reizvoller als auf den Fotos, die er gesehen hatte. Es war aus weißen Schindeln, mit blauen Rahmen um die ovalen Bogenfenster, fantasievollen Türmchen und einer breiten Veranda. Eine Rasenfläche führte geradewegs zum Wasser hinab, auf das ein schmaler Steg hinausführte. Daran vertäut lag ein kleines Motorboot, das gemächlich auf den Wellen schaukelte.

Ein Mühlrad drehte sich in einem flachen Teich an der Seite des Gasthauses. Im Westen, wo die Bäume dichter standen, erblickte Ronald eines der Blockhäuser, von denen sie gesprochen hatte. Überall blühten Blumen.

„Hinten befindet sich ein größerer Teich." Charity bog in einen kleinen Parkplatz ein, der bereits zur Hälfte belegt war. „Dort züchten wir Forellen." Sie stieg aus und wartete auf ihn. „Fast alle benutzen den Hintereingang. Ich kann Sie später herumführen, aber jetzt wollen wir Sie erst einmal unterbringen."

„Es ist hübsch hier." Er sagte es, ohne nachzudenken, aber er meinte es ernst. Zwei Schaukelstühle standen auf der hinteren, quadratischen Veranda. Er drehte sich um und musterte die Aussicht. Teils Wald, teils Wasser, und sehr reizvoll. Friedlich. Einladend. Er dachte an die Pistole in seinem Rucksack. Der Schein kann trügen, dachte er.

Mit einem leichten Stirnrunzeln beobachtete Charity ihn. Er schien sich nicht nur umzusehen, sondern alles in sich aufzunehmen. Es war ein seltsamer Gedanke, aber sie hätte schwören können, dass er den Gasthof sechs Monate später genau würde beschreiben können, bis hin zum letzten Tannenzapfen.

Dann drehte Ronald sich zu ihr um, und der Eindruck blieb bestehen, jetzt nur persönlicher, intensiver. Der Wind frischte auf, ließ die Windspiele klimpern, die am Dachvorsprung hingen.

„Sind Sie Künstler?", fragte sie unvermittelt.

„Nein." Er lächelte, und die Veränderung in seinem Gesicht war rasch und charmant. „Warum?"

„Ich dachte nur." Du musst dich vor seinem Lächeln in Acht nehmen, ermahnte sie sich. Es wirkte entspannend, und sie bezweifelte, dass es klug wäre, sich ihm gegenüber zu entspannen.

Doppelte Glastüren führten in einen großen luftigen Raum, der nach Lavendel und Holzrauch roch. Zwei lange weiche Sofas und einige Polstersessel in der Nähe eines riesigen, steinernen Kamins, in dem Scheite knisterten. Antiquitäten befanden sich verstreut im Raum – ein Sekretär und ein Stuhl mit einem Trio alter Tintenfässer, eine eicherne Hutablage, ein Buffet mit glänzenden, geschnitzten Türen. In einer Ecke stand ein Spinett mit vergilbten Tasten, und zwei breite Bogenfenster an der entfernten Wand ließen das Wasser wie einen Teil der Dekoration wirken. An einem Tisch spielten zwei Frauen Scrabble.

„Wer gewinnt heute?", fragte Charity.

Beide blickten auf. Und strahlten. „Wir liegen Kopf an Kopf." Die Frau zur Rechten fuhr sich geziert durch das Haar, als sie Ronald erblickte. Sie war alt genug, um seine Großmutter zu sein, aber sie nahm ihre Brille ab und straffte die dünnen Schultern. „Ich wusste gar nicht, dass Sie einen neuen Gast mitbringen, Liebes."

„Ich auch nicht." Charity ging zum Kamin und legte Holz nach. „Ronald DeWinter, Miss Lucy und Miss Millie."

Sein Lächeln kam erneut, sanft und glatt. „Ladys."

Miss Lucy spähte durch ihre Brillengläser. „Kannten wir nicht einmal einen DeWinter, Millie?"

„Nicht, dass ich wüsste." Millie, stets zu einem Flirt bereit, strahlte Ronald weiterhin an, obgleich sie ihn nur sehr verschwommen sehen konnte. „Waren Sie schon einmal hier, Mr. DeWinter?"

„Nein, Ma'am. Es ist das erste Mal."

„Es wird Ihnen hier gefallen." Millie gab einen kleinen Seufzer von sich. Es war wirklich bedauerlich, was die Jahre ihr antaten. Es schien wie gestern, dass hübsche junge Männer ihr die Hand geküsst und sie zu Spaziergängen eingeladen hatten.

Heute nannten sie sie Ma'am. Wehmütig wandte sie sich wieder dem Spiel zu.

„Die Ladys kommen schon länger hierher, als ich mich erinnern kann", sagte Charity, während sie Ronald einen Flur entlangführte. „Sie sind reizend, aber ich sollte Sie vor Miss Millie warnen. Angeblich hatte sie in ihrer Zeit einen beachtlichen Ruf, und sie hat immer noch einen Blick für einen attraktiven Mann."

„Ich werde vorsichtig sein."

„Ich habe den Eindruck, dass Sie es für gewöhnlich sind." Sie holte einen Schlüsselbund hervor und öffnete eine Tür. „Hier geht es zum Westflügel." Sie schritt einen weiteren Flur entlang, flott, geschäftsmäßig. „Wie Sie sehen, waren die Renovierungsarbeiten im vollen Gang, als George das große Los zog. Die Zierleisten sind entfernt worden." Sie deutete auf einen ordentlichen Stapel Holz an einer frisch gestrichenen Wand. „Die Türen müssen noch lackiert werden."

Sie nahm die Sonnenbrille ab und ließ sie in ihre Tasche fallen. Er hatte richtig vermutet. Der Blusenkragen entsprach beinahe der Farbe ihrer Augen.

„Wie viele Zimmer?"

„Zwei Einzel, ein Doppel und eine Suite in diesem Flügel, alle in unterschiedlichen Stadien der Unordnung." Sie umrundete eine Tür, die an einer Wand lehnte, und betrat ein Zimmer. „Sie können dieses nehmen. Es ist am weitesten fertiggestellt."

Es war ein kleiner heller Raum. Das Fenster war von Bleiglasscheiben umrahmt. Das Bett war unbezogen und der Fußboden nackt und musste geschmirgelt werden. Die Wände hatten offensichtlich neue Tapeten.

„Im Augenblick macht es nicht viel her", bemerkte Charity.

„Es ist prima." Er hatte sich an Orten aufgehalten, die das kleine Zimmer wie eine Suite im „Waldorf" wirken ließen.

Automatisch prüfte sie den Schrank und das angrenzende Bad auf Sachen, die fehlten. „Sie können hier anfangen, damit

Sie es gemütlicher haben. Mir ist es egal. George hatte sein eigenes System. Ich habe es nie verstanden, aber für gewöhnlich schaffte er, was zu tun war."

In der nächsten halben Stunde führte Charity Ronald durch den Flügel und erklärte genau, was und wie sie es haben wollte. Ronald hörte zu, sagte wenig und schätzte die Anlage ab. Er wusste vom Grundriss, den er gesehen hatte, dass die Unterbringung im Westflügel ihm leichten Zugang zum Erdgeschoss und dem restlichen Gasthaus bot.

Ich werde arbeiten müssen, überlegte er, während er die halb fertigen Wände musterte. Er betrachtete es als kleinen Bonus. Mit den Händen zu arbeiten, war etwas, was er genoss und wofür ihm in der Vergangenheit wenig Zeit geblieben war.

Charity Ford war sehr genau in ihren Anweisungen. Eine Frau, die wusste, was sie wollte, und beabsichtigte, es zu bekommen. Das gefiel ihm.

„Was ist dort oben?" Er deutete auf eine Treppe am Ende des Flurs.

„Meine Räume. Wir kümmern uns um sie, wenn die Gästezimmer fertig sind." Sie klapperte mit dem Schlüsselbund. „Was halten Sie also davon?"

„Wovon?"

„Von der Arbeit."

„Haben Sie Werkzeug?"

„Im Schuppen. Auf der anderen Seite des Parkplatzes."

„Ich kann es schaffen."

„Ja." Charity war sich dessen sicher. Sie standen im achteckigen Salon der Suite. Er war leer, abgesehen von Baumaterial und Plastikplanen. Und es war still. Plötzlich bemerkte sie, dass sie recht nahe beieinander standen und dass sie kein Geräusch hören konnte. Sie reichte ihm die Schlüssel. „Die werden Sie brauchen."

„Danke." Ronald steckte das Bund in die Tasche.

Sie holte tief Luft und fragte sich, warum sie sich plötzlich fühlte, als hätte sie einen Riesenschritt mit geschlossenen Augen gemacht. „Haben Sie schon gegessen?“

„Nein.“

„Ich bringe Sie hinunter in die Küche. Mae wird Sie versorgen.“ Sie ging hinaus, ein wenig zu hastig. Sie wollte dem Gefühl entfliehen, dass sie völlig allein mit ihm war. Und hilflos. Ein dummer Gedanke, sagte sie sich. Sie war nie hilflos. Dennoch verspürte sie Erleichterung, als sie die Tür hinter ihnen schloss.

Charity führte Ronald durch die leere Eingangshalle in einen großen Speisesaal, in Pastellfarben dekoriert. Auf jedem Tisch stand eine kleine Vase mit frischen Blumen. Große Fenster boten einen Ausblick auf das Wasser, und in die südliche Wand war ein Aquarium eingelassen.

Dort blieb Charity einen Moment stehen und musterte den Raum, bis sie überzeugt war, dass die Tische zum Dinner richtig gedeckt waren. Dann eilte sie durch eine Pendeltür in die Küche.

„Und ich sage, es fehlt Basilikum.“

„Und ich sage Nein.“

„Was immer Sie tun“, flüsterte Charity Ronald zu, „geben Sie keiner von beiden recht.“ Sie setzte ihr schönstes Lächeln ein. „Ladys, ich bringe einen hungrigen Mann mit.“

Die Frau, die den Topf bewachte, hielt einen tropfenden Kochlöffel hoch. Das beste Wort, sie zu beschreiben, war „breit“ – Gesicht, Hände, Hüften. Sie warf Ronald einen prüfenden Blick zu. „Dann setzen Sie sich“, sagte sie und deutete mit einem Daumen zu einem langen Holztisch.

„Mae Jenkins, Ronald DeWinter.“

„Ma’am.“

„Und Dolores Rumsey.“ Die andere Frau hielt ein Glas mit Kräutern in der Hand. Sie war so schmal, wie Mae breit war. Nachdem sie Ronald zugenickt hatte, schlich sie sich zum Topf.

„Lass die Finger davon“, befahl Mae, „und gib dem Mann von dem Brathähnchen.“

Murrend ging Dolores einen Teller holen.

„Ronald wird da weitermachen, wo George aufgehört hat“, erklärte Charity. „Er ist im Westflügel untergebracht.“

„Nicht aus dieser Gegend.“ Mae blickte ihn erneut an – so, wie ein Kindermädchen einen kleinen schmuddeligen Jungen angesehen hätte, fand er.

„Nein.“

Mit einem Naserümpfen schenkte sie ihm eine Tasse Kaffee ein. „Sieht aus, als könnten Sie ein paar anständige Mahlzeiten gebrauchen.“

„Hier wird er sie bekommen“, warf Charity beschwichtigend ein. Sie zuckte nur ein wenig zusammen, als Dolores einen Teller mit kaltem Huhn und Kartoffelsalat vor Ronald auf den Tisch knallte.

„Hätte mehr Dill drangehört.“ Dolores starrte Ronald finster an, wie um zu verhindern, dass er ihr zu widersprechen wagte.

Er hielt es für das Beste, sie anzulächeln und schweigend mit dem Essen zu beginnen. Bevor Mae reagieren konnte, öffnete sich die Tür.

„Bekomme ich hier eine Tasse Kaffee?“ Der Mann blieb stehen und warf Ronald einen neugierigen Blick zu.

„Bob Mullons, Ronald DeWinter. Ich habe ihn eingestellt, um den Westflügel zu beenden. Bob ist meine rechte Hand.“

„Willkommen an Bord.“ Bob trat zum Herd, goss sich selbst eine Tasse Kaffee ein und gab drei Stück Zucker dazu, während Mae missbilligend mit der Zunge schnalzte. Die Vorliebe für Süßes schien keine Auswirkungen zu zeigen. Er war groß, knapp eins neunzig und konnte nicht mehr als fünfundsiebzig Kilo wiegen. Sein hellgraues Haar war um die Ohren kurz geschnitten und aus der hohen Stirn gekämmt. Er grinste, als Mae ihn von ihrem Herd fortscheuchte.

„Haben Sie die Sache mit der Rechnung mit dem Gemüsehändler geklärt?“, fragte Charity.

„Alles erledigt. Sie haben ein paar Anrufe bekommen, während Sie unterwegs waren. Und da sind einige Papiere zu unterschreiben."

„Ich kümmere mich darum." Charity blickte zur Uhr und dann zu Ronald. „Ich bin im Büro hinter der Eingangshalle, falls Sie noch etwas wissen müssen."

„Ich komme schon zurecht."

„Okay." Sie musterte ihn einen Moment lang. Sie konnte sich nicht recht erklären, wie er mit vier anderen Personen in einem Raum sein und dennoch so allein wirken konnte. „Bis später."

Ronald unternahm einen langen Streifzug durch das Gasthaus, bevor er das Werkzeug in den Westflügel brachte. Er sah ein junges Paar, das frisch verheiratet sein musste, in enger Umarmung am Teich. Ein Mann und ein Junge spielten auf einem kleinen Basketballplatz. Die Ladys, wie er sie inzwischen für sich bezeichnete, saßen auf der Veranda. Eine vierköpfige Familie fuhr in einem Kombiwagen vor. Ein Mann mit Baseballmütze spazierte den Pier entlang, eine Video-Kamera auf der Schulter.

Vögel zwitscherten in den Bäumen, und in der Ferne dröhnte ein Motorboot. Er hörte ein Baby halbherzig schreien und die Klänge einer Klaviersonate von Mozart.

Hätte er nicht persönlich die Daten studiert, dann hätte er geschworen, am falschen Ort zu sein.

Er wählte die Suite, machte sich an die Arbeit und fragte sich, wie lange er brauchen würde, um in Charitys Räume zu gelangen.

Mit den Händen zu arbeiten, hatte etwas Beruhigendes an sich. Zwei Stunden vergingen, und er entspannte sich langsam. Ein Blick zur Uhr bewog ihn, einen weiteren unnötigen Gang zum Schuppen zu machen. Charity hatte erwähnt, dass jeden Abend um fünf Uhr im Gesellschaftsraum Wein serviert wurde. Es konnte nicht schaden, wenn er sich die Gäste einmal genauer ansah.

Er machte sich auf den Weg, blieb dann bei der Tür zu seinem Zimmer stehen. Er hatte etwas gehört, eine Bewegung. Vorsichtig schlich er hinein, blickte sich im leeren Raum um.

Leise summend kam Charity aus dem Badezimmer, faltete ein Laken auseinander und begann das Bett zu machen.

„Was tun Sie hier?"

Sie unterdrückte einen Schrei, stolperte rückwärts, sank auf das Bett und rang nach Atem. „Lieber Himmel, Ronald ..."

Er trat näher, musterte sie aus zusammengekniffenen Augen. „Ich habe Sie gefragt, was Sie hier tun."

„Das sollte doch offensichtlich sein." Sie klopfte mit der Hand auf den Stapel Bettlaken.

„Erledigen Sie auch Hausarbeit?"

„Von Zeit zu Zeit." Sie stand auf und glättete das Laken auf dem Bett. „Im Bad sind Seife und saubere Handtücher." Sie neigte den Kopf zur Seite. „Sie sehen aus, als könnten Sie sie gebrauchen. Haben Sie gearbeitet?"

„So war es abgemacht."

Mit einem zustimmenden Murmeln schlug sie die Zipfel des Lakens unter die Matratze, wie er es von seiner Großmutter kannte. „Ich habe ein extra Kissen und eine Decke in den Schrank gelegt." Gekonnt breitete sie das obere Laken aus.

Er beobachtete, wie sie sich von einer Seite des Bettes zur anderen bewegte. Er konnte sich nicht erinnern, wann er zum letzten Mal jemanden ein Bett hatte machen sehen. Es erweckte Gedanken in ihm, die er sich nicht leisten konnte. Gedanken daran, wie es sein mochte, es wieder zu zerwühlen – mit ihr. „Hören Sie niemals auf zu arbeiten?"

„Manchmal." Sie breitete eine weiße Tagesdecke über dem Bett aus. „Wir erwarten morgen eine Reisegruppe. Deshalb sind wir alle recht beschäftigt."

„Morgen?"

„Hmm. Mit der ersten Fähre aus Sidney. Haben Sie ..." Charity verstummte, als sie sich umdrehte und praktisch gegen ihn stieß. Instinktiv glitten seine Hände zu ihren Hüften, als sie sich gegen seine Schultern stützte. Eine Umarmung – ungeplant, ungewollt und schockierend intim.

Sie war schlank unter dem langen weiten Pullover, schlanker als erwartet. Und ihre Augen waren blauer, als sie hätten sein dürfen, größer, sanfter. Sie roch wie das Gasthaus, nach dieser einladenden Mischung aus Lavendel und Holzrauch. Fasziniert hielt er sie weiterhin, obwohl er wusste, dass er es nicht sollte.

„Habe ich was?“ Die Finger auf ihren Hüften ausgebreitet, zog er sie ein Stückchen näher. Er sah den verwirrten Ausdruck in ihren Augen. Ihre Reaktion rührte ihn.

Sie hatte alles vergessen. Sie konnte ihn nur anstarren, verblüfft über die Gefühle, die sie durchströmten. Unwillkürlich schlossen sich ihre Finger um sein Hemd. Sie bekam einen Eindruck von Stärke, einer rücksichtslosen Stärke mit möglicher Gewalt. Dass er sie erregte, machte sie sprachlos.

„Was möchten Sie?“, murmelte Ronald.

„Was?“

Er dachte daran, sie zu küssen, den Mund hart auf ihren zu pressen. „Ich habe gefragt, ob Sie etwas möchten.“ Er schob die Hände unter ihrem Pullover zu ihrer Taille hoch.

Die Wärme, der Druck seiner Finger brachten sie zurück. „Nein.“ Sie wollte zurückweichen, fand sich noch immer festgehalten und kämpfte gegen die aufsteigende Panik. Bevor sie wieder sprechen konnte, hatte er sie losgelassen.

Enttäuschung. Eine seltsame Reaktion, dachte sie.

„Ich wollte …“ Sie holte tief Luft und wartete, dass sie sich beruhigte. „Ich wollte fragen, ob Sie alles gefunden haben, was Sie brauchen.“

Er löste den Blick von ihrem. „Es sieht so aus.“

Sie fuhr sich nervös mit der Zunge über die Lippen, um sie zu befeuchten. „Gut. Ich habe viel zu tun, also lasse ich Sie jetzt allein.“

Er nahm ihren Arm, bevor sie zurücktreten konnte. Vielleicht war es nicht klug, aber er wollte sie erneut berühren. „Danke für die Handtücher."

„Aber ja."

Er beobachtete, wie sie hinauseilte, und wusste, dass sie genauso aufgewühlt war wie er. Nachdenklich zog er eine Zigarette hervor. Er konnte sich nicht erinnern, jemals so leicht aus dem Gleichgewicht gebracht worden zu sein. Gewiss nicht von einer Frau, die nicht mehr getan hatte, als ihn anzusehen. Doch gewöhnlich landete er auf den Füßen.

Es könnte vorteilhaft für ihn sein, ihr nahezukommen, ihre Reaktion auf ihn auszunutzen. Er ignorierte eine Woge der Selbstverachtung und entzündete ein Streichholz.

Er hatte einen Job zu erledigen. Er konnte es sich nicht leisten, in Charity Ford mehr zu sehen als ein Mittel zum Zweck.

2. Kapitel

Der Morgen graute, und der Himmel im Osten war fantastisch. Ronald stand am Rand der schmalen Straße, die Hände in die Hosentaschen gesteckt. Obgleich er selten Zeit dazu hatte, genoss er solche Morgen, wenn die Luft kühl und funkelnd klar war. Er hatte sich dreißig Minuten versprochen, dreißig einsame, beruhigende Minuten.

Sonnenschein drang durch die Wolken, verlieh ihnen wilde, lebhafte Farben und Formen. Traumformen. Er erwog, sich eine Zigarette anzuzünden, entschied sich dann dagegen. Im Moment wollte er nur die Morgenluft schmecken, mit der Würze der See.

Ein Hund bellte in der Ferne. Möwen, die zu einem frühen Mahl aufbrachen, flogen über das Wasser, zerrissen die Stille mit ihren Schreien. Der Duft nach Blumen, ein Feiern des Frühlings, wehte zart mit der stillen Brise herüber.

Er fragte sich, warum er so sicher gewesen war, dass er die Hektik und den Lärm von Großstädten bevorzugte.

Er sah ein Reh aus dem Wald kommen und witternd den Kopf heben. Das ist Freiheit, dachte er plötzlich. Seinen Platz zu kennen und damit zufrieden zu sein. Das Reh bahnte sich vorsichtig einen Weg durch das hohe Gras. Hinter ihm kam ein hochbeiniges Kitz. Ronald blieb gegen den Wind stehen und beobachtete, wie sie ästen.

Er war rastlos. Obgleich er versuchte, den Frieden um sich her aufzunehmen, durchdrang ihn Ungeduld. Dies war nicht sein Platz. Er hatte keinen Platz. Das war eines der Dinge, die ihn so perfekt für seinen Job machten. Keine Wurzeln, keine Familie, keine Frau, die auf seine Rückkehr wartete. So wollte er es.

Aber es hatte ihm eine enorme Zufriedenheit verschafft, die Tischlerarbeiten am Vortag auszuführen, sein Zeichen auf etwas Dauerhaftem zu hinterlassen. Umso besser für seine Tarnung. Wenn er Geschick und Sorgfalt bei der Arbeit zeigte, würde er eher akzeptiert werden.

Er wurde bereits akzeptiert. Charity vertraute ihm. Sie hatte ihm ein Dach über dem Kopf und Verpflegung und einen Job gegeben, in dem Glauben, dass er alles drei brauchte. Sie schien ohne Tücken zu sein. Etwas hatte am Vorabend zwischen ihnen geschwelt, und dennoch hatte sie nichts getan, um es zu provozieren oder zu verlängern. Sie hatte ihn nur angesehen, und alles, was sie fühlte, hatte deutlich in ihren Augen gestanden.

Er durfte von ihr nicht als Frau denken. Er durfte von ihr niemals als seiner Frau denken.

Er verspürte erneut den Drang nach einer Zigarette und unterdrückte ihn bewusst. Wenn man etwas so sehr begehrte, dann war es das Beste, es zu übergehen. Sobald man nachgab, verlor man die Kontrolle.

Er hatte Charity begehrt. Einen kurzen, blendenden Moment lang hatte er sie ersehnt. Ein sehr ernster Fehler. Er hatte das Verlangen unterdrückt, aber es war immer wieder aufgestiegen – als er sie in der Nacht in den Flügel hatte kommen hören, als er den sanften Klängen von Chopin, die leise aus ihren Räumen gedrungen waren, gelauscht hatte. Und erneut mitten in der Nacht, als er in der tiefen ländlichen Stille erwacht war und an sie gedacht hatte.

Er hatte keine Zeit für Sehnsüchte. An einem anderen Ort, zu einer anderen Zeit, hätten sie sich begegnen und einander genießen können, solange solche Freuden andauerten. Doch nun war sie ein Teil eines Auftrags – nicht weniger und nicht mehr.

Er hörte Laufschritte und spannte sich instinktiv. Das Reh, so wachsam wie er, hob den Kopf, sprintete dann mit seinem Jungen zurück in den Wald. Ronalds Waffe war kurz oberhalb des Knöchels festgeschnallt, eher aus Gewohnheit als aus Notwendigkeit, aber er griff nicht danach. Wenn er sie brauchte, konnte sie in weniger als einer Sekunde in seiner Hand liegen. Stattdessen wartete er gefasst, um zu sehen, wer im Morgengrauen über die einsame Straße rannte.

Charity atmete schnell, eher aus dem Bemühen, mit ihrem Hund Schritt zu halten, als von dem Dreimeilenlauf. Ludwig sprang voraus, zog nach rechts, zerrte nach links, verhedderte und entwirrte die Leine. Es war eine tägliche Routine, an die beide gewöhnt waren. Charity hätte den kleinen goldbraunen Cocker unter Kontrolle halten können, aber sie wollte ihm den Spaß nicht verderben. Daher schwenkte sie mit ihm ab, wechselte das Tempo von einem raschen Sprint zu einem gemächlichen Dauerlauf und wieder zurück.

Sie zögerte flüchtig, als sie Ronald sah. Dann, weil Ludwig vorausstürmte, umfasste sie die Leine fester und hielt Schritt.

„Guten Morgen", rief sie, kam dann abrupt zum Stillstand, als Ludwig beschloss, an Ronalds Schienbeinen hochzuspringen und ihn anzubellen. „Er beißt nicht."

„Das sagen alle." Doch er grinste und hockte sich nieder, um den Hund zwischen den Ohren zu kraulen. Ludwig sank sofort nieder, rollte sich herum und bot seinen Bauch zum Streicheln. „Netter Hund."

„Ein netter, verwöhnter Hund", fügte Charity hinzu. „Ich muss ihn wegen der Gäste eingesperrt halten, aber er speist wie ein König. Sie sind früh auf."

„Sie auch."

„Ich finde, dass Ludwig jeden Morgen einen guten Lauf verdient, weil er so verständnisvoll wegen des Eingesperrtseins ist."

Um seine Anerkennung zu zeigen, raste Ludwig einmal um Ronald herum und wickelte die Leine um dessen Beine.

„Wenn ich ihn nur dazu bringen könnte, das Konzept einer Leine zu verstehen." Sie bückte sich, um Ronald zu befreien und den inzwischen tänzelnden Hund zu bändigen.

Ihre leichte Jacke war geöffnet, enthüllte ein bequemes T-Shirt. Ihr Haar, streng aus dem Gesicht gekämmt, unterstrich ihre Gesichtszüge. Ihre Haut wirkte beinahe durchscheinend, da sie vom Laufen glühte. Er hatte den Drang, sie zu berühren, um zu sehen, wie sie sich unter seinen Fingerspitzen anfühlte. Und um zu sehen, ob diese sofortige Reaktion wieder ausbrechen würde.

„Ludwig, halt einen Moment still." Sie lachte und zog an seinem Halsband. Als Antwort sprang er hoch und leckte ihr Gesicht.

„Er gehorcht gut", bemerkte Ronald trocken.

„Jetzt sehen Sie, warum ich den Zwinger brauche. Er glaubt, dass er mit jedem spielen kann." Ihre Hand streifte Ronalds Bein, als sie mit der Leine kämpfte.

Als er ihr Handgelenk umfasste, erstarrten sie beide. Er spürte, wie ihr Puls sich beschleunigte. Es war eine unglaublich erregende Reaktion. Obgleich es ihm schwerfiel, hielt er die Finger locker. Er hatte sie nur aufhalten wollen, bevor sie versehentlich seine Waffe fand. Nun hockten sie, Knie an Knie, auf der einsamen Straße, während der Hund versuchte, sich zwischen sie zu drängen.

„Sie zittern." Ronald sagte es argwöhnisch, aber er ließ sie nicht los. „Reagieren Sie immer so, wenn ein Mann Sie berührt?"

„Nein." Weil es sie verblüffte, hielt sie still und wartete, was als Nächstes passieren würde. „Ich bin ziemlich sicher, dass es das erste Mal ist."

Es freute ihn, das zu hören, und es ärgerte ihn, weil er es glauben wollte. „Dann werden wir vorsichtig sein müssen, oder?" Er gab sie frei, stand auf.

Langsam, weil sie sich ihres Gleichgewichts nicht sicher war, erhob sie sich. Er war verärgert. Obgleich er sich beherrschte, war es deutlich in seinen Augen zu sehen. „Ich kann nicht besonders gut vorsichtig sein."

Feuer lag in seinem Blick, ein Feuer, das tobte und dann schnell und völlig unterdrückt wurde. „Ich schon."

„Ja." Der kurze lodernde Blick hatte sie alarmiert, aber sie wusste sich zu behaupten. Sie neigte den Kopf, um Ronald zu mustern. „Ich glaube, das müssen Sie auch, bei der hitzigen Ader, mit der Sie zu kämpfen haben. Auf wen sind Sie wütend, Ronald?"

Es gefiel ihm nicht, so leicht durchschaut zu werden. Während er sie beobachtete, senkte er eine Hand und kraulte Ludwig, der an ihm hochgesprungen war. „Im Moment auf niemanden", sagte er, aber es war gelogen. Er war wütend – auf sich selbst.

Sie schüttelte nur den Kopf. „Ihnen stehen Ihre Geheimnisse zu, aber ich kann mich nur wundern, warum Sie zornig auf sich selbst sind, weil Sie auf mich ansprechen."

Gemächlich blickte er die Straße hinauf, dann hinunter. Sie hätten allein auf der Insel sein können. „Möchten Sie gern, dass ich etwas dagegen unternehme, hier und jetzt?"

Er könnte es, erkannte sie. Und würde es. Wenn er zu weit getrieben wurde, würde er genau das tun, was er wollte, wann er wollte. Der Anflug von Erregung, der sie durchströmte, verärgerte sie. Macho-Typen waren nichts für sie. Betont blickte sie auf ihre Uhr.

„Danke. Es ist bestimmt ein verlockendes Angebot, aber ich muss zurück und das Frühstück vorbereiten." Sie kämpfte mit dem Hund und ging davon, mit würdigem Schritt, wie sie hoffte. „Ich werde es Sie wissen lassen, falls ich eine Viertelstunde einschieben kann."

„Charity?"

Sie wandte den Kopf und richtete einen kühlen Blick auf Ronald. „Ja?"

„Ihr Schnürsenkel ist offen."

Sie hob nur das Kinn und ging weiter.

Er lächelte ihr nach und steckte die Daumen in die Hosentaschen. Ja, die Frau hat wirklich einen tollen Gang, dachte er. Es war ein verdammtes Pech, dass er anfing, sie zu mögen.

Ronald interessierte sich für die Reisegruppe. Es war leicht für ihn, im Erdgeschoss herumzutrödeln, bei einer zweiten Tasse Kaffee in der Küche zu verweilen, mit der dicken Mae und der dünnen Dolores zu plaudern. Er hatte nicht erwartet, zur Arbeit herangezogen zu werden, doch als er sich mit einem Armvoll Tischdecken wiederfand, machte er das Beste daraus.

Charity, in einem leuchtend roten T-Shirt mit dem Firmenzeichen über der Brust, arrangierte sorgfältig eine Serviette in einem Wasserglas.

Ronald wartete einen Moment, beobachtete ihre flinken Finger. „Wohin sollen die hier?"

Sie blickte auf, fragte sich, ob sie noch böse auf ihn sein sollte, entschied sich dann aber dagegen. Im Moment brauchte sie wirklich jede Hilfe, die sie bekommen konnte. „Am besten auf die Tische. Weiß nach unten, rot obendrauf. Über Eck. Okay?" Sie deutete auf einen Tisch, der bereits gedeckt war, damit er sah, wie sie es sich vorstellte.

„Gewiss." Er begann die Decken auszubreiten. „Wie viele erwarten Sie?"

„Fünfzehn von der Reisegruppe." Sie hielt ein Glas gegen das Licht und stellte es erst nach kritischer Inspektion zurück auf den Tisch. „Plus die Gäste, die schon da sind. Wir servieren das Frühstück zwischen halb acht und zehn Uhr." Sie blickte zur Uhr, ging zu einem anderen Tisch. „Von außerhalb kommen auch einige. Aber richtig hektisch ist es erst mittags und abends."

Die Kellnerin, die am Vortag an ihnen vorbeigefahren war, eilte mit einem Tablett voll klapperndem Besteck herein. Charity rasselte Instruktionen für sie herunter, deckte einen weiteren Tisch, eilte dann zu einer Wandtafel neben dem Eingang und schrieb mit flüssiger, eleganter Handschrift das Morgenmenü auf.

Dolores, deren stachlige rote Haare und gespitzte Lippen Ronald an ein mageres Hühnchen denken ließen, kam aus der Küche gestürmt und stützte die Hände in die dürren Hüften. „Das muss ich mir nicht gefallen lassen, Charity."

Charity schrieb ruhig weiter. „Was denn?"

„Ich gebe mir die größte Mühe, und ich habe Ihnen gesagt, dass ich mich schlecht fühle."

Aha, Dolores fühlt sich wieder einmal schlecht, dachte Charity, hätte mich auch gewundert, wenn dem nicht so wäre! Dabei setzte sie „Omelette mit Käse und Schinken" auf die Liste. Besonders, wenn sie ihren Willen nicht bekam. „Ja, Dolores."

„Meine Brust ist so beengt, dass ich kaum atmen kann."

„Hmm."

„War die halbe Nacht auf, aber ich bin gekommen, wie immer."

„Und ich weiß es zu schätzen, Dolores. Sie wissen, wie sehr ich Sie brauche."

„Nun." Ein wenig besänftigt, zupfte Dolores an ihrer Schürze. „Man kann sich darauf verlassen, dass ich meine Arbeit tue, aber sagen Sie der da drinnen …" Sie deutete mit dem Daumen zur Küche. „Sagen Sie ihr nur, dass sie mich in Frieden lassen soll."

„Ich werde mit ihr reden, Dolores. Versuchen Sie, geduldig zu sein. Wir sind alle ein bisschen nervös heute Morgen, weil Mary Alice wieder krank ist."

„Krank?" Dolores schnaubte. „Nennt man das heutzutage so?"

Charity hörte nur mit halbem Ohr hin und schrieb weiter. „Wie meinen Sie das?"

„Wenn sie krank ist, dann weiß ich nicht, warum ihr Wagen die ganze Nacht in Bill Perkins Auffahrt gestanden hat. Und was meinen Zustand angeht …"

Charity hörte auf zu schreiben. Ronald zog die Augenbrauen hoch, als er plötzlich einen stählernen Unterton in ihrer Stimme hörte. „Wir reden später darüber, Dolores."

Dolores schob die Unterlippe vor und stolzierte zurück in die Küche.

Charity unterdrückte ihren Zorn und wandte sich an die Kellnerin. „Lori, ich bin anschließend mit Bob im Empfang. Wenn es zu hektisch wird, rufen Sie mich. Ronald …“

„Soll ich bedienen helfen?“

Sie schenkte ihm ein schnelles, dankbares Lächeln. „Wissen Sie denn, wie?“

„Ich werde es schon herausfinden.“

„Danke.“ Sie blickte zur Uhr, eilte dann hinaus.

Er hatte nicht erwartet, sich zu amüsieren, aber es war schwer, es nicht zu tun, wo Miss Millie mit ihm flirtete, als er ihr Erdbeerkompott servierte. Der Duft nach Gebäck – etwas Köstliches mit Äpfeln und Zimt –, die ruhigen Klänge klassischer Musik und das leise Stimmengemurmel machten es beinahe unmöglich, sich nicht zu entspannen. Er trug Tabletts hin und her. Das mürrische Geplänkel zwischen Mae und Dolores wirkte eher belustigend als verärgernd. Also amüsierte er sich und nutzte seine Position aus, während er seiner Arbeit nachging.

Während er die Fenstertische abräumte, sah er einen Reisebus vorfahren. Er zählte die Köpfe und musterte die Gesichter der Gruppe. Der Reiseleiter war ein großer Mann in weißem Hemd, das sich über den Schultern spannte. Er hatte ein rundes, gerötetes Gesicht, das ständig lächelte, während er seine Passagiere hereinführte. Ronald durchquerte den Raum, um die Gäste in der Eingangshalle beobachten zu können.

Die Gruppe bestand aus Paaren und Familien mit kleinen Kindern. Der Reiseleiter – Ronald wusste bereits, dass sein Name Block lautete – begrüßte Charity mit einem herzlichen Lächeln und reichte ihr die Namensliste.

Wusste sie, dass Block wegen Betrugs im Knast gesessen hatte? War sie sich bewusst, dass der Mann, mit dem sie scherzte, einer zweiten Verhaftung nur durch geschickte Rechtsverdrehung entkommen war?

Ronalds Wangenmuskeln spannten sich, als Block mit einem Finger an Charitys goldenem Hängeohrring schnippte.

Während Charity Häuser zuwies und Schlüssel austeilte, wechselten zwei von der Gruppe Geld bei ihrem Assistenten. Einer fünfzig und der andere sechzig, registrierte Ronald, als kanadische Geldscheine übergeben und amerikanische Währung entgegengenommen wurde.

Innerhalb von zehn Minuten saß die gesamte Gruppe im Speisesaal. Charity band sich eine Schürze um, öffnete einen Notizblock und begann Bestellungen aufzunehmen.

Sie sieht nicht aus, als ob sie es eilig hätte, bemerkte Ronald. Wie sie plauderte und lächelte und Fragen beantwortete, schien es, als hätte sie alle Zeit der Welt. Doch sie bewegte sich wie der Blitz. Sie trug drei Teller auf dem rechten Arm, schenkte Kaffee mit links ein und schäkerte mit einem Baby, alles zur selben Zeit.

Irgendetwas bedrückt sie, dachte Ronald. Es war kaum wahrzunehmen … nur ein schwaches Stirnrunzeln. War an diesem Morgen etwas schief gelaufen, das ihm entgangen war? Wenn es eine Lücke im System gab, dann musste er es herausfinden und ausnutzen. Aus diesem Grunde war er eingeschleust worden.

Charity servierte eine weitere Runde Kaffee an einem Vierertisch, scherzte mit einem kahlköpfigen Mann, bahnte sich dann einen Weg zu Ronald. „Ich glaube, die Krise ist vorbei.“ Sie lächelte ihn an, aber erneut spürte er etwas Unterschwelliges … Verärgerung? Enttäuschung?

„Gibt es etwas, was Sie nicht tun?“

„Ich versuche mich aus der Küche herauszuhalten. Das Restaurant hat drei Sterne. Ich möchte Ihnen danken, dass Sie eingesprungen sind.“

„Schon gut.“ Er stellte fest, dass er sie gern lächeln sehen wollte. Richtig lächeln. „Die Trinkgelder waren gut. Miss Millie hat mir einen Fünfer zugesteckt.“

Sie tat ihm den Gefallen. Ihre Lippen verzogen sich, und was immer ihre Augen umwölkt hatte, verschwand für einen Moment. „Ihr gefällt es, wie Sie mit einem Werkzeuggurt aussehen. Warum machen Sie nicht eine Pause, bevor Sie im Westflügel anfangen?“

„In Ordnung.“

Sie zog eine Grimasse über das Geräusch von zersplitterndem Glas. „Ich wusste doch, dass das Snyser-Kind keinen Orangensaft wollte.“ Sie eilte davon, um die Scherben zu beseitigen und sich die Entschuldigungen der Eltern anzuhören.

Der Empfang lag verlassen da. Ronald überlegte, ob er hinter das Pult schlüpfen und einen schnellen Blick in die Bücher werfen sollte, entschied aber, dass es warten konnte. Gewisse Arbeiten waren besser im Dunkeln zu erledigen.

Eine Stunde später betrat Charity den Westflügel. Sie hatte es geschafft, den Gästen gegenüber die Fassung zu wahren und freundlich zu bleiben, doch sobald sich die Tür hinter ihr schloss, stieß sie eine Reihe wilder Flüche aus.

Ronald trat in einen Türrahmen und beobachtete, wie sie mit wütend funkelnden Augen über den Flur stürmte. „Probleme?“

„Ja“, fauchte sie und lief ein halbes Dutzend Schritte an ihm vorbei, ehe sie sich zu ihm umdrehte. „Ich kann Unfähigkeit ertragen und auch ein gewisses Maß an Dummheit. Ich toleriere sogar einen gelegentlichen Anfall von Faulheit, aber ich lasse mich nicht belügen.“

Ronald wartete einen Moment. Ihr Zorn war heiß und lodernd, aber er richtete sich nicht gegen ihn. „In Ordnung“, sagte er und wartete.

„Sie hätte mir sagen können, dass sie freihaben will oder eine andere Schicht. Ich hätte es einrichten können. Stattdessen hat sie gelogen und sich in den letzten fünf Wochen fünfmal im letzten Augenblick krankgemeldet. Ich habe mir Sorgen um sie gemacht.“ Charity wandte sich ab, trat gegen die Tür. „Ich hasse es, zum Narren gehalten zu werden. Und ich hasse es, belogen zu werden.“

„Sie reden von der Kellnerin … Mary Alice?“

„Natürlich." Sie wirbelte herum. „Vor drei Monaten bat sie mich um einen Job. Es war die ruhigste Zeit, aber sie tat mir leid. Jetzt schläft sie mit Bill Perkins – oder genauer gesagt, sie bekommt wohl keinen Schlaf, und deshalb meldet sie sich krank. Ich musste sie entlassen." Sie atmete tief aus, und es klang wie eine Maschine, die Dampf abließ. „Ich bekomme Kopfschmerzen, wann immer ich jemanden entlassen muss."

„Ist es das, was Sie den ganzen Morgen bekümmert hat?"

„Sobald Dolores diesen Bill erwähnte, wusste ich es." Inzwischen ruhiger geworden, rieb sie sich die schmerzende Stirn. „Dann musste ich die Anmeldungen und das Frühstück hinter mich bringen, bevor ich sie anrufen und mich mit ihr befassen konnte. Sie hat geweint." Sie warf Ronald einen kläglichen Blick zu. „Ich wusste, dass sie weinen würde."

„Hören Sie, Baby, das Beste für Sie ist, wenn Sie ein paar Schmerztabletten nehmen und die Sache vergessen."

„Ich habe schon welche genommen."

„Geben Sie ihnen eine Chance zu wirken." Bevor ihm bewusst wurde, was er tat, hob er die Hände, umfasste ihr Gesicht und massierte mit kreisenden Daumen ihre Schläfen. „Da drinnen geht zu viel vor."

„Wo?"

„In Ihrem Kopf."

Sie spürte, wie ihre Augen schwer und ihr Blut warm wurden. „Nicht im Moment." Sie legte den Kopf zurück und schloss die Augen. Instinktiv trat sie vor. „Ronald …" Sie seufzte ein wenig, als der Schmerz aus ihrem Kopf schwand und sich in ihrem Mittelpunkt regte. „Mir gefällt es auch, wie Sie mit einem Werkzeuggurt aussehen."

„Wissen Sie eigentlich, was Sie da herausfordern?"

Sie musterte seinen Mund. Er war voll und fest und gewiss rücksichtslos auf den Lippen einer Frau. „Nicht genau." Vielleicht lag darin der Reiz. Sie wusste es nicht. Aber sie fühlte, und was sie fühlte, war neu und aufregend. „Vielleicht ist es besser so."

„Nein.“ Obgleich er wusste, dass es ein Fehler war, konnte er nicht widerstehen, mit den Fingern über ihr Kinn zu streicheln und über ihre Lippen. „Es ist immer besser, die Konsequenzen zu kennen, bevor man etwas unternimmt.“

„Also sind wir wieder vorsichtig.“

Er ließ die Hände sinken. „Ja.“

Sie hätte dankbar sein sollen. Statt ihre wirren Gefühle auszunutzen, wich er zurück. Sie wollte dankbar sein, aber sie verspürte nur den Stachel der Zurückweisung. Er hat damit begonnen, dachte sie. Erneut. Und er hat es beendet. Erneut. Sie war es leid, ganz nach seinen Launen herumgestoßen zu werden. „Auf diese Weise entgeht Ihnen viel, Ronald, oder? Viel Wärme, viel Vergnügen.“

„Viele Enttäuschungen.“

„Vielleicht. Für einige von uns ist es wohl schwerer, abseits von anderen zu leben. Aber wenn Sie es so wollen, prima.“ Sie holte tief Luft. Ihre Kopfschmerzen kamen zurück, doppelt stark. „Fassen Sie mich nicht wieder an. Ich bin es gewöhnt zu beenden, was ich beginne.“ Sie blickte in den Raum hinter ihnen. „Sie leisten gute Arbeit hier“, sagte sie kurz angebunden. „Ich lasse Sie jetzt damit weitermachen.“

Er verfluchte sie, während er den Fensterrahmen abschmirgelte. Sie hatte kein Recht, Schuldgefühle in ihm zu wecken, nur weil er auf Distanz blieb. Es war nicht nur eine Angewohnheit für ihn, es war eine Frage des Überlebens. Es war hemmungslos und gefährlich, sich jeder Frau zu nähern, die anziehend wirkte.

Doch es war mehr als nur Anziehungskraft, und es war eindeutig anders als alles, was er je zuvor gefühlt hatte. Wann immer er ihr nahe war, wurde seine Zielstrebigkeit von Fantasien darüber getrübt, wie es sein mochte, mit ihr zusammen zu sein, sie zu halten, sie zu lieben.

Und mehr als Fantasien sind es nicht, erinnerte Ronald sich. Wenn alles gut ging, würde er in wenigen Tagen wieder fort sein – und möglicherweise ihr Leben zerstört haben. Es ist mein Job, rief er sich ins Gedächtnis.

Er sah sie an, als sie mit diesen langen energischen Schritten zum Lieferwagen ging. Ihr folgten die Frischvermählten, Hand in Hand, obwohl jeder einen Koffer trug.

Charity wird sie zur Fähre bringen, dachte er. Somit hatte er eine Stunde Zeit, um ihre Räume zu durchsuchen.

Ronald konnte jeden Zentimeter eines Zimmers durchsehen, ohne eine Spur zu hinterlassen. Er konzentrierte sich zuerst auf das Naheliegende – den Schreibtisch in dem kleinen Salon. Für die meisten Leute war es üblich, unachtsam in der Privatsphäre ihres eigenen Heims zu sein. Ein Stück Papier, eine dahingekritzelte Notiz, ein Name in einem Adressenbuch wurden oft zurückgelassen und von einem geschulten Auge entdeckt.

Es war ein alter Schreibtisch, aus massivem Mahagoni mit einigen Kratzern und Flecken. Zwei der Messinggriffe waren lose. Wie der Rest des Zimmers war er sauber und aufgeräumt. Ihre persönlichen Papiere – Versicherungspolicen, Rechnungen, Korrespondenz – befanden sich links. Die Geschäftsunterlagen beanspruchten die drei rechten Schubladen.

Einer raschen Durchsicht entnahm er, dass der Gasthof einen recht anständigen Profit abwarf, den sie zum größten Teil gleich wieder in das Unternehmen steckte. Neue Bettwäsche. Badezimmerarmaturen, Farbe. Der Herd, den Mae so eifrig hütete, war erst sechs Monate zuvor angeschafft worden.

Sie nahm sich ein Gehalt – ein überraschend bescheidenes. Selbst nach einer kritischen Prüfung fand er keinerlei Anhaltspunkte, dass sie die Finanzen des Gasthauses benutzte, um sich das Leben zu erleichtern.

Eine ehrliche Frau, stellte Ronald fest. Zumindest oberflächlich betrachtet.

Ein gerahmtes Foto stand auf dem Schreibtisch. Es zeigte

Charity vor der Windmühle, mit einem zerbrechlich aussehenden, weißhaarigen Mann.

Der Großvater, entschied Ronald, doch es war Charitys Bild, das er näher betrachtete. Ihr Haar war zu einem Pferdeschwanz zurückgekämmt, und ihr unförmiger Overall war an den Knien fleckig. Von Gartenarbeit, vermutete er. Sie hielt einen Armvoll Sommerblumen. Sie sah aus, als berühre sie keine Sorge der Welt, und ihr anderer Arm stützte den alten Mann.

Er fragte sich, was sie wohl gedacht haben mochte in dem Moment, als das Foto aufgenommen wurde, und was sie danach wohl getan hatte. Aber was geht mich das an? fragte er sich schließlich. Er fluchte über sich selbst und wandte den Blick vom Foto ab.

Sie machte sich Notizen für sich selbst: Tapetenmuster zurückbringen. Bauklötze für Spielzeugkiste. Klavierstimmer anrufen. Platten flicken lassen.

Er fand nichts, was den Grund seines Aufenthalts im Gasthaus berührte. Er wandte sich vom Schreibtisch ab und durchsuchte gründlich den Rest des Salons.

Dann ging er in das angrenzende Schlafzimmer. Das Bett war mit einer weißen Spitzendecke und zahlreichen kleinen Kissen bedeckt. Daneben stand ein herrlicher alter Schaukelstuhl mit glatt gewetzten Armlehnen. Darin saß ein großer rosa Teddybär.

Die Gardinen waren romantisch gerüscht. Das Fenster stand offen, und die Brise wehte herein und blähte sie. Das Zimmer einer Frau, dachte Ronald, durch und durch feminin mit der Spitze und den Kissen, den lieblichen Düften und zarten Farben. Dennoch hieß es einen Mann willkommen, ließ ihn wünschen, ließ ihn begehren. Es ließ ihn wünschen, eine Stunde, eine Nacht in der Zartheit, der Behaglichkeit zu verbringen.

Er überquerte den handgeknüpften Teppich, begrub seinen Selbstekel und durchsuchte ihre Kommode.

Er fand einige Schmuckstücke, die er für Erbstücke hielt.

Sie gehören in einen Safe, dachte er, ärgerlich auf Charity. Er fand eine Flasche Parfüm. Er wusste genau, wie es roch. Wie ihre Haut. Beinahe hätte er danach gegriffen, bevor er sich beherrschte. Nicht Parfüm interessierte ihn, sondern Beweismaterial.

Ein Stapel Briefe fiel ihm ins Auge. Von einem Liebhaber? fragte er sich und verdrängte die plötzliche Eifersucht, die er als lächerlich empfand.

Der Raum macht mich verrückt, dachte er, während er das schmale Satinband aufknüpfte. Es war ihm unmöglich, sich Charity nicht in diesem Zimmer vorzustellen, auf das Bett gekuschelt, in etwas Weißem und Dünnem, das Haar offen und die Kerzen entzündet.

Er schüttelte sich, während er den ersten Brief entfaltete. Ein Zimmer mit einem rosa Teddybär ist nicht verführerisch, sagte er sich.

Das Datum verriet ihm, dass die Briefe während ihres College-Besuchs in Seattle geschrieben worden waren. Von ihrem Großvater, erkannte Ronald. Alle. Sie waren mit Zuneigung und Humor verfasst, und sie enthielten Dutzende von Anekdoten über das tägliche Leben im Gasthaus. Ronald legte sie wieder zurück, wie er sie vorgefunden hatte.

Ihre Kleidung war lässig, abgesehen von einigen wenigen Kleidern. Kräftige Stiefel, Turnschuhe, Hausschuhe und zwei Paar elegante Pumps standen im Schrank, sorgfältig geordnet, wie alles im Raum.

Außer einem Wecker lagen zwei Bücher auf ihrem Nachttisch, eine Sammlung Gedichte und ein Kriminalroman mit schaurigem Einband. Sie hatte eine Schachtel Schokolade in der Schublade und Chopin im tragbaren Stereogerät. Dutzende von Kerzen, verschieden weit abgebrannt, standen im Raum verteilt. An einer Wand hing eine Landschaft in dunklen, wilden Blau- und Grautönen. An einer anderen befand sich eine Sammlung von Fotos, die meisten im Gasthaus aufgenommen, viele von ihrem Großvater. Ronald suchte hinter jedem. Er entdeckte, dass die Tapete verblichen war, sonst nichts.

Ihre Räume waren sauber. Ronald stand mitten im Schlafzimmer, atmete den Geruch nach Kerzenwachs und Parfüm ein. Sie hätten nicht sauberer sein können, wenn man gewusst hätte, dass sie durchsucht werden sollten. Nach einer Stunde hatte er nur erfahren, dass sie eine ordnungsliebende Frau war, die lässige Kleidung und Chopin mochte und eine Schwäche für Schokolade und Krimis hatte. Warum machte sie das so faszinierend?

Mit finsterer Miene schob er die Hände in die Hosentaschen und kämpfte um Objektivität, wie er es nie zuvor hatte tun müssen. Alle Indizien deuteten darauf hin, dass sie in sehr dunkle Geschäfte verwickelt war. Alles, was er in den letzten vierundzwanzig Stunden entdeckt hatte, ließ darauf schließen, dass sie eine offene, ehrliche und hart arbeitende Frau war. Was sollte er glauben?

Er ging zur Tür am anderen Ende des Raumes. Sie führte hinaus auf eine winzige Veranda mit einer langen Treppe, die hinab zum Teich führte. Er wollte die Tür öffnen, hinaustreten und die frische Luft einatmen. Doch er wandte sich ab und ging den gleichen Weg hinaus, den er hereingekommen war.

Der Duft ihres Schlafzimmers blieb stundenlang bei ihm.

3. Kapitel

„Ich habe dir gesagt, das Mädchen taugt nichts."

„Ich weiß, Mae."

„Ich habe dir gesagt, dass es ein Fehler ist, sie einzustellen."

„Ja, Mae." Charity unterdrückte ein Seufzen. „Du hast es mir gesagt."

„Wenn du ständig Streuner aufnimmst, wirst du zwangsläufig irgendwann gebissen."

Charity widerstand – knapp – dem Drang zu schreien. „Das hast du mir gesagt."

Mit einem zufriedenen Brummen beendete Mae die Reinigung ihres ganzen Stolzes – des achtflammigen Gasherdes. „Du bist zu weichherzig, Charity."

„Ich dachte, du hättest gesagt, ich hätte einen zu harten Schädel."

„Das auch." Da Mae eine Schwäche für ihre junge Arbeitgeberin hatte, schenkte sie ein Glas Milch ein und schnitt ein großes Stück von ihrem doppelten Schokoladenkuchen ab. Sie stellte beides auf den Tisch und sagte in energischem Ton: „Iss das jetzt. Durch mein Gebäck hast du dich als Kind immer besser gefühlt."

Charity setzte sich und piekste mit einem Finger in die Glasur. „Ich hätte ihr freigegeben."

„Ich weiß." Mae strich über Charitys Schulter. „Das ist das Problem mit dir. Du bist zu großzügig."

„Ich hasse es, zum Narren gehalten zu werden." Mit finsterer Miene nahm Charity einen großen Bissen Kuchen. Schokolade war ein besseres Heilmittel für ihre Kopfschmerzen als ein ganzes Röhrchen Tabletten, dessen war sie sicher. Ihre Schuldgefühle waren jedoch etwas ganz anderes. „Meinst du, dass sie einen anderen Job bekommt?“

„Typen wie Mary Alice landen immer auf den Füßen. Würde mich nicht überraschen, wenn sie mit Sack und Pack bei diesem Perkins-Jungen einzieht. Also, sorg dich nicht um sie. Habe ich dir nicht gesagt, dass sie keine sechs Monate bleibt?“

Charity schob sich mehr Kuchen in den Mund. „Du hast es mir gesagt“, murmelte sie.

„Und was ist jetzt mit diesem Mann, den du mitgebracht hast? Woher kommt er? Was macht er, und wie heißt er?“

Charity nahm einen Schluck Milch. „Ronald DeWinter.“

„Komischer Name.“ Mae blickte sich in der Küche um, überrascht und ein bisschen enttäuscht, dass nichts mehr zu tun war. „Was weißt du noch von ihm?“

„Er brauchte einen Job.“

„Ich nehme an, es gibt einen ganzen Haufen Taschendiebe, Fassadenkletterer und Massenmörder, die einen Job brauchen.“

„Er ist kein Massenmörder“, erklärte Charity. Sie hielt es für besser, sich eines Urteils über die anderen Beschäftigungen zu enthalten.

„Vielleicht nicht, vielleicht doch.“

„Er ist ein Vagabund. Aber nicht ziellos, würde ich sagen. Er weiß, wohin er geht. Auf alle Fälle brauchte ich jemanden, da George auf und davon ist. Er leistet gute Arbeit.“

Das hatte Mae auf einem kurzen Gang zum Westflügel selbst herausgefunden. Aber sie hatte andere Dinge im Sinn. „Er guckt dich an.“

Charity strich mit einem Finger am Milchglas auf und ab. „Jeder hier guckt mich an.“

„Stell dich mir gegenüber nicht dumm, junge Dame. Ich habe dir den Popo gewischt.“

„Was immer das mit irgendetwas zu tun hat“, antwortete Charity mit einem Grinsen. „Er guckt … also?“ Sie zuckte die Schultern. „Ich gucke zurück.“ Sie lächelte nur, als Mae die

Brauen hochzog. „Sagst du mir nicht immer, dass ich einen Mann in meinem Leben brauche?“

„Es gibt solche und solche Männer“, entgegnete Mae weise. „Dieser sieht nicht schlecht aus, und er scheut keine Arbeit. Aber er hat eine harte Ader in sich. Der kennt sich aus, Mädchen, daran besteht kein Zweifel.“

„Jimmy Logerman wäre dir wohl lieber, wie?“

„Rückgratloser Wurm!“

Charity lachte und stützte das Kinn in die Hände. „Du hattest recht, Mae. Ich fühle mich wirklich besser.“

Erfreut band Mae die Schürze von der üppigen Taille ab. Sie bezweifelte nicht, dass Charity ein vernünftiges Mädchen war, aber sie beabsichtigte, Ronald im Auge zu behalten. „Gut. Iss nicht noch mehr Kuchen, sonst bleibst du die ganze Nacht mit Bauchschmerzen auf.“

„Ja, Ma'am.“

„Und hinterlass keine Unordnung in meiner Küche“, fügte Mae hinzu, während sie sich einen schlichten braunen Mantel anzog.

„Nein, Ma'am. Gute Nacht, Mae.“

Charity seufzte, als die Haustür ins Schloss fiel. Maes Weggang signalisierte gewöhnlich das Ende des Tages. Sofern kein Notfall eintrat, gab es bis zum Sonnenaufgang nichts mehr zu tun.

Seit Kurzem spielte Charity mit dem Gedanken, eine Sauna mit Solarium einbauen zu lassen. Das könnte einen Teil der erholungssuchenden Gäste anlocken. Sie hatte einige Preise eingeholt und sah im Geiste bereits den Sonnenraum an der Südseite des Gasthauses vor sich. Im Winter könnten die Gäste sich dort aufwärmen, wenn sie von ihren Wanderungen zurückkehrten.

Sie selbst würde es auch genießen, vor allem an jenen seltenen Wintertagen, wenn das Gasthaus leer war und es nichts zu tun gab.

Außerdem hegte sie den Langzeitplan, einen Geschenkartikelladen zu eröffnen, und zwar mit Waren einheimischer Künstler. Sie fragte sich, ob Ronald lange genug bleiben würde, um daran zu arbeiten.

Es war nicht klug, an ihn in Verbindung mit irgendwelchen ihrer Pläne zu denken. Wahrscheinlich war es nicht klug, überhaupt an ihn zu denken. Er war, wie sie selbst gesagt hatte, ein Vagabund. Männer wie er ließen sich nicht lange an einem Ort nieder.

Sie konnte nicht aufhören, an ihn zu denken. Beinahe vom ersten Moment an hatte er Gefühle in ihr geweckt. Er war ein attraktiver Mann, auf eine harte, gefährliche Art. Aber da war mehr. Etwas in seinen Augen? In seiner Stimme? In seiner Art, sich zu bewegen? Sie spielte mit den Kuchenkrümeln, während sie darüber nachdachte. Vielleicht lag es einfach daran, dass er so anders war als sie. Schweigsam, argwöhnisch, einzelgängerisch.

Mae hat recht, dachte Charity. Sie hatte schon immer eine Schwäche für Streuner und Pechvögel gehegt. Aber dies war anders. Sie schloss einen Moment die Augen und wünschte, sie könnte eine Erklärung dafür finden, warum es so anders war.

Nie zuvor hatte sie etwas Ähnliches erlebt wie die Gefühle, die durch Ronald in ihr entfacht worden waren. Es war mehr als nur körperlich. Sie konnte es sich jetzt eingestehen. Dennoch ergab es keinen Sinn. Aber sie hatte auch immer geglaubt, dass man von Gefühlen nicht erwarten konnte, dass sie einen Sinn ergaben.

Am Morgen, draußen auf der verlassenen Straße, hatte sie einen Moment lang gespürt, wie Emotionen von ihm ausströmten. Sie hatten beinahe beängstigend gewirkt in ihrer Geschwindigkeit und Stärke. Solche Gefühle konnten wehtun … demjenigen, der sie hegte, und demjenigen, der sie empfing. Sie hatten sie verwirrt und Sehnsucht in ihr geweckt.

Sie glaubte zu wissen, wie sein Mund schmecken würde. Nicht mild, nicht süß, sondern würzig und kräftig. Wenn er bereit war, würde er nicht fragen, er würde nehmen. Es beunruhigte sie, dass es ihr nicht missfiel. Sie war seit ihrer frühesten Jugend gewöhnt, ihren eigenen Kopf zu haben, ihre eigenen Entscheidungen zu treffen. Ein Mann wie Ronald hatte vermutlich wenig Respekt vor den Wünschen einer Frau.

Es wäre besser, viel besser, ihre Beziehung – ihre kurzfristige Beziehung – auf einer rein geschäftlichen Ebene zu halten. Freundlich, aber vorsichtig. Sie legte wieder das Kinn auf die verschränkten Hände. Es war ein Jammer, dass es ihr so schwer fiel, beides miteinander zu verbinden.

Ronald beobachtete, wie Charity mit den Krümeln auf ihrem Teller spielte. Ihr Haar war zerzaust, als hätte sie ungeduldig mit den Fingern darin gewühlt. Ihre nackten Füße lagen übereinander geschlagen auf dem Stuhl ihr gegenüber.

Entspannt. Er war sich nicht sicher, ob er jemals jemanden so entspannt gesehen hatte, außer im Schlaf. Es war ein scharfer Kontrast zu der brennenden Energie, die sie tagsüber antrieb.

Er wünschte, sie wäre in ihren Räumen. Er hatte verhindern wollen, ihr zu begegnen. Das war persönlich. Er musste sie aus dem Weg haben, damit er das Büro durchsuchen konnte. Das war beruflich.

Er wusste, dass er zurückweichen und sich außer Sicht halten sollte, bis sie sich zur Nacht zurückzog.

Was war an dieser stillen Szene so reizvoll, so unwiderstehlich? Die Küche war warm, und Essensdüfte hingen noch in der Luft. In einem Hängekorb über der Spüle wucherte eine grüne Blattpflanze. Jede Oberfläche hier in der Küche war geschrubbt, sauber und glänzte. Der riesige Kühlschrank summte.

Charity sah aus, als würde sie darauf warten, dass er hereinkam und sich zu ihr setzte, um über kleine, unbedeutende Dinge zu reden. Das war verrückt. Er wollte nicht, dass irgendeine Frau auf ihn wartete, und schon gar nicht sie.

Aber er wich nicht zurück in die Schatten des Speisesaals. Er trat auf sie zu, ins Licht.

„Ich dachte, die Leute auf dem Lande gehen früh schlafen."

Sie zuckte zusammen, aber erholte sich rasch. Sie war beinahe an die lautlose Art gewöhnt, in der er sich bewegte. „Meistens. Mae hat mir Schokoladenkuchen und ein aufmunterndes Gespräch gegeben. Möchten Sie Kuchen?"

„Nein."

„Umso besser. Sonst hätte ich auch noch ein Stück gegessen und mich krankgemacht. Keine Willenskraft. Wie wäre es mit einem Bier?"

„Ja. Danke."

Sie stand träge auf, ging zum Kühlschrank und rasselte eine Reihe von Marken herunter. Er wählte eine aus und beobachtete, wie sie es in ein Glas goss. Sie ist nicht mehr verärgert, stellte er fest. Also war sie nicht nachtragend. Als er das Glas entgegennahm, vermutete er, dass sie beinahe alles verzieh, jedem vertraute und mehr gab, als erbeten wurde.

„Warum sehen Sie mich so an?", murmelte sie.

Er nahm einen langen durstigen Schluck Bier. „Sie haben ein schönes Gesicht."

Sie zog eine Augenbraue hoch, als er sich setzte und eine Zigarette hervorholte. Sie holte einen Aschenbecher aus einer Schublade und setzte sich neben ihn. „Ich nehme gern Komplimente entgegen, aber ich glaube nicht, dass das der Grund ist."

„Es ist Grund genug für einen Mann, eine Frau anzusehen." Er nippte am Glas. „Sie hatten heute Abend viel zu tun."

„So viel, dass ich schnellstens eine neue Kellnerin anstellen muss. Ich hatte gar keine Gelegenheit, Ihnen für Ihre Hilfe mit den Dinnergästen zu danken."

„Kein Problem. Sind die Kopfschmerzen weg?"

„Ja, danke. Der Ärger über Sie hat mich von Mary Alice abgelenkt, und Maes Schokoladenkuchen hat den Rest besorgt. Wie war Ihr Tag?"

Sie lächelte ihn an, ein ungezwungenes Angebot von Freundschaft, dem er schwer widerstehen konnte, das zu akzeptieren ihm aber unmöglich schien. „Ganz gut. Miss Millie hat gesagt, dass ihre Zimmertür klemmt. Also habe ich so getan, als hätte ich sie abgeschmirgelt."

„Und ihr damit eine unheimliche Freude gemacht."

Er konnte ein Lächeln nicht verhindern. „Ich glaube nicht, dass ich jemals so beliebäugelt wurde."

„Oh, ich glaube schon." Charity neigte den Kopf, um ihn aus einem neuen Winkel zu mustern. „Aber, mit Entschuldigung an Ihr Ego, in Miss Millies Fall handelt es sich eher um Kurzsichtigkeit als Begierde. Sie ist zu eitel, um vor irgendeinem Mann über zwanzig eine Brille zu tragen."

„Mir ist es lieber, außerdem glaube ich doch, dass sie mich lüstern ansieht. Sie hat mir erzählt, dass sie seit 1952 zweimal im Jahr herkommt." Er dachte einen Moment darüber nach, und es verwunderte ihn, dass jemand immer und immer wieder an denselben Ort zurückkehren konnte.

„Sie und Miss Lucy gehören schon fast zum Inventar. Als Kind dachte ich, wir wären verwandt."

„Führen Sie das Geschäft schon lange?"

„Mit Unterbrechungen meine ganzen siebenundzwanzig Jahre lang." Lächelnd neigte sie den Stuhl zurück. Sie entspannte sich mühelos und genoss es, andere entspannt zu sehen. Auch er wirkte nun so, mit den Beinen unter dem Tisch ausgestreckt und einem Glas in der Hand. „Sie wollen doch wohl nicht meine Lebensgeschichte hören, oder, Ronald?"

Er blies eine Rauchwolke aus. „Ich habe nichts anderes zu tun." Und er wollte ihre Version dessen hören, was er in ihrer Akte gelesen hatte.

„Also gut. Ich wurde hier geboren. Meine Mutter verliebte sich ein bisschen später im Leben als die meisten. Sie war fast vierzig, als sie mich bekam, und zerbrechlich. Es gab Komplikationen. Nach ihrem Tod zog mein Großvater mich auf. Daher bin ich hier im Gasthaus aufgewachsen, abgesehen von der Zeit, die er mich fort zur Schule schickte. Ich liebte diesen Ort."

Sie blickte sich in der Küche um. „In der Schule verzehrte

ich mich nach dem allem hier – und nach Pop. Selbst im College vermisste ich es so sehr, dass ich jedes Wochenende mit der Fähre nach Hause kam. Aber er wollte, dass ich andere Orte sehe, bevor ich mich hier niederlasse. Ich sollte reisen, neue Ideen für das Gasthaus bekommen. New York sehen, New Orleans, Venedig. Ich weiß nicht …" Ihre Stimme verklang.

„Warum haben Sie es nicht getan?"

„Mein Großvater war krank. Ich war in meinem letzten College-Jahr, als ich herausfand, wie krank er war. Ich wollte abbrechen, nach Hause kommen, aber das hat ihn so aufgeregt, dass ich es für besser hielt, den Abschluss zu machen. Er hielt noch drei Jahre durch, aber es war … schwierig." Sie wollte nicht über die Tränen und die Ängste reden oder über die Belastung, das Gasthaus zu leiten und gleichzeitig einen Fast-Invaliden zu versorgen. „Er war der tapferste, netteste Mann, den ich je gekannt habe. Er war so sehr ein Teil von hier, dass ich manchmal immer noch erwarte, ein Zimmer zu betreten und ihn zu sehen, wie er die Möbel auf Staub inspiziert."

Ronald schwieg einen Moment, dachte ebenso an das, was sie ausgelassen hatte, wie an das, was sie erzählt hatte. Er wusste, dass ihr Vater als unbekannt galt – überall ein schwieriges Hindernis, aber besonders in einer Kleinstadt. In den letzten sechs Lebensmonaten ihres Großvaters hatten dessen Arztkosten das Gasthaus fast ruiniert. Aber über diese Dinge sprach sie nicht, und er konnte auch keinerlei Anzeichen von Bitterkeit entdecken. „Haben Sie je daran gedacht, das Gasthaus zu verkaufen und weiterzuziehen?"

„Nein. Oh, ich denke manchmal schon noch an Venedig. Es gibt Dutzende von Orten, die ich besuchen möchte. Solange ich das Gasthaus habe, um hierher zurückzukehren." Sie stand auf, um ihm noch ein Bier zu holen. „Wenn man einen Betrieb wie diesen führt, lernt man Leute von überall kennen. Und man hört immer irgendwelche Geschichten über andere Orte."

„Reisen aus zweiter Hand?"

Die Bemerkung traf sie, weil sie ihren eigenen Gedanken zu nahe kam. „Vielleicht.“ Sie stellte ihm die Flasche hin, brachte dann ihr Geschirr zum Spülstein. Selbst das Wissen, dass sie überempfindlich war in diesem Punkt, hielt sie nicht davon ab, zornig zu werden. „Manchen von uns ist es eben bestimmt, langweilig zu sein.“

„Ich habe nicht gesagt, dass Sie langweilig sind.“

„Nein. Nun, ich bin es wohl für jemanden, der einfach weiterzieht, wann immer und wohin auch immer es ihm beliebt. Einfach, gesetzt und naiv.“

„Sie legen mir Worte in den Mund, Baby.“

„Das ist sehr leicht, Baby, da Sie selbst höchst selten welche hineinlegen. Löschen Sie das Licht, wenn Sie gehen.“

Ronald packte Charity beim Arm, als sie an ihm vorbeistürmte, in einer Reflexbewegung, die er fast schon bereute, bevor sie ausgeführt war. Doch es war getan, und der eingeschnappte, trotzige Blick, den sie ihm zuwarf, löste eine Kettenreaktion in ihm aus. Es gab Dinge, die er mit ihr tun konnte, auf die er brannte, die keiner von beiden je vergessen würde. „Warum sind Sie wütend?“

„Ich weiß nicht. Ich scheine nicht länger als zehn Minuten mit Ihnen reden zu können, ohne gereizt zu werden. Da ich normalerweise mit jedem auskomme, muss es an Ihnen liegen.“

„Da haben Sie vermutlich recht.“

Sie beruhigte sich ein wenig. Es war nicht seine Schuld, dass sie niemals irgendwo gewesen war. „Sie sind kaum achtundvierzig Stunden hier, und ich habe dreimal beinahe mit Ihnen gestritten. Das ist ein Rekord für mich.“

„Ich habe nicht mitgezählt.“

„Oh, ich glaube doch. Ich bezweifle, dass Sie auch nur irgendetwas vergessen. Waren Sie vielleicht Polizist oder etwas Ähnliches?“

Er musste sich bewusst bemühen, ein ausdrucksloses Gesicht zu behalten und nicht zu erstarren. „Warum?“

„Sie haben gesagt, dass Sie kein Künstler sind. Das war meine erste Vermutung." Sie entspannte sich, obgleich er die Hand nicht von ihrem Arm genommen hatte. Zorn war etwas, das sie nur in schnellen, flüchtigen Ausbrüchen kannte. „Es ist die Art, wie Sie Leute ansehen, so als würden Sie Personenbeschreibungen und besondere Kennzeichen aufnehmen. Und manchmal, wenn ich mit Ihnen zusammen bin, fühle ich mich, als sollte ich mich auf ein Verhör vorbereiten. Dann sind Sie vielleicht Schriftsteller? Wenn man in der Hotelbranche ist, bekommt man einen guten Blick dafür, welchen Beruf die Leute ausüben."

„Diesmal irren Sie sich."

„Nun, was sind Sie dann?"

„Derzeitig bin ich Faktotum."

Sie zuckte die Schultern. „Eine andere Eigenschaft der Hotelmenschen ist das Respektieren der Privatsphäre, aber wenn Sie sich als Massenmörder herausstellen, wird Mae mir ewig Vorwürfe machen."

„Gewöhnlich bringe ich nur eine Person zur selben Zeit um."

„Das erleichtert mich ungemein." Sie ignorierte die plötzliche Angst, dass er die schlichte Wahrheit gesagt haben könnte. „Sie halten übrigens immer noch meinen Arm fest."

„Ich weiß."

„Soll ich Sie bitten, mich loszulassen?"

„Ich würde mir nicht die Mühe machen."

Sie holte tief Luft. „Also gut. Was wollen Sie, Ronald?"

„Diese Sache aus dem Weg räumen, für uns beide."

Er erhob sich. Ihr Schritt zurück war instinktiv und überraschender für sie als für ihn. „Das halte ich nicht für eine gute Idee."

„Ich auch nicht." Mit der freien Hand hob er ihr Haar hoch. Es war weich, wie er vermutet hatte. Dicht und voll und so weich, dass seine Finger hineintauchten und verloren waren. „Aber ich bereue lieber etwas, was ich getan habe, als etwas, was ich nicht getan habe."

„Ich bereue lieber gar nichts."

„Zu spät." Er hörte sie nach Atem ringen, als er sie an sich riss. „So oder so, wir werden beide viel zu bereuen haben."

Er war vorsätzlich grob. Er wusste, wie sanft er sein konnte, obgleich er das Wissen selten anwandte. Zu ihr hätte er es sein können. Vielleicht schob er deswegen jeden Wunsch nach Zärtlichkeit beiseite. Er wollte sie erschrecken, wollte sichergehen, dass sie vor ihm davonlief, wenn er sie losließ, weil er so sehr wollte, dass sie zu ihm lief.

Tief im Innern hegte er die Hoffnung, dass er sie genügend verängstigen, sie genügend abstoßen konnte, damit sie ihn fortschickte. Wenn sie es tat, war sie sicher vor ihm, und er war es vor ihr. Er dachte, er könnte es schnell vollbringen. Dann, plötzlich, war es ihm unmöglich, überhaupt zu denken.

Sie schmeckte himmlisch. Er hatte nie an den Himmel geglaubt, aber der Geschmack lag auf ihren Lippen, rein und süß und vielversprechend. Ihre Hand war zu seiner Brust gewandert, in einer automatischen Abwehrbewegung. Doch sie wehrte ihn nicht ab, wie er erwartet hatte. Sie erwiderte seinen harten, beinahe brutalen Kuss mit Leidenschaft und einem Schuss Vertrauen.

Sein Kopf wurde leer. Es war eine erschreckende Erfahrung für einen Mann, der seine Gedanken unter solch strenger Kontrolle hielt. Dann nahm er alles von ihr auf, ihren Duft, ihre Berührung, ihren Geschmack.

Er wich zurück – um seinetwillen, nicht um ihretwillen. Er war ein Überlebenskünstler, war es schon immer gewesen. Sein Atem ging schnell und rau. Eine Hand war noch immer in ihren Haaren vergraben, und die andere umklammerte ihren Arm. Er konnte sie nicht freigeben. Sosehr er sich auch ermahnte, sie loszulassen, sich abzuwenden und davonzugehen, er konnte sich nicht bewegen. Er starrte sie an und sah sein Spiegelbild in ihren Augen.

Er verwünschte sie – ein letztes rasches Leugnen –, bevor er seinen Mund erneut auf ihren presste. Es war nicht der Himmel, dem er zustrebte, wie er sich sagte. Es war die Hölle.

Sie wollte ihn besänftigen, aber er gab ihr keine Gelegenheit. Wie zuvor sandte er sie an einen heißen, luftleeren Ort, an dem nur für Gefühle Raum war.

Sie hatte recht gehabt. Sein Mund war nicht weich, er war hart und rücksichtslos und unwiderstehlich. Ohne Zögern, ohne Gedanken an Selbstschutz öffnete sie sich für ihn, nahm begierig, was er bot, gab selbstlos, was er verlangte.

Charitys Rücken war an die glatte kühle Fläche des Kühlschranks gepresst, gefangen von Ronalds festem, straffem Körper. Wäre es möglich gewesen, hätte sie ihn näher an sich gezogen.

Sein Gesicht war rau, zerkratzte ihres, und sie erzitterte, denn sogar das erregte sie. Verzweifelt grub sie sich in seine Unterlippe und verspürte eine neue Woge der Erregung, als er stöhnte und den schon bodenlosen Kuss noch vertiefte.

Sie wollte berührt werden. Sie versuchte ihm dieses neue, zwingende Verlangen zuzuflüstern, aber sie brachte nur ein Stöhnen zustande. Ihr Körper schmerzte. Allein die Vorstellung seiner streichelnden Hände auf ihrem Körper ließ sie erschauern.

Einen Moment lang schlugen ihre Herzen im selben wilden Rhythmus aneinander. Dann riss er sich los, in dem Bewusstsein, dass er sehr nahe an eine Grenze gekommen war, die er nicht zu überschreiten wagte. Er konnte kaum atmen, noch weniger denken. Bis er sich sicher war, dass er beides konnte, schwieg er.

„Gehen Sie zu Bett, Charity."

Sie blieb, wo sie war, davon überzeugt, dass ihre Beine nachgeben würden, wenn sie einen Schritt täte. Er war ihr noch immer so nahe, dass sie die Hitze seines Körpers spürte. Doch sie blickte in seine Augen und erkannte, dass er bereits außer Reichweite war. „Einfach so?"

Schmerz. Er hörte ihn aus ihrer Stimme und wünschte, sich einreden zu können, dass sie ihn selbst verursacht hatte. Er griff nach seinem Bier, überlegte es sich aber anders, als er merkte, dass seine Hand zitterte. Nur eines war klar: Er musste sie loswerden, bevor er sie erneut berührte. „Sie sind nicht der Typ für eine schnelle Nummer auf dem Küchenfußboden."

Die Farbe, die die Leidenschaft ihr ins Gesicht getrieben hatte, verschwand. „Nein. Zumindest bin ich es nie gewesen." Nach einem tiefen beruhigenden Atemzug trat sie vor. Sie war dafür, sich den Tatsachen zu stellen, selbst den unangenehmen. „Ist das alles, was es gewesen wäre, Ronald?"

Er ballte die Hand zur Faust. „Ja. Was sonst?"

„Ich verstehe." Sie blickte ihm weiterhin in die Augen und wünschte, ihn hassen zu können. „Ich bedaure Sie."

„Tun Sie es nicht."

„Sie sind nur für Ihre Gefühle verantwortlich, nicht für meine. Und Sie tun mir nun einmal leid. Manche Menschen verlieren ein Bein oder eine Hand oder ein Auge, und entweder verkraften sie den Verlust, oder sie werden bitter. Ich kann nicht sehen, welcher Teil Ihnen fehlt, Ronald, aber es ist genauso tragisch." Er antwortete nicht. Sie hatte es auch nicht erwartet. „Vergessen Sie das Licht nicht."

Er wartete, bis sie gegangen war, bevor er nach einem Streichholz kramte. Er brauchte Zeit, um seinen Kopf – und seine Hände – unter Kontrolle zu bringen, bevor er das Büro durchsuchte. Was ihn beunruhigte, war, dass es wesentlich länger dauern würde, sein Herz unter Kontrolle zu bringen.

Beinahe zwei Stunden später wanderte Ronald anderthalb Meilen zur nächsten Tankstelle, um die Telefonzelle zu benutzen. Die Straße war still, das winzige Dorf dunkel. Der Wind hatte aufgefrischt, und es roch nach Regen.

Er wählte und wartete auf die Verbindung.

„Conby."

„DeWinter."

„Sie sind spät dran."

Ronald blickte nicht zur Uhr. Er wusste, dass es an der Ostküste beinahe drei Uhr morgens war. „Habe ich Sie geweckt?"

„Kann ich davon ausgehen, dass Sie sich etabliert haben?"

„Ja, ich bin drinnen. Die Schiebung mit dem Lottogewinn hat mir den Weg freigemacht. Der platte Reifen hat mir einen Anknüpfungspunkt gegeben. Miss Ford ist … vertrauensvoll."

„Das bedeutet nicht, dass sie nicht ehrgeizig ist. Was hat sich ergeben?"

Ein Fall von schlechtem Gewissen, dachte Ronald, während er ein Streichholz entzündete, ein sehr schlimmer Fall. „Ihre Räume sind sauber." Er verstummte und hielt die Flamme an das Ende seiner Zigarette. „Es ist gerade eine Reisegruppe da, überwiegend Kanadier. Ein paar haben Geld gewechselt. Nicht über hundert."

Die Pause war sehr kurz. „Das ist kaum genug, um das Geschäft lohnenswert zu machen."

„Ich habe eine Liste aus dem Büro. Die Namen und Adressen der eingetragenen Gäste."

Eine weitere längere Pause trat ein, und ein raschelndes Geräusch, das Ronald verriet, dass sein Kontaktmann nach Schreibmaterial suchte. „Lassen Sie hören."

Ronald las die Liste vor, die er sich kopiert hatte. „Block ist der Reiseleiter. Er kommt regelmäßig, einmal die Woche, für zwei oder drei Nächte."

„‚Vision Tours'."

„Genau."

„Wir haben dort einen Mann. Konzentrieren Sie sich auf Ford und ihre Belegschaft." Das leise Klopfen von Conbys Bleistift auf dem Notizblock erklang. „Auf keinen Fall können Sie die Sache ohne einen Insider durchziehen. Diese Charity Ford ist die offensichtliche Antwort."

„Es passt nicht zusammen."

„Wie bitte?"

Ronald trat die Zigarette unter seinem Stiefelabsatz aus. „Ich sagte, es passt nicht zusammen. Ich habe sie beobachtet. Ich habe ihr Privatkonto überprüft, verdammt. Sie hat weniger als dreitausend in bar. Alles andere fließt in das Gasthaus für neue Laken und Seife."

„Ich verstehe." Erneut eine Pause. „Unsere Miss Ford hat wohl noch nie von Schweizer Bankkonten gehört, wie?"

„Sie ist nicht der Typ, Conby. Es ist der falsche Blickwinkel."

„Ich kümmere mich um die Winkel, DeWinter. Kümmern Sie sich um Ihren Job. Ich sollte Sie nicht erst daran erinnern müssen, dass wir fast ein Jahr gebraucht haben, um dieser Sache auf die Spur zu kommen. Das Büro will es schnell abwickeln, und das erwarte ich von Ihnen. Wenn Sie ein persönliches Problem dabei haben, dann lassen Sie es mich jetzt wissen."

„Nein." Er wusste, dass persönliche Probleme nicht erlaubt waren. „Wenn Sie Zeit und das Geld der Steuerzahler verschwenden wollen, soll es mir recht sein. Ich melde mich wieder."

„Tun Sie das."

Ronald legte auf. Er fühlte sich etwas besser, während er finster den Hörer anstarrte und sich vorstellte, dass Conby eine schlaflose Nacht verbrachte. Conby würde einen armen Angestellten anrufen und die Liste in den Computer eingeben lassen. Dann würde er in seinem unbehaglichen Haus am Stadtrand von Washington seinen Kaffee trinken und auf die Resultate warten.

Die unangenehmen und schmutzigen Arbeiten würde er, wie immer, anderen überlassen.

So läuft das Spiel nun mal ab, sagte Ronald sich, während er den langen Rückweg zum Gasthaus antrat. Doch in letzter Zeit wurde er der Spielregeln sehr müde.

Charity hörte Ronald zurückkehren. Neugierig blickte sie zur Uhr. Es war kurz nach eins, und der Regen hatte eine halbe Stunde zuvor eingesetzt.

Sie fragte sich, wo Ronald gewesen sein mochte. Seine Sache, sagte sie sich, während sie sich im Bett umdrehte und versuchte, sich vom Prasseln des Regens einlullen zu lassen. Solange er seine Arbeit erledigte, konnte er kommen und gehen, wie es ihm beliebte. Wenn er im Regen spazieren gehen wollte, sollte es ihr nur recht sein.

Wie hatte er sie so küssen und dabei nichts empfinden können? Sie presste die Augen zu und verwünschte sich selbst. Sie hatte sich um ihre eigenen Gefühle zu sorgen, nicht um Ronalds. Das Problem war, dass sie immer zu viel fühlte. Diesmal konnte sie sich diesen Luxus nicht leisten.

Irgendetwas war mit ihr geschehen, als er sie geküsst hatte. Etwas Aufregendes, das tief in ihr Inneres gedrungen war und endlose Möglichkeiten geweckt hatte. Nein, keine Möglichkeiten, dachte sie kopfschüttelnd, sondern Fantasien. Wenn sie klug wäre, würde sie diesen einen Moment der Erregung hinnehmen und aufhören, mehr zu wollen. Vagabunden ließen sich nicht auf gefühlsmäßige Bindungen ein. Sie hatte den besten Beweis vor sich.

Charitys Mutter hatte sich einem Vagabunden zugewandt und ihm ihr Herz, ihr Vertrauen, ihren Körper geschenkt. Sie war schließlich schwanger und allein zurückgeblieben. Monatelang hatte sie ihm nachgetrauert. Sie war im selben Krankenhaus gestorben, in dem ihr Baby geboren worden war, nur wenige Tage später. Betrogen, verlassen und voller Scham.

Erst nach dem Tod ihres Großvaters hatte Charity das Ausmaß dieser Scham entdeckt. Er hatte das Tagebuch ihrer Mutter aufbewahrt. Charity hatte es verbrannt, nicht aus Scham, sondern aus Mitleid. Sie würde ihre Mutter stets als eine tragische Gestalt ansehen, die Liebe gesucht und nicht gefunden hatte.

Aber ich bin nicht wie meine Mutter, sagte sie sich, während sie wach lag und dem Regen lauschte. Sie war weit weniger zerbrechlich. Ihr Leben lang hatte sie die wärmende Liebe gespürt.

Nun war ein Vagabund in ihr Leben getreten. Er hatte von Reue gesprochen, wie sie sich erinnerte. Und sie befürchtete, dass sie bereuen würde, was auch immer zwischen ihnen geschehen mochte – oder auch nicht geschehen mochte.

4. Kapitel

Der Regen hielt den ganzen Morgen an, sanft, gemächlich, beständig. Er brachte Kälte mit sich und eine Düsterkeit, die nicht weniger reizvoll wirkte als Sonnenschein. Wolken hingen über dem Wasser, verwandelten alles in verschiedene Grautöne. Regentropfen prasselten auf das Dach und an die Fenster, ließen das Gasthaus umso abgeschiedener wirken. Gelegentlich frischte der Wind auf, rüttelte an den Fensterscheiben.

Im Morgengrauen beobachtete Ronald, wie Charity, in eine Windjacke gehüllt, Ludwig zu seinem morgendlichen Lauf ausführte. Und er sah sie vierzig Minuten später tropfnass zurückkommen. Er hörte die Musik in ihrem Zimmer erklingen, nachdem sie durch den Hintereingang hinaufgegangen war. Diesmal hatte sie etwas Ruhiges mit vielen Geigen gewählt. Er bedauerte es, als die Musik aufhörte und Charity den Flur entlang zum Speisesaal eilte.

Von seiner Position im zweiten Stock konnte er das Treiben in der Küche nicht hören, aber er konnte es sich vorstellen. Mae und Dolores würden sich zanken, während Waffeln und Brötchen gebacken wurden. Charity würde hastig eine Tasse Kaffee trinken, bevor sie hinauseilte, um der Kellnerin beim Decken der Tische zu helfen und das Morgenmenü aufzuschreiben.

Ihr Haar war gewiss feucht und ihre Stimme ruhig, während sie Dolores' tägliche Beschwerden beschwichtigte. Sie roch bestimmt nach Regen. Wenn die Frühaufsteher kamen, würde sie lächeln, sie mit Namen begrüßen und ihnen das Gefühl vermitteln, eine Mahlzeit im Haus eines alten Freundes einzunehmen.

Das ist ihr größtes Geschick, überlegte Ronald. Einem Fremden das Gefühl zu geben, zu Hause zu sein.

Konnte sie so unkompliziert sein, wie sie wirkte? Ein Teil von ihm wollte es unbedingt glauben. Ein anderer Teil von ihm fand es unmöglich. Er hätte den Kuss am Vorabend nicht als unkompliziert bezeichnet. Es schien widersprüchlich, dass eine Frau mit so beruhigendem Blick und so sanfter Stimme von einer derart tobenden Leidenschaft ergriffen werden konnte. Dennoch war es geschehen. Vielleicht war ihre Leidenschaft ebenso gespielt wie ihre ruhige Gelassenheit.

Es ärgerte ihn. Allein die Erinnerung an seine hilflose Reaktion auf sie machte ihn wütend. Deshalb zwang er sich, die Lage weiter zu analysieren. Wenn er sich von dem angezogen fühlte, was Charity zu sein schien, dann war es nur einleuchtend. Er führte ein einsames und oft turbulentes Leben. Obgleich er es sich ausgesucht hatte und so bevorzugte, war es nicht ungewöhnlich, dass er sich zu einer Frau hingezogen fühlte, die all das repräsentierte, was er nie gehabt hatte. Und nie gewollt hatte, sagte er sich.

Er hatte nicht vor zu behaupten, in Charity irgendwelche Antworten gefunden zu haben. Die einzigen Antworten, die er suchte, betrafen seinen Job.

Erst einmal wollte er abwarten, bis der allmorgendliche Ansturm vorüber war. Erst wenn Charity dann in ihrem Büro beschäftigt war, würde er in die Küche hinuntergehen und sich von Mae Frühstück geben lassen.

Da ist eine Frau, die mir nicht traut, dachte Ronald mit einem Grinsen. Sie hatte keine einzige naive Ader in ihrem üppigen Körper. Und abgesehen von Charity gab es niemanden, da war er sicher, der die Vorgänge im Gasthaus besser kannte als sie.

Ja, er würde sich Mühe geben und seinen Charme bei Mae spielen lassen. Und er beabsichtigte, eine gewisse Distanz zu Charity zu wahren. Vorläufig.

„Du siehst ziemlich verhärmt aus heute Morgen."

„Oh, herzlichen Dank." Charity unterdrückte ein Gähnen,

während sie sich eine Tasse Kaffee einschenkte. Verhärmt war nicht der richtige Ausdruck. Sie war erschöpft bis auf die Knochen. Ihr Körper war es nicht gewöhnt, mit nur drei Stunden Schlaf zu funktionieren. Das habe ich Ronald zu verdanken, dachte sie.

„Setz dich." Mae deutete zum Tisch. „Ich brate dir Eier."

„Ich habe keine Zeit. Ich ..."

„Setz dich", wiederholte Mae und wedelte mit einem Holzlöffel. „Du brauchst was zum Futtern."

„Mae hat recht", warf Dolores ein. „Nur mit Kaffee kann ein Körper nicht arbeiten. Du brauchst Proteine und Kohlenhydrate." Sie stellte ein Rosinenbrötchen auf den Tisch. „Wenn ich nicht genügend Proteine zu mir nehme, fühle ich mich ganz schwach." Im Moment gefiel es ihr, sich genauso um Charity zu sorgen wie um sich selbst. „Wenn du mich fragst, könnte sie knusprigen Schinken zu den Eiern gebrauchen, Mae."

„Ich brate ihn schon."

Charity setzte sich, da sie in der Minderheit war. Die beiden Frauen konnten streiten, aber wenn es um eine gemeinsame Sache ging, hielten sie zusammen wie Pech und Schwefel. „Ich bin nicht verhärmt", verteidigte sie sich. „Ich habe nur nicht gut geschlafen."

„Ein warmes Bad vor dem Schlafengehen", verordnete Mae, als der Schinkenspeck in der Pfanne brutzelte. „Nicht heiß. Lauwarm."

„Mit Badesalz. Nicht Schaum oder Öl", fügte Dolores hinzu und stellte ein Glas Saft auf den Tisch. „Gutes, altmodisches Badesalz. Ist es nicht so, Mae?"

„Könnte nicht schaden." Mae war zu sehr um Charity besorgt, um an Streit zu denken. „Du arbeitest zu viel, Mädchen."

„Das stimmt", sagte Charity, weil es der einfachste Weg war. „Und ich habe keine Zeit zu einem gemächlichen Frühstück, weil ich mich um eine neue Kellnerin kümmern muss, damit ich nicht mehr so viel zu arbeiten brauche. Ich habe eine Annonce in die heutige Morgenzeitung gesetzt. Also müssten bald Anrufe kommen."

„Ich habe Bob aufgetragen, die Annonce zu stornieren", verkündete Mae und schlug ein Ei in die Pfanne.

„Was? Warum?", fuhr Charity auf. „Verdammt, wenn du glaubst, dass ich Mary Alice wieder einstelle, nachdem ..."

„Keineswegs, und beschimpfe mich nicht, junge Dame."

„Gereizt." Dolores schnalzte missbilligend mit der Zunge. „Das kommt davon, wenn man zu viel arbeitet."

„Es tut mir leid", murmelte Charity. „Aber Mae, ich habe damit gerechnet, bis Ende der Woche eine neue Kraft zu haben."

„Die Tochter meines Bruders hat ihren nichtsnutzigen Ehemann in Toledo verlassen und ist nach Hause zurückgekommen. Bonnie ist ein gutes Mädchen. Hat hier ein paar Mal im Sommer gearbeitet, während sie zur Schule ging."

„Ja, ich erinnere mich. Sie hat einen Musiker geheiratet."

Mit finsterer Miene nahm Mae die Eier aus der Pfanne. „Saxofonbläser", sagte sie, als erkläre das alles. „Sie war es leid, im Wohnwagen herumzuziehen, und ist vor ein paar Wochen nach Hause gekommen. Sie sucht Arbeit."

Mit einem Seufzer strich Charity sich durch das Haar. „Warum hast du mir das nicht vorher gesagt?"

„Vorher hast du niemanden gebraucht." Mae stellte die Eier auf den Tisch. „Jetzt brauchst du jemanden."

Charity blickte auf, als Mae den Herd zu säubern begann. Das Herz der Köchin war so groß wie alles andere an ihr. „Wann kann sie anfangen?"

Mae räusperte sich. „Ich habe ihr gesagt, dass sie heute Nachmittag vorbeikommen soll, damit du sie dir ansehen kannst. Ich erwarte nicht, dass du sie einstellst, wenn sie dir nicht zusagt."

„Nun, dann." Charity griff zur Gabel. Erfreut, dass eine Aufgabe erledigt war, streckte sie die Beine aus und legte die Füße auf einen leeren Stuhl. „Ich habe wohl doch Zeit fürs Frühstück."

Ronald trat durch die Schwingtür und fluchte beinahe laut. Er hatte angenommen, dass Charity inzwischen einer ihrer Dutzenden Pflichten nachging. Stattdessen saß sie in der warmen, duftenden Küche, fast wie am Vorabend. Mit einem verräterischen Unterschied: Sie war nun nicht entspannt.

Ihr Lächeln schwand in dem Moment, als er eintrat. Langsam nahm sie die Füße vom Stuhl und richtete sich auf. Er sah, wie sich ihr Körper versteifte, beinahe Muskel für Muskel. Ihre Gabel hielt auf halbem Wege zum Mund inne. Dann wandte sie sich ein wenig von ihm ab und aß weiter. Die Geste kam wohl einem Schlag ins Gesicht so nahe wie nur möglich.

Er verwarf die Idee von Frühstück und Geplauder in der Küche. Vorläufig wollte er sich mit Kaffee begnügen.

„Hab mich schon gewundert, wo Sie stecken", sagte Mae, als sie erneut Schinkenspeck aus dem Kühlschrank nahm.

„Ich wollte Ihnen nicht im Weg sein." Er deutete zur Kaffeekanne. „Ich dachte mir, ich nehme mir eine Tasse mit."

„Sie brauchen was zum Futtern." Dolores legte eine Platzdecke gegenüber von Charity auf den Tisch. „Oder etwa nicht, Mae? Ohne ein vernünftiges Frühstück kann ein Mann nicht arbeiten."

Mae goss eine Tasse Kaffee ein. „Er sieht aus, als könnte er recht gut mit leerem Magen arbeiten."

Das stimmt, dachte Charity. Er hatte bereits gearbeitet, als sie den Westflügel verlassen hatte, und konnte nicht mehr geschlafen haben als sie. Aber er sah überhaupt nicht mitgenommen aus. „Die Mahlzeiten sind ein Teil Ihrer Bezahlung, Ronald." Obgleich ihr der Appetit vergangen war, knabberte sie an dem Schinken. „Ich glaube, Mae hat noch Pfannkuchenteig übrig, falls Sie keine Eier möchten."

Es war eine ungewohnt kühle Einladung. So kühl, dass Dolores den Mund zu einer Bemerkung öffnete. Mae stieß sie hastig an, mit warnendem Blick.

Er nahm den Becher, den Mae ihm hinstellte, und trank den

Kaffee schwarz. „Eier sind mir recht“, sagte er, doch er setzte sich nicht. Die einladende Atmosphäre, die gewöhnlich zur Küche gehörte, war wie weggeblasen.

Ich werde mich nicht schuldig fühlen, sagte Charity sich und ignorierte einen strafenden Blick von Dolores. Schließlich war sie die Chefin, und ihre Beziehung zu Ronald war rein geschäftlich. Doch sie konnte das lange gespannte Schweigen nicht ertragen.

„Mae, ich möchte gern Teegebäck und Sandwiches für heute Nachmittag. Der Regen soll den ganzen Tag anhalten, also werden wir Musik und Tanz im Gesellschaftsraum veranstalten.“ Sie zog einen Notizblock aus der Blusentasche. „Fünfzig Sandwiches müssten reichen. Wir kochen je eine große Kanne Tee und Kakao.“

„Um welche Zeit?“

„Um drei Uhr, finde ich. Dann servieren wir um fünf den Wein für diejenigen, die bleiben wollen. Deine Nichte kann aushelfen.“ Sie begann sich Notizen zu machen.

Sie sieht so müde aus, dachte Ronald. Blass und überraschend zerbrechlich. Ihr Haar war zu zarten dunklen Löckchen getrocknet. Wie gern wollte er es ihr aus der Stirn streichen und die Farbe in ihre bleichen Wangen zurückkehren sehen.

„Iss deine Eier auf“, befahl Mae. Dann nickte sie Ronald zu. „Ihre sind gleich fertig.“

„Danke.“ Er setzte sich und wünschte ebenso inbrünstig wie Charity, zehn Meilen entfernt zu sein.

Dolores beklagte sich darüber, dass der Regen ihre Nasenschleimhaut anschwellen ließ.

„Reichen Sie mir bitte das Salz“, murmelte Ronald.

Charity schob es in seine Richtung. Ihre Finger berührten sich flüchtig, und sie zuckte zurück.

„Danke.“

„Keine Ursache.“ Charity stach die Gabel in die Eier. Sie wusste aus Erfahrung, dass es schwierig war, aus der Küche zu entkommen, ohne ihren Teller zu leeren, und sie wollte es schnell tun.

„Schöner Tag", sagte er, weil er wollte, dass sie ihn wieder ansah. Sie tat es, und aufgestauter Zorn funkelte in ihren Augen. Es war ihm lieber als die kühle Höflichkeit zuvor.

„Ich mag den Regen."

„Wie ich gesagt habe – es ist ein schöner Tag." Er brach ein Stück von seinem Brötchen ab.

Dolores schnäuzte sich kräftig. Ein belustigtes Lächeln spielte um Charitys Mundwinkel, bevor sie es zu unterdrücken vermochte. „Sie finden die Farbe, die Sie brauchen, im Vorratskeller. Sie ist mit den entsprechenden Räumen gekennzeichnet."

„In Ordnung."

„Pinsel und Rollen sind auch dort. Gleich rechts auf der Werkbank."

„Ich werde sie schon finden."

„Gut. In Haus 4 tropft ein Hahn."

„Ich werde ihn mir ansehen."

Sie wollte nicht, dass er so verdammt gefällig war. Sie wollte ihn ebenso angespannt und verstimmt sehen, wie sie es war. „In Haus 2 klemmt das Fenster."

Er blickte sie gleichmütig an. „Ich werde es richten."

Sie bemerkte, dass Dolores sich nicht länger beklagte, sondern sie anstarrte. Sogar Mae runzelte die Stirn über ihrer Rührschüssel. Ach, zum Teufel, dachte Charity und schob ihren Teller fort. Eigentlich hatte sie beabsichtigt, sich selbst um diese Kleinigkeiten zu kümmern. Nun nahm sie einen Schlüsselbund aus der Tasche und reichte ihn Ronald. „Bringen Sie die Schlüssel ins Büro zurück, sobald Sie fertig sind."

„Ja, Ma'am." Er ließ die Schlüssel in seine Brusttasche fallen. „Ist sonst noch etwas?"

„Ich werde es Sie wissen lassen." Sie stand auf, trug ihren Teller zur Spüle und marschierte hinaus.

„Was ist bloß in sie gefahren?“, wollte Dolores wissen. „Sie sieht aus, als würde sie am liebsten jemandem den Kopf abreißen.“

„Sie hat nur nicht gut geschlafen.“ Besorgter, als sie sich anmerken lassen wollte, stellte Mae die Rührschüssel nieder. Weil sie sich wie die Mutter eines schlecht erzogenen Kindes fühlte, trug sie die Kaffeekanne zu Ronald und schenkte ihm eine zweite Tasse ein. „Charity ist heute Morgen nicht ganz auf der Höhe. Sie ist überarbeitet.“

„Ich habe ein dickes Fell.“ Doch es hatte ihn getroffen. „Vielleicht sollte sie mehr Arbeit an andere übertragen.“

„Das Mädchen? Ha!“ Erfreut, dass er sich nicht beklagte, wurde Mae mitteilsamer. „Das liegt ihr nicht. Sie fühlt sich verantwortlich, wenn sich ein Gast einen Zeh stößt. Genau wie ihr Grandpa.“ Sie schüttete ein Tütchen mit Vanillezucker in die Schüssel und rührte weiter. „In allem, was hier passiert, hat sie die Finger drin – außer in meiner Kocherei.“ Ihr breites Gesicht verzog sich zu einem Lächeln. „Ich habe sie aus der Küche gescheucht, als sie noch ein Kind war, und ich kann es auch heute noch, wenn es sein muss.“

„Das Mädchen kann kein Wasser kochen, ohne den Topf anzusengen“, warf Dolores ein.

„Sie könnte, wenn sie wollte“, entgegnete Mae verteidigend. „Sie hat es nicht nötig zu kochen, solange sie mich hat, und sie ist klug genug, es zu wissen. Aber alles andere trägt ihren Stempel. Sie nimmt ihre Pflichten sehr ernst.“

„Das ist eine bewundernswerte Eigenschaft“, meinte Ronald. „Sie arbeiten wohl schon sehr lange hier, oder?“

„Achtundzwanzig Jahre im kommenden Juni.“ Mae deutete mit dem Kopf zu Dolores. „Sie ist acht Jahre hier.“

„Neun“, korrigierte Dolores. „Diesen Monat werden es neun.“

„Es scheint, dass die Leute hierbleiben, wenn sie hier einmal zu arbeiten angefangen haben.“

„Da haben Sie recht“, bestätigte Mae.

„Das Gasthaus scheint wirklich loyales, hart arbeitendes Personal zu haben.“

„Charity macht es einem leicht. Sie hatte vorhin nur ein bisschen schlechte Laune.“

„Sie hat müde ausgesehen“, sagte Ronald bedächtig und ignorierte den Anflug von schlechtem Gewissen. „Vielleicht ruht sie sich heute ein wenig aus.“

„Sehr unwahrscheinlich.“

„Aber das Haushaltspersonal scheint auszureichen, und um die Buchführung kümmert sich Bob.“

„Sie wird ein Bett finden, das zu machen ist, und sie wird ihre Nase in die Bücher stecken und jede Spalte prüfen.“ Stolz klang aus Maes Stimme, während sie Mehl in die Rührschüssel gab. „Nicht, dass sie ihren Angestellten nicht traut. Ihr bliebe nur das Herz stehen, wenn eine Rechnung zu spät bezahlt oder eine Bestellung vertauscht würde. Es geht darum, dass sie lieber sich selbst als jemand anderen verantwortlich macht, wenn ein Fehler unterläuft.“

„Ich nehme an, ihr entgeht nicht viel.“

„Charity wüsste, wenn eine Serviette mit einem Fleck aus der Wäsche zurückkäme“, bestätigte Mae. „Trink eine heiße Zitrone“, riet sie Dolores, als diese sich erneut schnäuzte.

„Heißen Tee mit Honig“, entgegnete Dolores.

„Zitrone. Honig verklebt die Kehle.“

„Meine Mutter hat mir immer heißen Tee mit Honig gegeben“, beharrte Dolores.

Sie stritten noch immer darüber, als Ronald aus der Küche schlüpfte.

Ronald verbrachte die meiste Zeit zurückgezogen im Westflügel. Die Arbeit half ihm nachzudenken. Obgleich er Charity einige Male vorbeikommen hörte, suchte keiner von beiden die Gesellschaft des anderen. Er konnte objektiver sein, erkannte er, wenn er nicht in ihrer Nähe war.

Maes Bemerkungen hatten seine Beobachtungen und die Informationen, die ihm gegeben worden waren, untermauert. Charity Ford führte das Gasthaus von oben bis unten. Was immer vorging, geschah direkt vor ihren Augen. Logischerweise bedeutete es, dass sie voll in die Operation verwickelt war, ja die Operation vielleicht sogar leitete, die zu zerstören er gekommen war.

Und dennoch ... was er am Vorabend zu Conby gesagt hatte, traf immer noch zu. Es passte nicht zusammen. Die Frau arbeitete beinahe rund um die Uhr, um mit dem Gasthof Erfolg zu haben. Er hatte sie alles tun sehen, vom Blumenumtopfen bis hin zum Schleppen von Feuerholz. Und wenn sie nicht eine erstaunliche Schauspielerin war, machte ihr auch alles Spaß.

Sie wirkte nicht wie der Typ, der auf leichte Art zu Geld kommen wollte. Und sie schien auch nicht der Typ zu sein, der all die Dinge ersehnte, die man mit leichtem Geld kaufen konnte. Aber das sagte ihm sein Instinkt, es war keine Tatsache.

Das Problem lag darin, dass Conby Tatsachen verlangte. Ronald verließ sich stets auf seinen Instinkt. Sein Job bestand darin, Charitys Schuld, nicht ihre Unschuld zu beweisen. Doch in weniger als zwei Tagen hatten sich seine Prioritäten geändert.

Es ging nicht nur darum, dass er sie attraktiv fand. Er hatte schon andere Frauen attraktiv gefunden und ohne Bedenken überführt. Das war Gerechtigkeit. Eines der wenigen Dinge, an die er ohne Vorbehalt glaubte, war Gerechtigkeit.

Bei Charity musste er sichergehen, dass seine Schlussfolgerungen über sie auf mehr als nur den Gefühlen basierten, die sie in ihm erweckte. Gefühle und Instinkte waren etwas anderes. Wenn ein Mann in seiner Position sich gestattete, von Gefühlen beeinflusst zu werden, dann war er nutzlos.

Woran lag es dann? So lange und so gründlich er es auch durchdachte, er konnte nicht einen einzigen speziellen Grund feststellen, warum er sich ihrer Unschuld so sicher war. Weil es das Ganze ist, erkannte er. Sie, das Gasthaus, die Atmosphäre, die sie umgab. All das erweckte in ihm den Wunsch zu glauben, dass solche Menschen, solche Orte existierten, und zwar makellos.

Er begann weich zu werden. Eine hübsche Frau, große blaue Augen, und schon glaubte er an Märchen. Entrüstet trug er die Farbtöpfe und Pinsel zum Spülstein, um sie auszuwaschen. Er wollte eine Pause einlegen, von der Arbeit und seinen abschweifenden Gedanken.

Im Gesellschaftsraum dachte Charity ebenso widerstrebend an Ronald, während sie einen Stapel Schallplatten auf den Tisch zwischen Miss Millie und Miss Lucy legte.

„Welch nette Idee." Miss Lucy rückte ihre Brille zurecht und spähte auf die Labels. „Ein hübscher, altmodischer Tanztee. Das wird bestimmt alle Gäste unterhalten."

„Für junge Menschen ist es schwer, an einem regnerischen Tag etwas mit sich anzufangen. Es macht sie gereizt." Miss Millie hielt eine Single hoch. „Oh, sieh nur. Rosemary Clooney. Ist das nicht entzückend?"

„Suchen Sie sich Ihre Lieblingslieder aus." Charity blickte sich zerstreut im Raum um. Wie sollte sie eine Party vorbereiten, wenn sie nur daran denken konnte, wie Ronald sie am Frühstückstisch angesehen hatte? „Ich verlasse mich auf Sie."

Ob Ronald wohl kommt? fragte sie sich. Würde er die Musik hören und sich leise in den Raum stehlen? Würde er sie anblicken, bis ihr Herz zu hämmern begann und sie alles und jeden vergaß außer ihm?

Du wirst allmählich verrückt, schalt sie sich. Sie blickte zur Uhr. Es war Viertel vor drei. Mit einem bisschen Glück konnte sie alles vorbereitet haben, bevor die anderen Gäste kamen. Die beiden Ladys waren in eine Diskussion über Perry Como vertieft. Charity verließ sie und begann am Sofa zu ziehen.

„Was machen Sie da?"

Ein Aufschrei entwich ihr, und im nächsten Atemzug blitzte

sie Ronald ärgerlich an. „Wenn Sie weiterhin so herumschleichen, werde ich Maes Idee, dass Sie ein Fassadenkletterer sind, ernster nehmen."

„Ich bin nicht herumgeschlichen. Sie waren nur so mit Schnaufen und Keuchen beschäftigt, dass Sie mich nicht gehört haben."

„Ich habe weder geschnauft noch gekeucht." Sie warf das Haar über die Schulter zurück und starrte ihn finster an. „Aber ich bin beschäftigt. Wenn Sie mir also aus dem Weg gehen könnten ..."

Sie wedelte mit der Hand, und er ergriff sie und hielt sie fest. „Ich habe gefragt, was Sie da machen."

„Ich stricke einen Pullover", fauchte Charity. „Wonach sieht es wohl aus, was ich tue? Ich verrücke das Sofa."

„Nein, das werden Sie nicht tun."

Sie konnte, wenn es der Anlass gebot, sehr hochmütig sein. „Wie bitte?"

„Ich sagte, dass Sie das Sofa nicht verrücken werden. Es ist zu schwer."

„Danke für Ihre Ansicht, aber ich habe es schon des Öfteren verrückt." Charity senkte die Stimme, als sie die interessierten Blicke der beiden Ladys bemerkte. „Und wenn Sie mir gefälligst aus dem Weg gehen, werde ich es wieder tun."

Er blieb stehen, wo er war. „Sie müssen wirklich alles selbst machen, wie?"

„Was soll das heißen?"

„Wo ist Ihr Assistent?"

„Der Computer hat einen Defekt. Da Bob besser damit umgehen kann als ich, spielt er mit Teilchen, während ich Möbel verrücke. Und jetzt ..."

„Wo soll es hin?"

„Ich habe Sie nicht gebeten ..."

Ronald war bereits an das andere Ende des Sofas getreten. „Ich habe gefragt, wohin es soll."

„An die Seitenwand."

„Was sonst noch?"

Sie strich den Rock ihres Kleides glatt. „Ich habe Ihnen bereits eine Liste mit Arbeiten gegeben."

Er hakte die Daumen in seine Hosentaschen. „Alles erledigt."

„Der Wasserhahn in Haus 4?"

„Er brauchte eine neue Dichtung."

„Das Fenster in Haus 2?"

„Ich habe es ein bisschen abgeschliffen."

„Das Streichen?"

„Der erste Anstrich trocknet gerade." Er neigte den Kopf zur Seite. „Wollen Sie es überprüfen?"

Sie atmete tief aus. Es war schwer, verärgert zu sein, wenn er alles erledigt hatte, was ihm aufgetragen worden war. „Sehr tüchtig, wie?"

„Das stimmt. Haben Sie den toten Punkt überwunden?"

„Wie meinen Sie das?"

„Sie haben heute Morgen ein bisschen müde ausgesehen." Ronald ließ den Blick über ihre Gestalt wandern. Das pflaumenfarbene Kleid umschmiegte ihre Beine. Eine Reihe Silberknöpfe verlief vom hochgeschlossenen Kragen bis hinab zum Saum, und er fragte sich unwillkürlich, wie lange es dauern würde, sie zu öffnen. Auch an den Ohren trug sie Silber, fantasievolle Gehänge aus drei Stäbchen, die er in ihrer Kommodenschublade gesehen hatte. „Jetzt sehen Sie nicht mehr müde aus", fügte er hinzu und begegnete wieder ihrem Blick.

Als ihr plötzlich bewusst wurde, dass sie den Atem angehalten hatte, seit er seine Musterung begonnen hatte, beeilte sie sich, normal zu atmen. Und sie rief sich ins Gedächtnis, dass sie keine Zeit hatte, sich von ihm – oder ihren Gefühlen für ihn – ablenken zu lassen. „Ich bin zu beschäftigt, um müde zu sein." Erleichtert signalisierte sie der Kellnerin, die mit einem beladenen Tablett eintrat. „Stellen Sie es nur auf das Büfett, Lori."

„Die zweite Ladung kommt auch sofort."

„Prima. Ich muss nur …" Sie brach ab, als die ersten Gäste aus dem Regen zur Hintertür hereinkamen. Sie gab auf und wandte sich an Ronald. Wenn er schon im Weg war, konnte er sich auch nützlich machen. „Ich wäre Ihnen dankbar, wenn Sie den Teppich aufrollen und im Westflügel verstauen könnten. Anschließend sind Sie herzlich willkommen, zu bleiben und sich zu amüsieren."

„Danke. Vielleicht werde ich es tun."

Charity begrüßte die Gäste, hängte deren Jacken auf, bot Erfrischungen an und stellte die Musik an, noch bevor Ronald den Teppich außer Sicht bringen konnte.

Sie ist dafür geschaffen, dachte er, während er sie beobachtete. Sie war dafür geschaffen, im Mittelpunkt zu stehen, andere dazu zu bringen, sich wohlzufühlen. Sein Platz hingegen war stets am Rand gewesen.

„Oh, Mr. DeWinter." Miss Millie, nach Flieder duftend, bot ihm eine Tasse an. „Sie müssen unbedingt Tee trinken. Es gibt nichts Besseres als Tee, um Trübsinn an einem Regentag zu vertreiben."

Er lächelte sie an. Wenn sogar ihre kurzsichtigen Augen erkannten, dass er brütete, dann musste er sich vorsehen. „Danke."

„Ich liebe Partys", sagte sie sehnsüchtig, während sie den Paaren zusah, die nach einem romantischen Song aus den Fünfzigerjahren tanzten. „Als ich ein junges Mädchen war, dachte ich kaum an etwas anderes. Ich begegnete meinem Mann bei einem Tee wie diesem. Das ist beinahe fünfzig Jahre her. Wir tanzten stundenlang."

Er hätte sich nie als galant bezeichnet, aber es war schwer, ihr zu widerstehen. „Möchten Sie jetzt tanzen?"

Eine schwache Röte färbte ihre Wangen „Sehr gern, Mr. DeWinter."

Charity beobachtete, wie Ronald Miss Millie zur Tanzfläche führte. Ihr Herz wurde weich. Sie versuchte sich dagegen zu wehren, aber es war vergebens. Wie lieb von ihm, dachte sie, vor allem, da er keineswegs ein lieber Mann war. Sie bezweifelte, dass Tanztees und verträumte alte Ladys seinem Stil entsprachen, aber Miss Millie würde sich lange an diesen Tag erinnern.

Welche Frau würde das nicht? überlegte Charity. An einem regnerischen Nachmittag mit einem starken, geheimnisvollen Mann zu tanzen war eine Erinnerung, die wie eine rote Rose in ein Buch gepresst werden sollte. Es war zweifellos ein Glück für sie, dass er sie nicht aufgefordert hatte. Sie hatte bereits zu viele Erinnerungen an Ronald verwahrt. Mit einem Seufzen führte sie eine Gruppe Kinder in den Fernsehraum und legte einen Zeichentrickfilm in das Video-Gerät.

Ronald sah sie fortgehen. Und wenig später sah er sie zurückkehren.

„Das war wundervoll", sagte Miss Millie, als die Musik verklang.

„Es war mir ein Vergnügen", erwiderte Ronald und machte ihr Vergnügen komplett, indem er ihr die Hand küsste. Als sie mit verklärter Miene zu ihrer Schwester an den Tisch zurückgekehrt war, hatte er sie bereits vergessen und dachte an Charity.

Sie lachte, als ein älterer Mann sie auf das Parkett führte. Die Musik hatte gewechselt, war nun schnell und lateinamerikanisch. Ein Mambo, glaubte er. Oder eine Rumba. Er kannte den Unterschied nicht. Charity hingegen schien es genau zu wissen. Sie bewegte sich durch die komplizierte, auffallende Nummer, als hätte sie ihr Leben lang getanzt.

Das Kleid flatterte um ihre Beine. Sie lachte, das Gesicht nahe an dem ihres Partners. Der erste Anflug von Eifersucht ärgerte Ronald und ließ ihn sich wie einen Trottel fühlen. Der Mann, mit dem Charity tanzte, war alt genug, um ihr Vater zu sein.

Als die Musik endete, war es Ronald gelungen, das unangenehme Gefühl zu unterdrücken, aber stattdessen war ein anderes in ihm aufgestiegen. Verlangen. Er begehrte sie, wollte sie bei der Hand nehmen und aus dem überfüllten Raum an einen schummrigen, stillen Ort führen, wo sie nur den Regen hören konnten. Er wollte sehen, wie ihre Augen groß und verklärt wurden, wie sie es bei seinem Kuss geworden waren. Er wollte das unglaubliche Gefühl spüren, wenn ihr Mund weich und heiß unter seinem wurde.

„Es ist ein Erlebnis, sie tanzen zu sehen, stimmt's?"

Ronald schreckte aus seinen Gedanken auf, als Bob sich zu ihm gesellte und sich ein Sandwich vom Tablett nahm. „Wie bitte?"

„Charity. Sie tanzen zu sehen, ist ein Erlebnis." Bob steckte sich das winzige Sandwich in den Mund. „Sie hat einmal versucht, es mir beizubringen, in der Hoffnung, dass ich die Damen bei Anlässen wie diesem unterhalten kann. Das Problem ist, dass ich nicht nur zwei linke Füße, sondern auch zwei linke Beine habe." Er zuckte fröhlich die Schultern und griff nach einem weiteren Sandwich.

„Haben Sie den Computer repariert?"

„Ja. War nur eine Kleinigkeit." Das dreieckige Schnittchen verschwand. Ronald bemerkte einen Anflug von Nervosität in der Art, wie Bob mit den Fingern auf den Servierwagen trommelte. „Ich kann Charity ebenso wenig den Umgang mit Computern beibringen wie sie mir die Samba. Wie läuft die Arbeit?"

„Recht gut." Ronald beobachtete, wie Bob sich eine Tasse Tee einschenkte und drei Stück Zucker hineintat. „Ich müsste in zwei oder drei Wochen fertig sein."

„Sie wird etwas anderes für Sie finden." Bob blickte hinüber zu Charity, die mit einem neuen Partner einen Foxtrott tanzte. „Sie hat ständig neue Ideen. In letzter Zeit hat sie etwas über den Einbau einer Sauna mit Solarium verlauten lassen."

Ronald steckte sich eine Zigarette an. Er beobachtete nun die Gäste, machte sich im Geist Notizen, um sie an Conby weiterzugeben. Da waren zwei Männer, die allein zu sein schienen, obgleich sie mit anderen Gästen der Reisegruppe plauderten.

Block stand in der Nähe der Tür, mit einem Teller voller Sandwiches, und lächelte vor sich hin.

„Das Gasthaus muss gut gehen."

„Ach, es ist beständig." Bob richtete seine Aufmerksamkeit auf das Teegebäck. „Vor ein paar Jahren sah es ein bisschen wackelig aus, aber Charity findet immer einen Weg, um sich über Wasser zu halten. Nichts ist ihr wichtiger."

Ronald schwieg einen Moment. „Ich kenne mich in der Hotelbranche nicht aus, aber sie scheint ihr Handwerk zu verstehen."

„Durch und durch." Bob wählte einen Keks mit rosa Glasur. „Sie identifiziert sich völlig mit dem Gasthaus."

„Arbeiten Sie schon lange hier?"

„Seit etwa zweieinhalb Jahren. Sie konnte sich mich eigentlich nicht leisten, aber sie wollte die Dinge ändern, die Buchhaltung modernisieren. Neues Leben hineinpumpen, wie sie sagte." Jemand hatte einen Jitterbug aufgelegt, und Bob grinste. „Genau das hat sie getan."

„Offensichtlich."

„Wie lange wollen Sie bleiben?"

„Solange es braucht."

Bob nahm einen großen Schluck Tee. „Solange was braucht?"

„Der Job." Ronald blickte gelassen zum Westflügel hinüber. „Ich beende gern, was ich begonnen habe."

„Tja, nun …" Bob legte mehrere Kekse auf einen Teller. „Ich werde sie den Damen anbieten und hoffe, dass ich sie essen darf."

Ronald beobachtete, wie Bob den Raum durchquerte und im Vorübergehen noch ein paar schnelle Worte mit Block tauschte. Da Ronald das Gefühl hatte, er brauche Zeit zum Nachdenken, zog er sich wieder in den Westflügel zurück.

5. Kapitel

Es regnete immer noch, als Ronald Stunden später zurückkehrte. Im Gesellschaftsraum spielte Musik, ein sanftes, melodiöses Lied aus den Fünfzigerjahren. Der Raum war nun schummriger, erleuchtet nur vom Feuer im Kamin und einer Glaskugel-Lampe. Er war außerdem leer, abgesehen von Charity, die aufräumte und dabei die Musik mitsummte.

„Ist die Party vorüber?"

Sie blickte sich um und fuhr dann hastig fort, Tassen und Teller aufzustapeln. „Ja. Sie sind nicht lange geblieben."

„Ich hatte zu arbeiten."

Weil sie in Bewegung bleiben wollte, leerte sie nun Aschenbecher aus. „Ich war müde heute Morgen, aber das ist keine Entschuldigung dafür, dass ich grob zu Ihnen war. Es tut mir leid, wenn ich Ihnen den Eindruck vermittelt habe, dass Sie sich nicht ein paar Stunden lang amüsieren können."

Ronald wollte keine Entschuldigung akzeptieren, die er nicht verdiente. „Mir macht die Arbeit Spaß."

„Wie dem auch sein mag, gewöhnlich erteile ich nicht so schroffe Befehle. Ich war böse auf Sie."

„War?"

Sie blickte ihn klar und offen an. „Bin. Aber das ist mein Problem. Und ich bin genauso böse auf mich. Ich habe mich wie ein Kind aufgeführt, und nur, weil Sie die Dinge gestern Abend nicht haben ausarten lassen."

Verlegen griff er zur Weinkaraffe und goss sich ein Glas ein. „Sie haben sich nicht wie ein Kind aufgeführt."

„Dann eben wie eine zurückgestoßene Frau oder was genauso Dramatisches. Widersprechen Sie mir bitte nicht, wenn ich mich entschuldige."

Trotz bester Bemühungen verzogen sich seine Lippen zu einem Lächeln. Wenn er nicht aufpasste, könnte sich durchaus herausstellen, dass er verrückt nach ihr war. „Also gut. Kommt noch mehr?"

„Nur ein bisschen. Ich sollte meine persönlichen Gefühle nicht auf die Leitung des Gasthauses einwirken lassen. Das Problem ist, dass beinahe alles, was ich denke oder fühle, mit dem Gasthaus zusammenhängt."

„Keiner von uns hat gestern Abend ans Gasthaus gedacht. Vielleicht liegt das Problem darin."

„Vielleicht."

„Wollen Sie die Couch zurückschieben?"

„Ja." Geschäftlich wie üblich, dachte Charity, während sie ihr Ende des Sofas anhob. Sobald es an seinem Platz stand, schüttelte sie die Kissen auf. „Ich habe Sie mit Miss Millie tanzen sehen. Es hat sie entzückt."

„Ich mag sie."

„Das glaube ich auch." Langsam richtete sie sich auf und musterte ihn. „Sie sind nicht der Typ, der leicht jemanden mag."

„Nein."

Sie wollte zu ihm gehen, eine Hand auf seine Wange legen. Das ist lächerlich, sagte sie sich. Trotz ihrer Entschuldigung war sie immer noch böse auf ihn wegen des vergangenen Abends. „War das Leben so hart?", murmelte sie.

„Nein."

Mit einem kleinen Lachen schüttelte Charity den Kopf. „Und wenn es so wäre, würden Sie es mir auch nicht sagen. Ich muss lernen, Ihnen keine Fragen zu stellen. Warum schließen wir nicht Frieden, Ronald? Das Leben ist zu kurz für schlechte Gefühle."

„Ich habe keine schlechten Gefühle Ihnen gegenüber, Charity."

Sie lächelte ein wenig. „Es ist verlockend, aber ich werde nicht fragen, was für Gefühle Sie haben."

„Ich könnte es Ihnen auch nicht sagen, weil ich es noch nicht ergründet habe." Es wunderte ihn, dass er es ausgesprochen hatte. Nachdem er den Wein getrunken hatte, stellte er das leere Glas ab.

„Nun." Erstaunt schob sie mit beiden Händen ihr Haar zurück. „Das ist das Erste, was Sie mir sagen, das ich wirklich verstehen kann. Wir scheinen im selben Boot zu sitzen. Kann ich davon ausgehen, dass wir Frieden haben?"

„Gewiss."

Sie blickte zum Plattenspieler, als eine neue Schallplatte auf den Teller herabfiel. „Das ist eins meiner Lieblingslieder. *Smoke Gets in Your Eyes.*" Sie lächelte wieder, als sie zu Ronald zurückblickte. „Sie haben mich gar nicht zum Tanzen aufgefordert."

„Nein, das habe ich nicht."

„Miss Millie behauptet, dass Sie sehr gut tanzen." Sie streckte eine Hand aus, in einer Geste, die ebenso Friedensangebot wie Einladung war. Unfähig zu widerstehen, nahm er ihre Hand in seine. Ihre Blicke hielten sich gefangen, als er sie langsam an sich zog.

Das Feuer war heruntergebrannt. Regen prasselte gegen die Fensterscheiben. Die Schallplatte war alt und zerkratzt, die Melodie rührend traurig. Charitys Hand ruhte leicht auf Ronalds Schulter, seine auf ihrer Taille.

Ihre hohen Absätze brachten sie fast auf Augenhöhe mit ihm. Er konnte den leichten Duft einatmen, der so sehr ein Teil von ihr zu sein schien. Verführt davon, zog er sie langsam näher. Ihre Schenkel berührten sich. Noch näher. Ihr Körper schmiegte sich an seinen.

Es war so still. Nur die sanfte Musik, der Regen, das Knistern des Feuers waren zu hören. Er spürte ihr Herz an seinem klopfen, schnell und nicht sehr gleichmäßig. Auch seines schlug nicht mehr gleichmäßig.

Brauchte er sie nur zu berühren, um zu glauben, dass sie

der Anfang und das Ende von allem war? Und um zu wünschen ... Seine Hand glitt ihren Rücken hinauf, bis sie sich in ihren Haaren verfing. Um zu wünschen, dass sie zu ihm gehören könnte.

Er war sich nicht sicher, wann dieser Gedanke bei ihm aufgekommen war. Vielleicht hatte es beim ersten Blick begonnen. Sie war unerreichbar für ihn – hätte es sein sollen. Doch wenn sie in seinen Armen war, warm und beinahe fügsam, gingen ihm Dutzende von Möglichkeiten durch den Kopf.

Charity wollte lächeln, irgendeine leichte, gelassene Bemerkung machen. Aber sie war nicht in der Lage, auch nur ein Wort herauszubringen. Ihre Kehle war wie zugeschnürt. Die Art, in der Ronald sie jetzt anblickte, so als wäre sie die einzige Frau, die er je gesehen hatte oder sehen wollte, ließ sie vergessen, dass der Tanz als Geste der Freundschaft gedacht war.

Sie wusste, dass sie vielleicht niemals Freunde würden, sosehr sie sich auch bemühte. Aber sein Blick gab ihr zu verstehen, dass sie sehr leicht seine Geliebte sein könnte.

Vielleicht war es falsch, aber es schien nicht wichtig zu sein, während sie über das Parkett glitten. Das Lied sprach von betrogener Liebe, doch sie hörte nur die Poesie heraus. Sie spürte ihren Willen dahinschwinden, während ihr die Musik zu Kopf stieg. Nein, es schien nicht wichtig. Nichts schien wichtig zu sein, solange sie sich in seinen Armen wiegte. Sie versuchte nicht einmal, vernünftig zu denken. Sie folgte ihrem Herzen und presste die Lippen auf seine.

Unverzüglich. Unwiderstehlich. Unwiderruflich. Gefühle sprangen von einem zum anderen über, mischten sich dann in einem Strom der Leidenschaft.

Mit stürmischen rauen Küssen trieb er beide an den Rand der Selbstbeherrschung. Es war mehr als Verlangen, wie er wusste. Verlangen hatte niemals geschmerzt, nicht so tief. Es war wie ein Kratzer, bald vergessen, schnell verheilt. Dies war eine klaffende, tiefe Wunde.

Lust hatte ihn nie die Besinnung verlieren lassen oder ihm jeden zusammenhängenden Gedanken geraubt. Dennoch konnte er nur an sie, Charity, denken. Diese Gedanken waren wirr, und sie waren allesamt verboten. Verzweifelt ließ er die Lippen über ihr weiches Gesicht wandern, während wilde Fantasien, sie zu berühren, jeden verbotenen Zentimeter von ihr zu kosten, in seinem Kopf herumwirbelten. Es wäre nicht genug. Es wäre niemals genug. Soviel er auch von ihr nahm, sie würde ihn stets anziehen. Und sie konnte ihn veranlassen zu bitten. Diese Gewissheit erschreckte ihn.

Sie zitterte, während sie sich an ihn schmiegte. Ihre sanften Seufzer drängten ihn an den Rand der Vernunft. Er fand erneut ihren Mund, weidete sich daran.

Kaum erkannte er den Wechsel, konnte keinen Grund dafür finden. Ganz plötzlich war sie wie Glas in seinen Armen, etwas Kostbares, etwas Zerbrechliches, das er beschützen und verteidigen musste. Er hob die Hände zu ihrem Gesicht, liebkoste es zart und behutsam. Sein Mund, nur einen Moment zuvor gierig, wurde sanft.

Charity taumelte benommen. Neue, vibrierende Gefühle strömten in sie. Schwach geworden, ließ sie den Kopf zurückfallen. Ihre Arme sanken kraftlos hinab. Zärtlichkeit erreichte, was Leidenschaft nicht ganz vollbracht hatte. Frei wie ein Vogel, der sich davonschwingt, flog ihr Herz ihm zu.

Sie spürte Tränen in ihren Augen brennen, hörte ihren eigenen Seufzer der Hingabe, während seine Lippen sanft mit ihren spielten. Sie würde sich stets dieses einen wunderbaren Augenblicks erinnern, in dem die Welt sich veränderte – die Musik, der Regen, der Blumenduft. Nichts war mehr, wie es zuvor gewesen war. Nichts würde jemals so sein wie vorher. Und sie wollte es auch nicht.

Erschüttert wich sie zurück und hob eine Hand an ihren benommenen Kopf. „Ronald ..."

„Komm mit mir." Unwillig zu denken, zog er sie wieder an

sich. „Ich will wissen, wie es ist, mit dir zusammen zu sein, dich auszuziehen, dich zu berühren."

Mit einem Stöhnen gab sie sich erneut seinen Lippen hin.

„Charity, Mae will …" Lori verstummte abrupt im Türrahmen. Sie räusperte sich und starrte auf das Gemälde an der gegenüberliegenden Wand. „Entschuldigung. Ich wollte nicht …"

Charity war erschrocken zurückgewichen und rang um Fassung. „Schon gut. Was ist denn, Lori?"

„Tja … Mae und Dolores … Vielleicht könnten Sie in die Küche kommen, wenn Sie eine Minute Zeit haben." Lori eilte davon, mit einem Lächeln auf den Lippen.

„Ich sollte …" Charity hielt inne, um tief Atem zu schöpfen. „Ich sollte gehen." Sie wich einen Schritt zurück. „Wenn die beiden erst einmal anfangen, brauchen sie …" Sie verstummte, als Ronald ihren Arm nahm.

Er wartete, bis sie den Kopf hob und ihn wieder ansah. „Die Dinge haben sich geändert."

Es klang so einfach, wenn er es sagte. „Ja, das stimmt."

„Richtig oder falsch, Charity, wir werden es zu Ende führen."

„Nein." Sie war keineswegs ruhig, aber sie war entschlossen. „Wenn es richtig ist, werden wir es zu Ende führen. Ich will nicht vorgeben, dich nicht zu wollen, aber du hast recht, Ronald. Die Dinge haben sich wirklich verändert. Ich weiß jetzt nämlich, was ich fühle, und ich muss mich erst daran gewöhnen."

Er verstärkte den Griff, als sie sich zum Gehen wandte. „Was fühlst du denn?"

Sie hätte nicht lügen können, selbst wenn sie es gewollt hätte. Unehrlichkeit war ihr zuwider. Wenn es um Gefühle ging, hatte sie weder die Fähigkeit noch den Wunsch, sie zu unterdrücken. „Ich bin in dich verliebt."

Er löste die Finger von ihrem Arm. Sehr langsam, sehr behutsam, so als wiche er vor einem gefährlichen Tier zurück, gab er sie frei.

Sie las Erstaunen auf seinem Gesicht. Das war verständlich. Und sie las Misstrauen. Das war schmerzhaft. Sie blickte ihn noch einmal mit ernsten Augen an, bevor sie sich abwandte.

„Anscheinend müssen wir uns beide erst daran gewöhnen."

Sie lügt. Immer und immer wieder redete Ronald es sich ein, während er in seinem Zimmer umherwanderte. Wenn Charity nicht ihn belog, dann belog sie zumindest sich selbst. Zu lügen schien den Menschen leichtzufallen, wenn es um die Liebe ging.

Er blieb am Fenster stehen und starrte hinaus in die Dunkelheit. Der Regen hatte aufgehört, und der Mond zog durch die Wolken. Ronald riss das Fenster auf und atmete die kühle feuchte Luft ein. Er brauchte etwas, um seinen Kopf zu klären.

Sie setzte ihm zu. Verärgert wandte er sich vom Anblick der Bäume und Blumen ab und wanderte erneut umher. Ihr ungezwungenes Lächeln, die großzügige Aufnahme, die zwanglose Freundschaft … dann die Leidenschaft, die ungehemmte Reaktion, die Verführung. Er wollte glauben, dass es eine Falle war, obgleich sein wohltrainierter Verstand diese Vorstellung als absurd empfand.

Sie hatte keinen Grund, ihn zu verdächtigen. Seine Tarnung war sicher. Sie hielt ihn für einen Vagabunden, der auf der Durchreise ein paar Sehenswürdigkeiten besichtigte und sich ein wenig Taschengeld verdiente. Er war derjenige, der die Falle aufstellte.

Ronald ließ sich auf das Bett fallen und zündete sich eine Zigarette an. Lügen waren ein Teil seines Jobs, ein Teil, den er sehr gut beherrschte. Charity hat mich nicht belogen, überlegte er. Aber sie irrte sich. Er hatte sie begehren lassen, und sie rechtfertigte ihr Verlangen nach einem relativ Fremden, indem sie sich einredete, verliebt zu sein.

Aber wenn es zutraf …

Er konnte sich nicht leisten, so zu denken. Er lehnte sich an das Kopfende zurück und starrte an die nackte Wand. Er konnte sich den Luxus nicht leisten, sich vorzustellen, wie es wäre, geliebt zu werden, und erst recht von einer Frau, für die Liebe „ein Leben lang“ bedeutete. Er konnte sich keine Tagträume über Zugehörigkeit leisten. Selbst wenn sie nicht ein Teil seines Auftrags gewesen wäre, hätte er Charity Ford umgehen müssen.

Von ihr war zu erwarten, dass sie Liebe mit weißen Jägerzäunen, sonntäglichen Dinners und Abenden am Kamin verband. Er war nicht gut für sie. Er würde niemals gut für sie sein. Ronald DeWinter, dachte er mit einem freudlosen Lächeln, immer auf dem Holzweg. Eine zweifelhafte Vergangenheit, eine unsichere Zukunft. Einer Frau wie Charity hatte er nichts zu bieten.

Aber er begehrte sie. Das Verlangen verzehrte ihn. Er wusste, dass sie inzwischen oben in ihren Räumlichkeiten war. Er stellte sie sich vor, in das große Bett gekuschelt, unter weißen Decken, vielleicht mit einer brennenden weißen Kerze auf dem Tisch.

Er brauchte nur die Treppe hinaufzusteigen und durch die Tür zu gehen. Sie würde ihn nicht fortschicken. Wenn sie es versuchte, würde er nur wenige Augenblicke brauchen, um ihren Widerstand zu brechen. Da sie sich verliebt glaubte, würde sie nachgeben, dann in seine Arme sinken. Er sehnte sich danach, dort zu sein, auf das Bett zu sinken, in sie hineinzusinken und beide sich vergessen zu lassen.

Aber sie hatte um Zeit gebeten. Er wollte ihr nicht verwehren, was er selbst brauchte. Und während der Zeit, die er ihr gewährte, wollte er all sein Geschick auf die eine Sache verwenden, die er für sie tun konnte. Er wollte ihre Unschuld beweisen.

Am folgenden Morgen beobachtete Ronald die Abreise der Reisegruppe. Er stand auf einer Stehleiter mitten in der Eingangshalle und ließ sich Zeit beim Auswechseln der Glühbirnen in der Deckenleuchte. Die Sonne war herausgekommen, voll und strahlend, und tauchte den Raum in helles Licht.

Am Empfang plauderte Charity mit Block. Er trug ein frisches weißes Hemd und sein ständiges Lächeln. Er nahm einen Taschenrechner aus der Brieftasche und prüfte, ob ihre Berechnungen mit seinen übereinstimmten.

Bob kam aus dem Büro und reichte ihr einen Computerausdruck. Ronald entging nicht der schnelle, unsichere Blick, den Bob in seine Richtung sandte, bevor er sich wieder zurückzog.

Charity und Block verglichen Listen. Immer noch lächelnd, nahm er ein Bündel Geldscheine aus der Brieftasche. Er bezahlte in kanadischer Währung, bar. Sie verschloss das Geld in einer Schublade und reichte ihm die Quittung.

„Ihre kleine Party gestern hat den Tag gerettet", sagte er ihr. „Meine Leute betrachten ihn als Höhepunkt der Reise."

Erfreut lächelte sie ihn an. „Danke, Roger."

„Einige Gäste werden deshalb wiederkommen." Er tätschelte ihre Hand, blickte dann zur Uhr. „Es wird Zeit zum Aufbruch. Wir sehen uns nächste Woche."

„Gute Fahrt, Roger." Charity wandte sich ab, um einigen abreisenden Gästen Postkarten und ein paar Schlüsselanhänger mit Miniatur-Walen zu verkaufen.

Ronald schraubte die Kuppel der Deckenlampe wieder an und ließ sich dabei Zeit, bis die Eingangshalle leer war.

„Ist es nicht seltsam für eine Reisegesellschaft, bar zu bezahlen?"

Charity blickte zu ihm auf. „Wir lehnen Bargeld niemals ab." Sie lächelte ihn an, wie sie es sich vorgenommen hatte. Meine Gefühle sind mein Problem, erinnerte sie sich, während er von der Leiter stieg. Sie wünschte nur, die Stunden der Seelenforschung in der vergangenen Nacht hätten zu einer Lösung geführt.

„Ich hätte eher erwartet, dass per Überweisung oder Scheck bezahlt wird."

„Es ist nun mal deren Firmenpolitik. Und glaub mir, für ein kleines, unabhängiges Hotel ist ein bar zahlender Kunde wie ‚Vision Tours' sehr wichtig."

„Das kann ich mir denken. Hast du schon lange mit ihnen zu tun?“

„Ein paar Jahre. Warum?“

„Reine Neugier. Block sieht eigentlich nicht wie ein Reiseleiter aus.“

„Roger Block? Nein, sicher nicht. Er sieht wohl eher wie ein Ringkämpfer aus.“

Charity wandte sich wieder ihren Papieren zu. Es fiel ihr schwer, mit Ronald zu plaudern, während ihre Gefühle so nahe an der Oberfläche schwelten. „Er leistet gute Arbeit.“

„Aha. Ich bin dann oben.“

„Ronald?“ Es gab so vieles, was sie sagen wollte, aber sie spürte, obgleich er nur wenige Schritte entfernt stand, dass er sich von ihr distanziert hatte. „Wir haben noch gar nicht über einen freien Tag gesprochen. Du kannst den Sonntag nehmen, wenn du möchtest.“

„Vielleicht werde ich es tun.“

„Und wenn du Bob am Ende der Woche deine Arbeitsstunden angibst, kümmert er sich um deine Bezahlung.“

„In Ordnung. Danke.“

Ein junges Paar mit einem Kleinkind kam aus dem Speisesaal. Ronald ging davon und ließ Charity deren Fragen über Bootsvermietung beantworten.

Es wird nicht leicht sein, mit ihm zu reden, dachte Charity später. Aber sie musste es tun. Den ganzen Vormittag über hatte sie sich geschäftlich betätigt. Sie hatte die Reinigung sämtlicher Zimmer überprüft, jedes Telefonat auf ihrer Liste geführt und sich Maes Bemerkungen zufolge in der Küche als Nervensäge betätigt.

Sie versuchte auszuweichen. Das sah ihr gar nicht ähnlich. Ihr Leben lang war sie es gewöhnt, Probleme frontal in Angriff zu nehmen. Nicht nur in geschäftlicher Hinsicht. Persönliche Probleme war sie ebenfalls stets direkt angegangen. Sie hatte verkraftet, elternlos zu sein. Selbst als Kind war sie nie den manchmal schmerzhaften Fragen über ihre Herkunft ausgewichen.

Aber damals hatte sie ihren Großvater gehabt. Er war so verlässlich, so liebevoll gewesen. Er hatte ihr geholfen zu verstehen, dass sie eine eigenständige Person war. Ebenso wie er ihr über ihre erste Jugendliebe hinweggeholfen hatte.

Er war nun nicht mehr da, und Charity war keine Fünfzehnjährige mehr, die sich nach dem Klassensprecher verzehrte. Aber wenn er ihr etwas beigebracht hatte, dann war es die Überzeugung, dass sie sich ehrlicher Gefühle nicht zu schämen brauchte.

Mit einer Thermoskanne voll Kaffee bewaffnet, machte sie sich auf den Weg zum Westflügel. Sie wünschte nur, sie würde sich nicht so fühlen, als begebe sie sich geradewegs in die Höhle des Löwen.

Ronald hatte den Salon fertig. Der Geruch nach frischer Farbe war stark, obwohl er ein Fenster offen gelassen hatte. Die Tür musste noch eingehängt werden und der Fußboden poliert, aber Charity konnte sich den Raum bereits mit duftigen Gardinen und dem geblümten Teppich vorstellen, den sie auf dem Dachboden verstaut hatte.

Aus dem angrenzenden Schlafzimmer hörte sie das Geräusch einer Motorsäge. Ein schönes Geräusch, dachte sie, als sie die Tür aufstieß und hineinspähte.

Ronald stand konzentriert über das Holz gebeugt, das auf zwei Böcken lag. Sägespäne flogen auf, tanzten golden im Sonnenschein. Seine Hände und Arme waren damit bedeckt. Er trug ein Stirnband, um die Haare aus dem Gesicht zu halten. Er summte nicht bei der Arbeit vor sich hin, wie sie es tat. Und er sprach auch nicht mit sich selbst, wie George es getan hatte. Aber sie glaubte, Freude in ihm zu entdecken, weil er eine Arbeit tat und sie gut tat.

Er kann die Dinge in Ordnung bringen, dachte sie, während sie ihm beim Abmessen des Holzes für den nächsten Schnitt zusah. Gute Dinge, sogar wichtige Dinge. Dessen war sie sich sicher. Nicht nur, weil sie ihn liebte. Weil es so war. Wenn eine Frau ihr ganzes Leben lang Fremde in ihrem Haus bewirtete, lernte sie zu sehen, zu beurteilen.

Sie wartete, bis er die Säge niederlegte, bevor sie eintrat. Noch ehe sie etwas sagen konnte, wirbelte er herum. Ihr Schritt zurück war instinktiv, abwehrend. Es war lächerlich, aber sie dachte, dass er, falls er eine Waffe besäße, sie gezogen hätte.

„Es tut mir leid", murmelte sie nervös. „Ich hätte daran denken sollen, dass ich dich erschrecken würde."

„Schon gut." Ronald fasste sich schnell, obgleich es ihn ärgerte, dass er sich hatte überraschen lassen. Wenn er nicht an sie gedacht hätte, dann hätte er ihre Anwesenheit vielleicht gespürt.

„Ich muss oben einiges erledigen, und deshalb dachte ich mir, dass ich dir auf dem Weg Kaffee bringe." Charity stellte die Thermosflasche auf die Stehleiter und bereute es sogleich, denn mit leeren Händen kam sie sich töricht vor. „Und ich wollte nachsehen, wie es hier so läuft. Der Salon sieht großartig aus."

„Es geht ganz gut voran. Hast du die Farbe beschriftet?"

„Ja. Warum?"

„Weil es in so sauberer Druckschrift auf dem Deckel jeder Dose im jeweiligen Farbton des Inhalts ausgeführt wurde. Das sieht nach dir aus."

„Zwanghaft ordentlich?" Sie zog eine Grimasse. „Ich kann irgendwie nicht anders."

„Mir gefällt die Art, in der du die Pinsel nach Größe geordnet aufbewahrst."

Charity zog eine Augenbraue hoch. „Machst du dich über mich lustig?"

„Ja."

„Tja, solange ich es weiß." Sie war ruhiger geworden. „Möchtest du denn Kaffee?"

„Ja. Ich nehme mir welchen."

„Deine Hände sind voller Sägespäne." Sie winkte ihn beiseite und schraubte den Deckel auf. „Ich nehme an, dass wir wieder Frieden haben."

„Ich wusste gar nicht, dass er unterbrochen war."

Sie blickte ihn über die Schulter an, goss dann Kaffee in einen Plastikbecher. „Ich habe dich gestern in Verlegenheit gebracht. Es tut mir leid."

Er nahm den Becher entgegen und setzte sich auf einen Sägebock. „Du legst mir wieder einmal Worte in den Mund."

„Diesmal brauche ich das nicht. Du hast ausgesehen wie vom Donner gerührt." Rastlos bewegte sie die Schultern. „Ich hätte wahrscheinlich genauso reagiert, wenn mir jemand so unverhofft gesagt hätte, dass er mich liebt. Es muss ziemlich überraschend gewesen sein, wir kennen uns ja noch nicht lange."

Ronald stellte den Kaffee beiseite, der ihm nicht schmeckte. „Es war nur eine momentane Reaktion von dir."

„Nein. Ich dachte mir, dass du das glauben könntest. Ich habe sogar erwogen, auf Nummer sicher zu gehen und dich in dem Glauben zu lassen. Ich bin miserabel in Täuschungen. Es scheint mir fairer, dir zu sagen, dass es nicht meine Gewohnheit ist … dass ich mich Männern normalerweise nicht an den Hals werfe. Die Wahrheit ist, dass du der Erste bist."

„Charity." Er fuhr sich mit der Hand durch das Haar, nahm das Stirnband ab und ließ noch mehr Sägespäne tanzen. „Ich weiß nicht, was ich dir sagen soll."

„Du brauchst gar nichts zu sagen. Ich hatte mir eine kleine Rede zurechtgelegt. Sie war sogar ziemlich gut … ruhig, verständnisvoll, mit einigen Spritzern Humor. Ich habe sie vermasselt." Sie stieß ein Stück Holz in eine Ecke, bevor sie ans Fenster trat. Glockenblumen und Akelei blühten in einem Beet direkt darunter. Spontan schob sie die Scheibe hoch, um deren schwachen zarten Duft einzuatmen. „Es geht darum, dass wir nicht einfach so tun können, als hätte ich es nicht gesagt. Ich kann nicht so tun, als würde ich nicht so fühlen. Das bedeutet nicht, dass ich von dir dieselben Gefühle erwarte, wenn ich dir meine zeige."

„Was erwartest du dann?“ Ronald stand direkt hinter ihr.

Sie zuckte zusammen, als er ihre Schulter umfasste. Sie nahm all ihren Mut zusammen und drehte sich zu ihm um. „Dass du ehrlich zu mir bist.“ Sie sprach nun hastig, und sie merkte nicht, dass er sich automatisch ein wenig zurückzog. „Ich weiß es zu schätzen, dass du nicht vorgibst, mich zu lieben. Ich mag zwar einfach sein, Ronald, aber ich bin nicht dumm. Ich weiß, es könnte leichter sein, zu lügen und das zu sagen, was du glaubst, das ich hören möchte.“

„Du bist nicht einfach“, murmelte er. Er hob eine Hand und berührte ihre Wange. „Mir ist noch nie eine verwirrendere, kompliziertere Frau begegnet.“

Erstaunen kam zuerst, dann Freude. „Das ist das Netteste, was du mir je gesagt hast. Niemand hat mir je vorgeworfen, kompliziert zu sein.“

Er hatte seine Hand senken wollen, doch sie hatte ihre bereits erhoben und seine ergriffen. „Ich hatte das nicht als ein Kompliment gedacht.“

Das brachte sie zum Grinsen. Wieder entspannt, setzte sie sich auf das Fensterbrett. „Noch besser. Ich hoffe, es bedeutet, dass wir aufgehört haben, uns voreinander verlegen zu fühlen.“

„Ich weiß wirklich nicht, was ich dir gegenüber fühle.“ Er ließ die Hände an ihren Armen hinauf zu den Schultern wandern, dann wieder hinab zu den Ellbogen. „Aber“ – er rang sichtlich mit sich – „verlegen ist nicht das richtige Wort.“

Berührt – viel zu tief – stand sie auf. „Ich muss gehen.“

„Warum?“

„Weil es mitten am Tag ist, und wenn du mich küsst, könnte ich das vergessen.“

Bereits erregt, zog er sie an sich heran. „Immer organisiert.“

„Ja.“ Sie legte eine Hand auf seine Brust, um Distanz zwischen sich und ihn zu bringen. „Ich muss einige Rechnungen durchgehen.“ Mit angehaltenem Atem wich sie zur Tür zurück.

„Ich will dich, Ronald. Ich bin mir nur nicht sicher, ob ich damit fertigwerden kann.“

Das bin ich auch nicht, dachte er, nachdem sie die Tür hinter sich geschlossen hatte. Bei einer anderen Frau wäre er sicher gewesen, dass körperliche Erlösung die Spannung beendet hätte. Bei Charity wusste er, dass ihr Einfluss auf ihn sich nur verstärken würde, wenn sie miteinander schliefen.

Und sie hatte bereits beträchtlichen Einfluss auf ihn. Es war an der Zeit, sich das einzugestehen und sich damit zu beschäftigen. Vielleicht hatte er so stark auf ihre Liebeserklärung reagiert, weil er befürchtete, wie er nie zuvor etwas befürchtet hatte, dass er sich in sie verlieben könnte.

„Ronald!“ Er hörte die Freude in Charitys Stimme, als sie ihn rief. Er öffnete die Tür und sah sie oben auf der Treppe stehen. „Komm hoch. Beeil dich. Ich möchte, dass du sie siehst.“

Sie verschwand, ließ ihn mit dem Wunsch zurück, sie hätte ihn an jeden anderen Ort als in ihr unschuldig verführerisches Schlafzimmer gerufen.

Als er ihr Wohnzimmer betrat, rief sie erneut, nun mit Ungeduld in der Stimme. „Beeil dich. Ich weiß nicht, wie lange sie noch da sind.“

Charity saß auf dem Fensterbrett. Musik spielte – irgendetwas Vibrierendes und Leidenschaftliches. Wie kam es nur, dass er klassische Musik nie zuvor als leidenschaftlich empfunden hatte?

„Verdammt, Ronald, du wirst sie verpassen. Steh nicht da im Türrahmen herum. Ich habe dich nicht gerufen, um dich an die Bettpfosten zu binden.“

Weil er sich wie ein Dummkopf fühlte, ging er zu ihr.

Sie hielt ein Fernglas in der Hand und deutete hinaus aufs Meer. „Sieh mal. Wale.“

Er beugte sich aus dem Fenster und folgte ihrer führenden Hand. Er entdeckte ein paar Gestalten in der Ferne, die das

Wasser kräuselten, während sie schwammen. Fasziniert nahm er Charity das Fernglas aus der Hand. „Es sind drei." Erfreut setzte er sich neben sie auf das Fensterbrett und legte geistesabwesend eine Hand auf ihr Knie. Es brannte nicht, es war einfach nur warm.

„Ja, es ist ein Junges dabei. Ich glaube, es sind dieselben, die ich vor ein paar Tagen gesehen habe." Sie schloss eine Hand um seine, während sie beide aufs Meer hinausstarrten. „Sie sind großartig, nicht wahr?"

„Ja." Er konzentrierte sich auf das Junge, das gerade zwischen den beiden größeren Walen zu sehen war. „Ich habe eigentlich nicht erwartet, wirklich welche zu sehen."

„Warum nicht? Die Insel ist nach ihnen benannt worden." Charity kniff die Augen zusammen in dem Versuch, den Weg der Wale zu verfolgen. Sie brachte es nicht übers Herz, Ronald um das Fernglas zu bitten. „Meine erste klare Erinnerung an einen Wal reicht zurück zu der Zeit, als ich etwa vier war. Pop nahm mich mit hinaus in seinem jämmerlich kleinen Boot. Keine zehn Meter entfernt schoss ein Wal aus dem Wasser. Ich schrie mir die Lunge aus dem Leib. Ich dachte, er würde uns ganz und gar verschlingen." Lachend lehnte sie sich an den Fensterrahmen zurück. „Er folgte uns zehn oder fünfzehn Meter. Danach bedrängte ich Pop gnadenlos, mich wieder mit hinauszunehmen."

„Und? Tat er es?"

„Jeden Montagnachmittag in jenem Sommer. Wir sahen nicht immer Wale, aber es waren herrliche Tage. Die schönsten Tage." Sie wandte das Gesicht in den Wind. „Ich muss mich glücklich schätzen, ihn so lange gehabt zu haben, aber es gibt Zeiten – wie jetzt –, wo ich mir einfach nur wünsche, er wäre hier."

„Wie jetzt?"

„Er liebte es, die Wale zu beobachten", sagte Charity leise. „Selbst als er krank war, richtig krank, saß er stundenlang am Fenster. Eines Nachmittags fand ich ihn hier sitzend, mit dem

Fernglas auf dem Schoß. Ich dachte, er sei nur eingeschlafen, aber er war tot." Ihre Stimme wurde rau. „Er hätte es so gewollt – einfach zu entschlummern, während er nach Walen Ausschau hielt. Seit seinem Tod konnte ich es nicht über mich bringen, mit dem Boot hinauszufahren." Sie schüttelte den Kopf. „Wie dumm."

„Nein." Ronald ergriff ihre Hand und verschränkte die Finger mit ihren. „Das ist gar nicht dumm."

Sie drehte ihm das Gesicht zu. „Du kannst ein netter Mann sein." Das Telefon klingelte. Sie stöhnte, aber sie glitt pflichtbewusst vom Fensterbrett, um abzunehmen.

„Hallo. Ja, Bob. Was soll das heißen, dass er nicht mehr liefern will? Zum Teufel mit der neuen Leitung. Wir kaufen seit zehn Jahren bei dieser Firma. Ja, in Ordnung. Ich komme sofort. Oh, Moment." Sie blickte vom Telefon auf. „Ronald, sind die Wale noch da?"

„Ja. Auf dem Weg nach Süden. Ich weiß nicht, ob sie den Kleinen füttern oder nur einen Nachmittagsbummel machen."

Sie lachte und hielt den Hörer wieder an ihr Ohr. „Bob … Was? Ja, das war Ronald." Sie zog die Augenbrauen hoch. „Ja, wir sind in meinem Zimmer. Ich habe ihn gerufen, weil ich eine Herde Wale vom Schlafzimmerfenster aus entdeckt habe. Vielleicht sollten Sie es den Gästen sagen, die in der Nähe sind. Nein, Sie haben keinen Grund, sich um mich zu sorgen. Warum sollten Sie? Ich komme gleich runter."

Kopfschüttelnd legte sie den Hörer auf. „Ich scheine das Haus voller Aufpasser zu haben", murmelte sie.

„Probleme?"

„Nein. Bob hat gehört, dass du in meinem Schlafzimmer bist, und da kehrte er den großen Bruder heraus. Typisch." Charity holte ein Haarband aus einer Schublade und band sich mit einigen raschen Bewegungen das Haar aus dem Gesicht. „Letztes Jahr hat Mae gedroht, einen Gast zu vergiften, der einen Annäherungsversuch bei mir unternahm. Man könnte meinen, ich wäre fünfzehn."

Ronald drehte sich um und musterte sie. Sie trug Jeans und ein T-Shirt mit aufgedrucktem Plan der Insel. „Ja, das könnte man."

„Das sehe ich nicht als Kompliment an." Doch sie hatte keine Zeit, sich darüber auszulassen. „Ich muss unten eine kleine Krise bewältigen. Du kannst gern bleiben und die Wale beobachten." Sie ging zur Tür, blieb dann aber stehen. „Jetzt hätte ich es fast vergessen. Kannst du Regale bauen?"

„Wahrscheinlich."

„Großartig. Ich könnte im Salon in der Suite welche gebrauchen. Wir reden noch darüber."

Er hörte sie die Treppe hinunterlaufen. Welche Krise auch immer am anderen Ende des Gasthauses eingetreten sein mochte, er war überzeugt, dass Charity sie bewältigen würde. In der Zwischenzeit hatte sie ihn allein in ihrem Zimmer gelassen. Es wäre sehr einfach, ihren Schreibtisch noch einmal zu durchsuchen, um zu sehen, ob sie irgendetwas liegen gelassen hatte, das ihm half, die Untersuchung voranzutreiben.

Zumindest hätte es einfach sein sollen. Ronald blickte wieder aufs Meer hinaus. Er sollte es ohne Zögern tun können. Aber er konnte nicht. Sie vertraute ihm. Irgendwann in den vergangenen vierundzwanzig Stunden hatte er einen Punkt erreicht, an dem es ihm nicht möglich war, ihr Vertrauen zu verletzen.

Das machte ihn nutzlos. Fluchend lehnte er sich an den Fensterrahmen. Ohne sich dessen bewusst zu sein, hatte sie völlig seine Fähigkeit untergraben, seinen Job zu erledigen. Es wäre das Beste für ihn gewesen, Conby anzurufen und sich von diesem Fall absetzen zu lassen. Es wäre lediglich darum gegangen, seinen Rücktritt gleich einzureichen, statt am Ende des Auftrags. Es war eine Frage der Pflicht.

Aber auch das konnte er nicht. Es hatte nichts damit zu tun, dass er geliebt wurde, sich wie zu Hause fühlte. Er musste einfach an ihre Unschuld glauben. Er musste seinen Job beenden und Charitys Unschuld beweisen. Das war eine Frage der Loyalität.

Conby hätte gesagt, dass seine Loyalität dem Büro galt, nicht einer Frau, die er kaum eine Woche kannte. Und Conby hat sich geirrt, dachte Ronald, während er das Fernglas fortlegte. Es gab Zeiten, seltene Zeiten, in denen man die Gelegenheit hatte, etwas Gutes zu tun, etwas Richtiges.

Wenn das Einzige, was er Charity geben konnte, ein blütenreiner Name war, so beabsichtigte er, ihn ihr zu geben. Und dann aus ihrem Leben zu verschwinden.

Er stand auf und blickte sich im Raum um. Er wünschte, er wäre nichts weiter als der arbeitslose Vagabund, den sie in ihr Haus aufgenommen hatte. Wenn er es wäre, hätte er vielleicht ein Recht, sie zu lieben. Aber wie die Dinge standen, konnte er nichts weiter tun, als sie zu retten.

6. Kapitel

Das Wetter erwärmte sich. Der Frühling brach aus, voller Pracht und Farben und Düfte. Die Insel war eine Fundgrube an Wildblumen, Laubbäumen und Vogelgesang. Im Morgengrauen, mit dünnen Nebelschwaden über dem Wasser, war es ein mystischer, zeitloser Ort.

Ronald stand am Straßenrand und beobachtete den Sonnenaufgang, wie er es wenige Tage zuvor getan hatte. Er kannte die Namen der Blumen nicht, die in einem Gewirr neben der Straße wuchsen. Er konnte das Lied eines Eichelhähers nicht von dem eines Spatzen unterscheiden. Aber er wusste, dass Charity draußen mit ihrem Hund lief und dass sie auf dem Rückweg an der Stelle vorbeikommen würde, an der er stand.

Er musste sie sehen, mit ihr reden, mit ihr zusammen sein.

Am Vorabend war er in ihre Geldschublade eingebrochen und hatte die Scheine untersucht, die sie ordentlich gebündelt aufbewahrte. Er hatte über zweitausend Dollar in gefälschter kanadischer Währung gefunden. Sein erster Impuls war gewesen, es ihr zu sagen, ihr alles zu unterbreiten, was er wusste. Doch er hatte diesen Impuls unterdrückt. Es ihr zu sagen, würde Männern wie Conby nicht zum Beweis ihrer Unschuld genügen.

Er hatte genug Beweise, um Block zu fassen. Und beinahe genug, um Bob ebenfalls zu verhaften. Aber er konnte die beiden nicht festnehmen, ohne Charity in Verdacht zu bringen. Nach ihrem eigenen Eingeständnis und nach den Aussagen ihres loyalen Personals konnte im Gasthaus keine Stecknadel fallen, ohne dass sie nicht davon wusste.

Wenn das stimmte, wie konnte er dann beweisen, dass ohne

ihr Wissen beinahe zwei Jahre lang ein Falschmünzer- und Schmugglerring direkt vor ihrer Nase operiert hatte?

Er glaubte es, und zwar so fest, wie er noch nie etwas geglaubt hatte. Conby und die anderen im Büro wollten Fakten. Ronald rauchte seine Zigarette und beobachtete, wie der Nebel mit der aufgehenden Sonne wich. Er musste ihnen Fakten liefern. Solange er das nicht konnte, wollte er ihnen gar nichts liefern.

Er könnte warten, bis Block mit seiner Reisegesellschaft das nächste Mal den Gasthof aufsuchte. Damit würde er – Ronald – Zeit gewinnen. Genug Zeit, um dafür zu sorgen, dass Charity nicht mittendrin steckte. Wenn der große Knall kam, würde sie wie gelähmt und verletzt sein. Sie würde es überwinden. Wenn alles vorüber war und sie von seiner Rolle dabei erfuhr, würde sie ihn hassen. Er würde es überwinden. Er würde es müssen.

Er hörte einen Wagen, schaute auf und richtete den Blick dann wieder aufs Wasser. Er fragte sich, ob er eines Tages zurückkehren könnte und am selben Fleck stehen und darauf warten, dass Charity über die Straße zu ihm gelaufen kam.

Fantasien, sagte Ronald sich und schnippte die halb gerauchte Zigarette zu Boden. Er verschwendete viel zu viel Zeit mit Fantasien.

Der Wagen kam schnell, mit protestierendem Motor und röhrendem Auspuff. Ronald blickte erneut auf, verärgert, weil sein Morgen und seine Gedanken gestört wurden.

Seine Verärgerung rettete ihm das Leben.

Er brauchte nur einen Moment, um zu erkennen, was geschah, und eine Sekunde länger, um dem zu entgehen. Als der Wagen auf ihn zuschoss, sprang er beiseite und rollte sich in die Büsche. Er hielt seine Waffe bereits in der Hand, noch bevor er sich wieder aufrappelte. Er erhaschte einen Blick auf das Heck des Fahrzeugs, als es um die nächste Kurve raste. Ihm blieb nicht einmal Zeit zu fluchen, bevor er Charitys Schrei hörte.

Er rannte, ungeachtet des Brennens im Oberschenkel, wo der Wagen ihn gestreift hatte, und des Bluts auf seinem Arm, den er sich an einem Stein aufgeschrammt hatte. Er hatte dem Tod ins Auge gesehen. Er hatte getötet. Aber er hatte keine Panik gekannt bis zu diesem Moment, als ihr Schrei in seinem Kopf nachhallte. Er hatte keine Qual gekannt, bis er Charity neben der Straße liegen sah.

Der Hund hockte neben ihr, wimmernd, und stupste ihr Gesicht mit der Nase an. Er drehte sich um, als Ronald sich näherte, begann zu knurren, sprang dann bellend auf.

„Charity." Ronald kniete sich neben sie und fühlte mit zitternder Hand nach ihrem Puls. „Es wird alles gut, Baby", murmelte er, während er sie auf gebrochene Knochen untersuchte.

War sie überfahren worden? Eine schreckliche Vision, wie sie vom Wagen gerammt und in die Luft geschleudert wurde, stieg im Geiste vor ihm auf. Mit all seiner Selbstbeherrschung unterdrückte er diese Vorstellung. Charity atmete. Er klammerte sich daran.

Der Hund winselte, als Ronald ihren Kopf drehte und die Wunde an ihrer Schläfe untersuchte. Es war der einzige farbige Fleck in ihrem Gesicht. Mit seinem Stirnband tupfte er das Blut ab.

Grimmig steckte er die Waffe wieder ein. Dann hob er Charity auf die Arme. Ihr Körper wirkte schlaff. Er verstärkte seinen Griff, fürchtete halb, sie könnte ihm durch die Arme schlüpfen. Er sprach zu ihr, während der gesamten halben Meile zurück zum Gasthaus, obwohl sie blass und stumm blieb.

Bob stürmte aus dem Vordereingang des Gasthauses. „Lieber Himmel! Was ist passiert? Was, zum Teufel, haben Sie ihr getan?"

Ronald hielt gerade lange genug inne, um ihm einen düsteren, zornigen Blick zuzuwerfen. „Ich glaube, Sie wissen es besser. Holen Sie mir die Wagenschlüssel. Sie muss ins Krankenhaus."

„Was geht hier vor?" Mae kam durch die Tür, wischte sich die Hände an der Schürze ab. „Lori sagt, sie hat gesehen ..." Sie erblasste, aber dann bewegte sie sich mit erstaunlicher Schnelligkeit, schob Bob beiseite, um zu Charity zu gelangen. „Bringen Sie sie nach oben."

„Ich bringe sie ins Krankenhaus."

„Nach oben", wiederholte Mae und hielt ihm die Tür auf. „Wir rufen Dr. Mertens. Das geht schneller. Kommen Sie schon, Junge. Bob, ruf den Doktor an. Sag ihm, er soll sich beeilen."

Ronald ging durch die Tür, den Hund auf den Fersen. „Und rufen Sie auch die Polizei", fügte er hinzu. „Sagen Sie, es handelt sich um Fahrerflucht."

Ohne Zeit mit Worten zu verschwenden, führte Mae ihn den Weg hinauf. Sie war ein wenig außer Atem, als sie den zweiten Stock erreichten, aber sie wurde nicht langsamer. Als sie Charitys Zimmer betraten, war die Farbe in ihr Gesicht zurückgekehrt.

„Legen Sie sie auf das Bett, und seien Sie vorsichtig." Sie riss die Tagesdecke aus Spitze beiseite und schob dann ebenso wirkungsvoll Ronald zur Seite. „So, Mädchen, es wird alles gut." Zu Ronald sagte sie: „Gehen Sie ins Badezimmer und holen Sie mir ein sauberes Handtuch." Sie setzte sich auf die Kante, legte eine Hand auf Charitys Gesicht und untersuchte die Kopfwunde. „Sieht schlimmer aus, als es ist." Sie atmete tief aus. Als Ronald ihr das Handtuch gab, drückte sie es auf Charitys Schläfe. „Kopfwunden bluten immer stark. Aber diese ist nicht allzu tief."

Er wusste nur, dass ihr Blut immer noch an seinen Händen klebte. „Sie müsste allmählich zu sich kommen."

„Lassen Sie ihr Zeit. Später möchte ich wissen, was passiert ist, aber jetzt werde ich sie ausziehen und nachsehen, ob sie sonst noch irgendwo verletzt ist. Warten Sie unten."

„Ich lasse sie nicht allein."

Mae blickte auf. Ihre Lippen waren geschürzt, und Sorgenfältchen zeigten sich um ihre Augen. Nach einem Moment nickte sie nur. „Also gut. Aber dann machen Sie sich auch nützlich. Holen Sie mir die Schere aus dem Schreibtisch. Ich will die Bluse aufschneiden."

So stehen die Dinge also, überlegte Mae, während sie Charitys Schuhe aufband. Sie erkannte, wenn ein Mann zu Tode erschrocken war. Nun, sie musste ihr Mädchen eben wieder auf die Beine bringen. „Sie können bleiben", sagte sie zu Ronald, als er ihr die Schere reichte. „Aber was auch immer zwischen Ihnen beiden vorgeht, Sie werden sich umdrehen, bis ich sie akzeptabel gemacht habe."

Er ballte die Hände zu Fäusten und schob sie in die Taschen, während er herumwirbelte. „Ich will wissen, wo sie verletzt ist."

„Immer mit der Ruhe." Mae schob die Bluse beiseite und beherrschte ihre Gefühle, während sie die Kratzer und Prellungen untersuchte. „Öffnen Sie die oberste rechte Schublade und geben Sie mir ein Nachthemd. Eins mit Knöpfen. Und gucken Sie nicht her", fügte sie hinzu. „Sonst schicke ich Sie hinaus."

Als Antwort warf er ein weißes Nachthemd auf das Bett. „Mir ist es egal, was sie anhat. Ich will wissen, wie schwer sie verletzt ist."

„Ich weiß, Junge." Maes Stimme wurde sanft, während sie Charitys schlaffen Arm in einen Ärmel steckte. „Sie hat ein paar Kratzer und Prellungen, das ist alles. Nichts gebrochen. Die Schnittwunde an ihrer Stirn muss behandelt werden, aber Schnitte heilen. Sie hat sich schlimmer verletzt, als sie vor einiger Zeit von einem Baum fiel. Sie kommt zu sich."

Nun drehte er sich zu ihr um, Nachthemd oder nicht. Aber Mae hatte es bereits zugeknöpft. Er unterdrückte – knapp – den Drang, zu Charity zu eilen, behielt die Entfernung bei und beobachtete, wie ihre Augenlider flatterten. Das flaue Gefühl in seinem Magen war Erleichterung. Als sie stöhnte, wischte er sich die feuchten Handflächen an den Hosenbeinen ab.

„Mae?" Während Charity versuchte, klar zu sehen, streckte sie eine Hand aus. Sie erkannte die massige Gestalt ihrer Köchin, aber sonst wenig. „Was … Oh, mein Kopf."

„Tut ziemlich weh, nicht wahr?" Maes Stimme klang forsch,

aber sie nahm Charitys Hand in ihre. „Der Doktor wird das wieder in Ordnung bringen."

„Doktor?" Verdutzt versuchte Charity sich aufzusetzen, aber vor Schmerz sank sie sofort zurück in die Kissen. „Ich will keinen Doktor."

„Das wolltest du nie, aber er kommt trotzdem."

„Ich werde nicht ..." Widerspruch kostete zu viel Mühe. Stattdessen schloss sie die Augen und konzentrierte sich darauf, ihre Gedanken zu klären. Es war ziemlich offensichtlich, dass sie im Bett lag, aber wie, zum Teufel, war sie dorthin gekommen?

Sie erinnerte sich, dass sie mit Ludwig gelaufen war und dass er einen Baum neben der Straße unwiderstehlich gefunden hatte. Und dann ... „Da war ein Auto", sagte sie und öffnete wieder die Augen. „Der Fahrer muss betrunken oder verrückt gewesen sein. Er schien direkt auf mich zuzukommen. Wenn Ludwig mich nicht schon von der Straße gezogen hätte ... Ich glaube, ich bin gestolpert. Ich weiß es nicht."

„Das ist jetzt nicht wichtig", versicherte Mae ihr. „Wir werden es später herausfinden."

Nach energischem Klopfen öffnete Mae die Außentür. Ein kleiner rüstiger Mann mit weißem Haar kam hereingeeilt. Er trug eine schwarze Tasche, einen schmuddeligen Overall und schlammige Stiefel.

Nach einem Blick auf ihn schloss Charity die Lider. „Gehen Sie weg, Dr. Mertens. Ich fühle mich nicht wohl."

„Sie wird sich nie ändern." Dr. Mertens nickte Ronald zu, trat dann an das Bett, um seine Patientin zu untersuchen.

Leise zog Ronald sich in das Wohnzimmer zurück. Er brauchte einen Moment, um sich zusammenzureißen, um den Zorn zu bekämpfen, der in ihm aufstieg, nun da er wusste, dass Charity wieder in Ordnung kommen würde. Er hatte seine Eltern verloren, er hatte seinen besten Freund begraben, aber er hatte nie diese Panik verspürt wie in dem Moment, als er Charity blutend und bewusstlos neben der Straße gefunden hatte.

Er nahm eine Zigarette heraus und trat an das offene Fenster. Er dachte an den Fahrer des alten verrosteten Chevy, der sie angefahren hatte. Obwohl sich Ronalds Zorn abkühlte, wusste er eines ganz genau. Es hätte ihm große Freude bereitet, denjenigen umzubringen, der sie verletzt hatte.

„Entschuldigung." Lori stand händeringend in der Tür zum Flur. „Der Sheriff ist hier. Er will Sie sprechen, also habe ich ihn heraufgebracht." Sie zupfte an ihrer Schürze und starrte auf die geschlossene Tür zum anderen Zimmer. „Charity?"

„Der Arzt ist bei ihr", sagte Ronald. „Es ist nichts Schlimmes."

Lori schloss die Augen und holte tief Luft. „Ich sage es den anderen. Treten Sie ein, Sheriff."

Ronald musterte den dicklichen Mann, der offensichtlich aus dem Bett geholt worden war. Sein Hemdsaum steckte nur zum Teil in der Hose, und er nippte an einer Tasse Kaffee, während er das Zimmer betrat.

„Sie sind Ronald DeWinter?"

„Stimmt."

„Sheriff Royce." Er setzte sich mit einem Seufzer auf die Armlehne von Charitys rosenfarbenem Queen-Anne-Sessel. „Was hat das mit der Fahrerflucht auf sich?"

„Vor zwanzig Minuten hat jemand versucht, Miss Ford zu überfahren."

Royce starrte auf die geschlossene Tür, genau wie Lori zuvor. „Wie geht es ihr?"

„Sie hat eine Kopfverletzung und einige Prellungen."

„Waren Sie bei ihr?" Royce zog einen Notizblock und einen Bleistiftstummel hervor.

„Nein. Ich war etwa eine Viertelmeile entfernt. Der Wagen schwenkte auf mich zu, fuhr dann weiter. Ich hörte Charity schreien. Als ich sie erreichte, war sie bewusstlos."

„Ich nehme an, Sie haben den Wagen nicht gut sehen können?"

„Dunkelblauer Chevy. 67er oder 68er. Kaputter Auspuff. Vorderer rechter Kotflügel durchgerostet. Washingtoner Kennzeichen, Alpha Foxtrott Julia 847."

Royce zog beide Augenbrauen hoch, während er die Beschreibung aufnahm. „Sie haben einen guten Blick."

„Das stimmt."

„Gut genug, um vermuten zu können, dass er Sie absichtlich anfahren wollte?"

„Ich brauche es nicht zu vermuten. Er hat gezielt."

Ohne mit der Wimper zu zucken, machte Royce sich weiterhin Notizen. Er fügte für sich selbst eine Notiz als Gedächtnisstütze hinzu, Ronald DeWinter überprüfen zu lassen. „Er? Haben Sie den Fahrer gesehen?"

„Nein", sagte Ronald schroff. Er verfluchte sich noch immer deswegen.

„Wie lange sind Sie denn schon auf der Insel, Mr. DeWinter?"

„Fast eine Woche."

„Eine kurze Zeit, um sich Feinde zu schaffen."

„Ich habe keine – hier –, soweit ich weiß."

„Das macht Ihre Auffassung recht seltsam." Immer noch kritzelnd, blickte Royce auf. „Es gibt niemanden hier auf der Insel, der Charity kennt und etwas gegen sie hat. Wenn es wahr ist, was Sie sagen, dann haben wir es mit Mordversuch zu tun."

Ronald schnippte seine Zigarettenkippe aus dem Fenster. „Genau darüber reden wir. Ich will wissen, wem dieser Wagen gehört."

„Ich werde es überprüfen."

„Sie wissen es bereits."

Royce klopfte mit dem Block auf sein Knie. „Ja, Sir, Sie haben einen guten Blick, das muss ich Ihnen lassen. Vielleicht kenne ich jemanden, der einen Wagen besitzt, auf den Ihre Beschreibung passt. Wenn ja, dann weiß ich, dass diese Person nicht einmal einen Hasen überfahren würde, geschweige denn eine

Frau. Andererseits muss man einen Wagen nicht besitzen, um ihn zu fahren.“ Er blickte auf, als Mae die Verbindungstür öffnete. „Nun dann, Maeflower.“

Es zuckte um ihre Mundwinkel, bevor sie die Lippen zusammenpresste. „Wenn du nicht vernünftig in einem Sessel sitzen kannst, dann steh gefälligst auf deinen Füßen, Jack Royce.“

Royce erhob sich grinsend. „Mae und ich sind zusammen zur Schule gegangen“, erklärte er. „Damals gefiel es ihr auch, mich herumzukommandieren. Du hast wohl heute keine Waffeln auf der Speiseliste, oder, Maeflower?“

„Vielleicht doch. Finde du heraus, wer mein Mädchen verletzt hat, und ich sorge dafür, dass du welche bekommst.“

„Ich arbeite daran.“ Sein Gesicht wurde wieder ernst, als er zur Tür deutete. „Ist sie in der Lage, mit mir zu reden?“

„Seit sie zu sich gekommen ist, hat sie nichts anderes getan als reden.“ Mae blinzelte eine Flut erleichterter Tränen fort. „Geh nur hinein.“

Royce wandte sich an Ronald. „Ich melde mich wieder.“

„Der Doc sagt, sie kann schon Tee und Toast bekommen.“ Mae schniefte, inszenierte dann ein Naseschnäuzen. „Heuschnupfen“, sagte sie schroff. „Ich bin froh, dass Sie in der Nähe waren, als sie verletzt wurde.“

„Wenn ich noch näher gewesen wäre, wäre sie nicht verletzt worden.“

„Und wenn sie diesen Hund nicht spazieren geführt hätte, wäre sie im Bett gewesen.“ Sie hielt inne und sah Ronald dann ruhig an. „Ich nehme an, wir könnten ihn erschießen.“

Überrascht lachte er ein wenig auf. „Charity könnte etwas dagegen haben.“

„Sie würde es auch nicht mögen, dass Sie sich hier draußen zergrübeln. Ihr Arm blutet, Junge.“

Gelassen blickte er hinab auf seinen zerrissenen, blutigen Hemdsärmel. „Ein bisschen.“

„Ich kann es nicht erlauben, dass Sie Blutspuren auf dem

ganzen Fußboden hinterlassen.“ Sie ging zur Tür und winkte ihm zu. „Kommen Sie mit hinunter. Ich reinige Ihren Arm. Dann können Sie dem Mädchen das Frühstück bringen. Ich habe keine Zeit, den ganzen Morgen diese Treppen hinauf- und hinunterzulaufen.“

Nachdem der Arzt sein Abtasten und der Sheriff seine Befragung beendet hatten, starrte Charity zur Decke hinauf. Alles, was nur schmerzen konnte, schmerzte sie. Besonders der Kopf, aber auch ihr restlicher Körper.

Die Medizin hätte es gelindert, aber sie wollte so lange einen klaren Kopf behalten, bis sie alles ergründet hatte. Deswegen hatte sie die Pille, die Dr. Mertens ihr gegeben hatte, unter der Zunge behalten, bis sie allein gelassen worden war. Sobald sie ihre Gedanken geordnet hatte, wollte sie die Tablette schlucken und ein paar Stunden lang Vergessen finden.

Sie hatte den Wagen nur sehr flüchtig gesehen, aber er war ihr vertraut erschienen. Während des Gesprächs mit dem Sheriff hatte sie sich erinnert. Das Auto gehörte Mrs. Norton, einer netten alten Dame, die Zierdeckchen und Puppenkleider für die Kunstgewerbeläden im Ort häkelte. Charity glaubte nicht, dass Mrs. Norton jemals schneller als fünfundzwanzig Meilen die Stunde gefahren war. Das war wesentlich weniger als die Geschwindigkeit, mit der das Auto an diesem Morgen auf Charity zugerast war.

Sie hatte den Fahrer nicht gesehen, nicht richtig, aber sie hatte entschieden den Eindruck, dass es ein Mann gewesen war. Mrs. Norton war seit sechs Jahren verwitwet.

Dann ist alles ganz einfach, entschied Charity. Jemand hatte getrunken, Mrs. Nortons Wagen gestohlen und mit ihm eine wilde Vergnügungsfahrt über die Insel unternommen. Wahrscheinlich hatte er sie gar nicht am Straßenrand stehen sehen.

Zufrieden setzte sie sich im Bett auf. Alles Weitere war die Sorge des Sheriffs. Sie hatte eigene Probleme.

Die Frühstückschicht würde wahrscheinlich ein Chaos werden. Aber vermutlich konnte sie sich darauf verlassen, dass Lori die anderen beruhigte. Dann war da der Fleischer. Sie musste noch die Bestellung für den nächsten Tag bei ihm aufgeben. Außerdem musste sie noch die Fotos auswählen, die sie für die Annonce in der Reisebroschüre verwenden wollte. Die Anzahlung war noch nicht erfolgt, und in Haus 3 rauchte außerdem der Kamin.

Was sie brauchte, war ein Notizblock, ein Bleistift und ein Telefon. Das war einfach. Sie konnte alle drei Dinge auf ihrem Schreibtisch im Wohnzimmer finden. Vorsichtig schwang sie die Beine über die Bettkante. Gar nicht so schlecht, dachte sie, aber sie ließ sich einen Moment Zeit, bevor sie aufzustehen versuchte.

Ärgerlich mit sich selbst, stützte Charity eine Hand auf den Bettpfosten. Ihre Beine fühlten sich an, als wären sie mit Schlagsahne statt mit Muskeln und Knochen gefüllt.

„Was, zum Teufel, tust du da?"

Sie zuckte zusammen beim Klang von Ronalds Stimme. Dann wandte sie vorsichtig den Kopf zur Tür. „Nichts", sagte sie und versuchte zu lächeln.

„Geh zurück ins Bett."

„Ich habe nur ein paar Dinge zu erledigen."

Sie schwankte, und sie war so weiß wie das Nachthemd, das züchtig bis zum Hals geschlossen und verführerisch kurz war. Ohne ein weiteres Wort stellte er das Tablett ab, das er gebracht hatte, durchquerte den Raum und hob Charity auf die Arme.

„Ronald, nicht. Ich …"

„Halt den Mund."

„Ich wollte mich gleich wieder hinlegen. Gleich nach …"

„Halt den Mund", wiederholte Ronald. Er legte sie auf das Bett, und dann gab er auf. Die Arme um sie geschlungen, barg er das Gesicht an ihrem Hals. „Oh Himmel, Baby."

„Es ist ja alles gut." Sie strich mit einer Hand durch sein Haar. „Mach dir keine Sorgen."

„Ich dachte, du wärst tot. Als ich dich fand, dachte ich, du wärst tot."

„Oh, das tut mir leid." Sie massierte die Verkrampfung aus seinem Nacken, versuchte sich vorzustellen, wie er sich gefühlt haben musste. „Es muss schrecklich gewesen sein, Ronald. Aber es sind nur ein paar Prellungen und blaue Flecke. In ein paar Tagen werden sie fort sein, und wir vergessen alles."

„Ich werde es nicht vergessen." Er löste sich von ihr. „Nie."

Der Jähzorn, den sie in seinen Augen sah, ließ ihr Herz flattern. „Ronald, es war ein Unfall. Sheriff Royce wird sich darum kümmern."

Er schluckte die Worte hinunter, die er sagen wollte. Es war besser, wenn sie an einen Unfall glaubte. Vorläufig. Er richtete sich auf, um das Tablett zu holen. „Mae hat gesagt, dass du essen darfst."

Sie dachte an die Listen, die sie aufzustellen hatte, und beschloss, dass sie eher dazu kam, wenn sie sich gefügig zeigte. „Ich werde es versuchen. Wie geht es Ludwig?"

„Okay. Mae hat ihn hinausgebracht und ihm einen Schinkenknochen gegeben."

„Ah, sein Lieblingsmahl." Charity biss in den Toast und gab vor, Appetit zu haben.

„Wie geht es deinem Kopf?"

„Nicht allzu schlecht." Es war eigentlich keine Lüge. Sie war sicher, dass ein Schlag mit einem Vorschlaghammer schlimmer gewesen wäre. „Keine Fäden." Sie schob ihr Haar zurück, um ihm den leichten Verband zu zeigen. Ringsumher war die Haut dunkel verfärbt. „Willst du ein paar Finger hochhalten und mich fragen, wie viele ich sehe?"

„Nein." Ronald wandte sich ab, weil er vor Wut zu explodieren fürchtete. Ein weiterer Gefühlsausbruch von ihm hätte ihr gerade noch gefehlt, ermahnte er sich. Er war nicht der Typ, der die Fassung verlor – zumindest war er es nicht gewesen, bis er ihr begegnet war. Er begann mit Schalen und Fläschchen herumzuspielen, die im Raum verteilt standen. Sie liebt nutzlose kleine Dinge, dachte er, während er einen Amethyst aufhob. Er fühlte sich linkisch und legte ihn nieder.

„Der Sheriff sagte, der Wagen hätte dich gestreift", bemerkte Charity. Sie trank den beruhigenden Kräutertee und fühlte sich beinahe wieder menschlich. „Ich bin froh, dass du nicht verletzt bist."

„Verdammt, Charity!" Ronald wirbelte heftig herum, beherrschte sich dann mühsam. „Nein, ich bin nicht verletzt." Und er wollte dafür sorgen, dass auch sie nicht wieder verletzt wurde. „Es tut mir leid. Die ganze Geschichte hat mich nervös gemacht."

„Ich weiß, was du meinst. Möchtest du Tee? Mae hat zwei Tassen bringen lassen."

Er blickte zur hübschen geblümten Kanne. „Nur, wenn du einen Schuss Whiskey dazu hast."

„Tut mir leid. Der ist ausgegangen." Sie lächelte und klopfte auf das Bett. „Warum setzt du dich nicht zu mir?"

„Weil ich versuche, die Hände von dir zu lassen."

„Oh." Ihr Lächeln vertiefte sich. Es freute sie, dass sie robust genug war, um eine rasche Woge des Verlangens zu verspüren. „Ich mag deine Hände auf mir, Ronald."

„Schlechter Zeitpunkt." Weil er nicht widerstehen konnte, durchquerte er den Raum und nahm ihre Hand in seine. „Ich mag dich, Charity. Ich möchte, dass du mir das glaubst."

„Das tue ich."

„Nein." Beharrlich verstärkte er den Griff um ihre Finger. Er wusste, dass er nicht gut mit Worten umgehen konnte, aber es war ihm wichtig, dass sie es verstand. „Mit dir ist es anders, als es je mit irgendjemandem zuvor gewesen ist." Er bekämpfte eine neue Woge der Verzweiflung und lockerte seinen Griff. „Mehr kann ich dir nicht geben."

Sie spürte ihr Herz bis zum Halse klopfen. „Wenn ich gewusst hätte, dass ich so viel von dir bekommen kann, hätte ich mir vielleicht schon vorher eine Beule am Kopf geholt."

„Aber du verdienst mehr." Er setzte sich und strich unendlich zart und sanft mit einem Finger um die Wunde an ihrer Stirn.

„Ich stimme zu." Charity führte seine Hand an ihre Lippen und sah, wie seine Augen sich verdunkelten. „Ich bin geduldig."

Etwas rührte sich in ihm, und er vermochte es nicht zu verhindern. „Du weißt nicht genug von mir. Du weißt gar nichts von mir."

„Ich weiß, dass ich dich liebe. Ich nehme an, den Rest wirst du mir irgendwann erzählen."

„Vertrau mir nicht, Charity. Nicht so sehr."

„Hast du etwas so Unverzeihliches getan, Ronald?"

„Ich hoffe nicht." Er wusste, dass er bereits zu viel gesagt hatte. „Du solltest dich jetzt ausruhen."

„Das will ich auch, wirklich. Sobald ich mich um ein paar Dinge gekümmert habe."

„Das Einzige, um was du dich heute kümmern musst, bist du."

„Das ist sehr lieb von dir, und sobald ich …"

„Du wirst mindestens vierundzwanzig Stunden lang nicht aufstehen."

„Das ist doch lächerlich. Welchen Unterschied macht es schon, ob ich liege oder sitze?"

„Dem Arzt zufolge, einen sehr großen." Er nahm eine Tablette vom Nachttisch. „Ist das die Medizin, die er dir gegeben hat?"

„Ja."

„Die du nehmen solltest, bevor er gegangen ist?"

Sie bemühte sich, nicht zu schmollen. „Ich werde sie nehmen, nachdem ich ein paar Telefonate geführt habe."

„Keine Telefonate heute."

„Jetzt hör mal zu, Ronald. Ich weiß deine Sorge zu schätzen, aber ich nehme keine Befehle von dir an."

„Ich weiß. Du gibst sie mir."

Bevor sie antworten konnte, senkte er die Lippen auf ihre, sanft, federleicht, warm. Mit einem kleinen entzückten Laut ließ sie sich hineinsinken.

Er hatte geglaubt, es würde leicht sein, nur eine flüchtige Kostprobe zu nehmen. Doch seine Hand ballte sich zu einer Faust, während er das Verlangen nach mehr bekämpfte. Sie war jetzt so verletzlich. Er wollte besänftigen, nicht erregen ... wollte trösten, nicht verführen. Doch innerhalb von Sekunden war er erregt und verführt.

Als er zurückwich, murmelte sie einen Protest und zog ihn wieder an sich. Sie brauchte diese Zärtlichkeit von ihm, brauchte sie mehr als jede Medizin.

„Sachte", sagte Ronald und kämpfte um Selbstbeherrschung. „Meine Willenskraft ist ein bisschen geschwächt, und du brauchst Ruhe."

„Ich hätte lieber dich."

Sie lächelte ihn an, und sein Magen verkrampfte sich. „Machst du alle Männer verrückt?"

„Ich glaube nicht." Charity strich sich das Haar aus der Stirn. „Jedenfalls bist du der Erste, der mich das fragt."

„Wir reden später darüber." Entschlossen, das Beste für sie zu tun, reichte er ihr die Pille. „Nimm sie."

„Später."

„Jetzt."

Mit einem Seufzer steckte sie die Pille in den Mund, nippte an dem erkaltenden Tee. „Da. Zufrieden?"

Er musste grinsen. „Ich bin alles andere als zufrieden, seit ich dich das erste Mal gesehen habe, Baby. Heb die Zunge!"

„Wie bitte?"

„Du hast es gehört." Er legte eine Hand unter ihr Kinn. „Du bist ziemlich gut, aber ich bin besser."

Sie wusste, dass sie geschlagen war. Sie nahm die Pille aus dem Mund, schluckte sie dann betont auffällig. Sie berührte ihre Lippen mit der Zungenspitze. „Sie könnte immer noch da sein. Willst du mich danach durchsuchen?“

„Was ich will, ist, dass du im Bett bleibst.“ Er küsste sie sanft. „Keine Anrufe, kein Papierkram.“ Er ließ den Mund zu ihrem Hals wandern, nahm dann ihr Ohrläppchen zwischen die Lippen und spürte sie erschauern – und sich selbst. „Versprich es.“

„Ja.“ Ihre Lippen öffneten sich unter seinen. „Ich verspreche es.“

„Gut.“ Ronald richtete sich auf und nahm das Tablett. „Wir sehen uns später.“

„Aber …“ Charity biss die Zähne zusammen, als er zur Tür ging. „Du spielst unfair, Ronald DeWinter.“

„Ja.“ Er blickte zu ihr zurück. „Und um zu gewinnen.“ Er verließ sie in der Gewissheit, dass sie ihr Versprechen nicht brechen würde. Er hatte sich um seine eigenen Angelegenheiten zu kümmern.

7. Kapitel

Ein wichtiger Aspekt von Ronalds Ausbildung hatte darin bestanden zu lernen, einen Auftrag auf gründliche und sachliche Art durchzuführen. Er hatte es stets als seine zweite Natur empfunden, beides zu tun. Bisher. Doch jetzt beabsichtigte er aus sehr persönlichen Gründen, gründlich zu sein.

Nachdem er Charity verließ, erwartete er, Bob allein im Büro vorzufinden, und er hoffte, ihn dort allein vorzufinden. Er wurde nicht enttäuscht.

Bob saß vor dem eingeschalteten Computerbildschirm, den Telefonhörer am Ohr. Geistesabwesend winkte er Ronald zu und setzte dann das Telefonat fort. „Gut, Mr. Parkington. Also ein Doppelzimmer für den fünfzehnten und sechzehnten Juli. Ich habe es notiert."

„Legen Sie auf", verlangte Ronald.

Bob hielt nur einen Finger hoch, signalisierte damit, er sei gleich durch mit dem Gespräch. „Ja, einschließlich Bad und Frühstück. Ihre Reservierung …"

Ronald schlug mit einer Hand auf das Telefon, unterbrach die Verbindung.

„Was, zum Teufel, tun Sie da?"

„Ich frage mich wirklich, ob ich mir die Mühe machen soll, mit Ihnen zu reden, oder ob ich Sie lieber gleich umbringe."

Bob sprang vom Stuhl auf und brachte hastig den Schreibtisch zwischen sich und Ronald. „Hören Sie, ich weiß, dass Sie einen unangenehmen Morgen hatten …"

„Wirklich? Unangenehm. Das ist ein nettes, höfliches Wort dafür. Aber Sie sind auch ein netter, höflicher Mann, nicht wahr?"

Bob blickte zur Tür und fragte sich, ob er die Chance hatte, sie zu erreichen. „Wir sind alle ein bisschen gereizt wegen Charitys Unfall. Sie könnten wahrscheinlich einen Drink vertragen."

Ronald trat zu einem Stapel Computerhandbücher und förderte einen silbernen Flachmann zutage. „Ihrer?", fragte er. Bob starrte ihn an. „Ich nehme an, Sie halten ihn hier versteckt für die langen Abende, wenn Sie bis spät arbeiten – und allein. Wundern Sie sich nicht, wieso ich wusste, wo er zu finden ist?" Er stellte die Flasche ab. „Ich bin darauf gestoßen, als ich vor ein paar Nächten hier eingebrochen bin und die Bücher durchgesehen habe."

„Sie sind eingebrochen?" Bob wischte sich mit dem Handrücken über die plötzlich trockenen Lippen. „Das ist eine miese Art, Charity zu danken, dass sie Ihnen einen Job gegeben hat."

„Ja, da haben Sie recht. Fast so mies, wie Charitys Gasthaus zu benutzen, um Falschgeld in Umlauf und Verbrecher aus dem Land zu bringen."

„Ich weiß nicht, wovon Sie reden." Bob machte einen vorsichtigen Schritt zur Tür. „Verschwinden Sie hier, DeWinter. Wenn ich Charity erzähle, was Sie getan haben …"

„Aber Sie werden es ihr nicht erzählen. Sie werden ihr gar nichts erzählen – noch nicht. Aber Sie werden es mir erzählen." Ein einziger Blick ließ Bob reglos in seinem vorsichtigen Schritt zu Tür verharren. „Versuchen Sie, zur Tür zu kommen, und ich breche Ihnen ein Bein." Ronald schüttelte eine Zigarette aus der Schachtel. „Setzen Sie sich."

„Ich brauche mir das nicht gefallen zu lassen." Bob machte einen Schritt zurück, fort von der Tür, fort von Ronald. „Ich werde die Polizei rufen."

„Nur zu." Ronald entzündete die Zigarette und beobachtete Bob durch eine Rauchwolke. „Ich war sehr versucht, dem Sheriff heute Morgen alles zu erzählen, was ich weiß. Aber das hätte mir die Genugtuung genommen, persönlich mit Ihnen und Ihren Komplizen abzurechnen." Er schob das Telefon über den Schreibtisch in Bobs Richtung. „Aber rufen Sie ihn nur an. Ich werde einen Weg finden, mit Ihnen abzurechnen, auch wenn Sie im Knast sitzen.“

„Hören Sie, ich weiß, dass Sie aufgeregt sind …“

„Sehe ich aufgeregt aus?“, murmelte Ronald.

Nein, dachte Bob, er sieht eiskalt aus. Kaltblütig genug, um zu töten. Oder Schlimmeres. Sein Magen verkrampfte sich. Doch es musste einen Ausweg geben. Es gab immer einen. „Sie haben etwas von Falschgeld gesagt. Warum erzählen Sie mir nicht, worum es geht, und wir versuchen es in aller Ruhe …“

Bevor er aussprechen konnte, zerrte Ronald ihn am Kragen vom Stuhl hoch. „Wollen Sie sterben?“

„Nein.“

„Dann lassen Sie den Quatsch.“ Ronald stieß ihn zurück auf den Stuhl. „Es gibt zwei Dinge, die Charity hier nicht erledigt. Nur zwei. Sie kocht nicht, und sie arbeitet nicht mit dem Computer. Besser gesagt, sie kann nicht. Sie kann nicht kochen, weil Mae es ihr nicht beigebracht hat. Es ist recht leicht zu erraten, warum. Mae will in der Küche regieren, und Charity lässt sie gewähren. Es ist genauso leicht zu erraten, warum sie nicht mit einem elementaren Bürocomputer umgehen kann. Sie haben es ihr nicht beigebracht, oder Sie haben die Lektionen so kompliziert und widersprüchlich gestaltet, dass sie es nie verstanden hat. Wollen Sie mir verraten, warum Sie das getan haben?“

„Sie hat sich eigentlich nie dafür interessiert.“ Bob schluckte schwer. „Sie kann die Grundbegriffe ausführen, wenn sie muss, aber Sie kennen Charity ja. Sie interessiert sich mehr für Menschen als für Maschinen. Ich zeige ihr alle Ausdrucke.“

„Alle? Sie und ich wissen, dass Sie ihr nicht alle zeigen. Soll ich Ihnen sagen, was meiner Ansicht nach auf den Disketten ist, die Sie in der Schublade versteckt halten?“

Mit nervösen Fingern holte Bob ein Taschentuch hervor und wischte sich über die Stirn. „Ich weiß wirklich nicht, wovon Sie reden.“

„Sie führen die Bücher für das Gasthaus und für das kleine Nebengeschäft, das Sie und Ihre Freunde betreiben. Ich kann mir denken, dass ein Mann wie Sie Unterlagen aufbewahrt. Als kleine Rückversicherung für den Fall, dass die Leute, für die Sie arbeiten, auf Sie verzichten wollen." Ronald öffnete eine Schublade und nahm eine Diskette heraus. „Wir sehen sie uns später an", sagte er und warf sie auf den Schreibtisch. „Zwei- oder dreitausend werden die Woche hier ‚gewaschen'. Bei zweiundfünfzig Wochen im Jahr ergibt das eine recht ordentliche Ausbeute. Nimmt man dazu die Gebühren, die Sie berechnen, um jemanden innerhalb der Reisegruppe über die Grenze zu schmuggeln, dann ergibt das eine hübsche Summe."

„Das ist doch verrückt." Bob zerrte an seinem Hemdkragen. „Sie müssen wissen, dass es verrückt ist."

„Wussten Sie, dass Ihre Referenzen hier immer noch in den Akten sind?", fragte Ronald im Plauderton. „Das Problem ist nur, dass sie nicht stimmen. Sie haben nie in einem Hotel in San Francisco gearbeitet."

„Also habe ich meine Chancen ein bisschen aufgepolstert. Das beweist gar nichts."

„Ich glaube, wir stoßen auf etwas Interessanteres, wenn wir Ihre Unterlagen durchgehen."

Bob starrte hinab auf die Diskette. „Kann ich einen Schluck haben?"

Ronald warf ihm den Flachmann zu. „Sie halten mich für einen Cop, stimmt's? Oder zumindest waren Sie besorgt genug, um die Ohren offen zu halten. Sie haben mich die falschen Fragen stellen hören, und Sie hatten Angst, ich könnte Charity von dem Unternehmen erzählen."

„Es kam mir komisch vor." Bob nahm einen Schluck Wodka, wischte sich die Lippen ab und trank erneut. „Sie haben mich von Anfang an nervös gemacht."

„Warum?"

„Wenn man in meinem Geschäft ist, lernt man, Cops zu erkennen. Im Supermarkt, auf der Straße, im Wäschegeschäft. Wo auch immer, man erkennt sie."

Ronald dachte an sich selbst und die Jahre, die er auf der anderen Seite verbracht hatte. Auch er hatte Cops entlarvt, und er konnte es immer noch. „Okay. Was haben Sie also getan?"

„Ich habe Block gesagt, dass ich Sie für einen Spitzel halte, aber er meinte, ich sei nur hysterisch. Ich wollte aussteigen, bis Sie wieder weg sind, aber er wollte nicht auf mich hören. Gestern Abend, als Sie zum Dinner unten waren, habe ich Ihr Zimmer durchsucht. Ich habe eine Schachtel Patronen gefunden. Keine Waffe, nur die Patronen. Das hieß, dass Sie sie bei sich hatten. Ich habe Block angerufen und ihm gesagt, dass Sie mit Sicherheit ein Cop sind. Sie haben viel Zeit mit Charity verbracht, und deshalb dachte ich mir, dass sie mit Ihnen zusammenarbeitet."

„Also haben Sie versucht, sie umzubringen."

„Nein, nicht ich." In Panik drückte Bob sich an die Stuhllehne zurück. „Ich schwöre es. Ich bin kein gewalttätiger Mensch, DeWinter. Teufel, ich mag Charity. Ich wollte mich zurückziehen, eine Verschnaufpause einlegen. Wir haben schon einen anderen Platz eingerichtet, in den Olympic Mountains. Ich dachte, wir könnten ein paar Wochen lang legal vorgehen und dann umziehen. Block hat nur gesagt, dass er sich um die Sache kümmern will, und ich dachte, er meinte damit, wir würden bei der Reisegruppe in der nächsten Woche reell vorgehen. Das hätte mir Zeit gegeben, hier alles zu regeln und auszusteigen. Wenn ich gewusst hätte, was er vorhatte ..."

„Was dann? Hätten Sie Charity gewarnt?"

„Ich weiß es nicht." Bob leerte den Flachmann, doch der Alkohol half kaum, seine Nerven zu beruhigen. „Hören Sie, ich begehe Gaunereien, Hochstapelei. Ich bringe keine Leute um."

„Wer hat den Wagen gefahren?"

„Ich weiß es nicht. Ich schwöre es." Bob umklammerte die Armlehnen des Stuhls, als Ronald einen Schritt auf ihn zutrat.

„Schauen Sie, nachdem es passiert war, habe ich mich mit Block in Verbindung gesetzt. Er hat gesagt, er hat jemanden angeheuert. Er selbst kann es nicht gewesen sein, weil er auf dem Festland war. Er sagte, dass der Bursche sie nicht umbringen wollte. Block wollte sie nur ein paar Tage aus dem Weg haben. Wir erwarten eine größere Lieferung, und …" Er brach ab in dem Wissen, dass er sich tiefer und tiefer hineinzog.

Ronald nickte nur. „Sie werden herausfinden, wer den Wagen gefahren hat."

„Okay, sicher." Bob gab das Versprechen, ohne zu wissen, ob er es halten konnte. „Ich werde es herausfinden."

„Sie und ich werden in den nächsten Tagen zusammenarbeiten."

„Aber … wollen Sie Royce nicht anrufen?"

„Lassen Sie Royce meine Sorge sein. Sie werden weiterhin das tun, was Sie am besten können. Lügen. Nur werden Sie jetzt Block belügen. Sie werden genau das tun, was ich Ihnen sage, wenn Sie am Leben bleiben wollen. Wenn Sie gute Arbeit leisten, lege ich bei meinen Vorgesetzten ein Wort für Sie ein. Vielleicht können Sie ein Abkommen treffen, wenn Sie der Anklage Beweise liefern." Ronald beugte sich vor. „Wenn Sie versuchen zu verschwinden, werde ich Sie aufspüren. Ich werde Sie finden, wo auch immer Sie sich verstecken, und wenn ich mit Ihnen fertig bin, werden Sie wünschen, ich hätte Sie getötet."

Bob blickte Ronald in die Augen. Er glaubte ihm. „Was soll ich tun?"

„Erzählen Sie mir von der nächsten Lieferung."

Charity war es leid. Es war schlimm genug, dass sie Ronald ihr Wort gegeben hatte und den ganzen Tag im Bett bleiben musste. Sie konnte nicht einmal das Telefon benutzen, um im Büro anzurufen und sich zu erkundigen, was in der Welt vorging.

Sie versuchte es mit Fassung zu tragen und blätterte durch die Bücher und Zeitschriften, die Lori ihr gebracht hatte. Sie gestand sich sogar ein, dass sie sich gelegentlich, wenn es im Gasthof besonders hektisch zugegangen war, den Luxus ersehnt hatte, einen müßigen Tag im Bett verbringen zu können. Nun konnte sie es, und sie hasste es.

Die Tablette, die Ronald sie zu schlucken gezwungen hatte, hatte sie schläfrig gemacht. Sie schlummerte immer wieder ein, um später zu erwachen und sich zu ärgern, dass sie nicht genug Beherrschung besaß, um wach zu bleiben und sich zu langweilen.

Er hat mich versprechen lassen, im Bett zu bleiben, dachte Charity und klopfte ungehalten auf das Kissen, und er hat nicht einmal genug Anstand, um mir fünf Minuten lang Gesellschaft zu leisten. Es lag nicht in ihrer Natur, untätig zu sein, und wenn sie es noch fünf Minuten länger sein musste, würde sie schreien.

Sie lächelte ein wenig bei dieser Vorstellung. Was würde er tun, wenn sie einen Grauen erregenden Schrei ausstieße? Es würde interessant sein, das herauszufinden. Sie nickte und holte tief Luft.

„Was tust du da?"

Sie atmete langsam wieder aus, als Ronald eintrat. Freude stieg in ihr auf, aber sie verbarg sie schnell hinter Groll. „Das fragst du mich ständig."

„Wirklich?" Er brachte wieder ein Tablett, mit Maes köstlicher Hühnersuppe und selbst gebackenen Brötchen. „Also, was hast du getan?"

„Mich zu Tode gelangweilt. Ich glaube, ich würde lieber erschossen werden." Sie beschloss, ein wenig freundlicher zu sein. Nicht aus Freude, ihn zu sehen, sagte sie sich, sondern weil es inzwischen dämmerte und sie seit Stunden nichts gegessen hatte. „Ist das für mich?"

„Wahrscheinlich." Ronald stellte das Tablett auf ihren Schoß, blieb in ihrer Nähe stehen und betrachtete sie lange und gründlich. Er konnte den Zorn nicht beschreiben, den er beim Anblick der Prellungen und Bandagen verspürte. Ebenso wenig, wie er die Freude und Erleichterung beschreiben konnte, die er verspürte, als er die Verärgerung in ihrem Blick und die Farbe auf ihren Wangen sah. „Ich glaube, du irrst dich, Charity. Du wirst überleben."

„Was ich nicht dir zu verdanken habe." Sie machte sich über die Suppe her. „Erst entlockst du mir ein Versprechen, und dann lässt du mich zwölf Stunden lang verrotten. Du hättest ruhig mal für eine Minute heraufkommen können, um nachzusehen, ob ich nicht im Koma liege."

Er war heraufgekommen, aber sie hatte geschlafen. Dennoch war er fast eine halbe Stunde geblieben und hatte sie nur angesehen. „Ich war ein bisschen beschäftigt", sagte er und brach sich ein halbes Brötchen ab.

„Darauf wette ich." Charity entriss ihm das Brötchen wieder. „Da du gerade hier bist, könntest du mir sagen, wie es unten läuft."

„Alles unter Kontrolle", murmelte er und dachte an Bob und die Telefonate, die er selbst bereits geführt hatte.

„Es ist erst Bonnies zweiter Tag. Sie hat nicht …"

„Sie kommt gut zurecht", warf er ein. „Mae bewacht sie wie ein Adler. Wo kommen die alle her?" Er deutete auf das halbe Dutzend Vasen mit frischen Blumen.

„Die Gänseblümchen hat Lori gebracht. Dann sind die Ladys mit den Veilchen gekommen. Sie hätten eigentlich nicht all die Treppen steigen sollen." Sie rasselte weitere Namen von Leuten herunter, die ihr Blumen gebracht oder geschickt hatten.

Ich hätte ihr welche bringen sollen, dachte Ronald. Er stand auf und steckte die Hände in die Hosentaschen. Es war ihm gar nicht in den Sinn gekommen. Solche Dinge fielen ihm nicht ein. Nicht die kleinen, romantischen Dinge, die einer Frau wie Charity zustanden.

„Ronald?"

„Was?"

„Bist du den ganzen Weg heraufgekommen, nur um die Pfingstrosen anzustarren?"

„Nein." Er hatte nicht einmal deren Namen gewusst. Er wandte sich von den dicken rosa Blüten ab. „Willst du noch etwas essen?"

„Nein." Sie klopfte mit dem Löffel an die leere Schale. „Ich will nicht mehr essen, ich will keine Zeitschriften mehr, und ich will nicht, dass sonst noch jemand kommt und mir die Hand tätschelt und mir sagt, dass ich viel Ruhe brauche. Wenn du das im Sinn hattest, kannst du gleich wieder gehen."

„Du bist eine charmante Patientin, Charity." Er beherrschte sich eisern und nahm das Tablett fort.

„Nein, ich bin eine miserable Patientin." Wütend gab sie ihre Selbstbeherrschung auf, und genauso wütend warf sie ihm ein Taschenbuch an den Kopf. Zum Glück verfehlte sie ihr Ziel. „Und ich bin es leid, hier eingesperrt zu sein, so als hätte ich eine ansteckende Krankheit. Ich habe eine Beule am Kopf, keinen Gehirntumor."

„Ich glaube nicht, dass ein Gehirntumor ansteckend ist."

„Sei kein solcher Schlaumeier." Mit finsterem Blick kreuzte sie die Arme vor der Brust. „Ich bin es leid, hier zu liegen, und noch mehr leid, gesagt zu kriegen, was ich tun soll."

„Das verträgst du nicht besonders gut, oder? Ganz gleich, wie gut es für dich ist?"

Gerade jetzt wollte sie nichts weniger hören als die Wahrheit. „Ich habe ein Gasthaus zu führen, und das kann ich nicht vom Bett aus."

„Heute Abend brauchst du das nicht."

„Es ist mein Gasthaus, wie es mein Körper und Kopf ist." Charity warf die Decke beiseite. Doch während sie begann, aus dem Bett zu steigen, lastete ihr Versprechen wie eine Kette auf ihr. Sie ließ sich wieder zurück in die Kissen fallen.

Ronald musterte sie abwägend. „Warum stehst du nicht auf?"

„Weil ich es versprochen habe. Und jetzt verschwinde, verdammt. Verschwinde und lass mich in Ruhe."

„Gut. Ich sage Mae und den anderen, dass du dich wieder besser fühlst. Sie waren besorgt um dich."

Sie warf ein anderes Buch nach ihm, doch sie traf nur die Tür, die sich hinter ihm schloss. Zum Teufel mit ihm, dachte sie und ließ das Kinn auf die Knie sinken. Zum Teufel mit allem.

Zum Teufel mit ihr, dachte Ronald. Er war nicht zu Charity hinaufgegangen, um sich zu streiten, und er hatte es nicht nötig, eine schlecht gelaunte Frau zu ertragen, die Dinge nach ihm warf, während er nichts zurückwerfen konnte. Auf halbem Weg die Treppe hinunter kehrte er um und stieg wieder hinauf.

Charity blies Trübsal, als er die Tür öffnete. Sie wusste es, sie hasste es, und sie wünschte in Ruhe gelassen zu werden, um damit fortfahren zu können. „Was ist?"

„Steh auf."

Sie richtete sich im Bett auf. „Warum?"

„Steh auf", wiederholte Ronald. „Zieh dich an. Es muss doch einen Fußboden zu wischen oder einen Papierkorb zu leeren geben."

Sie reckte das Kinn vor. „Ich habe gesagt, dass ich nicht aufstehe, und ich werde es auch nicht tun."

„Entweder stehst du allein auf, oder ich zerre dich aus dem Bett."

Zorn verdunkelte ihre Augen und ließ sie das Kinn noch mehr vorstrecken. „Das würdest du nicht wagen." Sie bereute ihre Worte, noch während sie sprach. Sie hatte bereits erkannt, dass er ein Mann war, der alles wagte. Und sie hatte recht.

Ronald trat zum Bett und ergriff ihren Arm. Charity hielt sich an einem Bettpfosten fest. Dennoch gelang es ihm, sie auf die Knie hochzuziehen. Bevor das Tauziehen weitergehen konnte, begann sie zu kichern.

„Das ist albern." Sie schlang den Arm um den Bettpfosten.

„Wirklich albern. Hör auf, Ronald. Sonst falle ich noch auf den Kopf und hole mir ein Loch."

„Du wolltest aufstehen. Also steh auf."

„Nein, ich wollte mir selbst leidtun. Und es ist mir auch ganz gut gelungen. Ronald, du wirst mir noch die Schulter auskugeln."

„Du bist die trotzigste, eigensinnigste, unvernünftigste Frau, die mir je begegnet ist", sagte er. Doch er ließ sie los.

„Den ersten beiden muss ich zustimmen, aber unvernünftig bin ich normalerweise nicht." Sie lächelte zu ihm auf und kreuzte die Beine im Indianer-Stil. Der Sturm war vorüber. Zumindest auf ihrer Seite. Sie erkannte den Zorn, der noch immer seine Augen verdunkelte. Sie stieß einen langen Seufzer aus. „Ich habe gerade eine tolle Mitleidsparty für mich abgehalten, als du hereinkamst. Es tut mir leid, dass ich es an dir ausgelassen habe."

„Ich brauche keine Entschuldigung."

„Doch." Sie hätte ihm die Hand geboten, aber sie bezweifelte, dass er zu einem Friedensabkommen bereit war. „Ich bin es nicht gewöhnt, von den Vorgängen abgeschnitten zu sein. Ich bin fast nie krank, und deswegen habe ich nicht viel Übung darin, es tapfer zu ertragen." Sie warf ihm einen verstohlenen Seitenblick zu. „Es tut mir wirklich leid, Ronald. Willst du böse auf mich bleiben?"

„Das wäre vielleicht die beste Lösung." Verärgerung hatte nichts mit dem zu tun, was er im Moment fühlte. Sie sah so reizvoll aus mit dem halben Lächeln auf dem Gesicht, dem zerzausten Haar, dem hochgeschlossenen Nachthemd, den halb entblößten Schenkeln.

„Willst du mir eine runterhauen?"

„Vielleicht." Es war hoffnungslos. Er lächelte und setzte sich neben sie. „Wenn du wieder auf den Beinen bist, tue ich es vielleicht einmal."

„Es war nett von dir, dass du mir das Dinner gebracht hast. Ich habe mich nicht einmal bedankt."

„Nein, das hast du nicht."

Sie beugte sich vor und küsste ihn auf die Wange. „Danke."

„Gern geschehen."

Charity blies sich die Haare aus der Stirn. „Hatten wir heute Abend viele Gäste?"

„Ich habe dreißig Tische bedient."

„Ich werde dir eine Gehaltserhöhung geben müssen. Hat Mae ihren Schokoladencremekuchen gebacken?"

„Ja."

„Ich nehme an, es ist keiner übrig."

„Nicht ein Krümel. Er war köstlich."

„Du hast welchen gehabt?"

„Die Mahlzeiten sind ein Teil meiner Bezahlung."

Charity fühlte sich benachteiligt und lehnte sich zurück an die Kissen. „Stimmt."

„Willst du jetzt wieder schmollen?"

„Nur eine Minute. Ich wollte dich fragen, ob der Sheriff etwas Neues über den Wagen weiß."

„Nicht viel. Er hat ihn etwa zehn Meilen von hier gefunden, verlassen." Ronald strich eine Falte zwischen ihren Brauen fort. „Sorg dich deswegen nicht."

„Das tue ich auch eigentlich nicht. Ich bin nur froh, dass der Fahrer sonst niemanden verletzt hat. Lori sagt, dass dein Arm verwundet ist."

„Ein bisschen." Ihre Hände waren miteinander verschlungen. Er wusste nicht, ob er ihre oder sie seine genommen hatte.

„Bist du gerade spazieren gegangen, als es passierte?"

„Ich habe auf dich gewartet."

„Oh." Charity lächelte erneut.

„Du solltest dich jetzt lieber ausruhen." Er fühlte sich verlegen und linkisch. Keine andere Frau hatte ihm je eine der beiden Reaktionen entlockt.

Widerstrebend ließ sie seine Hand los. „Sind wir wieder Freunde?"

„Das könnte man wohl sagen. Gute Nacht, Charity."

„Gute Nacht."

Er ging zur Tür und öffnete sie. Aber er konnte nicht über die Schwelle treten. Er stand dort, kämpfte mit sich selbst. Obwohl es nur wenige Sekunden waren, erschien es beiden wie Stunden. „Ich kann nicht." Er drehte sich wieder um, schloss leise die Tür.

„Was?"

„Ich kann nicht gehen."

Ihr Lächeln erblühte, in den Augen, auf den Lippen. Sie öffnete die Arme für ihn, wie er es erwartet hatte. Zu ihr zurückzugehen, war beinahe so schwer, wie fortzugehen. Er nahm ihre Hände und hielt sie fest.

„Ich bin nicht gut für dich, Charity."

„Und ich glaube, du bist sogar sehr gut für mich." Sie führte ihre vereinten Hände an die Wange und fuhr fort: „Und das wiederum bedeutet, dass einer von uns beiden sich irren muss."

„Wenn ich könnte, würde ich fortgehen."

Sie spürte den Stich und akzeptierte ihn. Sie hatte nie erwartet, dass es schmerzlos wäre, Ronald zu lieben. „Warum?"

„Aus Gründen, die ich dir nicht erklären kann. Aber ich kann nicht fortgehen. Früher oder später wirst du wünschen, ich hätte es getan."

„Nein." Sie zog ihn auf das Bett hinab. „Was auch passiert, ich werde froh sein, dass du geblieben bist." Nun strich sie die Falten von seiner Stirn fort. „Ich habe dir doch gesagt, dass es nur dann passieren wird, wenn es richtig ist." Sie verschränkte die Hände hinter dem Nacken. „Ich liebe dich, Ronald. Heute Nacht ist etwas, was ich will, etwas, was ich beschlossen habe."

Charity zu küssen, war, wie in einem Traum versinken. Sanft, betörend, zu schön, um wahr zu sein. Ronald wollte sie umhegen, wollte ihr Zärtlichkeit schenken, ihr nicht wehtun, und wusste doch, dass er letztlich keine andere Wahl hatte, als ihr wehzutun.

Doch in dieser Nacht, für ein paar kostbare Stunden, gab es

keine Zukunft. Mit ihr könnte er sein, was er nie zuvor zu sein versucht hatte. Sanft, liebevoll, zärtlich. Mit ihr könnte er glauben, dass Liebe genug war.

Er liebte sie. Obgleich er nie gewusst hatte, dass er zu diesem starken und zerbrechlichen Gefühl fähig war, verspürte er es mit ihr. Es durchströmte ihn, schmerzlos und süß, heilte vergessene Wunden, linderte Schmerzen, mit denen er stets gelebt hatte. Wie hätte er ahnen können, dass sie seine Rettung sein würde? In der kurzen Zeit, die ihm blieb, wollte er es ihr zeigen. Und indem er es ihr zeigte, gab er sich selbst etwas, das er nie erwartet hatte.

Er gab ihr das Gefühl, schön zu sein. Und zart, dachte Charity, während seine Lippen sie liebkosten. Sie hörte ihr Seufzen, dann seines, als sie die Hände an seinem Rücken hinaufgleiten ließ. Sanft lehnte er sie zurück, berührte sie kaum, während sich der Kuss ausdehnte. Obwohl sie ihn so liebte, hatte sie nicht gewusst, dass er zu solcher Zärtlichkeit fähig sein könnte. Und sie konnte auch nicht wissen, dass er selbst es soeben erst entdeckt hatte.

Das Lampenlicht glühte warm. Ronald hatte nicht daran gedacht, die Kerzen zu entzünden. Aber er konnte Charity im Schein der Lampe sehen, die Augen dunkel, die Lippen vor Sehnsucht leicht geöffnet, als er seine auf ihren Mund senkte. Er hatte nicht daran gedacht, Musik anzustellen. Doch ihr Nachthemd wisperte, als sie die Arme um ihn schlang. Es war ein Geräusch, an das er sich stets erinnern würde. Ein Windhauch drang zum geöffneten Fenster herein, brachte den Duft der Blumen mit sich. Doch es war der Duft ihrer Haut, der ihm zu Kopf stieg.

Leicht, so als fürchte er, sie mit seiner Berührung zu verletzen, umschmiegte er ihre Brüste mit den Händen. Ihr stockte der Atem, und dann stöhnte sie auf. Nichts hatte ihn je so erregt.

Dann waren ihre Hände an seinem Hemd, sie öffnete die Knöpfe, während ihre Augen in seine blickten. Sie waren so dunkel, so tief wie das Wasser, das ihr Haus umgab. In ihnen konnte er alles lesen, was sie empfand.

„Ich will dich berühren“, sagte Charity, während sie ihm das Hemd von den Schultern streifte. Ihr Herz begann zu rasen, als sie ihn anblickte, seine festen Muskeln, seine straffe Haut.

Es war eine Stärke an ihm, die sie erregte, vielleicht weil sie ahnte, dass er rücksichtslos sein konnte. Es war eine Härte in seinem Körper, die sie erkennen ließ, dass er ein Mann war, der gekämpft hatte, der weiter kämpfen würde. Aber seine Hände waren zärtlich, beinahe zögernd. Ihre Erregung wuchs.

„Mir scheint, dass ich dich mein ganzes Leben lang so berühren wollte.“ Sanft strich sie mit den Fingerspitzen über den Verband an seinem Arm. „Tut es weh?“

„Nein.“ Jeder Muskel in Ronalds Körper spannte sich, als sie die Hände von seiner Taille zu seiner Brust gleiten ließ. Es war ihm unverständlich, wie jemand ihm so viel Frieden und Qual zur selben Zeit bringen konnte. „Charity ...“

„Küss mich nur, Ronald“, murmelte sie.

Er konnte es ihr nicht abschlagen. Er fragte sich, um was sie ihn bitten würde, wüsste sie, dass er machtlos war, ihr in diesem Moment irgendetwas zu verweigern. Er kämpfte gegen eine Woge der Verzweiflung, streichelte sie leicht und zart, bis er sie erschauern spürte.

Er wusste, dass er ihr lustvolles Vergnügen bereiten konnte, dass er ihre Leidenschaft entfachen konnte. Der Drang, es zu tun, loderte in ihm wie ein Buschfeuer. Er wusste, dass er sie schwach oder stark, wild oder matt machen konnte. Doch es war kein Gefühl der Macht, das dieses Wissen in ihm weckte. Es war Scheu.

Sie würde ihm geben, worum auch immer er bat, ohne Fragen, ohne Vorbehalte. Diese starke, wundervolle Frau war sein. Es war kein Traum, aus dem er verzweifelt mitten in der Nacht erwachen würde. Es war wirklich. Sie war wirklich, und sie wartete auf ihn.

Er hätte ihr das Nachthemd mit einem Ruck vom Körper reißen können. Stattdessen öffnete er einen winzigen Knopf nach dem anderen, folgte dem schmalen Pfad mit sanften Küssen. Sie konnte nur aufstöhnen, als seine Zunge ihre Haut befeuchtete, aufreizend und erhitzend. Die Nachtluft streifte sie, als er sie auszog. Dann hob er sie hoch, schmiegte sie in seine Arme.

Charity war um ihn geschlungen. Ihr Herz pochte heftig an seinen Lippen. Er brauchte einen Moment, um sich zurückzuhalten, sich zu beherrschen. Er wandte all sein Geschick an, um sie über die Grenze der Vernunft zu bringen.

Ihr Körper war gespannt an seinem. Er beobachtete, wie sie benommen die Augen öffnete. Sie wisperte seinen Namen, und dann bedeckte er ihren Mund mit seinem und fing ihr langes, leises Stöhnen auf, als ihr Körper schlaff wurde.

Es schien unmöglich. Unmöglich, so viel zu spüren und dennoch mehr zu brauchen. Blindlings griff sie nach ihm. Erneutes Verlangen stieg in ihr auf. Sie war eine Gefangene, eine willige Gefangene der heftigen Empfindungen, die er in ihr entfachte. Sie wollte sich um ihn schlingen, ihn festhalten, für immer. Er führte sie in einer langen, gemächlichen Reise an Orte, die sie nie gesehen hatte, an Orte, die sie nie wieder verlassen wollte.

Als er in sie glitt, hörte sie sein leises Aufstöhnen. Also war er genauso gefangen wie sie.

Das Gesicht an ihren Hals gepresst, bekämpfte er den Drang, der Erlösung entgegenzustürmen. Er war gefangen zwischen Himmel und Hölle, und er genoss es. Genoss sie. Er hörte sie seinen Namen flüstern, fühlte die Stärke in sie strömen. Sie war mit ihm, wie niemand zuvor es gewesen war.

Charity schlang die Arme um Ronald, um zu verhindern, dass er zurückwich. „Beweg dich nicht."

„Ich tue dir weh."

„Nein." Sie stieß einen langen, langen Seufzer aus. „Nein, tust du nicht."

„Ich bin zu schwer", beharrte er und rollte sich mit ihr herum, sodass ihre Positionen vertauscht waren.

Zufrieden bettete sie den Kopf an seine Schulter. „Du bist der unglaublichste Liebhaber."

Er versuchte nicht einmal, ein Lächeln zu unterdrücken. „Danke." Besitzergreifend streichelte er über ihre Hüfte. „Hattest du viele?"

Nun lächelte Charity. Die Spur von Eifersucht in seiner Stimme war eine großartige Ergänzung zu der bereits herrlichen Nacht. „Definiere ‚viele'."

Er unterdrückte einen Anflug von Verärgerung, der in ihm aufstieg, und ging auf ihr Spiel ein. „Mehr als drei. Drei sind ein paar. Mehr als drei sind viele."

„Aha. Nun, in dem Fall …" Sie wünschte beinahe, sie könnte lügen und eine ganze Horde erfinden. „Dann hatte ich wohl weniger als ein paar. Das bedeutet aber nicht, dass ich einen unglaublichen nicht erkenne, wenn ich ihn finde."

Er hob den Kopf und starrte sie an. „Ich habe in meinem Leben nichts getan, um dich zu verdienen."

„Sei nicht dumm." Sie hob den Kopf und küsste ihn flüchtig. „Und wechsle nicht das Thema."

„Welches Thema?"

„Du bist clever, Ronald DeWinter, aber nicht so clever." Sie musterte ihn im Lampenschein. „Jetzt bin ich an der Reihe, dich zu fragen, ob du viele Geliebte hattest."

Diesmal lächelte er nicht. „Zu viele. Aber nur eine, die mir etwas bedeutet."

Die Belustigung schwand aus ihren Augen, bevor Charity sie schloss. „Du bringst mich zum Weinen", murmelte sie und senkte den Kopf wieder auf seine Brust.

Noch nicht, dachte Ronald und streichelte ihr Haar. Schon bald, aber noch nicht. „Warum hast du nie geheiratet?", wunderte er sich laut. „Und keine Kinder?"

„Was für eine komische Frage! Ich habe vorher niemanden

genug geliebt." Sie zuckte zusammen über ihre eigenen Worte, zwang sich dann zu einem Lächeln, als sie den Kopf hob. „Das war kein Wink."

Aber es war genau das, was er hören wollte. Er wusste, dass es verrückt war, so zu denken, wenn auch nur für ein paar Stunden, aber er wollte sich vorstellen, dass sie ihn genug liebte, um zu verzeihen, zu akzeptieren und zu versprechen. „Wie steht es mit den Reisen, die du unternehmen wolltest? Sollten die nicht zuerst kommen?"

Sie zuckte die Schultern und schmiegte sich wieder an ihn. „Vielleicht bin ich nie gereist, weil ich im Innern weiß, dass es mir missfallen würde, all die Orte allein zu sehen. Was ist schon schön an Venedig, wenn man niemanden hat, mit dem man in einer Gondel fahren kann? Oder Paris, wenn niemand da ist, um Händchen zu halten?"

„Du könntest mit mir hinfahren."

Bereits halb eingeschlafen, lachte sie. Sie vermutete, dass er kaum mehr besaß als den Preis für die Überfahrt mit der Fähre. „Gut. Lass mich wissen, wann ich packen soll."

„Würdest du es tun?" Er hob ihr Kinn und blickte in ihre schläfrigen Augen.

„Natürlich." Sie küsste ihn, kuschelte den Kopf erneut an seine Schulter und schlief ein.

Ronald knipste die Lampe neben dem Bett aus. Lange Zeit hielt er Charity fest und starrte in die Dunkelheit.

8. Kapitel

Langsam schlug Charity die Augen auf und wunderte sich, warum sie sich nicht bewegen konnte. Verschlafen starrte sie in Ronalds Gesicht. Es war nur wenige Zentimeter von ihrem entfernt. Er hatte sie im Schlaf an sich gezogen, hielt ihre Arme und Beine wirkungsvoll mit seinen gefangen. Obgleich sein Griff recht beengend wirkte, empfand sie ihn als unglaublich süß. Sie ignorierte die Unbequemlichkeit, lag still und nutzte die Gelegenheit, um ihn ausgiebig zu betrachten.

Sie hatte stets geglaubt, dass die Leute im Schlaf sanfter, verletzlicher aussahen. Nicht Ronald. Er hatte den Körper eines Kämpfers und die Augen eines Mannes, der es gewöhnt war, sich Schwierigkeiten direkt zu stellen. Nun waren seine Augen geschlossen, und sein Körper entspannt. Beinahe.

Dennoch fand sie, dass er, ob wach oder schlafend, knallhart aussah. War es immer so? fragte sie sich. Hatte er so sein müssen? Lächeln verlieh seinem Gesicht allerdings einen gewissen Charme. Es linderte das Misstrauen in seinen Augen. Ihrer Ansicht nach lächelte er viel zu selten.

Das werde ich ändern, dachte Charity. Jetzt spielte um ihre Lippen ein Lächeln, während sie ihn beobachtete. Mit der Zeit wollte sie ihm, sanft, beibringen, sich zu entspannen, zu genießen, zu vertrauen. Sie würde ihn glücklich machen. So zu lieben wie sie, ohne dass diese Liebe erwidert wurde, war nicht dankbar. Und es war auch nicht dankbar zu teilen, was sie während der Nacht geteilt hatten, ohne dass sein Herz ebenso verloren war wie ihres. Früher oder später würde er dahinter kommen, wie gut sie zusammenpassten.

Ich lasse dich nicht gehen, sagte sie ihm im Stillen. Du weißt es noch nicht, aber ich habe Einfluss auf dich, und der ist überhaupt nicht leicht zu brechen.

Ronald ist fähig zu geben, dachte sie. Nicht nur körperlich, obgleich sie sich nicht schämte einzugestehen, dass sein Geschick sie entzückt hatte. Er war ein Mann voller Gefühle, von denen zu viele unterdrückt waren. Was ist mit ihm geschehen, wunderte sie sich, dass er sich so vor der Liebe hütet und sich so sehr fürchtet, sie zu geben?

Sie liebte ihn zu sehr, um eine Antwort zu fordern. Es war eine Frage, die er von sich aus beantworten musste. Eine Frage, die er beantworten würde, sobald er ihr genug vertraute. Dann brauchte sie ihm nur zu zeigen, dass nichts davon zählte. Von nun an zählte nur noch, was sie füreinander empfanden.

Charity beugte sich über Ronald und küsste ihn leicht auf den Mund. Sofort öffnete er die Augen. Fasziniert beobachtete sie, wie deren Ausdruck sich von Misstrauen in Verlangen verwandelte. „Du hast einen leichten Schlaf", sagte sie. „Ich habe nur ..."

Bevor sie aussprechen konnte, presste er seinen Mund hungrig und beharrlich auf ihren. Sie stöhnte leise auf, als sie sich seinem Kuss hingab.

Es war der einzige Weg, den er kannte, um ihr zu sagen, wie viel es ihm bedeutete, aufzuwachen und sie warm und willig an seiner Seite vorzufinden. An zu vielen Morgenden war er allein in fremden Betten in leeren Räumen erwacht.

Jahrelang hatte er sich bewusst von jedem abgesondert, der versucht hatte, ihm nahezukommen. Er hatte sich eingeredet, es sei wegen des Jobs. Aber das war eine Lüge, eine von vielen. Er hatte es vorgezogen, allein zu bleiben, weil er nicht hatte riskieren wollen, erneut zu verlieren. Erneut zu trauern. Nun, über Nacht, hatte sich alles geändert.

Er würde alles in Erinnerung behalten – die blassen Lichtstrahlen, die sich in den Raum stahlen, das erste Zwitschern, Trällern und Singen der Vögel, die die aufgehende Sonne begrüßten, den Duft von Charitys Haut, die sich an seiner erwärmte. Und den Geschmack ihres Mundes, der sich begierig unter seinem öffnete.

Es steckten so tiefe, dunkle Bedürfnisse in ihm. Charity spürte sie, verstand sie und begegnete ihnen bedingungslos. Während das Morgengrauen die Nacht vertrieb, erweckte er ihre eigenen Bedürfnisse, bis sie seine widerspiegelten.

Langsam, mit Leichtigkeit, schlüpfte er in sie. Mit einem Seufzer hieß sie ihn willkommen.

Charity fühlte sich so stark wie ein Ochse und so zufrieden wie eine Katze, die Sahne geschleckt hat. Mit geschlossenen Augen streckte sie die Arme. „Wenn ich bedenke, dass ich Joggen für die beste Art hielt, den Tag zu beginnen!“ Lachend kuschelte sie sich wieder an Ronald. „Ich muss dir danken, dass du mir gezeigt hast, wie sehr ich mich geirrt habe.“

„Es war mir ein Vergnügen.“ Er spürte sein Herz noch immer wie einen Hammer an seine Rippen pochen. „Gib mir eine Minute, und ich zeige dir den besten Grund, um morgens im Bett zu bleiben.“

Es war verlockend. Doch bevor ihr Blut sich erhitzen konnte, schüttelte sie den Kopf und setzte sich auf. „Vielleicht hast du etwas Zeit, wenn ich zurückkomme.“

Er umfasste ihr Handgelenk mit lockerem Griff. „Von wo?“

„Von Ludwigs Auslauf.“

„Nein.“

„Was, nein?“, hakte Charity nach.

Er kannte den Ton. Sie war wieder die Chefin, obgleich ihr Gesicht noch vom Liebesspiel glühte und sie nackt bis zur Taille war, wo das Laken sie umhüllte. Sie war wieder die Frau, die keine Befehle annahm. Er beschloss ihr zu zeigen, dass sie sich wiederum irrte. „Nein, du gehst nicht mit dem Hund hinaus.“

Weil sie vernünftig sein wollte, lächelte sie. „Doch, natürlich. Ich habe mein Versprechen gehalten und bin den ganzen Tag im Bett geblieben. Und die ganze Nacht. Jetzt heißt es zurück an die Arbeit."

Innerhalb des Gasthauses war es ihm nur recht. Je früher alles wieder seinen normalen Gang nahm, desto besser. Aber auf keinen Fall wollte er sie allein auf einer verlassenen Straße herumwandern lassen. „Du bist nicht in der Verfassung, eine Meile zu laufen."

„Drei Meilen, und ich bin sehr wohl in der Verfassung."

„Drei?" Ronald zog eine Augenbraue hoch und strich mit einer Hand über ihren Schenkel. „Kein Wunder, dass du so herrlich feste Muskeln hast."

„Das tut nichts zur Sache." Sie wich zurück, bevor seine Berührung sie schwächen konnte.

„Du hast einen unglaublichen Körper."

Sie schob seine forschenden Hände beiseite. „Ronald … wirklich?"

Seine Lippen verzogen sich zu einem Lächeln. So gefielen sie Charity am besten. „Absolut. Lass es mich dir zeigen."

„Nein, ich …" Sie hielt seine Hände fest, die ihre Schenkel streichelten. „Wir bringen uns womöglich um, wenn wir das noch einmal versuchen."

„Ich riskiere es."

„Ronald, ich meine es ernst." Ihr stockte der Atem, als er mit den Zähnen über ihre Haut strich. Es ist unmöglich, dachte sie, unmöglich, dass dieses tiefe Verlangen erneut erwacht. „Ronald …"

„Fabelhafte Beine", murmelte er und streichelte ihre Kniekehle mit der Zunge. „Ich habe ihnen letzte Nacht längst nicht genug Beachtung geschenkt."

„Doch. Du versuchst nur, mich abzulenken."

„Ja."

„Das kannst du nicht." Charity schloss die Augen. Er konnte es, und er tat es. „Ludwig braucht seinen Auslauf."

„Prima." Ronald setzte sich auf und umfing ihre Taille mit den Händen. „Ich führe ihn aus."

„Du?“ Sie wandte den Kopf ab, um seinem Kuss zu entgehen, und erschauerte, als seine Lippen über ihren Hals wanderten. „Das ist nicht nötig. Ich bin völlig … Ronald …“ Sie flüsterte seinen Namen schwach, als er die Daumen über ihre Brüste kreisen ließ.

„Ja, ein wirklich unglaublicher Körper“, murmelte er. „Rank und schlank und unglaublich ansprechend. Ich kann dich nicht anfassen, ohne dich zu begehren.“

„Du versuchst mich zu verführen.“

„Dir entgeht auch gar nichts, oder?“

Sie war dabei zu verlieren, wurde beschämend schwach. Sie wusste, dass sie sich später darüber ärgern würde, doch nun konnte sie sich nur an ihn klammern und ihn seinen Willen durchsetzen lassen. „Ist das deine Antwort auf alles?“

„Nein.“ Ronald hob ihre Hüften und führte sie zu ihm. „Aber es reicht.“

Unfähig zu widerstehen, schlang sie Arme und Beine um ihn und ließ das Verlangen von beiden Besitz ergreifen. Als es gestillt war, sank sie kraftlos zurück auf das Bett. Sie widersprach nicht, als Ronald die Decke über ihre Schultern hochzog.

„Bleib hier“, sagte er und küsste ihr Haar. „Ich komme zurück.“

„Die Leine hängt am Haken unter der Treppe“, murmelte Charity. „Er bekommt zwei Messlöffel Futter, nachdem ihr zurück seid. Und frisches Wasser.“

„Ich glaube, ich kann mit dem Hund umgehen, Charity.“

Sie gähnte und zog die Decke höher. „Er jagt gern die Nachbarskatze, aber keine Sorge, er erwischt sie nicht.“

„Das erleichtert mich ungemein.“ Ronald band sich die Schuhe zu. „Sonst noch etwas, das ich wissen sollte?“

„Hmm.“ Sie kuschelte sich in die Kissen. „Ich liebe dich.“

Wie immer erschütterte es ihn, sie es sagen zu hören und zu wissen, dass sie es ernst meinte. Schweigend ging er hinaus.

Charity war nicht müde, aber sie gab Ronald recht. Schlaf

war nicht der beste Grund, um morgens im Bett zu bleiben. Trotz ihrer Prellungen und Abschürfungen hatte sie sich noch nie besser gefühlt. Dennoch gönnte sie es sich, liegen zu bleiben und zu träumen, bis ihr Gewissen sie schließlich zum Aufstehen drängte.

Automatisch stellte sie die Stereoanlage an und machte das Bett. Im Wohnzimmer sah sie die Notizen durch, die sie sich gemacht hatte, und fügte noch einige hinzu. Dann stellte sie sich unter die Dusche.

Sie summte Tschaikowskys Violin-Konzert mit, als sich plötzlich raschelnd der Vorhang öffnete. „Ronald!" Sie presste beide Hände aufs Herz und lehnte sich gegen die Kacheln. „Du könntest mich genauso gut erschießen wie mich zu Tode erschrecken. Hast du noch nie vom Bates-Motel gehört?"

„Ich habe mein Fleischermesser in der anderen Hose gelassen." Sie hatte das Haar auf dem Kopf zu einem witzig aussehenden Knoten gesteckt und ein Stück duftender Seife in der Hand. Ihre Haut glänzte nass. Er zog sich das Hemd aus und warf es beiseite. „Hast du nie daran gedacht, deinem Hund beizubringen, bei Fuß zu gehen?"

„Nein." Grinsend beobachtete Charity, wie er seine Jeans öffnete. „Ich nehme an, du kannst eine Dusche gebrauchen." Schweigend warf er die Hose zum Hemd. Sie musterte ihn lange und gründlich. „Nun, offensichtlich hat dich der Lauf nicht … ermüdet." Sie lachte, als er zu ihr unter die Dusche stieg.

Es war fast eine Stunde später, als Charity in die Eingangshalle hinunterging. Sie blieb am Empfang stehen und lächelte. „Guten Morgen, Bob."

„Charity." Er spürte, wie seine Handflächen feucht wurden, als er Ronald hinter ihr entdeckte. „Wie fühlen Sie sich? Sie sind schrecklich früh auf den Beinen."

„Mir geht es gut." Flüchtig sah sie die Papiere auf dem Pult durch. „Es tut mir leid, dass ich Sie gestern habe hängen lassen."

„Das ist doch Unsinn." Angst verkrampfte ihm den Magen, als er die Wunde an ihrer Stirn musterte. „Wir waren besorgt um Sie."

„Danke, aber es besteht kein Grund zur Sorge mehr." Sie lächelte Ronald an. „Ich habe mich nie im Leben besser gefühlt."

Bob fing ihren Blick auf, und sein Herz sank. Wenn der Cop verliebt in sie ist, dachte er, wird alles nur noch brenzliger. „Freut mich zu hören. Aber ..."

Charity unterbrach seinen Protest, indem sie eine Hand hob. „Gibt es irgendetwas Dringendes?"

„Nein." Er blickte erneut zu Ronald. „Nein, nichts."

„Gut." Sie legte die Papiere beiseite und musterte ihn. „Was ist los, Bob?"

„Nichts. Was sollte sein?"

„Sie sehen ein bisschen blass aus. Sie werden doch hoffentlich nicht krank, oder?"

„Nein, nein, es ist alles bestens. Wir haben ein paar neue Reservierungen. Der Juli ist fast ausgebucht."

„Großartig. Ich sehe es mir nach dem Frühstück an. Bis später." Sie nickte ihm zu und betrat den Speisesaal.

Drei Tische waren bereits besetzt. Bonnie nahm die Bestellungen entgegen. Das Frühstücksmenü war sauber auf der Tafel aufgelistet, und im Hintergrund spielte sanfte Musik. Die Blumen auf den Tischen waren frisch, und der Kaffee war heiß.

„Ist etwas nicht in Ordnung?", fragte Ronald.

„Nein." Charity zupfte den Kragen ihrer Bluse zurecht. „Was sollte nicht in Ordnung sein? Es scheint alles bestens zu sein." Sie fühlte sich nutzlos und ging in die Küche.

Es gab keinen Streit zu schlichten. Mae und Dolores arbeiteten Seite an Seite, und Lori belud ihr Tablett mit der ersten Bestellung.

„Wir brauchen mehr Butter für den Französischen Toast", rief Mae.

„Kommt sofort." Munter wie ein Vogel, formte Dolores

hübsche Butterbällchen. Als sie Lori die gefüllte Schale reichte, erblickte sie Charity in der Tür. „Guten Morgen." Ihr schmales Gesicht verzog sich zu einem Lächeln. „Ich habe nicht erwartet, Sie schon auf den Beinen zu sehen."

„Es geht mir gut."

„Setz dich, Mädchen." Mae blickte kaum auf und fuhr fort, Käse für ein Omelette zu reiben. „Dolores wird dir Tee geben."

Charity lächelte trotz zusammengebissener Zähne. „Ich will keinen Tee."

„Wollen oder brauchen sind zwei verschiedene Dinge."

„Es freut mich, dass es Ihnen besser geht", sagte Lori, während sie mit ihrem Tablett hinauseilte.

Bonnie kam herein, mit einem Bestellblock in der Hand. „Oh, hallo, Charity, wir dachten, Sie würden sich noch einen Tag ausruhen. Geht es Ihnen besser?"

„Mir geht es gut", antwortete Charity knapp. „Sehr gut."

„Prima. Zwei Omelettes mit Schinken, Mae. Einen Französischen Toast mit Würstchen, zwei Kräutertees, ein Rosinenbrötchen. Und der Kaffee geht zur Neige." Nachdem sie die Bestellzettel auf einen Haken am Herd gespießt hatte, eilte sie hinaus.

Charity griff nach einer Schürze, doch Mae schob sie fort. „Ich habe dir gesagt, dass es mir gut geht. Ich werde helfen, Order aufzunehmen."

„Die einzigen Order, die du heute erhältst, sind die von mir. Jetzt setz dich." Mae streichelte ihr über den Arm. Niemand verstand es besser als sie, diesen trotzigen Blick zu erkennen und mit ihm umzugehen. „Sei ein liebes Mädchen. Ich sorge mich weniger, wenn ich weiß, dass du ordentlich gefrühstückt hast. Du willst doch nicht, dass ich mich sorge, oder?"

„Nein, natürlich nicht, aber ..."

„So ist es richtig. Jetzt setz dich. Ich mache dir einen Französischen Toast. Den magst du doch am liebsten."

Charity setzte sich.

Dolores stellte ihr eine Tasse Tee hin. „Sie haben uns gestern einen gehörigen Schreck eingejagt. Setzen Sie sich, Ronald. Ich bringe Ihnen Ihren Kaffee."

„Danke." Er blickte Charity an und murmelte: „Du schmollst."

„Tue ich nicht."

„Der Doc kommt heute Morgen und sieht noch einmal nach dir."

„Herrje, Mae …"

„Du wirst nichts tun, bis er sein Okay gibt." Mit einem Nicken begann Mae Bonnies Bestellung vorzubereiten. „Wir brauchen dich hundertprozentig auf dem Posten. Gestern war es schwer genug."

Charity hörte auf, in ihren Tee zu starren, und blickte auf. „Ach, wirklich?"

„Jeder hat Fragen gestellt, die keiner beantworten konnte. Ein ganzer Stapel Bettwäsche ging verloren."

„Verloren? Aber …"

„Ich habe ihn gefunden." Mae machte für Dolores Platz am Herd. „Aber es war eine Zeit lang sehr verwirrend. Und dann die Dinnerschicht … Wir hätten ein zusätzliches Paar Hände gut gebrauchen können." Über Charitys Kopf hinweg zwinkerte sie Ronald zu. „Wir werden alle mächtig froh sein, wenn Doc sein Okay gibt. Dolores, lass den Schinkenspeck knusprig werden."

„Er ist knusprig."

„Nicht genug."

„Soll ich ihn verbrennen?"

Charity lächelte und nippte an ihrem Tee. Es war schön, wieder dabei zu sein.

Es war bereits Nachmittag, als Charity Ronald wiedersah. Sie hatte einen Bleistift hinter dem Ohr, einen Notizblock in einer Tasche und einen Staublappen in der anderen, und sie stürmte den Flur entlang zu ihren Räumen.

„Hast du es eilig?“

„Oh.“ Sie blieb lange genug stehen, um ihn anzulächeln. „Ja. Ich habe ein paar Papiere in meinem Zimmer, die im Büro sein sollten.“

„Wozu das?“ Er zupfte am Staublappen.

„Eins der Zimmermädchen ist an Grippe erkrankt. Ich habe es nach Hause geschickt.“ Sie blickte zur Uhr und runzelte die Stirn. Sie konnte etwa zwei Minuten für ein Gespräch erübrigen. „Ich hoffe nur, dass Bob nicht das Gleiche hat.“

„Was ist mit Bob?“

„Ich weiß nicht. Er sieht einfach nicht gut aus.“ Charity warf ihr Haar zurück, ließ damit die schlanken Goldspiralen an ihren Ohren tanzen. „Jedenfalls fehlt uns ein Zimmermädchen, und heute kommen Gäste für die Häuser 3 und 5. Die Garsons sind heute Morgen aus Zimmer 5 ausgezogen. Sie verdienen nicht gerade eine Medaille für Sauberkeit.“

„Der Arzt hat gesagt, dass du dich heute Nachmittag eine Stunde hinlegen sollst.“

„Ja, aber … Woher weißt du das?“

„Ich habe ihn gefragt.“ Ronald zog das Staubtuch aus ihrer Tasche. „Ich reinige Haus 5.“

„Sei nicht albern. Das ist nicht deine Aufgabe.“

„Meine Aufgabe ist es, Sachen in Ordnung zu bringen. Ich werde Haus 5 in Ordnung bringen.“ Er nahm ihr Kinn zwischen zwei Finger. „Wenn ich damit fertig bin, komme ich hinauf. Wenn du dann nicht im Bett liegst, hole ich dich.“

„Das klingt ja wie eine Drohung.“

Er beugte sich hinab und küsste sie hart. „Das ist es auch.“

„Ich bin völlig verängstigt“, sagte sie und rannte die Treppe hinauf.

Es lag nicht daran, dass Charity die Anordnung des Arztes missachten wollte. Ein kurzer Nachmittagsschlaf stand nur ganz unten auf ihrer Liste all der Dinge, die sie zu erledigen hatte.

Dazu kam außerdem noch, dass Bob zerstreut und durcheinander war. Besorgt, dass er krank war oder sich mit einem privaten Problem herumschlug, übernahm sie die Hauptlast seiner Arbeit.

Zweimal fasste sie ernsthaft den Entschluss, eine Pause einzulegen und in ihre Räume hinaufzugehen, und beide Male wurde sie von eintreffenden Gästen aufgehalten. Sie vertraute darauf, dass Ronald Haus 5 in Ordnung gebracht hatte, und führte ein frisch verheiratetes Paar hinein.

„Von hier haben Sie einen herrlichen Ausblick auf den Garten“, bemerkte Charity, während sie verstohlen prüfte, ob frische Handtücher da waren. Ronald hatte sie auf die Stange gehängt, wie es sich gehörte. Das Bett war mit militärischer Präzision gemacht worden, an der sie nichts aussetzen konnte.

„Jeden Nachmittag um fünf Uhr wird Wein im Gesellschaftsraum serviert. Wir empfehlen Ihnen, einen Tisch zu reservieren, wenn Sie bei uns das Dinner einnehmen möchten – vor allem, da heute Sonnabend ist. Das Frühstück wird zwischen halb acht und zehn serviert. Wenn Sie …“ Charity brach ab, als Ronald eintrat. „Ich komme gleich“, sagte sie ihm und wandte sich wieder an die Flitterwöchner.

„Entschuldigung.“ Ronald nickte beiden freundlich zu, bevor er Charity auf die Arme hob. „Miss Ford wird woanders gebraucht. Einen wunderschönen Aufenthalt hier.“

Sobald Charity den ersten Schreck überwunden hatte, wehrte sie sich. „Bist du verrückt geworden? Lass mich runter!“

„Das habe ich vor – sobald wir bei deinem Bett angekommen sind.“

„Du kannst doch nicht einfach …“ Ihre Worte endeten in einem Aufstöhnen, als er sie durch den Gesellschaftsraum trug.

Zwei Männer, die auf dem Sofa saßen, stellten abrupt ihr Gespräch ein. Eine Familie, die gerade von einem Spaziergang zurückkehrte, starrte von der Tür aus herüber. Miss Millie und Miss Lucy unterbrachen ihr tägliches Scrabble-Spiel am Fenster.

„Ist das nicht höchst romantisch?“, bemerkte Miss Millie, während Ronald mit Charity im Westflügel verschwand.

„Du hast mich völlig blamiert“, schimpfte Charity.

Er trug sie die Treppe hinauf. „Du kannst von Glück sagen, dass ich nur das getan habe.“

„Du hattest kein Recht, mich zu unterbrechen, als ich gerade Gäste empfing. Und dann musstest du auch noch Rhett Butler spielen!“

„Wenn ich mich recht erinnere, hatte er etwas anderes im Sinn, als er eine trotzige Frau zum Bett trug.“ Ronald ließ sie nicht besonders sanft auf die Matratze fallen. „Du wirst dich ausruhen.“

„Ich bin sehr versucht, dich zum Teufel zu jagen.“

Er beugte sich zu ihr herunter und nahm ihr Gesicht zwischen die Hände. „Nur zu!“

„Meine Manieren sind zu fest verwurzelt, um es mir zu gestatten“, entgegnete sie hoheitsvoll.

„Welch ein Glück für mich!“ Ronald beugte sich ein wenig näher. Belustigung lag nun in seinem Blick, sodass sie die Zähne zusammenbeißen musste, um nicht zu lachen. „Ich will, dass du sechzig Minuten lang nicht aus diesem Bett aufstehst.“

„Oder?“

„Oder … ich hetze dir Mae auf den Hals.“

„Das ist ein Tiefschlag.“

Er drückte ihr einen Kuss auf die Stirn. „Schalte eine Stunde ab, Baby. Es wird dich nicht umbringen.“

Sie spielte mit dem obersten Knopf seines Hemdes. „Es würde mir besser gefallen, wenn du zu mir kämst.“

„Ich sagte abschalten, nicht anturnen.“ Als das Telefon im Wohnzimmer zu klingeln begann, hielt er sie mit einer Hand zurück. „Du bleibst liegen. Ich gehe ran.“

Sie verdrehte die Augen hinter seinem Rücken, als er nach nebenan ging.

„Ja? Sie ruht. Sagen Sie ihm, dass sie in einer Stunde zurückruft. Stellen Sie bis vier Uhr keine Gespräche durch.“ Ronald blickte gedankenverloren auf einen Katalog hinunter, der aufgeschlagen auf dem Schreibtisch lag. Charity hatte ein Goldarmband mit einem quadratischen roten Stein eingekreist. „Kümmern Sie sich um alles, was in der nächsten Stunde anfällt."

„Was war?", rief Charity vom Schlafzimmer aus.

„Ich sage es dir in einer Stunde."

„Verdammt, Ronald, wenn es nun wichtig ist …"

Er blieb im Türrahmen stehen. „Ist es nicht."

Sie warf ihm einen vernichtenden Blick zu. „Woher willst du das wissen?"

„Ich weiß, dass es nicht wichtiger ist als du. Nichts ist wichtiger." Er schloss die Tür vor ihrer verblüfften Miene.

Ich muss Bob fest an der Leine halten, dachte Ronald, während er die Treppe hinunterging. Solange er mehr Angst vor mir als vor Block hat, geht alles klar.

Er musste den Druck nur noch ein paar Tage lang aufrechterhalten. Block und „Vision Tours" sollten am Dienstag eintreffen. Wenn sie sich am Donnerstagmorgen abmeldeten, wollte er die Falle zuschnappen lassen.

Ronald öffnete die Bürotür und sah Bob auf den Computerbildschirm starren und hastig Kaffee trinken. „Für jemanden, der sich den Lebensunterhalt durch Betrug verdient, sind Sie reichlich nervös."

Bob nahm noch einen Schluck. „Ich habe noch nie mit einem Cop im Nacken gearbeitet."

„Sehen Sie mich einfach als Ihren neuen Partner an", riet Ronald. Er nahm ihm den Becher aus der Hand und roch daran. „Und lassen Sie das Saufen sein."

„Haben Sie etwas Nachsicht mit mir."

„Ich bin nachsichtiger, als Sie es verdienen. Charity macht sich Sorgen, dass Sie sich etwas eingefangen haben – etwas anderes als einen Aufenthalt im Gefängnis. Ich will nicht, dass sie sich sorgt."

„Hören Sie, Sie verlangen von mir, dass ich Block belüge, dass ich ihn reinlege." Bobs Hand zitterte, als er sich durch das Haar strich. „Sie wissen nicht, zu was dieser Mann fähig ist. Ich weiß nicht, wozu er fähig ist." Er blickte zum Becher, den Ronald außer Reichweite gestellt hatte. „Ich brauche etwas, das mir über die nächsten Tage hinweghilft."

„Seien Sie sich über eines im Klaren." Ronald steckte sich ruhig eine Zigarette an. „Bringen Sie die Sache zuwege, und ich setze mich für Sie ein. Vermasseln Sie es, und ich sorge dafür, dass Sie lange Zeit im Knast sitzen. Und jetzt machen Sie eine Pause."

„Was?"

„Ich sagte, machen Sie eine Pause. Gehen Sie spazieren. Trinken Sie einen richtigen Kaffee."

„Gewiss." Während Bob aufstand, wischte er sich die Handflächen an der Hose ab. „Hören Sie, DeWinter, ich treibe ein ehrliches Spiel mit Ihnen. Ich erwarte von Ihnen, wenn es zum Endspurt kommt, dass Sie mir Block vom Leibe halten."

„Ich werde mich um Block kümmern." Es war ein Versprechen, das Ronald zu halten gedachte. Als er zum Telefon griff, schloss sich die Tür hinter Bob. „DeWinter", meldete er sich, als die Verbindung hergestellt war.

„Machen Sie es kurz", sagte Conby. „Ich habe Freunde zu Besuch."

„Ich werde versuchen, Ihren Martini nicht warm werden zu lassen. Ich will wissen, ob Sie den Fahrer ausfindig gemacht haben."

„DeWinter, ein kleiner Handlanger ist kaum wichtig für uns."

„Für mich ist er wichtig. Haben Sie ihn gefunden?"

„Ein Mann, auf den die Beschreibung Ihres Informanten passt, wurde heute Morgen in Tacoma festgenommen. Er wird zum Verhör bei der Lokalpolizei festgehalten. Wir benutzen unseren Einfluss, um die Prozedur zu verlängern. Ich fliege am

Montag hinüber“, fuhr Conby fort. „Am Dienstagvormittag werde ich im Gasthaus eintreffen. Wie man mir sagte, bekomme ich ein Zimmer mit Blick auf einen Fischteich. Das klingt sehr malerisch.“

„Ich will Ihr Wort, dass Charity aus der Sache herausgehalten wird.“

„Wie ich bereits erklärte, gibt es keinen Anlass zur Sorge, falls sie unschuldig ist. Wie gesagt, falls sie wirklich unschuldig ist.“

„Es geht nicht um ‚falls‘.“ Ronald zügelte mühsam sein Temperament und drückte seine Zigarette aus. „Sie ist unschuldig. Wir haben Beweise dafür.“

„Das Wort eines winselnden kleinen Buchhalters.“

„Sie wurde beinahe umgebracht, und sie weiß nicht einmal, warum.“

„Dann behalten Sie sie gut im Auge. Wir haben nicht den Wunsch, sie verletzt zu sehen oder sie mehr als nötig hineinzuziehen. Da draußen gibt es einen Polizisten, der dieselbe leidenschaftliche Meinung über Miss Ford hegt wie Sie. Sheriff Royce hat Ihre Spur zu uns verfolgt.“

„Wie hat er es angestellt?“

„Er ist ein schlauer Cop mit Beziehungen. Er hat einen Cousin oder Schwager oder so was Ähnliches bei uns im FBI. Er war nicht gerade erfreut, dass wir ihn im Dunkeln gelassen haben.“

„Das kann ich mir denken.“

„Ich nehme an, dass er Ihnen bald einen Besuch abstatten wird. Gehen Sie vorsichtig mit ihm um, DeWinter, aber werden Sie mit ihm fertig.“

Gerade als Ronald das Klicken in der Leitung hörte, öffnete sich die Tür. Ausnahmsweise hat Conby ins Schwarze getroffen, dachte er und legte den Hörer auf, bevor er sich auf dem Stuhl zurücklehnte. „Sheriff.“

„Ich will wissen, was, zum Teufel, hier vorgeht, Agent DeWinter.“

„Schließen Sie die Tür. Und ich wäre Ihnen sehr dankbar, wenn Sie den ‚Agent' vorläufig wegließen."

Royce stützte nur beide Handflächen auf den Schreibtisch. „Ich will wissen, was ein getarnter FBI-Agent in meinem Territorium zu suchen hat."

„Er befolgt Befehle. Wollen Sie sich nicht setzen?" Ronald deutete auf den Stuhl.

„Ich will wissen, an was für einem Fall Sie arbeiten."

„Was hat man Ihnen denn gesagt?"

Royce schnaubte verächtlich. „Selbst mein Cousin hat mich an der Nase herumgeführt, DeWinter, aber mir bleibt nichts anderes übrig, als anzunehmen, Ihr Hiersein hat etwas damit zu tun, dass Charity gestern beinahe überfahren wurde."

„Ich bin hier, weil ich hierher beordert wurde." Ronald wartete einen Moment, maß Royce mit einem langen direkten Blick. „Aber mein Hauptanliegen besteht darin, Charity zu beschützen."

Royce arbeitete nicht schon seit fast zwanzig Jahren als Gesetzesvertreter, ohne einen Mann beurteilen zu können. Er fällte sein Urteil über Ronald, und er war zufrieden. „Ich habe aus Washington eine Menge Unsinn darüber gehört, dass gegen Charity ermittelt wird."

„Es wurde gegen sie ermittelt. Jetzt nicht mehr. Aber sie könnte in Schwierigkeiten geraten. Sind Sie bereit zu helfen?"

„Ich kenne das Mädchen schon ihr ganzes Leben lang." Royce nahm seinen Hut ab und strich sich mit den Fingern durch das Haar. „Warum hören Sie nicht auf, dumme Fragen zu stellen, und sagen mir endlich, was vorgeht?"

Ronald informierte ihn über den Sachverhalt, hielt ein- oder zweimal inne, um Royce Zwischenfragen stellen zu lassen. „Ich habe keine Zeit, nähere Einzelheiten zu erläutern. Ich möchte wissen, wie viele Ihrer Männer Sie am Donnerstagmorgen erübrigen können."

„Alle", erwiderte Royce spontan.

„Ich will nur die erfahrensten. Ich bin informiert worden, dass Block nicht nur das Falschgeld, sondern auch einen Mann mitbringt, der sich als Jack Marshall eintragen wird. Sein richtiger Name lautet Dupont. Vor einer Woche hat er zwei Banken in Ontario ausgeraubt, einen Wächter erschossen und einen Zivilisten verletzt. Block wird ihn innerhalb der Reisegruppe aus Kanada herausschmuggeln, ihn ein paar Tage hierbehalten und dann in Etappen nach Südamerika schicken. Für den Reiseservice von Männern wie Dupont kassiert er ein ganz schön hohes Honorar. Wir werden Agenten hier im Gasthaus haben, aber es sind auch Zivilisten hier. Es gibt keine Möglichkeit, das Lokal zu räumen, ohne den beiden einen Wink zu geben."

„Es ist ein riskantes Spiel, das Sie treiben."

„Ich weiß." Ronald dachte an Charity. „Es ist die einzige Art, auf die ich es zu spielen verstehe."

9. Kapitel

Als Ronald feststellte, dass Charity sich weder im Büro noch in der Küche oder sonst wo im Gasthaus aufhielt, verlor er die Beherrschung.

„Sie hat einige Gäste zur Fähre gefahren", teilte Mae ihm mit. Dann beobachtete sie fasziniert, wie er seiner Wut freien Lauf ließ. „Du meine Güte", sagte sie, als er sich wieder einigermaßen beruhigt hatte. „Sie hat es aber schlimm erwischt, Junge."

„Warum haben Sie Charity gehen lassen?"

„Sie gehen lassen?" Mae stieß ein lautes Lachen aus. „Ich habe das Mädchen nichts mehr tun lassen, seit sie laufen kann. Sie tut es einfach." Sie musterte ihn. „Gibt es irgendeinen Grund, warum sie nicht zur Fähre hätte fahren sollen?"

„Nein."

„Dann ist ja alles gut. Beruhigen Sie sich. Sie wird in einer halben Stunde zurück sein."

Unruhig marschierte Ronald auf und ab, ohne Unterlass. Mae und Dolores tauschten Blicke über den Raum hinweg. Es würde viel zu schwatzen geben, sobald sie die Küche wieder für sich selbst hatten.

Mae dachte daran, wie Charity am Morgen gelächelt hatte. Das Mädchen war förmlich in die Küche getanzt. Sie behielt Ronald im Auge, während er brütend eine Tasse Kaffee trank und fortwährend zur Uhr sah. In der Tat, dachte sie, den Jungen hat es schlimm erwischt. „Sie haben heute frei, oder?"

„Wie bitte?"

„Es ist Sonntag", sagte sie geduldig. „Es ist Ihr freier Tag, oder?"

„Ja, ich nehme es an."

„Ein schöner Tag. Gutes Wetter für ein Picknick." Mae begann Roastbeef zu schneiden. „Haben Sie was vor?"

„Nein."

„Charity liebt Picknicks. Sehr sogar. Wissen Sie, ich glaube, das Mädchen war seit über einem Monat keinen Tag von hier fort."

„Haben Sie Dynamit?"

„Wozu denn das?", warf Dolores ein.

„Ich nehme an, es braucht Dynamit, um Charity einen Tag lang aus dem Gasthaus zu vertreiben."

Es dauerte einen Moment, aber dann begriff Dolores den Scherz. Sie kicherte. „Hast du das gehört, Mae? Er will Dynamit."

„Dummköpfe", murmelte Mae, während sie ihren Schokoladenkuchen anschnitt. „Dem Mädchen kann man nicht mit Dynamit oder Drohungen oder Befehlen beikommen. Da kann man genauso gut mit dem Kopf gegen die Wand rennen. Wenn man etwas von ihr will, muss man sie glauben lassen, dass sie einem einen Gefallen tut. Sie glauben lassen, dass es einem wichtig ist. Dolores, hol mir den großen Korb aus dem Hinterzimmer. Junge, wenn Sie weiter so herumlaufen, wetzen Sie mir noch den Fußboden durch."

„Sie hätte inzwischen zurück sein müssen."

„Sie wird schon kommen. Können Sie mit einem Boot umgehen?"

„Ja, warum?"

„Charity hat Picknicks auf dem Wasser immer geliebt. Sie war seit langer Zeit nicht mehr in einem Boot draußen. Zu lange."

„Ich weiß. Sie hat es mir erzählt."

Mae drehte sich zu ihm um. Ihre Miene war entschlossen. „Wollen Sie mein Mädchen glücklich machen?"

Ronald versuchte es mit einem Schulterzucken abzutun, aber er konnte nicht anders. „Ja. Ja, das will ich."

„Dann fahren Sie mit ihr im Boot hinaus. Lassen Sie sie nicht Nein sagen."

„In Ordnung."

Zufrieden drehte Mae sich wieder um. „Gehen Sie in den Keller und holen Sie eine Flasche Wein. Französischen. Sie mag das französische Zeug."

„Sie kann von Glück sagen, dass sie Sie hat."

Maes breites Gesicht rötete sich ein wenig, aber sie sagte kurz angebunden: „Hier bei uns haben wir einander. Sie sind in Ordnung", fügte sie hinzu. „Ich war mir nicht sicher, als Sie hier ankamen, aber Sie sind in Ordnung."

Ronald wartete bereits, als Charity zurückkehrte. Während sie aus dem Lieferwagen stieg, ging er ihr schon entgegen, den Korb in der Hand. „Hallo."

„Hallo." Sie begrüßte ihn mit einem Lächeln und einem schnellen Kuss. Obwohl zwei Teenager in der Nähe spielten, schlang er einen Arm um sie und zog sie hart an sich. Sie bemerkte, dass er einen weiten schwarzen Pullover über die Jeans gezogen hatte und einen Korb trug. „Was ist das?"

„Ein Korb. Mae hat mir ein paar Sachen eingepackt. Heute ist mein freier Tag."

„Oh." Charity warf ihr Haar zurück. „Stimmt ja. Wohin willst du?"

„Hinaus aufs Wasser, wenn ich das Boot benutzen darf."

„Gewiss." Sie blickte zum Himmel hinauf, ein wenig sehnsüchtig. „Es ist ein großartiger Tag dafür. Leichte Brise, kaum eine Wolke."

„Dann lass uns gehen."

„Uns? Ach, Ronald, ich kann nicht. Ich habe heute Nachmittag Dutzende von Dingen zu erledigen. Und ich …" Sie wollte nicht eingestehen, dass sie nicht bereit war, wieder aufs Wasser hinauszufahren. „Ich kann nicht."

„Ich bringe dich vor der Dinnerschicht zurück." Er legte eine

Hand an ihre Wange. „Ich brauche dich bei mir, Charity. Ich muss ein bisschen Zeit mit dir verbringen, allein.“

„Vielleicht könnten wir eine Spazierfahrt machen. Du hast die Berge noch nicht gesehen.“

„Bitte.“ Er stellte den Korb ab und nahm ihre Arme. „Tu es für mich.“

Hat er je zuvor „bitte“ gesagt? fragte sie sich. Sie bezweifelte es. Mit einem Seufzer blickte sie zum Boot hinüber, das sanft am Pier schaukelte. „Also gut. Vielleicht für eine Stunde. Ich gehe mich umziehen.“

Der rote Sweater und die Jeans halten sie warm genug, entschied er. Und das wusste sie auch. Sie wollte nur Zeit schinden. „Du siehst gut aus, wie du bist.“ Er behielt ihre Hand in seiner, während sie den Pier hinuntergingen. „Er könnte ein bisschen Instandhaltung gebrauchen.“

„Ich weiß.“ Sie wartete, bis Ronald ins Boot gestiegen war. Als er ihr eine Hand reichte, zögerte sie. Dann zwang sie sich, ihm zu folgen. „Ich habe keinen Schlüssel an meinem Bund.“

„Mae hat mir einen gegeben.“

„Aha.“ Charity setzte sich ans Heck. „Ich verstehe. Eine Verschwörung.“

Er brauchte nur zweimal zu reißen, um den Motor anzuwerfen. „Nach allem, was du mir neulich erzählt hast, hätte dein Großvater nicht gewollt, dass du ewig um ihn trauerst.“

„Nein.“ Sie blickte zum Gasthaus zurück, während ihre Augen feucht wurden. „Nein, das hätte er nicht gewollt. Aber ich hatte ihn so lieb.“ Sie holte tief Luft. „Ich mache die Leinen los.“

Bevor Ronald das Boot in Gang setzte, nahm er ihre Hand und zog sie neben sich. Nach einem Moment lehnte sie den Kopf an seine Schulter.

„Bist du oft Boot gefahren?“

„Gelegentlich. Als ich noch ein Kind war, haben wir jeden Sommer ein paar Mal ein Boot gemietet und sind über den Fluss gefahren.“

„Wer ist wir?“ Sie beobachtete, wie seine Miene sich verschloss. „Welcher Fluss?“, fragte sie stattdessen.

„Der Mississippi.“ Er lächelte und legte einen Arm um ihre Schultern. „Ich komme aus St. Louis. Weißt du nicht mehr?“

„Der Mississippi.“ Augenblicklich sah sie im Geiste Dampfschiffe und Jungen auf Holzflößen vor sich. „Den möchte ich gern sehen. Weißt du, was großartig wäre? Den ganzen Weg hinabzufahren, von St. Louis bis nach New Orleans. Das muss ich in meine Akte aufnehmen.“

„Deine Akte?“

„Die Akte über Dinge, die ich gern tun möchte.“ Mit einem Lachen winkte sie einem vorüberziehenden Segelboot zu, bevor sie sich vorbeugte und Ronald einen Kuss auf die Wange drückte. „Danke.“

„Wofür?“

„Dass du mich überredet hast. Es hat mir immer Spaß gemacht, einen Nachmittag hier draußen zu verbringen, andere Boote zu beobachten, die Häuser zu betrachten. Es hat mir gefehlt.“

„Hast du je daran gedacht, dass du dem Gasthaus zu viel gibst?“

„Nein. Man kann etwas, das man liebt, nicht zu viel geben.“ Sie drehte sich um. Wenn sie die Augen mit der Hand beschattete, konnte sie das Gasthaus gerade noch in der Ferne sehen. „Wenn ich nicht so starke Gefühle dafür hätte, würde ich es verkaufen und eine Stelle in einem modernen Hotel in Seattle oder Miami oder sonst wo annehmen. Acht Stunden pro Tag und bezahlter Urlaub.“ Allein die Idee brachte sie zum Lachen. „Ich würde ein ordentliches, strenges Kostüm und vernünftige Schuhe tragen, ein eigenes Büro haben und allmählich verrückt werden.“ Sie griff in ihre Tasche nach der Sonnenbrille. „Du müsstest das eigentlich verstehen. Du hast geschickte Hände und einen scharfen Verstand. Warum bist du nicht Obertischler bei einer großen Konstruktionsfirma?“

„Als es an der Zeit war, habe ich vielleicht die falsche Wahl getroffen."

Mit geneigtem Kopf musterte sie ihn nachdenklich durch die getönten Gläser. „Nein, das glaube ich nicht. Nicht für dich."

„Du weißt nicht genug von mir, Charity."

„Doch, natürlich. Ich lebe seit einer Woche mit dir. Das ist wahrscheinlich vergleichbar mit einer flüchtigen Bekanntschaft von sechs Monaten. Ich weiß, dass du sehr ernst und verschlossen bist. Du hast ein hitziges Temperament, das selten mit dir durchgeht. Du bist ein ausgezeichneter Tischler, der einen angefangenen Job gern zu Ende führt. Du kannst sehr galant zu netten alten Damen sein." Sie lachte ein wenig und hielt das Gesicht gegen den Wind. „Du trinkst den Kaffee schwarz, du schreckst nicht vor harter Arbeit zurück, du hast großes Geschick beim Schreinern … und du bist ein wundervoller Liebhaber."

„Und das reicht dir?"

Sie hob die Schultern. „Ich glaube nicht, dass du viel mehr von mir weißt. Ich sterbe vor Hunger", sagte sie abrupt. „Willst du nicht essen?"

„Such einen Platz aus."

„Fahr dort hinüber. Siehst du den kleinen Landvorsprung da drüben? Da können wir ankern."

Der Landvorsprung bestand aus einem schmalen Streifen Sand. Dahinter erhoben sich große glatte Felsen, die dicht mit Pinien bewachsen waren. Charity breitete die Decke, die Ronald mitgebracht hatte, am Fuß der Felsen aus. Sie kniete sich darauf nieder und blickte sich um. Wenige Schritte entfernt umspülte das Wasser einen großen Stein, der glatt gewetzt war von Wind und Zeit. Ein einsames Boot kreuzte in der Ferne, mit geblähten weißen Segeln.

Charity öffnete den Korb, erblickte eine Flasche Champagner und holte sie mit hochgezogenen Augenbrauen hervor. „Oh, das scheint ja ein tolles Picknick zu werden."

„Mae hat gesagt, dass du das französische Zeug magst."

„Das stimmt. Aber ich habe noch nie Champagner bei einem Picknick getrunken."

„Dann wird es Zeit." Ronald nahm die Flasche, ging zum Wasser und steckte sie in den feuchten Sand. „Wir lassen sie noch ein bisschen kühlen." Er kehrte zurück und nahm Charitys Hand, bevor sie den Korb weiter erforschen konnte. Er kniete sich nieder, zog sie an sich und schloss den Mund über ihrem.

Ihr stockte der Atem, als er den Kuss vertiefte. Sie schlang die Arme um ihn, ließ dann die Hände hinaufgleiten und umfasste seine Schultern. Verlangen erwachte wie eine Flutwelle, schwoll rasch an, zog sie mit sich.

Er brauchte es, sie so festzuhalten, die Hitze der Leidenschaft mit ihren Lippen zu schmecken, ihr Herz an seinem klopfen zu spüren. Seine Hände wühlten in ihrem Haar, während er sie wild und heftig küsste.

Es war eine Unruhe in ihm, ein Zorn, den sie nicht verstand. Sie reagierte auf beides, presste sich an ihn, bot ihm ohne Zögern, was immer er brauchte. Vielleicht war es genug. Allmählich wurde sein Mund sanfter. Dann hielt er sie nur noch fest.

„Das ist eine sehr nette Art, ein Picknick zu beginnen", brachte Charity hervor, als sie ihre Stimme wiederfand.

„Ich kann anscheinend nicht genug von dir bekommen."

„Das ist mir recht."

Ronald umfasste ihr Gesicht mit den Händen. Ihre Augen wirkten ruhig und verständnisvoll. Es wäre besser, dachte er, und gewiss sicherer, sie einfach die Sandwiches herausholen zu lassen. Sie könnten über das Wetter reden, über das Wasser und die Leute im Gasthaus. Es gab so vieles, was er ihr nicht sagen konnte. Aber als er ihr in die Augen blickte, erkannte er, dass er ihr genügend über sich erzählen musste, damit sie eine Wahl treffen konnte. „Setz dich", sagte er.

Etwas in seinem Ton beunruhigte sie. Er will mir sagen, dass er fortgeht, dachte sie. „In Ordnung." Sie verschlang die Hände miteinander und schwor sich, einen Weg zu finden, ihn zum Bleiben zu veranlassen.

„Ich war nicht fair zu dir." Ronald lehnte sich zurück an einen Felsen. „Es gibt da gewisse Dinge über mich, die du wissen solltest, die du hättest wissen sollen, bevor es zwischen uns so weit gekommen ist."

„Ronald ..."

„Es wird nicht lange dauern. Ich komme aus St. Louis. Ich bin in einem Viertel aufgewachsen, das du nicht einmal annähernd begreifen würdest. Rauschgift, Zuhälter, Nutten." Er blickte hinaus auf das Wasser. Das Segelboot hatte Fahrt aufgenommen. „Ein riesiger Unterschied zu diesem Ort, Baby."

Also, er fasst Vertrauen, dachte Charity. Sie wollte dafür sorgen, dass er es nicht bereute. „Es ist nicht wichtig, woher du kommst, sondern wo du jetzt bist."

„Das stimmt nicht ganz. Ein Teil der Herkunft bleibt hängen." Er drückte flüchtig ihre Hand, ließ sie dann los. „Wenn mein Vater nüchtern genug war, fuhr er Taxi. Wenn er nicht nüchtern genug war, hockte er in der Wohnung herum. Eine meiner ersten Erinnerungen ist, dass ich nachts aufwachte, weil meine Mutter ihn anschrie. Alle paar Monate drohte sie, ihn zu verlassen. Dann riss er sich zusammen, bis es ihn wieder überkam. Also hörte sie schließlich auf, ihm zu drohen, und ging fort."

„Wohin seid ihr gegangen?"

„Ich sagte, sie ging fort."

„Aber ... hat sie dich denn nicht mitgenommen?"

„Ich nehme an, sie rechnete sich aus, dass es schwer genug für sie allein sein würde, auch ohne sich mit einem Zehnjährigen abzugeben."

Charity schüttelte den Kopf und kämpfte mit einem tiefen, brennenden Zorn. Sie hatte Mühe zu verstehen, wie eine Mutter ihr Kind verlassen konnte. „Sie muss sehr verwirrt und verängstigt gewesen sein. Nachdem sie ..."

„Ich habe sie nie wieder gesehen“, sagte Ronald. „Du musst begreifen, dass nicht jeder bedingungslos liebt. Nicht jeder liebt überhaupt.“

„Oh, Ronald.“ Sie wollte ihn an sich ziehen, doch er hielt sie von sich ab.

„Ich blieb weitere drei Jahre bei meinem Vater. Eines Abends betrank er sich, bevor er ins Taxi stieg. Er brachte sich selbst und einen Fahrgast um.“

„Oh, Himmel.“ Charity streckte eine Hand nach ihm aus, doch er schüttelte den Kopf.

„Damit wurde ich Mündel unter Amtsvormundschaft, was mir nicht besonders lag. Also machte ich mich davon, trieb mich auf der Straße herum.“

„Mit dreizehn?“, warf Charity entsetzt ein.

„Dort hatte ich ohnehin die meiste Zeit gelebt.“

„Aber wovon?“

Ronald schüttelte eine Zigarette aus seiner Schachtel, entzündete sie und nahm einen tiefen Zug, bevor er wieder sprach. „Ich nahm Gelegenheitsarbeiten an, wenn ich welche fand. Wenn nicht, dann stahl ich. Nach ein paar Jahren war ich so gut im Stehlen, dass ich mich nicht mehr besonders um anständige Jobs kümmerte. Ich brach in Häuser ein, schloss Wagen kurz, klaute Handtaschen. Verstehst du, was ich dir sage?“

„Ja. Dass du allein und verzweifelt warst.“

„Ich war ein Dieb. Verdammt, Charity, ich war kein armes, irregeleitetes Kind. Ich hörte auf, ein Kind zu sein, als ich nach Hause kam und feststellte, dass mein Vater sinnlos betrunken und meine Mutter fort war. Ich wusste, was ich tat. Ich suchte es mir aus.“

Sie hielt seinem Blick offen stand, bekämpfte den Drang, ihn in die Arme zu schließen. „Wenn du erwartest, dass ich ein Kind verdamme, weil es einen Weg zum Überleben gesucht hat, dann muss ich dich enttäuschen.“

Sie sieht es zu romantisch, dachte Ronald und schnippte die Zigarettenkippe ins Wasser.

„Stiehlst du immer noch?“

„Was ist, wenn ich Ja sage?“

„Dann müsste ich dir sagen, dass du dumm bist. Du wirkst auf mich nicht dumm, Ronald.“

Ronald zögerte einen Moment, bevor er sich entschloss, Charity den Rest zu erzählen. „Ich war in Chicago. Ich war gerade sechzehn geworden. Es war Januar und so kalt, dass die Augen nicht tränen konnten. Ich beschloss, genügend zusammenzubringen, um einen Bus nach Süden nehmen zu können. Ich nahm mir vor, in Florida zu überwintern und die reichen Touristen zu schröpfen. Damals lernte ich John Brody kennen. Ich brach in seine Wohnung ein und fand mich plötzlicher einer 45er gegenüber. Er war ein Cop.“

Die Erinnerung an jenen Moment brachte ihn noch immer zum Lachen. „Ich weiß nicht, wer überraschter war. Er gab mir drei Möglichkeiten zur Auswahl. Die erste, mich dem Jugendgericht zu übergeben. Die zweite, mich gehörig zu verprügeln. Die dritte, mir etwas zu essen zu geben.“

„Für was hast du dich entschieden?“

„Es ist schwer, den harten Burschen zu markieren, wenn ein Hundert-Kilo-Mann eine 45er auf einen richtet. Ich aß eine Dose Suppe. Er ließ mich auf der Couch schlafen.“ In der Erinnerung sah er sich selbst, dünn und voller Bitterkeit, schlaflos auf dem durchgesessenen Sofa liegen. „Ich sagte mir immer wieder, dass er ein sentimentaler Dummkopf sei und ich ihn so ausnehmen sollte, wie ich nur konnte, und dann abhauen würde. Aber ich habe es nicht getan. Und als Nächstes schickte er mich zur Schule.“ Ronald hielt einen Moment inne und blickte zum Himmel hinauf. „Er baute immer Sachen unten im Keller des Gebäudes. Er brachte mir bei, mit einem Hammer umzugehen.“

„Er muss ein außergewöhnlicher Mensch gewesen sein.“

„Er war erst fünfundzwanzig, als ich ihn kennenlernte. Er war auf der verkehrten Straßenseite aufgewachsen, hatte sich an

Jugendbanden beteiligt. Irgendwann ist er dann umgekehrt. So beschloss er, auch mich zu bekehren. In gewisser Weise gelang es ihm. Als er ein paar Jahre später heiratete, kaufte er ein heruntergekommenes Haus am Stadtrand. Wir richteten es Zimmer für Zimmer her. Er sagte immer, dass ihm nichts besser gefalle, als auf einer Baustelle zu leben. Wir waren gerade dabei, seine Werkstatt herzurichten, als er getötet wurde. In Ausübung seines Dienstes. Er war zweiunddreißig. Er hinterließ einen dreijährigen Sohn und eine schwangere Witwe."

„Ronald, es tut mir so leid." Charity beugte sich zu ihm vor und nahm seine Hände.

„Es hat etwas in mir abgetötet. Es ist mir nie gelungen, es zurückzubekommen."

„Ich verstehe." Sie hielt ihn fest, als er zurückweichen wollte. „Wenn du jemanden verlierst, der so sehr Teil deines Lebens war, dann wird immer etwas fehlen. Ich denke immer noch dauernd an Pop. Es macht mich immer noch traurig. Manchmal macht es mich auch zornig, weil ich ihm noch so viel sagen wollte."

„Du lässt einiges aus. Denk daran, was ich war, woher ich kam. Ich war ein Dieb."

„Du warst ein Kind."

Er nahm ihre Schultern und schüttelte sie. „Mein Vater war ein Trinker."

„Ich weiß nicht einmal, wer mein Vater war. Sollte ich mich deswegen schämen?"

„Es ist nicht wichtig, nicht wahr? Wo ich war, was ich getan habe?"

„Nicht besonders. Mich interessiert mehr, was du jetzt bist."

Ronald konnte ihr nicht sagen, was er jetzt war. Zu ihrer eigenen Sicherheit musste er die Täuschung noch einige Tage aufrechterhalten. Aber da war etwas, was er ihr sagen konnte. Wie die Geschichte, die er soeben erzählt hatte, war es etwas, was er niemals zu einem anderen gesagt hatte. „Ich liebe dich."

Ihre Hände wurden schlaff in seinen, ihre Augen riesig. „Würdest du …“ Sie holte tief Luft. „Würdest du das bitte wiederholen?“

„Ich liebe dich.“

Mit einem unterdrückten Schluchzen warf sie sich ihm in die Arme. Ich werde nicht weinen, sagte sie sich und presste die Augen gegen die drohenden Tränen fest zu. Sie wollte nicht weinerlich sein in diesem wundervollsten und aufregendsten Moment ihres Lebens. „Halt mich nur einen Moment fest, ja?“ Überwältigt presste sie das Gesicht an seine Schulter. „Ich kann es noch nicht fassen.“

„Da bist du nicht die Einzige“, sagte Ronald, doch er lächelte, während er ihr Haar streichelte. Es war gar nicht so schwer, es zu sagen, erkannte er. Er könnte sich sogar leicht daran gewöhnen, es mehrmals am Tag zu sagen.

„Vor einer Woche kannte ich dich noch nicht einmal.“ Charity lehnte den Kopf zurück, bis ihre Lippen sich trafen. „Und jetzt kann ich mir mein Leben ohne dich nicht mehr vorstellen.“

„Sag das nicht. Du könntest deine Ansicht ändern.“

„Auf keinen Fall.“

„Versprich es.“ Überwältigt von einem plötzlichen Gefühl der Dringlichkeit, nahm er ihre Hände. „Ich will, dass du es mir versprichst.“

„Also gut, ich verspreche es. Ich werde meine Ansicht darüber, dass ich dich liebe, nicht ändern.“

„Ich binde dich an dieses Versprechen, Charity.“ Er zog sie fest an sich. „Willst du mich heiraten?“

Sie wich zurück, rang nach Atem. „Was? Wie bitte?“

„Ich will, dass du mich heiratest – heute, jetzt.“ Er war verrückt, und er wusste es. Es war falsch. Und doch, als er sie wieder an sich zog, wusste er, dass er einen Weg finden musste, sie zu halten. „Du musst doch jemanden kennen, einen Pfarrer, einen Friedensrichter, der es tun kann.“

„Nun, ja, aber …“ Sie legte eine Hand an ihren wirren Kopf.

„Da ist der Papierkram, und die Genehmigungen. Oje, ich kann gar nicht denken."

„Denk nicht. Sag nur, dass du willst."

„Natürlich will ich, aber …"

„Kein Aber." Ronald presste den Mund auf ihren. „Ich will, dass du zu mir gehörst. Ich brauche es, zu dir zu gehören. Glaubst du mir das?"

„Ja." Atemlos berührte sie seine Wange mit einer Hand. „Ronald, wir sprechen über Heirat, über ein Leben lang. Ich beabsichtige, es nur einmal zu tun." Sie fuhr sich mit der Hand durch das Haar und setzte sich wieder. „Vermutlich sagt das jeder, aber ich muss daran glauben können. Es muss mit mehr anfangen als mit ein paar Worten von einem Standesbeamten. Einen Moment, bitte", sagte sie, bevor er sie unterbrechen konnte. „Du hast mich völlig verblüfft, und ich möchte, dass du mich richtig verstehst. Ich liebe dich, und ich kann mir nichts vorstellen, was ich mir mehr wünsche, als zu dir zu gehören. Es geht auch nicht darum, dass ich eine riesige, pompöse Hochzeitsfeier brauche."

„Worum geht es dann?"

„Ich möchte Blumen und Musik und Freunde, Ronald." Sie umschmiegte mit den Händen sein Gesicht. „Ich möchte neben dir stehen und wissen, dass ich hübsch aussehe, damit alle sofort erkennen können, wie stolz ich darauf bin, deine Frau zu werden."

„Wie lange brauchst du?"

„Kann ich zwei Wochen haben?"

Er hatte Angst, ihr zwei Tage zu geben. Aber so ist es am besten, dachte er. Er würde sie nie halten können, wenn noch Lügen zwischen ihnen standen. „Ich gebe dir zwei Wochen, wenn du anschließend mit mir fortgehst."

„Wohin?"

„Überlass es mir."

„Ich liebe Überraschungen." Sie lächelte. „Und du … du bist bisher die größte Überraschung."

„In zwei Wochen." Er nahm fest ihre Hände in seine. „Egal, was auch passiert."

„Du lässt es so klingen, als müssten wir in der Zwischenzeit eine Naturkatastrophe überstehen." Sie hauchte einen Kuss auf seine Wange und lächelte erneut. „Es wird alles gut, Ronald, für uns beide. Das ist ein weiteres Versprechen. Und jetzt möchte ich den Champagner trinken."

Während er die Flasche aus dem Wasser holte, nahm sie die Gläser aus dem Korb. Als sie wieder zusammen auf der Decke saßen, ließ er den Korken knallen.

„Auf neue Anfänge", sagte sie und ließ ihr Glas an seinem klirren.

Er wollte daran glauben, dass es möglich war. „Ich werde dich glücklich machen, Charity."

„Das hast du bereits." Sie kuschelte sich an ihn, den Kopf an seine Schulter gelegt. „Das ist das schönste Picknick, das ich je erlebt habe."

Er küsste sie auf das Haar. „Du hast noch nichts gegessen."

„Wer braucht schon Essen?", entgegnete sie mit einem Seufzer. Er verschränkte seine Hand mit ihrer, und gemeinsam blickten sie zum Horizont hinaus.

An der Rezeption war es am Dienstag so hektisch wie nur selten. Charity teilte Zimmer und Häuser ein, beantwortete Fragen, holte einen Keks für ein jammerndes Kleinkind und wartete, dass der Ansturm vorüberging.

Sie war die Erste, die zugab, dass sie gewöhnlich den Lärm, die Probleme und das Gedränge der Gäste brauchte, weil es den Erfolg des Gasthauses bewies. Doch jetzt fiel es ihr schwer, sich auf die Arbeit zu konzentrieren, weil sie den Kopf voller Pläne für ihre Hochzeit hatte.

Sollte sie Chopin oder Beethoven nehmen? Würde das Wetter beständig bleiben, sodass sie die Zeremonie im Garten abhalten konnten, oder wäre es besser, eine gemütlich Feier im Gesellschaftsraum zu planen? Wann konnte sie sich endlich einen Nachmittag freinehmen, um das richtige, das perfekte Kleid zu kaufen? Etwas Knöchellanges, mit romantischem Spitzenbesatz. In Eastsound gab es eine Boutique, die sich auf Kleidung spezialisiert hatte, wie sie ihr vorschwebte. Wenn sie doch nur ...

„Wollen Sie das nicht unterschreiben?"

„Entschuldigung, Roger." Charity schreckte aus ihren Überlegungen auf und lächelte ihn an. „Ich scheine heute Morgen nicht ganz hier zu sein."

„Kein Problem." Block tätschelte ihre Hand, als sie seinen Dienstplan unterzeichnete. „Frühlingsgefühle?"

„So könnte man es nennen." Sie warf ihr Haar zurück. „Wir sind ein bisschen im Verzug. Der Computer spinnt mal wieder. Der arme Bob kämpft seit gestern damit."

„Es sieht so aus, als hätten Sie auch einen Kampf gehabt."

Sie schob eine Hand an die heilende Wunde an ihrer Schläfe. „Ich hatte letzte Woche einen Unfall."

„Hoffentlich nichts Ernstes?"

„Nein, eigentlich nur unangenehm. Irgendein Idiot hat mich fast überfahren."

„Das ist ja schrecklich." Er musterte sie aufmerksam und setzte eine ernste Miene auf. „Wurden Sie schwer verletzt?"

„Nein, nur ein paar Prellungen und eine Platzwunde. Der Schreck war am schlimmsten."

„Das kann ich mir denken. Derartige Dinge erwartet man in dieser Gegend nicht. Hoffentlich hat man ihn geschnappt."

„Nein, noch nicht." Da Charity den Zwischenfall bereits abgehakt hatte, zuckte sie gelassen mit den Schultern. „Um die Wahrheit zu sagen, bezweifle ich, dass er je geschnappt wird. Ich nehme an, er hat die Insel verlassen, sobald er wieder nüchtern war."

„Betrunkene Fahrer." Block stieß einen verächtlichen Laut aus. „Nun, Sie haben das Recht, nach so einer Sache zerstreut zu sein."

„Ich habe noch einen angenehmeren Grund. Ich werde bald heiraten."

„Was Sie nicht sagen!“ Ein breites Lächeln trat auf Blocks Gesicht. „Wer ist denn der Glückliche?“

„Ronald DeWinter. Ich weiß nicht, ob Sie ihn kennengelernt haben. Er führt die Renovierungsarbeiten im Westflügel aus.“

„Das ist ja sehr praktisch, nicht wahr?“ Er lächelte weiterhin. Die Romanze erklärte vieles. Ein Blick in Charitys Gesicht verdrängte jeglichen Rest von Zweifeln. Er beschloss, ein nettes langes Gespräch mit Bob über dessen voreilige Schlüsse zu führen. „Ist er von hier?“

„Nein, aus St. Louis.“

„Nun, ich hoffe, dass er Sie uns nicht wegnimmt.“

„Sie wissen doch, dass ich das Gasthaus niemals aufgeben würde, Roger.“ Ihr Lächeln verblasste ein wenig. Das war ein Punkt, über den sie und Ronald nie gesprochen hatten. „Jedenfalls verspreche ich, mich besser auf meine Arbeit zu konzentrieren. Sechs von Ihren Leuten möchten Boote ausleihen. Ich kann sie gegen Mittag zum Yachthafen bringen lassen.“

„Ich werde ihnen Bescheid geben.“

Die Eingangstür öffnete sich, und Charity blickte auf. Sie sah einen kleinen, schlanken Mann mit gut frisiertem, rotbraunem Haar eintreten. Er trug ein adrettes Sporthemd und eine kleine Ledertasche. „Guten Morgen.“

„Guten Morgen.“ Er blickte sich flüchtig in der Eingangshalle um, während er an den Empfang trat. „Conby, Richard Conby. Ich habe reserviert.“

„Ja, Mr. Conby, wir haben Sie erwartet.“ Charity wühlte in den Papieren auf dem Pult und betete insgeheim, dass Bob den Computer bald reparieren würde. „Wie war Ihre Reise?“

„Nichts Besonderes.“ Er trug sich ins Register ein, mit Wohnsitz in Seattle. Seine sorgfältig manikürten Fingernägel wirkten auf Charity belustigend und beeindruckend zugleich. „Ich habe gehört, dass dieser Gasthof ruhig und erholsam sein soll. Ich möchte mich ein paar Tage entspannen.“

„Ich bin sicher, dass Sie sich hier ausgezeichnet entspannen werden.“ Sie nahm einen Schlüssel aus der Schublade. „Ich führe Sie jetzt gern zu Ihrem Zimmer, Mr. Conby. Wenn Sie Fragen über das Gasthaus oder die Insel haben, dann wenden Sie sich einfach an mich oder an jemanden vom Personal.“ Sie trat hinter dem Pult hervor und ging voraus zur Treppe.

„Oh, das werde ich ganz gewiss tun“, sagte Conby und folgte ihr.

10. Kapitel

Um fünf Minuten nach zwölf hört Conby ein Klopfen und öffnete seine Zimmertür. „Pünktlich wie immer, DeWinter." Er blickte forschend auf Ronalds Werkzeuggürtel. „Sehr arbeitsam, wie ich sehe."

„Dupont ist in Haus 3."

„Konnten Sie ihn eindeutig identifizieren?"

„Ich habe sein Gepäck getragen."

„Sehr gut. Wir schnappen ihn uns wie geplant am Donnerstagmorgen, bevor wir uns Block vornehmen."

„Was ist mit dem Fahrer des Wagens, der Charity zu töten versucht hat?"

Conby ging ins angrenzende Badezimmer und wusch sich sorgsam die Hände „Sie zeigen ein ungebührliches Interesse für diesen kleinen Handlanger."

„Haben Sie ein Geständnis von ihm?"

„Ja." Conby trocknete sich die Hände mit einem weißen Handtuch. „Er hat gestanden, sich letzte Woche mit Block getroffen und fünftausend kassiert zu haben – um Miss Ford aus dem Weg zu räumen. Eine sehr geringe Summe für einen Mord." Er warf das Handtuch über die Stange und kehrte in den Wohnraum zurück. „Wenn Block großzügiger gewesen wäre, hätte er vielleicht mehr Erfolg gehabt."

Ronald packte ihn am Kragen und hob ihn auf die Zehenspitzen hoch. „Seien Sie vorsichtig", warnte er sanft.

„Das sollte ich wohl eher zu Ihnen sagen." Conby befreite sich und zupfte sein Hemd zurecht. In den fünf Jahren, die er Ronalds Vorgesetzter war, hatte er dessen Methoden stets als grob und seine Haltung als arrogant empfunden. Das Problem war nur, dass die Ergebnisse unverändert exzellent waren. „Sie verlieren den Scharfblick in diesem Fall, Agent DeWinter."

„Nein. Es hat eine Weile gedauert – vielleicht zu lange –, aber ich sehe jetzt sehr scharf. Sie haben genug Beweise gegen Block, um ihn wegen Mordkomplott festzunehmen. Und Dupont haben wir praktisch in der Tasche. Warum also warten?"

„Ich brauche Sie wohl nicht daran zu erinnern, wer diesen Fall leitet."

„Das wissen wir beide, Conby. Aber es ist ein Unterschied, ob man hinter einem Schreibtisch sitzt oder an der Front kämpft. Wenn wir die beiden jetzt festnehmen, in aller Stille, dann besteht ein geringeres Risiko, dass unschuldige Menschen gefährdet werden."

„Ich habe nicht die Absicht, jemanden der Gäste zu gefährden. Oder vom Personal", fügte Conby hinzu, denn er glaubte zu wissen, worum es Ronald ging. „Ich habe ebenso meine Anweisungen wie Sie. Wir arbeiten mit den kanadischen Behörden zusammen, und wir wollen Block festnageln, wenn er gerade das Geld übergibt. Was die Anklage wegen Mordkomplott angeht, liegt uns nur die Aussage eines billigen, gedungenen Mörders vor. Es braucht vielleicht ein bisschen mehr, um damit durchzukommen."

„Sie werden schon damit durchkommen. Wie viele Leute haben Sie hier?"

„Morgen werden vier Agenten eintreffen. Es müsste eigentlich alles glatt gehen."

„Das sollte es auch. Wenn ihr irgendetwas zustößt, werde ich Sie zur Rechenschaft ziehen."

Charity stürmte mit einem beladenen Tablett in die Küche. „Ich verstehe gar nicht, wie die Dinge so plötzlich außer Kontrolle geraten können. Hatten wir jemals am Mittwochabend ein volles Haus?" Sie holte ihren Bestellblock hervor. „Zwei Spezial mit Naturreis, eins mit gebackener Kartoffel und einen Kinderteller Rippchen mit Fritten." Sie eilte zur Bar, um die Getränke selbst einzuschenken.

„Immer mit der Ruhe“, riet Mae. „Die Leute werden nicht weglaufen, bevor sie gegessen haben, das wäre wirklich das erste Mal.“

„Das ist ja das Problem.“ Charity belud ihr Tablett. „Ausgerechnet jetzt muss Lori krank sein.“ Sie wich abrupt zurück, um nicht mit Ronald zusammenzustoßen. „Entschuldige.“

„Soll ich dir helfen?“

„Sehr gern!“ Sie lächelte, beugte sich über das Tablett und küsste ihn. „Die Salate gehen an Tisch 5.“

„Vier Salate des Hauses.“ Dolores summte den Hochzeitsmarsch, während sie Ronald das Tablett reichte.

Fünf Minuten später begegnete Charity ihm erneut im Türrahmen. „Komische Gäste heute“, murmelte sie.

„Wieso?“

„Der Mann an Tisch 2 ist so nervös, als hätte er eine Bank ausgeraubt. Und das Paar an Tisch 8, angeblich in den zweiten Flitterwochen, verbringt mehr Zeit damit, alle anderen anzusehen als einander.“

Ronald sagte nichts. In weniger als dreißig Minuten hatte sie Dupont sowie zwei von Conbys Agenten ausgemacht.

„Und dann der kleine Mann im dreiteiligen Anzug an Tisch 4. Anzug und Krawatte. Ist gekommen, um sich zu entspannen, sagt er. Wie kann man sich in einem dreiteiligen Anzug entspannen? Behauptet, aus Seattle zu kommen, und dabei spricht er mit östlichem Dialekt. Sieht aus wie ein Wiesel.“

„Findest du?“ Ronald gestattete sich ein Lächeln über ihre Beschreibung von Conby.

„Ein sehr gepflegtes Wiesel“, fügte Charity hinzu und schüttelte sich. „Wenn jemand so geschniegelt ist, bekomme ich immer eine Gänsehaut.“

Aber Pflicht war Pflicht, und das Wiesel saß in ihrem Bereich.

„Möchten Sie jetzt bestellen?“, fragte sie Conby mit einem strahlenden Lächeln.

Er nahm den letzten Schluck seines Wodka-Martini. „Auf der Karte steht, dass die Forelle fangfrisch ist."

„Ja, Sir." Darauf war sie besonders stolz. Der eigene Teich war ihre Idee gewesen. „Das ist sie ganz gewiss."

„Sie war wohl frisch, als sie heute Morgen geliefert wurde."

„Nein." Charity senkte den Bestellblock, doch sie lächelte weiterhin. „Wir züchten unsere Forellen selbst."

Conby zog eine Augenbraue hoch und tippte an sein leeres Glas. „Ihr Fisch mag besser sein als Ihr Wodka, aber ich bezweifle, dass er wirklich frisch ist. Doch er scheint das einzig Interessante auf Ihrer Karte zu sein. Daher werde ich mich damit begnügen müssen."

„Der Fisch ist frisch", wiederholte Charity mit bewundernswerter Ruhe, wie sie fand.

„Sicherlich sehen Sie es so. Ihre Auffassung von frisch könnte jedoch von meiner abweichen."

„Ja, Sir. Entschuldigen Sie mich bitte einen Moment."

Sie mag unschuldig sein, dachte Conby, aber tüchtig ist sie nicht gerade.

„Wo brennt's denn?", fragte Mae, als Charity in die Küche stürmte.

„In meinem Kopf." Sie stemmte die Hände in die Hüften. „Der Winzling da draußen behauptet, dass unser Wodka schlecht, unsere Speisekarte langweilig und unser Fisch nicht frisch sei."

Mae schnaubt empört. „Was hat er denn gegessen?"

„Noch nichts. Ein Drink, und schon maßt er sich ein Urteil an."

„Der Bursche an Tisch 4 will noch einen Wodka-Martini", verkündete Ronald, der mit einem beladenen Tablett hereinkam.

Charity wirbelte herum. „Ach, will er das wirklich?"

Er konnte sich nicht erinnern, jemals ein derart zorniges Funkeln in ihren Augen gesehen zu haben. „Ja, das will er."

„Nun, ich habe vorher etwas anderes für ihn“, rief Charity und stürmte hinaus.

„Habe ich etwas verpasst?“, fragte Ronald.

„Der Mann hat Nerven! Bezeichnet unser Essen als langweilig, bevor er es überhaupt probiert hat“, schimpfte Mae. „Ich hätte Lust, ihm eine ordentliche Handvoll Curry in sein Essen zu mischen. Langweilig? Ha! Das wollen wir doch mal sehen!“

Alle drehten sich um, als Charity zurückkehrte. Sie trug einen großen Teller, und darauf zappelte eine Forelle.

„Oje!“ Dolores schlug beide Hände vor den Mund.

Grinsend wandte Mae sich wieder dem Herd zu.

„Charity.“ Ronald griff nach ihrem Arm, doch sie entwich ihm. Kopfschüttelnd folgte er ihr zur Tür.

Einige der Gäste starrten Charity nach, als sie den zappelnden Fisch durch den Speisesaal trug. Sie trat an Tisch 4 und hielt das Tablett vor Conbys Nase.

„Ihre Forelle, Sir.“ Kurzerhand stellte sie ihm den Teller hin. „Frisch genug?“, fragte sie mit einem höflichen Lächeln.

Im Türrahmen bog Ronald sich förmlich vor Lachen. Er hätte ein Jahresgehalt für ein Foto von Conby und dem Fisch gegeben, die sich verdutzt anstarrten.

Als Charity in die Küche zurückkehrte, reichte sie Dolores das Tablett. „Sie können den Fisch zurückbringen. Tisch 4 hat sich für ein Schweineschnitzel entschieden. Ich wünschte, ich hätte ein Schwein zur Hand.“ Sie lachte laut auf, als Ronald sie vom Boden hochhob.

„Du bist die Beste.“ Er presste die Lippen auf ihre und ließ sie dort, lange nachdem er Charity wieder abgesetzt hatte. „Die absolut Beste.“ Er lachte noch immer, während er sie fest in die Arme schloss. „Stimmt's nicht, Mae?“

„Sie hat ihr guten Momente.“ Mae wollte nicht zeigen, wie gut es ihr tat, die beiden einander anlächeln zu sehen. „Und jetzt hört ihr zwei auf, euch in meiner Küche zu betätscheln, und geht wieder an die Arbeit.“

Charity hob das Gesicht zu einem letzten Kuss. „Ich sollte ihm jetzt lieber den Martini mixen. Er sah aus, als könnte er einen gebrauchen."

Da sie nicht nachtragend war, bediente sie Conby während des gesamten Mahls äußerst aufmerksam und freundlich. Und weil sie bemerkte, dass er sich auch bis zum Nachtisch nicht entspannt hatte, brachte sie ihm ein Stück Schwarzwälder Kirschtorte auf Kosten des Hauses. „Ich hoffe, Sie haben Ihr Mahl genossen, Mr. Conby."

Es war ihm unmöglich einzugestehen, dass er niemals, nicht einmal in Washingtons feinsten Restaurants, besser gegessen hatte. „Es war recht gut, danke."

Sie lächelte, während sie ihm Kaffee einschenkte. „Vielleicht kommen Sie ein andermal wieder und versuchen die Forelle."

Selbst für Conby war es schwer, ihrem Lächeln zu widerstehen. „Vielleicht. Sie führen ein interessantes Haus, Miss Ford."

„Wir geben uns Mühe. Leben Sie schon lange in Seattle?"

Er goss weiterhin Sahne in seinen Kaffee, doch er war sehr auf der Hut. „Warum fragen Sie?"

„Ihr Dialekt. Er klingt sehr östlich."

Conby überlegte nur Sekunden. Er wusste, dass Dupont den Speisesaal bereits verlassen hatte, aber Block saß an einem Tisch in der Nähe und unterhielt einige Mitglieder seiner Reisegruppe mit Geschichten, die Conby als langweilig empfand. „Sie haben ein gutes Ohr. Ich wurde vor achtzehn Monaten nach Seattle versetzt. Aus Maryland. Ich bin im Marketing tätig."

„Maryland. Angeblich haben Sie dort die besten Krabben des Landes."

„Das haben wir. Das kann ich Ihnen versichern." Der reichhaltige Kuchen und der köstliche Kaffee hatten ihn besänftigt. Er lächelte sogar. „Schade, dass ich Ihnen keine mitgebracht habe."

Lachend legte Charity ihm freundlich eine Hand auf den Arm. „Sie sind ein netter Kerl, Mr. Conby. Einen schönen Abend."

Mit gespitzten Lippen blickte Conby ihr nach, als sie davonging. Er konnte sich nicht erinnern, jemals als „netter Kerl" bezeichnet worden zu sein. Eigentlich gefiel es ihm.

„Es sind nur noch drei Tische mit Unentwegten besetzt", verkündete Charity, als sie erneut die Küche betrat. „Und ich komme um vor Hunger." Sie öffnete den Kühlschrank und suchte nach etwas zu essen.

Doch Mae schloss die Tür wieder. „Du hast keine Zeit."

„Keine Zeit?" Charity presste die Hand auf den Magen. „Mae, bei der Hektik heute Abend konnte ich nicht einmal zwischendurch etwas naschen."

„Ich mache dir ein Sandwich, aber du hattest einen Anruf. Etwas wegen der morgigen Lieferung."

„Der Lachs. Verdammt." Charity blickte zur Uhr. „Inzwischen ist geschlossen."

„Ich glaube, es ist eine Nummer für den Notfall angegeben worden. Der Zettel liegt oben."

„Schon gut, schon gut. Ich bin in zehn Minuten zurück." Sie warf einen letzten sehnsüchtigen Blick auf den Kühlschrank. „Mach mir lieber zwei Sandwiches."

Als Charity ihre Zimmertür öffnete, blieb sie wie angewurzelt stehen und starrte verblüfft in den Raum. Leise Musik erklang. Kerzen brannten, und Blumen standen auf einem Tisch am Fußende des Bettes. Er war für zwei gedeckt.

Ronald hatte sie erwartet. Er nahm eine Flasche Wein aus einem gläsernen Kübel und zog den Korken. „Ich dachte schon, du würdest nie kommen."

Sie lehnte sich mit dem Rücken gegen die geschlossene Tür. „Wenn ich gewusst hätte, was mich erwartet, wäre ich viel früher gekommen."

„Du hast gesagt, dass du Überraschungen magst."

„Ja." In ihren Augen lag Überraschung und Freude, als sie sich das zerzauste Haar aus der Stirn strich. „Und ob ich das mag." Sie nahm ihre Schürze ab und trat an den Tisch, während

Ronald den Wein einschenkte, der golden im Kerzenschein funkelte. „Danke“, murmelte sie, als er ihr ein Glas reichte.

„Ich wollte dir etwas geben.“ Er nahm ihre Hand, drückte sie und versuchte, nicht daran zu denken, dass es ihr letzter gemeinsamer Abend war, bevor all die Fragen beantwortet werden mussten. „Ich bin nicht besonders gut in romantischen Gesten.“

„Oh doch, du bist sehr gut. Champagner-Picknicks, nächtliche Dinner.“ Sie schloss einen Moment die Augen. „Mozart.“

„Aufs Geratewohl ausgesucht“, gab er zu. Er fühlte sich töricht nervös. „Ich habe etwas für dich.“

Sie blickte zum Tisch. „Noch etwas anderes?“

„Ja.“ Er griff hinab zu seinem Stuhl und hob eine kleine quadratische Schachtel auf. „Es ist heute gekommen.“ Er drückte ihr die Schachtel in die Hand.

„Ein Geschenk?“ Ihr gefiel stets die Vorfreude ebenso wie das Geschenk selbst. Daher musterte sie einen Moment die Schachtel und schüttelte sie. Doch sobald der Deckel geöffnet war, nahm sie hastig das Armband heraus. „Oh, Ronald, es ist herrlich.“ Verblüfft musterte sie das schimmernde Gold und den funkelnden quadratischen Amethyst. „Es ist herrlich“, sagte sie erneut. „Ich könnte schwören, dass ich es schon einmal gesehen habe. Letzte Woche“, erinnerte sie sich. „In einer der Zeitschriften, die Lori mir gebracht hat.“

„Sie lag auf deinem Schreibtisch.“

Charity nickte überwältigt. „Ja, ich hatte dieses Armband umkreist. Das mache ich oft bei schönen Dingen, von denen ich weiß, dass ich sie mir nie kaufen werde.“ Sie holte tief Luft. „Ronald, es ist wundervoll und sehr romantisch von dir, aber …“

„Dann verdirb es nicht.“ Er nahm das Armband und legte es ihr an. „Ich brauche Übung.“

„Nein.“ Sie schlang die Arme um ihn und lehnte die Wange an seine Schulter. „Du hast den Dreh heraus.“

Ronald hielt sie fest, ließ die Musik, Charitys Duft, den Augenblick auf sich einwirken. Mit ihr konnte es anders sein.

„Weißt du eigentlich, wann ich mich in dich verliebt habe, Ronald?"

„Nein." Er küsste ihr Haar. „Ich habe eher über das Warum als über das Wann nachgedacht."

Mit einem sanften Lachen kuschelte sie sich an ihn. „Zuerst dachte ich, es war, als du mit mir getanzt und mich geküsst hast, bis ich ganz schwach wurde."

„So?" Er drehte ihren Kopf, begegnete ihren Lippen mit seinen. Sanft entfachte er ihr Feuer.

„Ja." Sie lehnte sich an ihn, die Augen geschlossen. „Genau so. Aber da ist es nicht passiert. Da habe ich es erkannt, aber das war nicht der Moment, in dem ich mich in dich verliebt habe. Erinnerst du dich noch, als du mich nach dem Ersatz gefragt hast?"

„Dem was?"

„Dem Ersatz. Du wolltest wissen, wo der Ersatz ist, damit du meinen Reifen wechseln konntest." Sie lehnte sich zurück und lächelte über seine verblüffte Miene. „Ich kann es wohl nicht Liebe auf den ersten Blick nennen, denn ich kannte dich schon zwei oder drei Minuten."

Er streichelte über ihre Wangen, ihr Haar, ihren Hals. „Einfach so?"

„Ja. Ich brauchte nur einen platten Reifen zu haben. Der Rest war ganz einfach."

Einen Platten, erinnerte Ronald sich, der vorsätzlich arrangiert worden war, ebenso wie ihr plötzlicher Bedarf an einem Faktotum. So wie alles arrangiert worden ist, dachte er und verstärkte den Griff um sie. Alles, außer dass er sich in sie verliebt hatte.

„Charity …" Er hätte alles dafür gegeben, ihr die Wahrheit sagen zu können, die ganze Wahrheit. Aber ihre Unwissenheit bedeutete Sicherheit. „Ich wollte nicht, dass es passiert", sagte er bedächtig. „Ich wollte niemals so für jemanden empfinden."

„Tut es dir leid?"

„Vieles tut mir leid, aber nicht, dass ich dich liebe." Er gab sie frei. „Dein Dinner wird kalt."

„Wenn wir für etwa eine Stunde eine andere Beschäftigung finden, können wir es Mitternachts-Dinner nennen." Sie ließ die Hände an seiner Brust hinaufgleiten und spielte mit dem obersten Hemdknopf. „Möchtest du Schach spielen?"

„Nein."

Sie öffnete den Knopf und arbeitete sich langsam, beständig hinab. „Scrabble?"

„Auch nicht."

„Jetzt weiß ich." Sie strich mit einem Finger hinab über seine Brust, bis zum Verschluss seiner Jeans. „Wie wäre es mit einer sensationellen Partie Canasta?"

„Ich kann nicht spielen."

Grinsend öffnete sie den Verschluss. „Oh, ich habe das Gefühl, dass du sehr schnell kapieren würdest." Ihr Lachen wurde von seinem Mund gedämpft.

Charitys Absicht, ihn zu verführen, schwand dahin, als er ihren Kopf zurückbog und sie wild küsste. Es war nicht die sanfte, zärtliche Leidenschaft, die er ihr bisher gezeigt hatte. Es war ein raues, heftiges Bedürfnis, und es enthielt eine Spur von Zorn, einen Anflug von Verzweiflung. Benommen drängte sie sich an ihn, ließ sich gehen.

Ronald hatte sie zuvor gebraucht. Er wusste inzwischen, dass er sie bereits gebraucht hatte, lange bevor er sie kennengelernt hatte. Doch an diesem Abend war es anders. In ein paar Stunden würde sie alles erfahren. Sooft er sich auch sagte, dass er alles in Ordnung bringen würde, so fürchtete er dennoch sehr, dass sie ihm nicht würde verzeihen können. Ihm blieb nur dieser Abend.

Atemlos klammerte sie sich an ihn, als sie zusammen auf das Bett fielen. Nun war er der rastlose, rücksichtslose Liebhaber, den sie in ihm neben dem sanften, geduldigen vermutet hatte. Und er erregte sie ebenso sehr. So fieberhaft wie er, zog sie ihm das Hemd aus und genoss das Gefühl seiner Haut unter ihren Händen.

Sie spürte, wie seine Muskeln sich spannten, während er die Lippen hungrig über ihr Gesicht wandern ließ. Mit einem kehligen Lachen zog sie an seiner Jeans, während sie über das Bett rollten. Wenn es ein Spiel war, das sie veranstalteten, dann wollte sie, dass beide gewannen.

Ein Stöhnen entschlüpfte ihm, als ihre forschenden Hände ihn dem Delirium nahebrachten. Er packte ihre Handgelenke, zog sie über ihren Kopf. Schwer atmend beobachtete er ihr Gesicht, während er in den Ausschnitt ihrer Bluse griff und sie mit einem Ruck entzweiriss.

Ihr stockte der Atem, als er den Mund aufreizend und quälend langsam auf ihre Haut senkte. Sie bog sich ihm entgegen. Als ihre Hände wieder frei waren, presste sie ihn nur noch fester an sich und schrie auf, als er begierig an ihrer Brust saugte.

Sie wurde von wilden, heftigen Gefühlen beherrscht, die jedoch nie die schmale Linie zwischen Lust und Schmerz überschritten. Sie fühlte sich mitgerissen, tiefer und tiefer in einen endlosen Tunnel des unermesslichen Entzückens.

Ungeduldig zerrte er die Hose über ihre Hüften hinab, kostete begierig jeden Zentimeter ihres enthüllten Körpers. Sie klammerte sich an ihn, streichelte über seine Haut. Sie war unfähig zu denken, fühlte nur noch. Immer wieder formten ihre Lippen seinen Namen.

Dann presste er den Mund auf ihren, schluckte ihren Schrei der Erlösung, dämpfte ihr Stöhnen der Hingabe, während er in sie drang.

Schnell, wild, hemmungslos bewegten sie sich im Einklang. Getrieben von der Liebe, verloren in Leidenschaft, klammerten sie sich aneinander. Selbst als sie in die Wirklichkeit zurückkehrten, hielten sie einander umschlungen.

Mit halb geschlossenen Augen stieß Charity einen langen Seufzer aus. „Das war wundervoll.“

Ronald füllte ihr Weinglas auf. „Meinst du das Essen oder die Einleitung?"

Sie lächelte. „Beides. Ich glaube, wir sollen Mitternachts-Dinner zu einem regelmäßigen Ereignis machen."

Es war weit nach Mitternacht. Sogar kalter Fisch schmeckte köstlich mit Wein und Liebe. Er hoffte, dass es immer so bleiben konnte. „Als du mich das erste Mal so angesehen hast, hat es mir den Atem geraubt."

Sie blickte ihm weiterhin in die Augen. „Wie?"

„So, als wüsstest du genau, was ich denke. Was ich will und versuche, nicht zu wollen. Du machst mir Angst."

Ihr Lächeln schwand. „Wirklich?"

„Mit dir ist alles anders. Völlig anders." Er nahm ihre Hände und wünschte, schöne Worte parat zu haben, ein wenig Poesie. „Jedes Mal, wenn du in ein Zimmer kommst …" Aber er hatte keine schönen Worte, keine Poesie. „Es ist anders."

„Ich bin verrückt nach dir. Wenn ich jemanden gesucht hätte, um mein Leben mit ihm zu teilen, mein Heim und meine Träume, dann wärst du es gewesen." Sie sah den Anflug von Besorgnis in seinem Blick. In dieser Nacht war kein Raum für Sorgen in ihrem Leben. Mit einem verwegenen Lächeln knabberte sie an seinen Fingern. „Weißt du, was ich möchte?"

„Mehr Schwarzwälder Kirschtorte?"

„Das auch." Charity blickte ihn über ihre verschlungenen Hände hinweg an. „Ich möchte die ganze Nacht damit verbringen, dich zu lieben, mit dir zu reden, Wein zu trinken und Musik zu hören."

„Was möchtest du als Erstes tun?"

Sie musste lachen. Es war wunderbar, ihn so entspannt zu sehen, so glücklich. „Eigentlich möchte ich mit dir über etwas reden."

„Ich habe dir schon gesagt, dass ich einen Anzug tragen werde und keinen Smoking."

Lächelnd strich sie mit einem Finger über seinen Handrücken.

„Darum geht es nicht. Ich weiß zwar, dass du in einem Smoking wunderbar aussehen würdest, aber ich finde einen Anzug angemessener für eine zwanglose Gartenhochzeit. Ich möchte mit dir darüber reden, was nach der Hochzeit geschehen soll."

„Ich beabsichtige, dich nach der Hochzeit vierundzwanzig Stunden lang zu lieben."

„Oh." Nachdenklich nippte sie an ihrem Wein, so als würde sie es in Erwägung ziehen. „Damit kann ich mich einverstanden erklären. Worüber ich sprechen möchte, ist langfristiger. Es geht um etwas, das Block neulich zu mir gesagt hat."

„Block?", hakte er nach. Er war alarmiert.

„Es war nur so eine Bemerkung, aber sie gab mir zu denken." Sie war beunruhigt, das sah er daran, wie sie die Schultern bewegte. „Ich habe erwähnt, dass wir heiraten werden, und er hat gesagt, dass er hofft, du nimmst mich nicht fort von hier. Mir war plötzlich aufgegangen, dass du vielleicht nicht hier leben möchtest, auf Orcas."

Ronald spürte die Spannung verebben. „Das ist alles?"

„Es ist gar nicht so unwichtig. Dir könnte der Gedanke nicht behagen, in einer Art öffentlichem Haus zu leben, wo ständig Leute kommen und gehen, mit Störungen und …" Sie ließ ihre Worte verklingen. „Ich meine, ich muss wissen, was du davon hältst, hier auf der Insel zu bleiben, im Gasthaus zu leben."

„Was hältst du davon?"

„Es geht nicht mehr darum, was ich davon halte. Es geht darum, was wir beide davon halten."

Es erstaunte ihn, dass sie so leicht sein Herz rühren konnte. Er nahm an, dass es immer so bleiben würde. „Es ist sehr lange her, seit ich mich irgendwo zu Hause gefühlt habe. Hier tue ich es, hier bei dir."

Sie lächelte. „Bist du müde?"

„Nein."

„Gut." Charity stand auf und verkorkte den Wein. „Ich hole nur schnell die Schlüssel."

„Was für Schlüssel?“

„Für den Wagen“, sagte sie, während sie ins Nebenzimmer ging.

„Fahren wir irgendwo hin?“

„Ich kenne den schönsten Ort auf der Insel, um den Sonnenaufgang zu beobachten.“ Sie kam mit einer Decke und den Schlüsseln zurück. „Willst du die Sonne mit mir aufgehen sehen, Ronald?“

„Aber du hast nur einen Bademantel an.“

„Ja und? Es ist zwei Uhr morgens. Vergiss den Wein nicht.“ Lachend öffnete sie die Tür und schlich die Treppe hinunter. Sie verzog ein wenig das Gesicht, als sie den ersten Schritt auf den Kies tat. Kurzerhand hob Ronald sie auf die Arme. „Mein Held“, murmelte sie.

„Gewiss.“ Er setzte sich auf den Fahrersitz. „Wohin geht's?“

„Zum Strand.“

Langsam fuhr er vom Parkplatz und bog auf die Straße ein.

„Es ist eine wundervolle Nacht.“

„Ein wundervoller Morgen.“

„Wie auch immer.“ Tief atmete sie die frische Luft ein. „Ich hatte nie Zeit für große Abenteuer. Also muss ich mich in die kleinen stürzen, wenn ich die Chance dazu habe.“

„Steht uns das bevor? Ein Abenteuer?“

„Gewiss. Wir werden den Wein austrinken, uns unter den Sternen lieben und die Sonne über dem Wasser aufgehen sehen.“

Stunden später kuschelte Charity sich eng an Ronald. Die Flasche Wein war leer, und die Sterne verloschen einer nach dem anderen. „Ich werde heute völlig nutzlos sein“, murmelte sie schläfrig. „Und es kümmert mich nicht einmal.“

Er zog die Decke über sie. Die Morgen waren noch immer kühl. Er hatte es nicht geplant, aber die lange Liebesnacht gab ihm neue Hoffnung. Wenn es ihm gelang, Charity zu überreden, den Vormittag über zu schlafen, dann konnte er seinen Auftrag vollenden und ihr danach alles erklären. Auf diese Weise würde er sie von der Gefahr fernhalten und am Anfang beginnen.

„Es ist kurz vor Morgengrauen“, murmelte sie.

Sie sprachen nicht, während sie den Tagesanbruch beobachteten. Der Himmel wurde blass. Die Nachtvögel verstummten. Einen Moment lang schien die Zeit still zu stehen. Dann, allmählich, sickerten Farben über den Horizont, spiegelten sich im Wasser. Die Schatten verblassten, und die Baumwipfel leuchteten golden. Der erste Morgenvogel verkündete den neuen Tag. Ronald zog Charity an sich, um sie unter dem aufhellenden Himmel zu lieben.

Sie schlummerte auf dem Beifahrersitz, während er zurückfuhr. Der Himmel war von einem blassen, milchigen Blau, doch im Gasthaus war noch alles still.

Als er sie aus dem Wagen hob, seufzte sie und lehnte den Kopf an seine Schulter. „Ich liebe dich, Ronald.“

„Ich weiß.“ Zum ersten Mal im Leben wollte er an nächste Woche denken, an nächsten Monat, sogar an nächstes Jahr – an alles, außer dem bevorstehenden Tag. Er trug sie die Stufen hinauf in ihr Schlafzimmer. „Ich liebe dich auch, Charity.“

Es kostete ihn wenig Mühe, sie zu überzeugen, sich in das Bett zu kuscheln und zu schlafen, nachdem er ihr versprochen hatte, Ludwig zu seinem täglichen Auslauf hinauszuführen.

11. Kapitel

Duponts Festnahme erwies sich als ein Muster an gut organisierter Polizeiarbeit. Um 7:45 war sein abgelegenes Haus von den besten Leuten umstellt, die Sheriff Royce und das FBI zu bieten hatten. Ronald hatte Conbys Einwände gegen das Hinzuziehen der Lokalpolizei ignoriert und ihm geraten, aus dem Weg zu bleiben.

Als die Männer positioniert waren, begab Ronald sich zur Tür, die Waffe in einer Hand. Er klopfte. Als keine Antwort kam, signalisierte er seinen Männern, die Waffen zu ziehen und sich zu nähern. Mit dem Schlüssel, den er von Charitys Bund genommen hatte, öffnete er die Tür.

Drinnen ließ er den Blick durch den Raum schweifen, die Beine gespreizt, die Waffe fest in beiden Händen. Mit einer Kopfbewegung signalisierte er seiner Rückendeckung „vorwärts".

Vorsichtig näherte er sich dem Schlafzimmer. Zum ersten Mal trat ein Lächeln – ein grimmiges Lächeln – auf sein Gesicht. Dupont war in der Dusche. Und er sang.

Das Gesinge endete abrupt, als Ronald den Vorhang aufriss.

„Machen Sie sich nicht die Mühe, die Hände zu heben." Mit erhobener Waffe warf er Dupont ein Handtuch zu. „Das Haus ist umstellt, Kumpel. Warum trocknen Sie sich nicht ab, während ich Ihnen Ihre Rechte vorlese?"

„Gut gemacht", bemerkte Conby, als der Gefangene in Handschellen abgeführt wurde. „Wenn Sie den Rest auch so glatt erledigen, sorge ich dafür, dass Sie eine Beförderung bekommen."

„Behalten Sie sie." Ronald steckte seine Waffe ein. Es gab nur noch eine Hürde zu nehmen, bevor er die Vergangenheit von der Zukunft trennen konnte. „Wenn dieser Fall erledigt ist, steige ich aus."

„Sie sind seit über zehn Jahren bei der Polizei, DeWinter. Sie werden nicht aufhören."

„Warten Sie's ab", entgegnete Ronald, und damit eilte er zum Gasthaus zurück, um zu beenden, was er begonnen hatte.

Bob hockte im Büro und trank gierig Kaffee mit Schuss. Kurzerhand nahm Ronald ihm den Becher aus der Hand und schüttete den Inhalt in den Abfalleimer.

„Ich brauchte einfach ein bisschen etwas, um es zu überstehen", verteidigte sich Bob. Doch er hatte eindeutig mehr als ein bisschen getrunken. Er lallte, und seine Augen waren glasig.

Selbst unter den günstigsten Umständen fiel es Ronald schwer, Sympathie für einen Betrunkenen aufzubringen. Er zerrte Bob am Hemd vom Stuhl hoch. „Reißen Sie sich zusammen, und zwar schnell. Wenn Block kommt, fertigen Sie ihn und seine kleine Gruppe ab. Wenn Sie ihn warnen – wenn Sie auch nur mit einer Wimper zucken, hänge ich Sie zum Trocknen auf."

„Charity erledigt die Anmeldungen", brachte Bob zwischen klappernden Zähnen hervor.

„Heute nicht. Sie werden hinaus ans Pult gehen und es erledigen. Und Sie werden gute Arbeit leisten, weil Sie wissen, dass ich hier drinnen bin und Sie beobachte."

Gerade als Ronald von Bob zurücktrat, öffnete sich die Bürotür. „Tut mir leid, dass ich zu spät komme." Trotz ihrer schweren Augenlider strahlte Charity Ronald an. „Ich habe verschlafen."

Sein Herz setzte einen Schlag lang aus und sank. „Du hast nicht genug geschlafen."

„Das musst du mir gerade sagen." Ihr Lächeln schwand, als sie Bob anblickte. „Was ist los?"

Er ergriff die Gelegenheit mit beiden Händen. „Ich habe Ronald gerade gesagt, dass ich mich nicht besonders gut fühle."

„Sie sehen auch nicht gut aus." Besorgt trat sie zu Bob und befühlte seine Stirn, die feucht war und ihre Sorge verstärkte. „Wahrscheinlich haben Sie sich auch den Virus eingefangen, der gerade umgeht."

„Das befürchte ich auch."

„Sie hätten heute gar nicht kommen sollen. Vielleicht sollte Ronald Sie nach Hause fahren."

„Nein, ich schaffe es schon." Mit zitternden Knien ging Bob zur Tür. „Es tut mir leid, Charity." Er drehte sich um und sandte ihr einen letzten Blick. „Sehr leid."

„Seien Sie nicht albern. Geben Sie nur auf sich Acht."

„Ich helfe ihm", murmelte Ronald und folgte Bob hinaus. Als sie gerade die Eingangshalle durchquerten, trat Block ein.

„Guten Morgen." Das übliche Lächeln trat auf Blocks Gesicht, doch seine Augen blickten argwöhnisch. „Gibt es ein Problem?"

„Grippe." Bobs Gesicht war leicht grünlich vor Angst. „Hat mich heute Morgen ziemlich schwer erwischt."

„Ich habe Dr. Mertens angerufen", verkündete Charity, als sie hinter das Pult trat. „Gehen Sie gleich nach Hause, Bob. Er kommt zu Ihnen."

„Danke", murmelte Bob. Doch einer von Conbys Agenten folgte ihm hinaus, und er wusste, dass er lange Zeit nicht nach Hause kommen würde.

„Dieser Virus ist eine richtige Plage hier in der Gegend." Charity schenkte Block ein entschuldigendes Lächeln. „Mir fehlt ein Zimmermädchen, eine Kellnerin und jetzt Bob. Ich hoffe, niemand von Ihrer Gruppe hatte Beschwerden wegen des Service."

„Kein Einziger." Wieder entspannt, stellte Block seinen Aktenkoffer auf das Pult. „Es ist mir immer ein Vergnügen, mit Ihnen Geschäfte zu tätigen, Charity."

Ronald sah hilflos zu, wie die beiden plauderten und routinemäßig die Listen und Zahlen durchgingen. Sie sollte eigentlich oben in Sicherheit sein, fest schlafen und von ihrer gemeinsamen Nacht träumen. Verzweifelt ballte er die Hände zu Fäusten. Nun war sie mittendrin im Geschehen, ganz gleich, was er auch unternahm.

Er hörte sie lachen, als Block den zappelnden Fisch erwähnte, den sie durch den Speisesaal getragen hatte. Und er stellte sich vor, wie ihr Gesicht aussehen würde, wenn die Agenten zuschlugen und den Mann verhafteten, den sie für einen Reiseleiter und Freund hielt.

Charity las die Gesamtsumme vor. Ronald zwang sich zur Ruhe.

„Ich komme auf … 22,50 Dollar weniger.“ Block begann die Einzelbeträge in seinen Rechner einzugeben. Mit gerunzelter Stirn ging Charity erneut ihre Liste durch, Punkt für Punkt.

„Guten Morgen, meine Liebe.“

„Hmm.“ Zerstreut blickte Charity auf. „Oh, guten Morgen, Miss Millie.“

„Ich bin gerade auf dem Weg nach oben, um zu packen. Ich wollte Ihnen sagen, welch herrliche Zeit wir hier hatten.“

„Es tut uns immer leid, Sie abreisen zu sehen. Es hat uns alle gefreut, dass Sie und Miss Lucy ein paar Tage länger geblieben sind.“

Miss Millie strahlte Ronald an und ließ flirtend ihre Wimpern flattern, bevor sie zur Treppe ging. Oben steht jetzt ein Beamter, dachte er, und wird dafür sorgen, dass sie und die anderen Gäste aus dem Weg bleiben.

„Ich komme wieder auf dieselbe Summe, Roger.“ Verwirrt tippte Charity mit dem Bleistift auf die Liste. „Ich würde es gern durch den Computer laufen lassen, aber … Ah, ich glaube, das ist es. Haben Sie den Wein für die Wentworths in Haus 1 berechnet? Sie haben ihn vorgestern bestellt.“

„Wentworth, Wentworth …“ Aufreizend langsam ging Block seine Liste durch. „Nein, nichts.“

„Lassen Sie mich die Rechnung suchen.“ Sie öffnete eine

Schublade und blätterte die Akten durch. Ronald spürte einen Schweißtropfen langsam über seinen Rücken rinnen. Einer der Agenten spazierte herbei und schaute sich Postkarten an.

„Ich habe tatsächlich beide Kopien“, sagte Charity kopfschüttelnd. „Dieser Virus macht uns wirklich zu schaffen.“ Sie legte ihre Kopie der Rechnung ab und gab Block seine.

„Kein Problem.“ Fröhlich wie immer, nahm er die neue Rechnung in Empfang. „Jetzt stimmt es überein.“

Mit der Behändigkeit langjähriger Übung rechnete Charity den Betrag in kanadische Währung um. „Das sind insgesamt 2.330 Dollar.“

Er öffnete seinen Aktenkoffer. „Es ist mir wie immer ein Vergnügen.“ Er begann das Geld in Zwanzigern vorzuzählen.

Sobald Charity die Rechnung als bezahlt quittiert hatte, griff Ronald ein. „Heben Sie die Hände. Langsam.“ Er presste Block den Lauf seiner Pistole in den Rücken.

„Ronald!“ Charity starrte ihn entsetzt an. „Was, um alles in der Welt, soll das?“

„Geh um das Pult herum“, wies er sie an. „Und dann nach draußen.“

„Bist du verrückt? Ronald, um Himmels willen …“

„Nun geh schon!“

Block befeuchtete sich nervös die Lippen. „Ist das ein Überfall?“

„Haben Sie es noch nicht kapiert?“ Mit der freien Hand zog Ronald seine Erkennungsmarke hervor und warf sie auf das Pult. Dann griff er nach den Handschellen. „Sie sind verhaftet.“

„Wie lautet die Anklage?“

„Mordkomplott, Falschmünzerei, Transport gesuchter Verbrecher über internationale Grenzen. Das reicht für den Anfang.“ Er zerrte einen von Blocks Armen hinunter und schloss die Handschelle um das eine Handgelenk.

„Wie konntest du nur?“ Charitys Stimme war kaum ein Flüstern. Sie hielt seine Erkennungsmarke in der Hand.

Er löste den Blick nur eine Sekunde lang von Block, um sie anzusehen. Eine Sekunde, die alles änderte.

„Wie dumm von mir", murmelte Miss Millie, während sie in die Eingangshalle zurücktänzelte. „Ich war schon fast oben, als ich merkte …"

Für einen Mann seines Gewichtes bewegte Block sich überraschend schnell. Er zog Miss Millie an sich und hielt ein Messer an ihre Kehle, bevor jemand reagieren konnte. Die Handschelle baumelte an dem Handgelenk.

„Es würde nur einen Herzschlag dauern", sagte er ruhig und starrte Ronald an, der die Waffe auf Blocks Stirn gerichtet hielt. „Überlegen Sie es sich gut." Block ließ den Blick durch die Halle schweifen, wo weitere Waffen gezückt worden waren. „Sonst schneide ich dieser netten kleinen Lady die Kehle durch."

Miss Millie konnte sich nur an seinen Arm klammern und wimmern.

„Tun Sie ihr nichts." Charity trat vor, aber sie blieb abrupt stehen, als sie sah, dass Block seinen Griff verstärkte. „Bitte, tun Sie ihr nichts." Es muss ein Traum sein, sagte sie sich. Ein Albtraum. „Ich will wissen, was hier vorgeht."

„Das Haus ist umstellt." Ronald hielt den Blick und die Waffe auf Block geheftet. Er wartete vergeblich, dass einer seiner Leute, die sich hinter ihm befanden, eingriff. „Ihr etwas anzutun, würde Ihnen nichts nützen."

„Ihnen auch nicht. Denken Sie darüber nach. Wollen Sie eine tote Großmutter am Hals haben?"

„Sie wollen doch Ihrer Liste nicht Mord hinzufügen, Block", sagte Ronald gleichmütig und dachte, dass Charity zu nahe war, viel zu nahe.

Seine Stimme wurde mit jedem Wort lauter, während Blocks Augen den Raum überflogen. „Das ist mir egal. Und jetzt raus! Alle! Lassen Sie die Waffen fallen. Lassen Sie sie fallen und verschwinden Sie, bevor ich sie aufschlitze. Sofort!" Er ritzte mit der Klinge Miss Millies dünnen Hals.

„Bitte!" Erneut trat Charity einen Schritt vor. „Lassen Sie sie gehen. Ich bleibe bei Ihnen."

„Verdammt, Charity, geh zurück!"

Sie hatte für Ronald nicht einmal einen Blick übrig. „Bitte, Mr. Block." Vorsichtig trat sie noch einen Schritt vor. „Sie ist alt und gebrechlich. Ihr Herz könnte aussetzen." Verzweifelt trat sie zwischen Block und Ronalds Waffe. „Ich mache Ihnen keine Schwierigkeiten."

Block brauchte nur einen Moment für die Entscheidung. Er schnappte sich Charity und presste ihr die Spitze der Klinge an den Hals. Miss Millie glitt kraftlos zu Boden.

„Lassen Sie die Pistole fallen." Block sah die Angst in Ronalds Augen und lächelte. Offensichtlich hatte er einen guten Tausch gemacht. „Zwei Sekunden, und es ist aus. Ich habe nichts zu verlieren."

Ronald hob die Hände, ließ die Waffe fallen. „Reden wir."

„Wir reden, wenn ich bereit dazu bin." Block legte die Klinge der Länge nach an Charitys Hals. Sie schloss die Augen, wartete darauf zu sterben. „Raus jetzt. Sobald jemand versucht, wieder reinzukommen, stirbt sie."

„Raus." Ronald deutete zur Tür. „Halten Sie sie zurück, Conby. Alle." Er wandte sich wieder an Block, hob vorsichtig seine Jacke, um zu zeigen, dass sein Halfter leer war. „Ich bin sauber. Lassen Sie mich hier bleiben. Dann haben Sie zwei Geiseln. Ein FBI-Agent gibt Ihnen ein größeres Druckmittel."

„Nur die Frau. Verschwinden Sie, DeWinter, oder ich bringe sie um, bevor Sie daran denken, wie Sie an mich herankommen. Sofort."

„Herrje, Ronald, bring Miss Millie hier fort. Sie braucht einen Arzt." Charity stockte der Atem, als die Messerspitze ihre Haut ritzte.

„Tun Sie es nicht." Ronald hob erneut die Hände, während er zu der zusammengebrochenen Gestalt neben dem Pult ging. Vorsichtig nahm er die schluchzende Miss Millie in die Arme.

„Wenn Sie ihr etwas antun, werden Sie nicht lange genug leben, um es zu bereuen, Block", sagte er.

Mit dieser verzweifelten Drohung ließ er Charity allein zurück.

Nachdem er Miss Millie in wartende Arme übergeben hatte, eilte er von der Veranda herab. „Niemand nähert sich den Türen oder Fenstern", wies er an. „Gebt mir eine Waffe." Bevor jemand gehorchen konnte, entriss er einem von Royces Deputys die Pistole.

Mit einer Geste signalisierte Royce seinem Mann, still zu bleiben.

„Was sollen wir tun?"

Ronald starrte nur auf die Waffe in seiner Hand. Sie war geladen. Er war geübt. Und er war hilflos.

„DeWinter …", mischte Conby sich ein.

„Gehen Sie mir aus dem Weg!" Als Conby wieder zum Sprechen ansetzte, wandte Ronald sich ihm zu. „Gehen Sie mir aus dem Weg."

Ronald starrte zum Gasthaus. Er hörte Miss Millie leise weinen, während jemand sie zu einem Wagen trug. Die Gäste, die bereits evakuiert worden waren, wurden in Sicherheit gebracht.

Charity.

Er steckte die Waffe ins Halfter und drehte sich um. „Lassen Sie die Straße in einer Meile Entfernung in beiden Richtungen sperren. Wir halten das Gasthaus aus einer Entfernung von fünfzig Fuß umstellt. Er wird nachdenken", sagte Ronald langsam. „Und wenn er damit anfängt, dann wird ihm klar, dass er eingekreist ist."

Ronald hob beide Hände und rieb sich das Gesicht. Er hatte schon Geiselnahmen erlebt. Er war dafür ausgebildet. Mit Zeit und einem kühlen Kopf standen die Chancen, eine Geisel aus einer derartigen Situation zu befreien, ausgezeichnet. Da die Geisel Charity war, war ausgezeichnet nicht annähernd gut genug.

„Ich will mit ihm reden."

„Agent DeWinter, unter den gegebenen Umständen habe ich ernsthafte Vorbehalte, dass Sie diese Operation leiten", erklärte Conby.

Ronald wirbelte zu ihm herum. „Wenn Sie sich mir in den Weg stellen, hänge ich Sie in Ihrer Seidenkrawatte auf, Conby. Warum, zum Teufel, waren Ihre Männer nicht hinter Block postiert?"

Weil Conbys Handflächen feucht waren, klang seine Stimme nur noch kühler. „Ich hielt es für besser, sie draußen bereitzuhalten, für den Fall eines Fluchtversuchs."

Ronald bekämpfte die Woge des Zorns, die in ihm aufwallte. „Wenn ich Charity draußen habe, werde ich mich mit Ihnen befassen, Sie Bastard." Er wandte den Kopf an Royce. „Ich brauche eine Verbindung. Können Sie sich darum kümmern?"

„Geben Sie mir zwanzig Minuten."

Ronald nickte und drehte sich wieder zum Gasthaus um. Systematisch erwog und verwarf er vorhandene Zugänge.

Charity verspürte ein gewisses Maß an Erleichterung, als Block das Messer von ihrer Kehle entfernte. Irgendwie wirkte die Pistole, die er nun auf sie richtete, weniger persönlich. „Mr. Block ..."

„Halten Sie den Mund. Halten Sie den Mund und lassen Sie mich nachdenken." Er wischte sich mit einem fleischigen Arm den Schweiß von der Stirn. Es hatte sich alles so schnell ereignet, zu schnell. Bisher hatte er nur aus Instinkt gehandelt. Wie Ronald einkalkuliert hatte, begann er nun zu denken. „Die haben mich hier in der Falle. Ich hätte Sie benutzen sollen, um einen Wagen zu bekommen, hätte wegfahren sollen." Dann lachte er und blickte sich wild in der Eingangshalle um. „Wir sind hier auf einer verdammten Insel. Man kann von einer Insel nicht wegfahren."

„Ich denke, wenn wir ..."

„Halten Sie den Mund!", schrie er. „Ich bin hier derjenige,

der denken muss. FBI-Agenten. Der jammernde kleine Wurm hatte recht, die ganze Zeit", murmelte er und dachte dabei an Bob. „Er hat DeWinter schon vor Tagen durchschaut. Und Sie?" Während er fragte, griff er in ihr Haar, riss ihren Kopf zurück und hielt den Pistolenlauf an ihre Kehle.

„Nein. Ich wusste es nicht. Ich verstehe es immer noch nicht." Sie konnte nur einen unterdrückten Schrei von sich geben, als er sie gegen die Wand stieß. Sie hatte noch nie Mord in den Augen eines Mannes gesehen, aber sie erkannte es. „Roger … Mr. Block, überlegen Sie doch. Wenn Sie mich umbringen, haben Sie nichts mehr, um zu verhandeln." Sie schmeckte Angst auf der Zunge, als sie die Worte hervorzwang. „Sie brauchen mich."

„Ja." Er lockerte seinen Griff. „Bisher waren Sie nützlich. Sie müssen einfach weiterhin nützlich sein. Wie viele Ausgänge gibt es hier?"

„Ich … ich weiß nicht." Charity rang nach Atem, als er erneut grausam an ihren Haaren zog.

„Sie wissen sogar, wie viele Balken dieses Haus hat."

„Fünf. Es sind fünf Ausgänge, die Fenster nicht mitgerechnet. Die Eingangshalle, der Gesellschaftsraum, die Außentreppe zu meinen Zimmern, eine Suite im Ostflügel und der Hinterausgang, durch den Allzweckraum hinter der Küche."

„Das ist gut." Er keuchte ein bisschen, während er die Möglichkeiten in Betracht zog. „Die Küche. Wir nehmen die Küche. Dort habe ich Wasser und Essen, falls es eine Weile dauert. Kommen Sie." Er behielt eine Hand in ihrem Haar und die Pistole in ihrem Nacken.

Den Blick auf den Gasthof geheftet, lief Ronald hinter der Barrikade aus Polizeiwagen auf und ab. Sie ist klug, redete er sich ein. Charity war eine kluge, vernünftige Frau. Sie würde nicht in Panik geraten. Sie würde nichts Dummes tun.

Aber sie musste schreckliche Angst haben. Er steckte sich

eine Zigarette am Stummel einer anderen an, doch er fühlte sich nicht beruhigt, als der herbe Rauch in seine Lungen drang. „Wo ist das verdammte Telefon?"

„Fast fertig." Royce schob seinen Hut zurück und richtete sich von der Beobachtung des Leitungsmanns auf, der ein provisorisches Kabel einflickte. „Mein Neffe", erklärte er Ronald mit einem dünnen Lächeln. „Der Junge versteht seinen Job."

„Sie haben eine Menge Verwandte."

„Es wimmelt von ihnen. Ich habe gehört, dass Sie und Charity heiraten wollen. Gehört das zu Ihrer Tarnung?"

„Nein." Ronald dachte an das Picknick am Strand, jenen einen klaren Augenblick. „Nein."

„In dem Fall werde ich Ihnen einen wichtigen Rat geben", sagte er, bevor Ronald sprechen konnte. „Sie brauchen ihn. Sie müssen ruhig werden, wirklich ruhig, bevor Sie zu dem Telefon greifen. Ein gefangenes Tier reagiert auf zwei Arten. Entweder duckt es sich und gibt auf, oder es greift alles an, was ihm in den Weg kommt." Royce nickte zum Gasthaus hinüber. „Block wirkt nicht wie der Typ, der schnell aufgibt, und Charity ist ihm verdammt im Weg. Ist die Leitung inzwischen fertig, Junge?"

„Jawohl." Die Hände des jungen Leitungsmannes waren verschwitzt vor Nervosität und Aufregung. „Sie können direkt durchwählen." Er reichte Ronald den feuchten Hörer.

„Ich weiß die Nummer nicht", murmelte Ronald. „Ich weiß die verdammte Nummer nicht."

„Ich weiß sie."

Ronald wirbelte zu Mae herum. In diesem Moment sah er alles, was er fühlte, in ihren Augen widergespiegelt. Später wird Zeit für Schuldgefühle sein, sagte er sich. Ein Leben lang. „Royce, Sie sollten diesen Bereich räumen."

„Maeflower zu entfernen, ist, wie einen Panzer zu entfernen."

„Ich rühre mich nicht vom Fleck, bis ich Charity sehe." Mae presste ihre zitternden Lippen fest zusammen. Als sie weitersprach, klang ihre Stimme gefasst. „Sie wird mich brauchen, wenn sie herauskommt. Es ist Zeitverschwendung, darüber zu reden", fügte sie hinzu. „Wollen Sie die Nummer?"

„Ja."

Sie gab sie ihm. Ronald warf seine Zigarette fort und wählte.

Charity fuhr förmlich vom Stuhl auf, als das Telefon klingelte. Block am Tisch gegenüber starrte es nur an. Er hatte Charity alles stapeln lassen, was sie hatte herbeischleppen können, um die beiden Eingänge zu blockieren: Stühle, Zwanzig-Pfund-Säcke Mehl und Zucker, der rollbare Fleischerklotz, gusseiserne Bratpfannen, all das häufte sich vor den beiden Türen.

In der stillen Küche schrillte das Telefon wieder und immer wieder, wie ein Schrei. Charity war wie erstarrt stehen geblieben und wagte nicht, sich zu rühren.

„Bleiben Sie, wo Sie sind." Block durchquerte den Raum und nahm den Hörer ab. „Ja?"

„DeWinter. Dachte mir, Sie könnten bereit sein zu verhandeln."

„Welche Art von Verhandlung?"

„Darüber müssen wir reden. Zuerst muss ich wissen, ob Sie Charity noch haben."

„Haben Sie sie herauskommen sehen?", spuckte Block in den Hörer. „Sie wissen verdammt gut, dass ich sie habe, sonst würden Sie nicht mit mir reden."

„Ich muss mich vergewissern, dass sie noch lebt. Lassen Sie mich mit ihr reden."

„Scheren Sie sich zur Hölle."

Drohungen, Beschimpfungen, Flüche stiegen wie Galle in Ronalds Kehle. Doch als er sprach, klang seine Stimme sachlich. „Ich überzeuge mich, dass Sie noch eine Geisel haben, Block, oder wir verhandeln nicht."

„Sie wollen mit ihr reden?" Block gestikulierte mit der Waffe. „Hierher", befahl er Charity. „Machen Sie es kurz. Es ist Ihr Freund", sagte er, als sie neben ihm stand. „Er will wissen, wie es Ihnen geht. Sagen Sie ihm, dass es Ihnen ausgezeichnet geht." Er ließ die Pistole an ihrer Wange hinaufgleiten und an ihrer Schläfe ruhen. „Verstanden?"

Mit einem Nicken beugte sie sich zum Telefon. „Ronald?"

„Charity." Zu viele Gefühle stürmten auf ihn ein, um sie zu messen. Er wollte sie beruhigen, ihr Versprechungen machen, sie bitten, vorsichtig zu sein. Aber er wusste, dass er nur wenige Sekunden hatte und dass Block jedes Wort mithörte. „Hat er dir wehgetan?"

„Nein." Sie schloss die Augen und unterdrückte ein Schluchzen. „Nein, es geht mir gut. Er lässt mich etwas zu essen machen."

„Haben Sie gehört, DeWinter? Es geht ihr gut." Wohlüberlegt riss Block ihr den Arm auf den Rücken, bis sie aufschrie. „Aber das kann sich jederzeit ändern."

Ronald umklammerte hilflos den Hörer, während er Charity schluchzen hörte. Es kostete ihn all die Beherrschung, die er noch besaß, um die Angst aus seiner Stimme herauszuhalten. „Sie brauchen ihr nichts anzutun. Ich sagte bereits, dass wir über die Bedingungen reden werden."

„Wir reden über Bedingungen. Gut. Meine Bedingungen." Block ließ Charitys Arm los und ignorierte, dass sie zu Boden sank. „Sie besorgen mir einen Wagen. Ich will ungehinderte Fahrt zum Flughafen, DeWinter. Charity fährt. Ich will ein aufgetanktes Flugzeug bereitstehen haben. Sie wird mit mir an Bord gehen, also irgendwelche Tricks, und wir sind wieder da, wo wir angefangen haben. Wenn ich meinen Zielort erreicht habe, lasse ich sie frei."

„Wie groß soll das Flugzeug sein?"

„Versuchen Sie nicht, mich hinzuhalten."

„Warten Sie. Ich muss es wissen. Es ist ein kleiner Flughafen, Block. Das wissen Sie. Wenn Sie weit fliegen wollen …"

„Besorgen Sie mir nur ein Flugzeug."

„Okay." Ronald zwang sich zu einem gleichmütigen Tonfall. Er konnte Charity nicht länger hören, und das Schweigen war so beängstigend wie ihr Schluchzen. „Ich werde dabei den Dienstweg einhalten müssen. Anders geht es nicht."

„Zum Teufel mit Ihrem Dienstweg."

„Hören Sie, ich habe nicht die Befugnis, Ihnen zu besorgen, was Sie wollen. Ich muss die Genehmigung einholen. Dann muss ich den Flughafen räumen, einen Piloten besorgen. Sie müssen mir ein bisschen Zeit geben."

„Sie haben eine Stunde."

„Ich muss mich mit Washington in Verbindung setzen. Sie wissen, wie Bürokraten sind. Es könnte drei, vielleicht vier Stunden dauern."

„Zum Teufel damit! Sie haben zwei. Nach zwei Stunden werde ich anfangen, sie in Stücken hinauszuschicken."

Charity schloss die Augen, senkte den Kopf auf die gefalteten Arme und weinte aus panischer Angst.

„Wir haben zwei Stunden", murmelte Ronald, während er weiterhin das Gasthaus und den Grundriss musterte, den Royce ihm gegeben hatte. „Er ist nicht so schlau, wie ich dachte, oder vielleicht ist er zu sehr in Panik, um es zu durchdenken."

„Das könnte zu unserem Vorteil sein", meinte Royce, als Ronald das Angebot einer Tasse Kaffee mit einem Kopfschütteln ablehnte. „Oder es könnte gegen uns arbeiten."

Zwei Stunden. Ronald starrte auf das stille Schindelgebäude. Er konnte die Vorstellung nicht ertragen, dass Charity so lange mit einer Pistole bedroht wurde. „Er will einen Wagen, ungehinderte Fahrt zum Flughafen und ein Flugzeug." Er wandte sich an Conby. „Sorgen Sie dafür, dass er glaubt, er würde es bekommen."

„Ich weiß, wie man bei Geiselnahmen vorzugehen hat, DeWinter."

„Welcher Ihrer Männer ist der beste Schütze?", erkundigte Ronald sich bei Royce.

„Ich bin es." Er blickte Ronald fest in die Augen. „Wo wollen Sie mich haben?"

„Block ist mit ihr in der Küche."

„Hat er Ihnen das gesagt?"

„Nein, Charity. Sie hat mir gesagt, dass er sie etwas zu essen machen lässt. Da ich bezweifle, dass sie an Essen denkt, wollte sie mich ihre Position wissen lassen."

Royce blickte hinüber zu Mae, die den Pier hinauf- und hinabwanderte. „Charity ist ein zähes Mädchen. Sie verliert den Kopf nicht."

„Bisher nicht." Doch Ronald erinnerte sich nur zu gut an ihr gedämpftes Schluchzen. „Wir müssen zwei der Männer auf der Rückseite in Position bringen. Ich will, dass sie Distanz wahren und sich außer Sicht halten. Mal sehen, wie nahe wir herankommen." Er wandte sich wieder an Conby. „Geben Sie uns fünf Minuten. Dann rufen Sie ihn an. Sagen Sie ihm, wer Sie sind. Sie verstehen es, sich wichtig klingen zu lassen. Halten Sie ihn am Telefon fest, so lange wie möglich."

„Sie haben zwei Stunden, DeWinter. Wir können ein Sonderkommando aus Seattle kommen lassen."

„Wir haben zwei Stunden", betonte Ronald grimmig. „Charity hat sie vielleicht nicht."

„Ich kann die Verantwortung nicht …"

Ronald unterbrach ihn. „Sie werden sie verdammt noch mal übernehmen."

„Agent DeWinter, wenn es nicht eine Krisensituation wäre, würde ich Sie wegen Gehorsamsverweigerung festnehmen lassen."

„Großartig. Nehmen Sie es einfach in meine Akte auf." Er blickte zu dem Gewehr, das Royce zur Hand genommen hatte. Es war mit einem starken Zielfernrohr ausgestattet. „Greifen wir ein."

12. Kapitel

Ich habe lange genug geweint, entschied Charity und holte tief und lange Luft. Es nützte ihr nichts. Wie ihr Bewacher musste sie nachdenken. Ihre Welt war zu einem einzigen Zimmer zusammengeschrumpft, mit Angst als ihrem ständigen Begleiter. So geht es nicht, sagte sie sich und drückte ihr Rückgrat durch. Ihr Leben wurde bedroht, und sie wusste nicht einmal, warum.

Sie erhob sich vom Fußboden, auf dem sie gekauert hatte. Block saß immer noch am Tisch, hielt die Waffe in einer Hand, während er mit der anderen monoton auf das geschrubbte Holz klopfte. Die baumelnden Handschellen klirrten. Er hat schreckliche Angst, erkannte sie, vielleicht genauso sehr wie ich. Es musste einen Weg geben, das auszunutzen.

„Mr. Block … möchten Sie Kaffee?"

„Ja. Das ist gut. Das ist eine gute Idee." Er umfasste die Pistole fester. „Aber werden Sie nicht gerissen. Ich beobachte jede Bewegung."

„Wird man Ihnen ein Flugzeug geben?" Sie drehte die Herdflamme auf klein. Die Küche ist voller Waffen, dachte sie. Messer, Hackbeile, Holzhammer. Sie schloss die Augen und fragte sich, ob sie den Mut hatte, eine davon zu benutzen.

„Man wird mir alles geben, solange ich Sie habe."

„Warum will man Sie verhaften?" Bleib ruhig, dachte Charity sich. Sie wollte ruhig und wachsam und am Leben bleiben. „Das verstehe ich nicht." Sie goss den heißen Kaffee in zwei Becher. Sie glaubte nicht, dass sie schlucken konnte, aber sie hoffte, dass diese kleine Gemeinsamkeit ihn ein wenig entspannen würde. „Die sagten etwas von Falschgeld."

Es spielte keine Rolle, was sie wusste. Auf jeden Fall hatte er hart gearbeitet, und er war stolz darauf. „Seit über zwei Jahren betreibe ich ein hübsches kleines Spiel über die Grenze hinweg. Zwanziger und Zehner in kanadischer Währung. Ich kann sie ausstanzen wie Flaschendeckel. Aber ich bin vorsichtig." Er schluckte den Kaffee. „Ein paar Tausend hier, ein paar Tausend dort, mit ‚Vision Tours' als Fassade. Wir führen eine gute Reisegesellschaft, stellen unsere Kunden zufrieden."

„Sie haben mich mit Falschgeld bezahlt?"

„Sie und ein paar andere Unternehmen. Aber Sie sind das langfristigste und beständigste." Block lächelte sie an – so freundlich wie immer, wenn man die Waffe in seiner Hand nicht berücksichtigte. „Sie haben ein besonders günstiges Unternehmen, Charity, still, abgelegen, in Privatbesitz. Sie verkehren mit einer kleinen lokalen Bank. Es hat hervorragend geklappt."

„Ja." Sie starrte auf ihre Tasse, mit verkrampftem Magen. „Das ist mir klar." Und Ronald war nicht gekommen, um Wale zu beobachten, sondern um an einem Fall zu arbeiten. Das war alles, was sie für ihn bedeutet hatte.

„Wir wollten hier nur noch ein paar Monate absahnen", fuhr er fort. „Aber in letzter Zeit wurde Bob ängstlich."

„Bob?" Sie ballte ihre Hände zu Fäusten im Schoß. „Er wusste davon?"

„Er war nichts als ein kleiner Betrüger, bevor ich ihn übernahm. Beging lediglich geringfügige Unterschlagungen. Ich habe ihn hier eingesetzt und reich gemacht. Hat Ihnen auch nicht geschadet", führte er mit einem Grinsen hinzu. „Sie standen auf recht wackligem finanziellen Boden, bevor ich kam."

„All die Zeit über", flüsterte sie.

„Ich hatte beschlossen, noch sechs Monate weiterzumachen und dann woanders zu operieren, aber Bob wurde richtig nervös wegen Ihres neuen Handwerkers. Der Bastard hat mich reingelegt." Er knallte die Tasse auf den Tisch. „Hat ein Abkommen mit dem FBI geschlossen. Ich hätte es merken müssen, so wie er nach der Fahrerflucht in Panik geriet."

„Der Unfall … Sie wollten mich umbringen.“

„Nein.“ Er tätschelte ihre Hand, und sie schreckte zurück. „Ehrlich gesagt, ich habe Sie immer gemocht. Ich wollte Sie nur für eine Weile aus dem Weg haben. Wollte nur wissen, wie DeWinter reagiert. Er ist gut“, sinnierte Block. „Richtig gut. Hat mich überzeugt, dass er nur an Ihnen interessiert wäre. Die Romanze war ein guter Einfall. Hat mich getäuscht.“

„Ja.“ Niedergeschmettert starrte Charity auf die Maserung der Tischplatte. „Das war clever.“

„Hat mich übertölpelt“, murmelte Block. „Ich wusste, dass Sie mich nicht hereingelegt haben. Sie haben nicht das Zeug dazu. Aber DeWinter … Wahrscheinlich haben sie Dupont schon geschnappt.“

„Wen?“

„Wir operieren nicht nur mit dem Geld. Es gibt Leute, die in aller Stille das Land verlassen müssen und eine Menge für unsere Dienste bezahlen. Sieht so aus, als müsste ich mich selbst als Kunden aufnehmen.“ Block lachte und leerte seine Tasse. „Wie steht es mit etwas zu essen?“

Sie erhob sich und ging zum Kühlschrank. Es war alles eine Lüge, dachte sie. Alles, was Ronald gesagt hatte, alles, was er getan hatte …

Der Schmerz ging tief und zwang sie, einen weiteren Tränenausbruch zu bekämpfen. Er hatte sie zum Narren gehalten, so gewiss und vollkommen, wie Roger Block es getan hatte. Beide hatten sie sie benutzt, sie und ihr Gasthaus benutzt. Sie würde es nie verzeihen. Sie rieb sich mit den Händen über die Augen, um sie zu klären. Und sie würde nie vergessen.

„Wie wäre es mit dem Zitronenkuchen?“ Block klopfte mit dem Pistolenlauf auf den Tisch. „Mae hat sich gestern mit diesem Kuchen selbst übertroffen.“

„Ja.“ Langsam nahm Charity den Kuchen heraus. „Es ist noch etwas übrig.“

Block hatte die sonnig gelben Gardinen zugezogen, aber in der Mitte war ein Spalt von zwei Zentimetern. Lautlos schlich Ronald darauf zu. Er konnte Charity in einen Schrank greifen und einen Teller herausnehmen sehen.

Tränen trockneten auf ihren Wangen. Es versetzte ihm einen Stich, es zu sehen. Ihre Hände waren ruhig. Das war etwas, eine kleine Hoffnung, an die er sich klammern konnte. Er konnte Block nicht sehen, obgleich er sich so weit vorbeugte, wie er es nur wagte.

Dann plötzlich, so als hätte Charity ihn gespürt, begegneten sich ihre Blicke durch das Glas. Sie wappnete sich, und in diesem Moment sah er unzählige Gefühlsregungen über ihr Gesicht huschen. Dann war es wieder verschlossen. Sie blickte ihn an, wie sie einen Fremden angeblickt hätte, und wartete auf Instruktionen.

Er hielt eine Hand hoch, die Innenfläche nach außen, um ihr so klar wie möglich zu signalisieren, durchzuhalten und ruhig zu bleiben. Dann klingelte das Telefon, und er sah sie zusammenzucken.

„Das wurde auch Zeit", sagte Block. Er schwankte beinahe, als er zum Telefon ging. „Ja? Wer, zum Teufel, spricht da?" Er lauschte eine Weile und lachte dann erfreut. „Ich verhandle gern mit Leuten, die einen Titel haben. Wo ist mein Flugzeug, Inspektor Conby?"

Hastig und verstohlen zog Charity die Gardinen noch einen Zentimeter weiter auf.

„Hierher!", befahl Block.

Sie ließ die Hand sinken, und der Teller klapperte auf den Küchenschrank. „Was?"

Er gestikulierte mit der Pistole. „Ich sagte, hierher."

Ronald fluchte, als sie zwischen ihn und Block trat.

„Die sollen wissen, dass ich mich an meinen Teil halte." Block nahm sie am Arm, weniger grob diesmal. „Sagen Sie dem Mann, dass ich Sie gut behandle."

„Er hat mir nichts getan“, sagte sie tonlos. Sie zwang sich, nicht zum Fenster zu blicken. Ronald war dort draußen. Er würde sein Bestes tun, um sie sicher herauszuholen. Das war sein Job.

„Das Flugzeug wird in einer Stunde bereit sein“, sagte Block, nachdem er aufgelegt hatte. „Gerade genug Zeit für den Zitronenkuchen und noch eine Tasse Kaffee.“

„In Ordnung.“ Sie ging erneut zum Schrank. Panik durchzuckte sie, als sie zum Fenster blickte und niemanden sah. Ronald war fort. Weil ihre Finger zitterten, war sie sehr ungeschickt mit dem Aufschneiden. „Mr. Block, werden Sie mich laufen lassen?“

Er zögerte nur einen Moment, aber das reichte, um ihr zu verraten, dass seine Worte nur eine weitere Lüge waren. „Gewiss. Sobald ich frei bin.“

So stand es also. Ihr Herz, ihr Gasthaus und nun ihr Leben. Sie stellte den Kuchen vor ihn hin und musterte sein Gesicht. Er ist zufrieden mit sich selbst, dachte sie, und sie hasste ihn dafür. Aber er schwitzte noch immer.

„Ich hole Ihnen den Kaffee.“ Sie ging zum Herd, setzte mechanisch einen Fuß vor den anderen. Es rauschte in ihren Ohren. Jetzt war es mehr als Angst, wie sie erkannte. Es war Zorn und Verzweiflung und ein starker, unwiderstehlicher Überlebensdrang. Sie nahm die Kaffeekanne vom Herd.

Er hielt noch immer die Pistole, und er schaufelte sich mit der linken Hand den Zitronenkuchen in den Mund. Er hält mich für einen Dummkopf, dachte Charity, für jemanden, den er benutzen und überlisten und manipulieren kann. Sie holte tief Luft. „Mr. Block?“

Er blickte auf.

Sie sah ihm direkt in die Augen. „Hier ist Ihr Kaffee“, sagte sie ruhig, und dann goss sie ihm die dampfende Flüssigkeit ins Gesicht.

Er schrie. Sie glaubte nicht, dass sie jemals zuvor einen Mann derart hatte schreien hören. Er stand halb vom Stuhl auf, tastete blindlings nach der Pistole. Dann geschah alles sehr schnell.

Charity griff ebenfalls nach der Waffe. Blocks fuchtelnde Hand traf ihre Wange. Noch während sie zurücktaumelte, ertönte das Krachen von splitterndem Glas.

Ronald sprang durchs Fenster, riss Charity zu Boden. Männer durchbrachen die verbarrikadierten Türen und stürmten in den Raum. Jemand zog sie vom Fußboden hoch und führte sie eilig hinaus.

Ronald hielt die Pistole an Blocks Schläfe. Sie knieten auf den Glassplittern – zumindest kniete Ronald und stützte den stöhnenden Block. Brandblasen bildeten sich bereits auf seinem breiten Gesicht.

„Bitte“, murmelte Ronald, „geben Sie mir einen Grund.“

„Ronald.“ Royce legte ihm die Hand auf die Schulter. „Es ist vorbei.“

Doch der Zorn schnürte ihm die Kehle zu, ließ seine Finger am Abzug schlüpfrig werden. Er erinnerte sich, wie Charity ihn angeblickt hatte, als sie ihn vor dem Fenster gesehen hatte. Langsam wich er zurück und steckte die Waffe ins Halfter.

„Ja, es ist vorbei. Schaffen Sie ihn hier fort.“ Er erhob sich und ging auf die Suche nach Charity.

Er fand sie in der Eingangshalle, in Maes Armen.

„Es geht mir gut“, murmelte sie. „Wirklich.“ Als sie Ronald sah, wurde ihr Blick frostig. „Es wird jetzt alles gut. Ich muss einen Moment mit Ronald sprechen.“

„Sag, was du zu sagen hast.“ Mae küsste sie auf beide Wangen. „Und dann nimmst du ein schönes heißes Bad.“

„In Ordnung.“ Sie drückte Maes Hand. Seltsam, aber nun kam ihr alles wie ein Traum vor, als würde sie sich Schicht um Schicht einen Weg durch einen grauen Schleier bahnen. „Ich glaube, wir sind oben ungestörter“, sagte sie zu Ronald. Dann wandte sie sich ab, ohne ihn anzusehen, und ging zur Treppe.

In ihrem Wohnzimmer drehte Charity sich zu Ronald um.

„Ich nehme an, du hast einen Bericht einzureichen“, begann sie. Ist das meine Stimme? wunderte sie sich. Sie klang so dünn, so fremd. Bewusst räusperte sie sich. „Mir wurde gesagt, dass ich eine Aussage machen muss, aber wir sollten wohl erst dies aus dem Weg räumen.“

„Charity.“ Er trat auf sie zu, nur um abrupt innezuhalten, als sie die Arme abwehrend vorstreckte.

„Nicht.“ Ihr Augen waren so kalt wie ihre Stimme. Es ist kein Traum, sagte sie sich. Es war eine so harte und brutale Wirklichkeit, wie sie es nie zuvor erlebt hatte. „Fass mich nicht an. Nicht jetzt, niemals wieder.“

Er ließ die Hände sinken. „Es tut mir leid.“

„Warum? Du hast genau das vollendet, weshalb du gekommen bist. Soweit ich es übersehen kann, hielten Bob und Block ein beachtliches System in Gang. Deine Vorgesetzten werden bestimmt sehr zufrieden mit dir sein.“

„Das ist nicht wichtig.“

Sie holte seine Erkennungsmarke aus ihrer Tasche. „Doch.“ Sie warf sie ihm zu. „Doch, es ist wichtig.“

Ronald kämpfte um Ruhe und steckte die Marke in die Tasche. Er bemerkte, dass seine Hände bluteten, aber das berührte ihn nicht. „Ich konnte es dir nicht sagen.“

„Du wolltest es nicht.“

Da war eine leichte Prellung auf ihrer Wange. Einen Moment lang richtete sich all sein Zorn und sein Schuldgefühl darauf. „Er hat dich geschlagen.“

Sie strich mit der Fingerspitze über ihre Wange. „Ich bin nicht aus Zucker.“

„Ich möchte es dir erklären.“

„Ach ja?“ Sie wandte sich ab. Sie wollte ihren Zorn kalt halten. „Ich glaube, ich habe schon verstanden.“

„Hör zu, Baby …“

„Nein, hör du mir zu, Baby.“ Ihre Beherrschung schwand, und sie wirbelte wieder herum. „Du hast mich belogen, du hast mich benutzt, von der ersten Minute bis zur letzten. Es war alles eine riesige, unglaubliche Lüge."

„Nicht alles."

„Nein? Mal sehen, wie wir eins vom anderen trennen können. Eine bequeme Unterbringung ..." Sie sah seine Augen aufblitzen. Das ärgerte ihn. „Und George, der gute alte George, ein Glückspilz. Ich nehme an, es war ein paar Tausend Dollar wert, ihn aus dem Weg zu schaffen und dir eine freie Stelle zu verschaffen. Und Bob – du wusstest alles über Bob, nicht wahr?"

„Wir konnten nicht sicher sein. Nicht am Anfang."

„Nicht am Anfang", wiederholte sie. Solange sie einen kühlen Kopf bewahrte, konnte sie denken. Sie konnte denken, ohne zu fühlen. „Warst du dir meiner denn so sicher, Ronald? Oder hast du geglaubt, ich würde dazugehören?" Als er nicht antwortete, fuhr sie fort: „Aha, ich verstehe. Gegen mich wurde die ganze Zeit ermittelt. Du brauchtest dich mir nur zu nähern – und ich habe es dir so leicht gemacht." Mit einem Lachen schlug sie die Hände vor das Gesicht. „Gütiger Himmel, ich habe mich dir an den Hals geworfen."

„Von Rechts wegen durfte ich mich nicht mit dir einlassen." Ronald kämpfte seine Verzweiflung nieder und wählte bedachtsam seine Worte. „Es ist einfach passiert. Ich habe mich in dich verliebt."

„Sag das nicht zu mir." Sie senkte die Hände. Ihr Gesicht war blass, der Ausdruck kalt. „Du weißt nicht einmal, was das bedeutet."

„Ich wusste es nicht, vor dir."

„Man kann nicht lieben, ohne zu vertrauen, Ronald. Ich habe dir vertraut. Ich habe dir nicht nur meinen Körper gegeben. Ich habe dir alles gegeben."

„Ich habe dir alles gesagt, was ich dir sagen konnte", entgegnete er laut. „Verdammt, den Rest musste ich verschweigen. Was ich dir über mich erzählt habe, über mein Heranwachsen, über meine Gefühle, ist alles wahr."

„Habe ich dein Wort darauf? Agent DeWinter?“

Mit einem Fluch stürmte er zu ihr und ergriff ihre Arme. „Ich kannte dich nicht, als ich den Auftrag übernahm. Es war nur ein Job. Als sich die Dinge änderten, wurde der wichtigste Teil dieses Jobs, deine Unschuld zu beweisen und dich zu schützen!“

„Wenn du es mir erzählt hättest, dann hätte ich meine Unschuld selbst bewiesen.“ Sie entriss sich seinem Griff. „Das ist mein Gasthaus, und diese Leute sind die einzige Familie, die ich habe. Glaubst du, ich würde das alles wegen Geld aufs Spiel setzen?“

„Nein. Das wusste ich nach den ersten vierundzwanzig Stunden. Ich hatte Order, Charity, und meinen Instinkt. Wenn ich dir gesagt hätte, wer ich bin und was vorging, hättest du niemals den Schein wahren können.“

„Ich bin also dumm?“

„Nein. Nur ehrlich.“ Er fand seine innere Ruhe wieder. „Du hast eine Menge durchgemacht. Lass mich dich ins Krankenhaus bringen.“

„Ich habe eine Menge durchgemacht“, wiederholte sie und lachte beinahe. „Weißt du, wie es ist zu erfahren, dass ich zwei Jahre lang von Leuten benutzt wurde, die ich zu kennen glaubte? Ich habe mich immer für einen so guten Menschenkenner gehalten.“ Nun lachte sie doch. Sie trat ans Fenster. „Woche für Woche haben sie mich zum Narren gehalten. Ich bin nicht sicher, ob ich es je überwinden werde. Aber das ist nichts.“ Sie drehte sich um. „Das ist gar nichts im Vergleich zu dem, was ich fühle, wenn ich daran denke, wie ich es zugelassen habe, dass du mich liebst.“

„Wenn es eine Lüge wäre, warum bin ich dann hier und sage dir jetzt, dass ich es tue?“

„Ich weiß es nicht.“ Plötzlich erschöpft, strich sie sich das Haar aus der Stirn. „Und es scheint auch nicht wichtig zu sein. Ich bin völlig ausgelaugt, Ronald. Eine Weile lang war ich sicher, dass er mich umbringen würde.“

„Oh, Charity." Er zog sie an sich, und als sie sich nicht widersetzte, barg er das Gesicht in ihrem Haar.

„Ich dachte, er würde mich umbringen", wiederholte sie und ließ die Arme steif hängen. „Und ich wollte nicht sterben. Nichts war so wichtig wie am Leben zu bleiben. Als meine Mutter sich verliebte und diese Liebe betrogen wurde, gab sie auf. Ich war ihr nie ähnlich." Steif wich sie aus seinen Armen zurück. „Vielleicht bin ich leichtgläubig, aber ich war nie schwach. Ich habe vor, weiterzumachen wie früher. Was es auch braucht, ich werde dich und die letzten Wochen aus meinem Leben auslöschen."

„Nein." Zornig nahm er ihr Gesicht zwischen die Hände. „Das wirst du nicht, weil du weißt, dass ich dich liebe. Und du hast mir ein Versprechen gegeben. Dass du nicht aufhörst, mich zu lieben, was immer auch passiert."

„Ich habe dieses Versprechen einem Mann gegeben, der nicht existiert." Es tat weh. Der Schmerz durchzuckte ihren ganzen Körper. „Und den Mann, der existiert, liebe ich nicht." Sie trat einen kleinen, aber bedeutungsvollen Schritt zurück. „Lass mich allein."

Als er sich nicht rührte, ging sie ins Schlafzimmer und verschloss die Tür hinter sich.

Eifrig fegte Mae die Glasscherben in der Küche zusammen. Zum ersten Mal seit über zwanzig Jahren war das Gasthaus geschlossen. Sie nahm an, dass es schnell genug wieder geöffnet werden würde, doch vorerst war sie es zufrieden, dass ihr Mädchen sicher oben im Bett lag und die Polizei im Aufbruch war.

Als Ronald eintrat, stützte sie die Arme auf den Besen. Sie hatte Charity, die um ihn geweint hatte, beinahe eine Stunde lang in den Armen gewiegt. Sie hatte sich vorgenommen, kühl und abweisend zu sein. Es brauchte nur einen Blick, um ihre Absicht zu ändern.

„Sie sehen erschöpft aus."

„Ich …" Verloren blickte er sich in der Küche um. „Ich wollte fragen, wie es ihr geht, bevor ich aufbreche."

„Es geht ihr miserabel." Mae nickte, zufrieden mit der Qual, die sie in seinen Augen sah. „Und sie ist verstockt. Sie haben Schnittwunden."

Automatisch strich er über den Schnitt an seiner Schläfe. „Würden Sie ihr bitte diese Nummer geben?" Er legte eine Karte auf den Tisch. „Da kann sie mich erreichen, wenn … Sie kann mich da erreichen."

„Setzen Sie sich. Ich werde Sie verarzten."

„Nein, schon gut."

„Ich sagte, setzen Sie sich." Mae ging zum Schrank und holte eine Flasche Antiseptikum. „Sie hatte einen schweren Schock."

Plötzlich sah er im Geiste Block das Messer an Charitys Kehle halten. „Ich weiß."

„Sie erholt sich meistens ziemlich schnell. Sie liebt Sie."

Ronald zuckte ein wenig zusammen, als Mae das Antiseptikum auftrug, aber nicht vor Schmerz. „Sie hat mich geliebt."

„Sie liebt Sie", beharrte Mae. „Sie kann im Moment nur nicht. Sind Sie schon lange Agent?"

„Zu lange."

„Werden Sie dafür sorgen, dass dieser Wurm Roger Block hinter Schloss und Riegel kommt?"

Ronald ballte die Hände zu Fäusten. „Ja."

„Lieben Sie Charity?"

Er entspannte die Hände. „Ja."

„Ich glaube Ihnen, und deshalb werde ich Ihnen einen Rat geben." Ein wenig keuchend setzte Mae sich neben ihn. „Sie ist verletzt, sehr verletzt. Sie ist ein Mensch, der die Dinge gern selbst ins Lot bringt. Lassen Sie ihr ein bisschen Zeit." Sie nahm die Karte und steckte sie in ihre Schürzentasche. „Die behalte ich vorläufig lieber bei mir."

Charity fühlte sich stärker. Und nicht nur körperlich, entschied sie, während sie hinter Ludwig herrannte. In jeder Beziehung. Die Albträume, die sie Nacht für Nacht geweckt hatten, verblassten allmählich. Es fiel ihr längst nicht mehr so schwer, zu reden oder zu lächeln oder vorzugeben, dass wieder alles in Ordnung war.

Sie dachte selten an Ronald. Mit einem Seufzer korrigierte sie sich. Sie würde niemals wieder stark werden, wenn sie sich selbst belog. Sie dachte ständig an ihn. Es fiel ihr schwer, es nicht zu tun, und an diesem Tag war es ganz besonders schwer.

An diesem Tag hatten sie heiraten wollen. Der Schmerz kam, breitete sich aus und wurde aufgenommen. Kurz nach Mittag, während Mendelssohn-Bartholdys Hochzeitsmarsch erklang und die Sonne in den Garten schien, hätte sie ihre Hand in seine gelegt. Und das Versprechen gegeben.

Eine Fantasie, sagte Charity sich. Es war damals eine Fantasie gewesen, und es war jetzt eine.

Und dennoch … Mit jedem Tag, der verging, erinnerte sie sich deutlicher an die gemeinsame Zeit. An sein Widerstreben, seinen Zorn. Dann seine Zärtlichkeit und Besorgnis. Sie blickte hinab auf das Armband, das an ihrem Handgelenk schimmerte.

Sie hatte versucht, es in die Schachtel zurückzulegen, es in eine dunkle, selten geöffnete Schublade zu schieben. Jeden Tag nahm sie es sich von Neuem vor. Für morgen. Und jeden Tag erinnerte sie sich von Neuem, wie lieb, wie verlegen und wie wundervoll er gewesen war, als er es ihr geschenkt hatte.

Wenn es für ihn nur ein Job gewesen war, warum hatte er ihr dann so viel mehr als nötig gegeben? Nicht nur das Schmuckstück, sondern alles, was der goldene Reif symbolisierte? Er hätte ihr Freundschaft und Respekt bieten können, so wie Bob es getan hatte, und sie hätte ihm ebenso vertraut. Er hätte ihre Beziehung rein körperlich halten können. Ihre Gefühle wären dieselben geblieben.

Charity schüttelte den Kopf und beschleunigte ihr Tempo,

um mit Ludwig Schritt zu halten. Sie war schwach und sentimental. Es lag nur an diesem Tag … diesem wundervollen Frühlingsmorgen, der ihr Hochzeitstag hätte sein sollen. Sie musste zum Gasthaus zurückkehren und sich beschäftigen. Dieser Tag würde vergehen, so wie all die anderen vergangen waren.

Zuerst glaubte sie, es wäre Einbildung, als sie Ronald am Straßenrand stehen und zum Sonnenaufgang über dem Wasser blicken sah. Sie zögerte. Ihre Knie wurden weich.

Er hörte sie kommen. Im zunehmenden Licht erinnerte er sich, wie er sich gefragt hatte, ob er zurückkehren würde, ob er einfach dastehen und darauf warten würde, dass Charity zu ihm gelaufen käme.

Sie lief nicht. Sie ging sehr langsam. Konnte sie wissen, dass sein Leben in ihrer Hand lag?

Sie war sehr nervös, die Finger um die Leine verkrampften und lockerten sich wieder. Sie betete, als sie vor ihm stehen blieb, dass ihre Stimme fest sein möge.

„Was willst du?“

Ronald bückte sich, um den zappelnden Hund zu streicheln. „Dazu kommen wir später. Wie geht es dir?“

„Es geht mir gut.“

„Du hattest Albträume.“ Schatten lagen unter ihren Augen. Er würde es ihr nicht leichter machen, indem er es ignorierte.

Sie versteifte sich. „Sie vergehen. Mae redet zu viel.“

„Zumindest redet sie mit mir.“

„Wir haben uns alles gesagt, was zu sagen ist.“

Er schloss eine Hand um ihren Arm, als sie an ihm vorbeigehen wollte. „Du hast das letzte Mal deine Meinung gesagt. Jetzt bin ich an der Reihe.“ Er bückte sich und hakte die Leine aus. Ludwig sprang davon, in Richtung Gasthaus. „Mae erwartet ihn“, erklärte Ronald, bevor sie den Hund zurückrufen konnte.

„Ich verstehe. Ihr beide habt das alles geplant?“

„Du liegst ihr sehr am Herzen. Mir auch.“

„Ich habe viel zu tun.“

„Ja. Zuerst das." Er zog sie an sich, ignorierte ihren Widerstand und presste den Mund auf ihren. Es war wie ein Getränk nach Tagen der Wüste, wie ein Feuer nach Dutzenden langer, kalter Nächte. Er küsste sie begierig, so als wäre es das erste Mal. Oder das letzte.

Sie konnte ihn nicht bekämpfen. Oder sich selbst. Fast schluchzend klammerte sie sich an ihn. So stark sie auch zu sein versuchte, konnte sie niemals stark genug sein, um sich gegen ihr eigenes Herz zu stellen.

Ronald presste die Lippen auf ihr Haar. „Jede Nacht wache ich auf und sehe ihn das Messer an deine Kehle halten", murmelte er. „Und ich kann nichts dagegen tun. Ich greife nach dir, aber du bist nicht da. Eine Minute, eine schreckliche Minute lang habe ich panische Angst. Dann erinnere ich mich, dass du in Sicherheit bist. Du bist nicht bei mir, aber in Sicherheit. Das ist beinahe genug."

Mit einem hilflosen Seufzen strich sie beruhigend über seine Schultern. „Ronald, es hat keinen Sinn, daran zu denken."

„Glaubst du, dass ich es jemals vergessen könnte? Den Rest meines Lebens werde ich mich an jede Sekunde erinnern. Ich war für dich verantwortlich."

„Nein." Der Zorn kam schnell genug, um sie beide zu überraschen. „Ich bin für mich selbst verantwortlich. Ich war es und bin es und werde es immer sein. Und ich kann auf mich selbst aufpassen."

„Ja." Er streichelte mit der Handfläche über ihre Wange. Die Prellung war verblasst, auch wenn die Erinnerung es nicht war. „Eine teuflische Art, Kaffee zu servieren."

„Lass es uns vergessen." Sie schüttelte seine Hand ab und ging zum Wasser. „Ich bin nicht besonders stolz darauf, dass ich mich habe betrügen lassen. Deshalb möchte ich nicht länger darüber nachdenken."

„Es waren Profis, Charity. Du bist nicht die einzige Person, die sie benutzt haben."

Sie presste die Lippen zusammen. „Und du?“

„Wenn man verdeckt ermittelt, lügt man, benutzt man und zieht aus allem Vorteil, was sich bietet.“ Ihre Augen waren geschlossen, als er sie zu sich umdrehte. „Ich kam her, um einen Auftrag durchzuführen. Es war lange her, dass ich mir gestattete, weiter voraus als bis zum nächsten Tag zu denken. Sieh mich an. Bitte ...“

Charity holte tief Luft und öffnete die Augen. „Das sind wir alles schon durchgegangen, Ronald.“

„Nein. Ich habe dir wehgetan. Ich habe dich getäuscht. Du warst nicht bereit, mir zuzuhören.“ Sanft strich er ihr die Tränen von den Wimpern. „Ich hoffe, du bist es jetzt, denn ich halte es nicht mehr sehr lange ohne dich aus.“

„Ich war vorher zu hart zu dir.“ Es kostete sie beinahe all ihre Kraft, aber sie brachte ein Lächeln zustande. „Ich war verletzt, und der Schock war größer, als ich angenommen hatte. Inspektor Conby hat mir nachher alles erklärt. Wie der ganze Einsatz abgelaufen war, was du zu tun hattest, was meine Verantwortung war.“

„Welche Verantwortung?“

„Wegen des Geldes. Es hat uns ziemlich in die Klemme gebracht, aber zumindest brauchen wir nur einen Anteil zurückzuzahlen.“

„Ich verstehe.“ Ronald lachte und schüttelte den Kopf. „Er war schon immer sehr großzügig.“

„Der Unternehmer ist für den Verlust verantwortlich.“ Sie neigte den Kopf. „Wusstest du nichts von der Vereinbarung, die ich mit ihm getroffen habe?“

„Nein.“

„Aber du arbeitest doch für ihn.“

„Nicht mehr. Ich habe meine Kündigung eingereicht, als ich nach Washington zurückkam.“

„Oh, Ronald, das ist doch lächerlich. Das ist, wie das Kind mit dem Badewasser auszuschütten.“

„Ich habe beschlossen, dass mir das Tischlern besser gefällt. Hast du eine Stelle für mich frei?"

Charity blickte über das Wasser hinaus. „In letzter Zeit habe ich nicht viel an Renovierung gedacht."

„Ich arbeite billig." Er hob ihr Gesicht zu seinem empor. „Du brauchst mich nur zu heiraten."

„Nicht."

„Charity." Mit einer Geduld, die er sich gar nicht zugetraut hätte, hielt er sie fest. „Eines der Dinge, die ich am meisten an dir bewundere, ist dein Verstand. Du bist wirklich klug. Sieh mich an, richtig an. Ich nehme an, du wirst wissen, dass ich nicht zum Spaß mit dem Kopf gegen dieselbe Wand renne. Ich liebe dich. Das musst du mir glauben." Er spürte den ersten Funken Hoffnung. „Glaube es. Du hast mein Leben verändert. Ich kann nicht zurückkehren zu der Lebensart, die vorher meine war. Ich kann nicht vorangehen, wenn du nicht bei mir bist."

Die Arme vor der Brust verschränkt, entfernte sie sich ein kleines Stück. Das hohe Gras am Ufer war noch feucht vom Tau. Sie konnte es riechen und den zarten Duft von Wildblumen. Da fiel ihr auf, dass sie diese kleinen Dinge aus ihrem Leben verdrängt hatte, seit sie Ronald fortgeschickt hatte.

Wenn sie von ihm Ehrlichkeit verlangte, wie konnte sie ihm da weniger geben? „Ich habe dich schrecklich vermisst." Sie schüttelte hastig den Kopf, bevor er sie wieder berühren konnte. „Ich habe versucht, mich nicht zu fragen, ob du zurückkommen würdest. Ich habe mir eingeredet, dass ich es nicht wollte. Als ich dich am Straßenrand stehen sah, wollte ich nur zu dir laufen. Keine Fragen, keine Erklärungen. Aber es ist nicht so einfach."

„Nein."

„Ich liebe dich, Ronald. Ich kann nicht aufhören. Ich habe es versucht", sagte Charity und blickte ihn an. „Nicht sehr stark, aber ich habe es versucht. Ich wusste wohl hinter all dem Zorn und Schmerz, dass du nicht über deine Liebe zu mir gelogen hast. Ich wollte dir nicht verzeihen, dass du über das andere gelogen hast, aber … das ist eigentlich nur Stolz." Vielleicht ist es doch so einfach, dachte sie. „Wenn ich wählen muss, dann nehme ich lieber die Liebe." Sie lächelte und breitete die Arme aus. „Ich würde sagen, du bist eingestellt."

Sie lachte, als er sie hochhob und herumwirbelte. „Wir werden dafür sorgen, dass es klappt", versprach er und bedeckte ihr ganzes Gesicht mit Küssen. „Von heute an."

„Wir wollten heute heiraten."

„Und das werden wir auch."

„Aber wir …"

„Ich habe eine Lizenz." Er schloss den Mund über ihrem und wirbelte sie erneut herum.

„Eine Lizenz zum Heiraten?"

„Sie ist in meiner Tasche, zusammen mit zwei Tickets nach Venedig."

„Nach …" Ihre Hände glitten von seinen Schultern. „Nach Venedig? Aber wie …?"

„Und Mae hat gestern ein Kleid für dich gekauft. Sie wollte es mich nicht sehen lassen."

„Nun." Die Freude war zu überwältigend, um sie Verärgerung vortäuschen zu lassen. „Du warst dir deiner schrecklich sicher."

„Nein." Ronald küsste sie erneut, spürte das Lächeln auf ihren Lippen und die Einwilligung. „Ich war mir deiner sicher."

– ENDE –

Lesen Sie auch von Nora Roberts:

Band-Nr. 25925
9,99 € (D)
ISBN: 978-3-95649-300-3
464 Seiten

Nora Roberts
Wild Nights

Pension der Sehnsucht:
Liz' Leben gerät aus der Bahn: Ihr Angestellter wird ermordet! Und sein attraktiver Bruder Jonas hält sie für die Täterin. Einfach lächerlich! Doch als Jonas beginnt, in dem Fall zu ermitteln, vergeht ihr das Lachen. Immer tiefer zieht er Liz in das Netz aus Gefahr und Lügen. Doch im Angesicht der Bedrohung muss Liz sich noch ganz anderen Gefühlen stellen!

Das Geheimnis von Orcas Island:
Bei einem nächtlichen Ausflug an den Strand trifft Melanie auf einen mysteriösen Fremden, der sie stürmisch küsst. Hat sie den Mann bei etwas Verbotenem gestört? Ist er ein Schmuggler? Kurz darauf lernt sie den charismatischen Unternehmer Nicholas Gregoras kennen – und ist schockiert. Denn noch immer schmeckt sie seinen Kuss auf den Lippen …

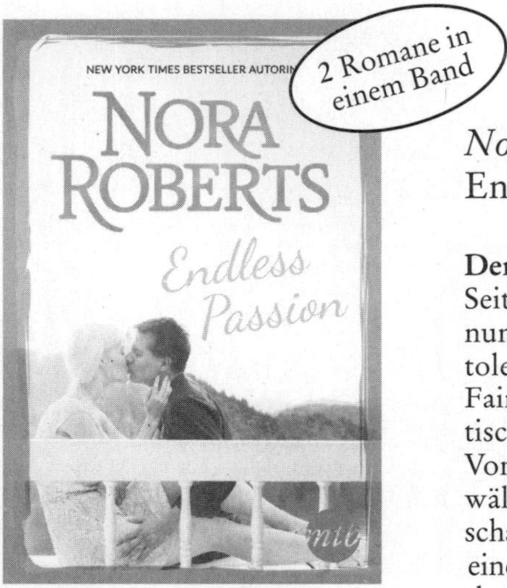

Nora Roberts
Endless Passion

Der Maler und die Lady:
Seit ihrer ersten Begegnung mit dem Maler Anatole Haines fühlt sich Lara Fairchild zu dem charismatischen Mann hingezogen. Von ihren Gefühlen überwältigt, küsst sie ihn leidenschaftlich und verspricht ihm eine Liebesnacht. Dies ist der Beginn einer prickelnden Affäre. Allerdings ahnt Lara nicht, warum Anatole tatsächlich auf dem Schloss der Fairchilds ist …

Band-Nr. 25944
9,99 € (D)
ISBN: 978-3-95649-585-4
484 Seiten

Die Geliebte des Malers:
Überraschend kommt ein Unbekannter auf Cassidy zu und möchte sie porträtieren. Erst am nächsten Tag findet sie heraus, dass der Fremde kein anderer als der Künstler Colin Sullivan ist – berühmt für seine Werke und Frauengeschichten! Nicht im Traum denkt Cassidy daran, Colin Model zu stehen und sich in die Schlange seiner Geliebten einzureihen. Aber so leicht scheint Colin nicht aufzugeben!

Deutsche Erstveröffentlichung

Band-Nr. 25969

9,99 € (D)

ISBN: 978-3-95649-624-0

304 Seiten

Auch als eBook erhältlich!

Susan Mallery

Der Für-immer-Mann

Quinn glaubt nicht, dass es die richtige Frau für ihn gibt. Doch bei einem Wettkampf begegnet er der Selbstverteidigungsexpertin D.J., die ihn buchstäblich aus den Socken haut. Zwischen ihnen sprühen vom ersten Augenblick an die Funken. Da passt es sehr gut, dass D.J. ihn als Ausbilder haben möchte. So kann er ihr körperlich umso näher kommen. Nachteil: Emotional beißt er bei D.J. auf Granit. Doch so leicht lässt sich ein Special-Forces-Mann nicht von seinem Ziel abbringen …